1930년대 한국 시문학 연구

채 만 묵

한국문화사

서 론

　1930년대는 한국의 시문학사상 중요한 시기이다. 그것은 한국의 근대시를 현대시로 변환시킨 시기라는 점, 시의 방법을 운율 중심의 청각시에서 이미지 중심의 시각시로 전환시킨 시기라는 점, 서구의 모방 일변도에서 시에 대한 자각과 함께 한국어의 미적 기능의 가능성을 실험했던 시기라는 점 등에서이다. 이와 같은 점은 어쩌면 한국시의 기반 내지는 풍토의 구축이 아닌가 생각한다. 그렇다면 1930년대의 한국시는 이후 한국 현대시의 기점으로서의 역할은 물론, 새로운 전통의 모체 구실을 함으로써 한국시의 전통확립을 가능케 하는 구심점이 된다. 이와 같은 관점에서 필자는 그 동안 1930년대의 시에 관심을 가져왔다.

　본 저서는 이러한 결과로서 그 동안 연구했던 논문들을 모았다. 1976년부터 연구한 논문들이니까, 시간적으로는 20년이 넘는 기간 동안의 것들이다. 학술지에 발표하긴 했으나, 한 데 묶어 놓기는 처음이다. 이렇게 묶어 『1930년대 한국 시문학 연구』라는 제목하에 한 권의 저서로 꾸며 놓고 보니까, 미흡한 점이 하나 둘이 아니다. 그럼에도 불구하고 이렇게 시도하는 것은 두 가지 이유에서다. 하나는 연구한 논문들을 한 데 묶어 놓음으로써 찾아보고자 하는 독자들에게 쉽게 접근할 수 있도록 함이고, 다른 하나는 이것을 정리하여 출판함으로써 다음을 준비할 수 있는 여유를 가질 수 있기 때문이다. 미흡한 부분들은 앞으로 연구하여 수정, 보완할 계획이다.

　문학 연구의 목표는 관점에 따라 다양하다. 그러나 다양한 속에서도 중요한 것은 작품이 가지고 있는 가치를 정확하게 분석하는 일일 것이

4

다. 그 동안 수많은 연구방법들이 개발되어 왔다는 것만 보아도 이는 쉽게 납득이 된다. 이러한 많은 방법들 중에서 필자는 시작품에의 접근에 용이하다고 평소에 생각하고 있었던 방법들을 선별하여 활용하기로 하였다. 그것은 형식주의 비평방법을 중심으로 하면서, 필요할 경우에는 역사주의 비평방법을 겸용하는 협의의 연체비평의 방식이다. 따라서 여기에 수록된 논문들은 위의 방법을 구사하여 시작품들의 가치, 특징 등을 분석한 것들이며, 나아가서 시인들의 시세계를 고찰한 것들이다.

편집은 편의상 1부와 2부로 나누었다. 이것은 1930년대 시문학의 체계를 위한 것이라기보다는 양적인 배분 관계에서였다. 제1부는 모더니즘 시에 관한 연구이고, 제2부는 시문학파와 다섯 시인들의 시작품을 분석한 것들이다. 모더니즘 시에 관한 연구는 1930년대 한국의 모더니즘 시와 시론을 종합적으로 고찰하여 그 가치와 특징 그리고 한국시단에 미친 영향 등을 규명하였다. 시문학파 연구는 시문학파의 특징과 1930년대 한국 시단에 미친 영향을, 李箱 시 연구에서는 초현실주의적인 관점만이 아니라, 다다이즘적, 미래파적 경향까지를 고찰하였다. 金光均론에서는 사상성이 시형태에 미치는 관계를 중심으로 시작품의 가치와 한계를 분석하였다. 李陸史론에서는 초인 이미지의 성격과 그 형성과정을 중심으로 고찰하였다. 金顯承론에서는 고독의 성격과 그 (인간적인) 한계를 중심으로 분석하였고, 尹東柱론에서는 그의 시작품에 나타나는 갈등적 요인으로써 주목되는 순수성의 근원과 그것을 유지하기 위한 고뇌를 중심으로 고찰하였다.

끝으로 원고 입력과 조판에 올 여름철의 무더위를 무릅쓰고 애쓴 최명표 선생과 출판계가 어려운 상황인데도 불구하고 이의 출판을 쾌히 받아주신 한국문화사 김진수 사장과 출판사 관계 여러분께 감사드린다.

1999년 9월   일
전주 觚哉室에서   저자 씀

목 차

제1부 모더니즘 시문학 연구

제2부 1930년대 시문학 연구

8

제1부 모더니즘 시문학 연구

모더니즘 시연구

I. 머리말

1. 지금까지의 연구 동향

한국에서 신시 이후 시의 변천 시기는, 시의식과 시형태라는 관점에서, 10년을 단위로 하여 1910년대, 1920년대, 1930년대, 1940년대로 구분되고 있다. 이 가운데에서 1930년대는 한국시가 현대시로 변환되는 과정의 시기였다는 점에서, 다른 시기보다 그 의의가 중요시되고 있다. 당시 이러한 한국시의 변환을 촉진시킨 시운동은 시문학파의 서정시(순수시) 운동과 모더니스트들의 모더니즘 시운동이었는데, 특히 모더니즘 시운동은 서구의 현대 시이론을 배경으로 한국의 시를 현대시 수준으로 끌어올리기 위한 시론을 개진하고 실천했다는 점에서 큰 의의를 지닌다.

그런데 이와 같은 시사적인 의의를 지니고 있는 모더니즘 시운동과 모더니즘 시에 관한 연구는 모더니즘 시라는 명칭이 자주 입에 오르내리는 것만큼 그렇게 많이는 이루어지지 않고 있다. 그 동안의 연구도 그 대상을 종합적, 총체적으로 고찰한 경우는 드물며, 대부분 부분적인 면을 대상으로 한 것들이 중심을 이루고 있는 실정이다. 그리고 그러한 연구의 성과는 대조적인 두 경향으로 요약된다. 모더니즘 시운동을 실패라고 보는 입장과 모더니스트 시인이나 그 시작품에 나타나는 우수한 면을 높이 사서 성공이라고 보는 입장이 곧 그것이다. 전자는 시의 이론과 시작품을 견주어서 시작품 특히 시적 사상의 열세를 지적하고 있고, 후자는 형태면

에서 시적 요소의 우수한 점을 찾아내어 그 가치를 평가하고 있다. 전자
의 대표적인 견해는 宋稶의 「韓國 모더니즘 批判」과 金容稷의 「모더니즘
의 試圖와 失敗」 속에, 후자의 대표적인 견해는 柳宗鎬의 「現代詩 五十
年」과 鄭漢模의 「韓國 現代詩의 詩語的 位相」 속에서 나타나고 있다.

宋稶은 「韓國 모더니즘 批判」에서 金起林의 모더니즘 시이론의 결점
과 모순점을 지적하고, 나아가서 시작품 「氣象圖」가 실패한 이유를 분석
하고 있다.

> 그 이유로 말하면 지금까지 여러번 되풀이 해서 말한 바와 같이 動的인 傳統
> 意識과 內面性이 그에게는 없었던 까닭이다. 그리고 낡은 리듬을 否定하려고
> 한 나머지 그는 리듬이 없는 <쪼각난 散文>을 쓰고 말았다. 물론 이 散文은 재
> 치있고 그럴듯한 視覺的 이매쥐로서 가득 차 있기는 하다. 그러나 內面性 없이
> 視覺的 이매쥐만으로서 詩가 되기는 어려운 것이다. 그는 言語의 音樂性도 아
> 울러 사용했어야 좀더 효과를 나타낼 수 있었을 것을…….1)

그는 金起林의 시작품 「氣象圖」가 실패한 이유로서 동적인 전통의식
과 내면성의 결여 및 리듬의 결핍을 지적하고 있다.

또 鄭芝溶의 시에 대해서도 성공하지 못한 이유를 밝히고 있다.

> 芝溶은 새롭고 훌륭한 시를 썼지만 그 主題가 매우 제한된 것이었기 때문에
> 그 表現形式도 現代詩의 主題를 휩싸기에는 매우 폭이 좁은 것이었다. 그래서
> 그가 修辭에 고심하면 할수록 그리고 예술가로서 정진하면 할수록 現代詩의 世
> 界로부터 완전히 물러가는 모순에 빠지고 말았다.2)

그는 鄭芝溶의 시의 주제가 제한된 것이었기 때문에 그 표현형식도 폭
이 좁은 것이 되었으며, 표현형식의 폭이 좁았기 때문에 현대시적인 주
제를 포용할 수 없었고, 이러한 이유 때문에 현대시로서 성공하지 못했

---

1) 宋稶, 『詩學評傳』, p.192.
2) Ibid., p.206.

다고 지적하고 있다.

그리고 그는 金起林과 鄭芝溶의 경우를 들어 한국의 모더니즘이 실패했다고 주장하면서 다음과 같이 말한다.

> 韓國의 모더니즘은 內面性의 표현에 아직 성공하지 못했다. (이는 芝溶의 「바다」와 보드레에르의 「바다」를 비교해도 알 수 있다.) 그래서 異國風이나 視覺的 印象을 위주로 하는 皮相的인 似而非 모더니즘이 되었다.[3]

전통의식이나 내면성은 시에서 불가결의 것이지만, 그러나 그 자체만이 시의 가치를 결정하는 것은 물론 아니다. 시의 가치는 시적 요소의 유기적인 조직으로 이루어지는 시적 구조에서 비롯한다. 따라서 시적 요소의 하나라고 할 수 있는 내면성만으로써 시작품의 가치를 평가하려고 한다는 것은, 엄밀히 말해서 시 이전이 문제일 뿐만 아니라, 또한 그러한 평가의 결과로써 단적인 결론을 유도해 내면 대상 작품과의 거리는 멀어질 수밖에 없다.

金容稷은 「모더니즘의 試圖와 失敗」에서 宋稶의 경우에 비해서 좀 더 다양하게 모더니즘 특히 金起林의 시와 시론에 접근하여 평가하고 있긴 하지만, 金起林이 주장한 모더니즘 시 이론을 전제로 그의 시작품을 분석하고 있다는 점 그리고 그가 구체적으로 지적하고 있는 金起林의 시론상의 허점, 음악성의 배제, 회화성의 인정 등은 宋稶이 지적한 바와 비슷하다. 그런데 특히 金容稷이 金起林의 시에 대해서 다음과 같이 부정적인 견해를 밝히고 있는 점은 宋稶의 견해와는 구분된다.

> 경험 내용이 심하게 單純化되었다는 점에서 20年代의 浪漫派나 金起林의 詩 사이에 아무런 차이가 없었던 것이다. 즉 浪漫派의 詩가 感傷的인 것이었다면 그를 排除하고 나선 金起林 역시 결과적으로는 그와 같은 함정에 빠지게 되어 버린다. 그리하여 몇 사람의 적절한 언급과 같이, 모처럼의 귀중한 試圖에도 불

---

3) Ibid., p.206.

구하고 金起林의 詩는 그가 지향한 대로 충분하게 現代的인 次元을 획득하지는 못한게 되고 말았다.[4]

金容稷은 위에서 보는 바와 같이 경험 내용의 단순화를 감상적 태도(sentimental attitude)로 보고, 金起林의 시도 20연대의 낭만파의 시처럼 감상적이라고 판단함으로써 金起林의 시가 현대적 차원을 획득하지 못한 것으로 주장하고 있다. 그리고 그는 이어서 "그는 30年代 韓國詩에 있어서 가장 중요한 포스트를 담당한 詩人이었다. 따라서 그의 실패는 그 무렵 韓國詩 전체의 문제로 擴散될 수밖에 없었던 것이다."[5]라고 결론을 내린다. 그런데 여기에는 30년대 모더니즘이 실패했다는 것을 강조하기 위한 의도적인 배려가 앞서지 않았나 생각된다. 그것은 우선 경험내용의 단순화를 감상적 태도라고 단정한 데에 나타나 있다. 감상성이 경험의 단순화와 관계가 있는 경우가 있겠지만[6], 그렇다고 해서 경험의 단순화 모두가 감상성을 지닌다고 볼 수는 없다. 그것은 감상적 시(sentimental poem)가 아닌 작품에서도 경험의 단순화(simplification of the experience)라는 시적 방법이 쓰이는 경우를 볼 수 있기 때문이다. 제재가 선택적이라는 점에서 볼 때, 오히려 이것은 일반적인 구성방법의 하나라고 보아야 할 것이다. 그리고 시의 현대적 차원이 단순화 때문에 획득되지 못했다는 견해도, "現代 英國詩에서 최초의 비평적 혁명은 詩의 單純化로서 기술되어진다. 그것은 본래 표현된 관념(ideas)에 관한 것이 아니라 資料에 대한 詩人의 態度의 單純化이다."[7]와 같은 브룩스(C. Brooks)의 설명처럼, 시의 단순화 자체가 오히려 현대시의 한 여건이 된다는 점에서 볼 때, 金容稷의 견해는 모순을 내포하고 있지 않나 생각된다.

4) 金容稷, 『韓國現代詩 研究』, pp.284-285.
5) Ibid., p.285.
6) Cleanth Brooks, *Modern Poetry and the Tradition*, p.37.
   "For sentimentality nearly always involves an over simplification of the experience in question."
7) Ibid., p.35.

한편 柳宗鎬는 「現代詩 五十年」에서, 한국 현대시사에서 鄭芝溶이 세운 시적 업적에 대해서 긍정적으로 평가하고 있다. 그는 鄭芝溶의 시적 업적을 네 항목으로 나누어 다음과 같이 열거하고 구체적으로 분석한다.

(1) 詩란 언어로 만들어진다는 사실을 자각하고 실천하였다.
(2) 詩의 自律性이란 槪念을 作品實踐을 통해 不知中에 感得 내지는 認識케 하였다.
(3) 우리말의 詩的 可能性에 대한 意識的 配慮를 정밀하게 실천하였다.
(4) 청결하고 유니크한 內在律을 최초로 발명하였다.8)

이와 같은 견해는 주로 형태에 관한 고찰에서 나온 것인데, 鄭芝溶의 시를 일부 성공적인 것으로 본 것임에는 틀림이 없다. 나아가서 그는 이러한 鄭芝溶의 일부 시적 업적을 중심으로 하여 한국 현대시의 성공적인 면을 주장하고 있다.

현대시사에 있어 '天才的'이란 에피쎄트를 서슴치 않고 붙일 수 있는 시인이란 것은 명백하다. 感情의 節度, 言語의 經濟, 그에게 와서 한국 현대시는 비로소 그 이름에 어울리는 풍모를 갖추게 되었다.9)

물론 鄭芝溶의 시가 한국 현대시의 형태에 끼친 공은 인정되어야 할 줄 안다. 그러나, 시작품이 구조적으로 파악되어야 한다면, 그 구조를 이루는 몇몇 요소, 그 중에서도 형태상의 일부 측면에 나타나 있는 장점만을 가지고서 평가하려고 할 때, 허다한 위험이 따를 가능성은 항상 있는 것이다. 柳宗鎬의 이러한 평가도 예외는 아니다. 그가 한국 현대시에 대해서 언급해야 할 경우였다면, 그는 적어도 鄭芝溶의 시의 또다른 면, 이를테면 시의 내면성도 아울러 파악하고, 나아가서 작품을 이루는 제요소의 유기적인 조직을 분석했어야 하지 않았을까 한다.

---

8) 柳宗鎬, 「現代詩 五十年」, 『思想界』 107호, 1962. 5, p.306.
9) Ibid., p.306.

鄭漢模는 「韓國 現代詩의 詩語的 位相」에서 시사적인 관점에서 모더니즘의 계보와 그 시사적 공헌을 밝히고 그 성공적인 특징을 분석하고 있다.

鄭芝溶의 先驅的인 現代的 感受性 發掘과 金起林의 모더니즘 詩理論 展開, 그리고 李箱의 詩風土 多元化의 實驗的 創作 및 金光均의 感覺, 空間 擴大는 우리의 現代詩가 비로소 확고한 現代詩的 轉換을 이루는 契機가 되는 것이다.10)

그는 한국의 모더니즘 계열에 속하는 시인들의 시적 특징을 들어 모더니즘의 시사적 공헌을 밝히고 있다. 아울러 그는 鄭芝溶·李箱·金光均의 詩에 나타나는 여러 특징도 분석하면서, 鄭芝溶의 작품 「琉璃窓」에 대해서 다음과 같은 평을 하고 있다.

이 詩는 슬픔이 20年代의 그것처럼 感傷이나 頹廢化하지 않고 마치 입김처럼 모호하게 또한 유리창처럼 明澄한 知性의 節制를 통하여 詩가 이룰 수 있는 極點같은 것을 보요주고 있다. '외로운 황홀한 심사'라는 슬픔의 昇華가 엘리어트가 말하듯 知性과 感性이 調和와 等價(equivalent)를 이루고 있는 훌륭한 詩인 것이다.11)

그리고 李箱의 작품 「烏瞰圖: 詩第一號」를 소개하고 그의 시의 일반적인 경향과 특징을 "超現實的 혹은 다다이즘(dadaism)的인 傾向"이라고 전제하면서, 鄭漢模는 다음과 같이 요약하고 있다.

띄어쓰기와 句讀點을 무시한다거나 揷入句를 가진 것 혹은 數式으로 된 것 및 圖表를 사용한 것 등 多樣한 旣存 意味와 價値를 否定하는 傾向의 作品들이 거의 대부분이라는 사실은 李箱의 詩에 이르러 우리의 詩는 詩에 대한 根本的 質問에 도달하게 된 것으로 생각한다.12)

---

10) 鄭漢模, 『現代詩論』, 보성문화사, p.125.
11) Ibid., p.121.

한편 金光均의 작품 「雪夜」를 이미지 중심으로 분석하고 나서, "共感 覺的 心象에 의한 詩의 構造는 抒情의 感覺化와 아울러 實體로서의 有機 體라는 現代詩의 基本 性格을 잘 표현해 주고 있다."13)라고 말하고 있다. 그는 이어서 서정의 감각화와 유기체적인 구조를 들어 金光均도 현대시 의 일 멤버임을 밝히고 있다. 이러한 지적들 가운데서 종전의 이론들과 다른 점은 李箱을 모더니즘의 한 계열로 다루고 있는 점이기는 하지만, 鄭漢模의 이러한 모더니즘 시에 대한 긍정적인 평가도 柳宗鎬의 경우와 마찬가지로 거의 시의 형태를 중심으로 한 분석이라는 점에서 부분적인 고찰의 한계를 벗어나지 못하고 있는 것 같다.

이상 1930년대의 한국 모더니즘에 관해서 관점이 각기 다르고 또 상반 되는 결론을 내리고 있는 네 사람의 견해를 고찰해 보았다. 이 네 사람들 의 견해를 통해서 지금까지의 1930년대의 한국 모더니즘에 관한 연구 경 향을 요약하면 다음과 같다. 첫째, 관점으로서는 내용과 형식, 구성방법 과 시인의 특성 등 다양하기는 하지만, 1930년대의 한국 모더니즘 시를 하나의 통일체로 볼 때, 역시 부분적이고 단편적이라는 결함을 면키는 어려울 것 같다. 따라서 이러한 결과는 1930년대의 한국 모더니즘에 대한 총체적인 연구가 아직까지 이루어지지 않았을 뿐만이 아니라, 또 이를 통해야만 가능한 한국 시문학 속에서의 모더니즘 그리고 모더니즘을 통 한 한국 시문학이라고 하는 전통적인 관점에까지는 이르지 못했음을 알 수 있게 한다. 둘째, 대상에 관한 것으로서 한 두 사람의 대표적인 시인 의 경우를 가지고서 1930년대의 한국 모더니즘의 전체인 양 여기고 있는 경우와 초현실주의적인 경향을 모더니즘에 포함시키는가 하면, 또한 반 대로 배제시키는 등의 경향으로 나타나고 있다. 셋째, 연구방법에서는 역 사주의적인 비평방법이 중심을 이루고 있고, 부분적으로는 신비평의 방 법이 적용되고 있다. 넷째, 연구결과로서는 시의 내용에 있어 동적인 전

---

12) Ibid., p.124.
13) Ibid., p.125.

통의식과 내면성의 깊이가 없다는 평, 경험내용의 단순화에서 오는 감상적 태도(sentimental attitude)였다는 평, 시의 형태면에서 어법과 이미저리 등의 기법의 새로운 시도를 통해서 한국시에 참신성을 부여했다는 평 등으로 요약된다. 그리고 이러한 결과로써 1930년대의 한국 모더니즘이 성공 혹은 실패라는 성급한 결론을 내리고 있는 것이다.

그러나 이와 같은 지금까지의 연구만으로써는 1930년대의 한국 모더니즘 시의 일면 또는 부분밖에는 이해할 수 없을 것이다. 따라서 1930년대의 한국 모더니즘 시는 시인론과 그 배경, 시작품으로서의 가치평가 그리고 한국 시문학의 전통이라는 입장에서 총체적으로 더욱 연구되어야 하며, 더욱 넓게 관망되어야 할 것이다.

2. 연구의 필요성

한국에서 모더니즘 시운동은 약 반세기여에 걸쳐 전개되어 오고 있다. 그것은 1930년대의 모더니즘 시운동을 기점으로 『三四文學』이라든가 1950년 전후의 『後半期同人』기를 거쳐, 많은 시인들이 이 경향에 참여하여 시작활동을 지속해 왔다는 점에서 찾아진다. 한 경향의 문학적 흐름이 반세기여동안 지속되어 왔다는 사실은 결코 과소평가될 수 없는 그 무엇을 가지고 있기 때문이라고 생각된다. 그런데도 근래까지의 이 경향의 문학적 성과는 우리들에게 흡족할 정도의 만족을 주지 못하고 있다. 이러한 원인은 다음 세 가지로 요약 지적될 수 있을 것이다. 첫째, 發動國의 저명한 시작품과 비견될 정도의 한국 모더니즘 계열의 시작품을 찾아보기 어렵다는 점, 둘째, 이 계열의 시작품이 난해해서 독자와의 거리감이 짙어지고 있는데(이 점은 어느 나라의 경우도 마찬가지이다) 특히 이 난해성이 시적 깊이에서 오는 것이 아니라, 발동국의 이론과 경향을 제대로 수용하지 못함으로서 나타나는 현상이라는 점, 셋째, 한국 현대시의 전통속에서 발전적인 체계로 정립하지 못한 채 서구의 경향을 일방적으로 수입, 모색해 왔다는 점 등이다. 이와 같은 현상은 아직까지도 한국의 모더니즘이 한국적인 것으로 정착되지 못한 데서 오는 것이라고 할 수 있다. 바꾸어 말하면, 한국적 모더니즘으로서의 전통이 아직까지 확립되지 못했다는 것을 보여주고 있다는 의미이다.

그러면 이러한 원인은 어디에서 오는 것일까? 이것은 여러 가지 면에서 고찰될 수 있을 것이다. 그러나 특히 문제점으로 지적할 수 있는 것은 한국 문학의 전통의식과 문학적 토대가 아닌가 생각한다. 즉 외국문학의 이론이나 방법을 받아들일 경우, 한국 문학의 전통이라고 하는 입장에서 취사 선택할 수 있는 의식의 결여와 또 그러한 문학적 토대가 구축되어 있지 못했다는 데 원인이 있다는 것이다. 한국문학의 풍토, 엄밀히 말해서 한국 현대문학의 형성은 외국문학의 일방적인 영향하에서 이루어졌다고 해도 과언이 아니다. 그런데, 더욱 큰 문제는 여기에 있는 것이 아니라, 그것을 한국적인 것으로 소화하여 승화시키지 못하고 있는 데에 있다. 이러한 상황하에서는 전통의식이나 그 토대가 희박하거나 결여되어도 무방한 것처럼 여기는 경향이 생기기 쉽다. 외국문학의 새로운 경향만을 평가의 기준으로 삼아 한국의 문학을 재단한 현상같은 것은 그 좋은 예가 된다. 그렇다고 해서 외국문학과의 영향관계가 부정되어야 한다는 의미는 아니다. 또 그 영향관계는 부정될 수 있는 성질의 것도 아니다. 그것은 문화의 삼투작용에서 오는 것으로써 유동적인 것이기 때문에 어느 시대, 어느 지역간에서도 형성되는 것이며, 한 나라의 문학의 발전을 촉진시키는 것이기도 하다.[14]

그러나 아무리 외국문학의 새로운 경향이 필요하고 시급하다 하더라도, 그것은 자국문학의 여건속에서 수용되어야 한다. 이것은 자국문학을 토대로 하고, 그 위에 외국문학의 새로운 경향이나 방법을 선택, 도입해야 한다는 의미이다. 이러한 자국문학에 대한 전통의식이나 토대가 없이 무분별하게 행한 외국문학의 사조나 방법의 도입은, 그대로 자국문학을

---

14) Ulrich Weisstein, *Comparative Literature and Literary Theory*, pp.29-49.

그 발동국의 문학의 아류 내지는 식민지 구실에서 벗어나기 힘들게 만든다. 한국의 모더니즘 계열의 문학도 현금까지 이러한 상황에서 완전하게 벗어난 상태는 아니다. 이런 속에서는 진정 한국적인 작품이 창작될 수 없고, 한 계열의 작품간의 유기적인 관계가 형성될 수도 없으며, 그러한 당연한 귀결로서 한국적 모더니즘의 전통도 수립될 수가 없게 된다. 따라서 한국의 모더니즘 계열의 문학적 토대의 구축과 그것을 중심으로 이어지는 전통의식의 재정비는 한국적 모더니즘의 전통확립을 위해서 시급하고도 중요한 문제가 된다.

이러한 과제를 해결하기 위해서는 국민문학의 입장에서 한국 모더니즘 계열의 문학적 전통의 토대가 마련되어야 한다. 그렇다면 이러한 기원이 되는 토대는 1930년대의 한국 모더니즘 시운동에서부터 비롯되어야 할 것이다. 이미 다 알려진 바와 같이, 1930년대의 한국 모더니즘 시운동은 그 기원으로서의 모체가 되고 있기 때문이다. 따라서 한국 모더니즘의 전통확립을 위해서는 먼저 1930년대의 한국 모더니즘 시운동과 시작품이 그 구실을 할 수 있도록 평가되어야 할 것이다. 그런데도 앞 절에서 살펴 본 바와 같이 지금까지의 한국 모더니즘에 대한 연구결과는 거의 대부분이 단편적이고 부분적인 고찰로서 발동국의 수준을 평가 기준으로 하여 1930년대 한국 모더니즘 문학을 재단하거나, 한국 시문학의 형태상의 기교면에 초점을 맞추어 평가함으로써 사실상 그러한 구실을 제대로 할 수 없게 하고 있는 형편이다. 여기에서 1930년대의 한국의 모더니즘에 대한 적극적이고 총체적인 접근의 필요성이 불가피하게 된다. 우선 모더니즘에 대한 개념의 확정 및 1930년대의 한국 모더니즘의 전개과정과 그 이론적인 배경이 규명되어야 할 것이다. 그리고 이어서, 1930년대의 한국 모더니즘의 시에 대한 총체적인 파악을 위해 그것을 구성하고 있는 다양하고 복잡한 여러 가지 요소를 체계적으로 분석, 검토하고 그 가치와 한계를 구체적으로 밝혀야 할 것이다. 이러한 점은 1930년대 한국 모더니즘 문학의 실체를 밝히는 작업이 된다. 이 실체는 비교를 통한 특

질을 구명할 수 있는 핵심체이고, 나아가서 전통확립의 씨앗구실을 하게
될 것이다. 이 점은 본 연구의 실천의 핵심부분으로서, 1930년대의 한국
모더니즘 시가 한국 모더니즘의 모체로서의 그 전통적인 토대가 구축될
수 있도록 하는 기초적인 작업이기도 하다.

3. 연구의 방법

문학 연구의 방법은 그 관점에 따라 다양해서 일일이 열거할 수 없을
정도로 그 가지수가 많다. 리처즈(I. A. Richards)는 당대의 비평을 구성하
고 있는 여러 이론의 주창자로서 무려 열 사람을 꼽고 있으며,15) 그리고
하이맨(S. E. Hyman)도 현대비평 방법을 개관하면서 10가지의 비평 방법
을 소개하고 있다.16) 한편 에이브럼스(M. H. Abrams)는 그 많은 비평이론
을 종합하여 4개의 좌표를 설정함으로써 그 사이의 관계와 체계를 설명
하고 있다.17) 에이브럼스의 이론을 한국의 경우에 적용시켜 보면, 그의
이른바 실용설(pragmatic theories)과 표현설(expressive theories)의 비평활동
이 종래 중심이 되어 왔다고 할 수 있으며, 1960년을 전후해서는 객관설
(objective theories)의 비평방법이 실천되고 있다. 그 후에도 에이브럼스의
비평 이론에서 말하는 객관설 중의 하나인 구조주의적 비평방법과 실용

---

15) I. A. Richards, *Principles of Literary Criticism*, p.2.
16) S. E. Hyman, *The Armed Vision*, pp.3-22.
17) M. H. Abrams, *The Mirror and the Lamp*, pp.6-29 예술작품의 총체적인 관계(total situation)에서의 네 요소를 다음과 같이 도식화하고,

$$\text{UNIVERSE}$$
$$\uparrow$$
$$\text{WORK}$$
$$\swarrow \qquad \searrow$$
$$\text{ARTIST} \qquad \text{AUDIENCE}$$

이것을 토대로 예술비평의 네 개의 좌표를 설정하고 있다. work와 universe와의 관계에서 mimetic theories, work와 audience와의 관계에서 pragmatic theories, work와 artist와의 관계에서 expressive theories, 예술작품 그 자체(work of art itself)의 관계에서 objective theories 등의 설정이 곧 그것이다.

설의 하나인 수용미학적인 비평방법이 일부에서 시험되고 있기도 하다. 아뭏든 —言으로 蔽之해서 문학작품을 올바르게 평가하려고 할 때, 그 관점이나 필요성에 따라 가장 타당하다고 생각되는 비평방법을 선택하거나 모색할 수밖에 달리 길은 없는 것이다. 그러나 지금까지의 비평사를 통해서 분명한 것은, 그 어느 비평방법이라 할지라도 문학작품을 완전하게 평가할 수 없다는 사실이다. 문제는 바로 여기에 있다.

앞 절에서 지금까지의 연구 동향을 살펴 보았고 또 연구의 필요성을 밝힌 바 있다. 아울러 지금까지의 연구 결과가 본 논고에서 의도하고 있는 바를 충족시켜 주지 못하고 있다는 점과 그 원인도 밝힌 바 있다. 그런데, 앞에서 지적한 전통의식의 면에서의 원인 뿐만이 아니라, 연구하는 방법의 면에서도 원인이 있지 않을까 한다. 위에서 말했듯이, 지금까지는 에이브럼스가 설정하고 있는 실용설 중 역사주의 비평방법과 객관설 중 신비평의 방법이 주종을 이루어 왔다. 그런데 이러한 방법 자체에 문제가 있느냐 없느냐를 따지기 전에, 한국의 경우 그것을 적용하는 태도나 방식에 문제가 있다고 본다. 그것은 편벽된 일면적인 관점이나 부분적으로 대상, 즉 시작품을 선정하여 평가하는 경우 등이다. 혹자는 그 일면이나 부분을 평가함으로써 그 전체가 지니는 가치를 대변할 수 있다고 내세울는지 모른다. 그러나 대상을 올바르게 평가해야 한다는 면에서의 그 성공율은 극히 희박할 뿐만이 아니라, 도리어 그 일면적이고 부분적인 평가조차 소홀히 될 가능성이 있는 것이다. 1930년대의 한국 모더니즘에 대한 여러 연구가 일면적이고 부분적으로 이루어짐으로써 그 가치를 올바로 평가할 수 없었던 원인은 또하나 이러한 점에서도 찾아 볼 수 있을 것이다. 따라서 1930년대의 한국 모더니즘에 대한 연구도 앞 절의 필요성에서 밝혔듯이 그 가치와 한계를 규명하기 위해서는, 1930년대 한국 모더니즘 전체를 하나의 대상으로 하고 총체적인 접근이라고 하는 방법에 의해서 이루어져야 할 것이다.

다음으로 생각해야 할 것은 구체적인 분석방법에 관한 문제이다. 위에서 열거한 여러 가지 입장에 선 다양한 비평 방법 모두가 그 나름대로의 특징을 가지고 있지만, 그렇다고 해서 그것들 모두를 동시에 적용시킬 수는 없는 일이기 때문이다.

본고에서는 이른 바 連體批評(Continuum Criticism)이라는 방법을 적용해 볼까 한다. 이것은 이왕에 간헐적으로 언급된 일은 있었으나, 하이맨 (S. E. Hyman)이 현대 비평방법에 관한 고찰을 행한 끝에 결론을 제기함으로써 클로스 업된 방법이다. 그는 그의 저서 *The Armed Vision*의 결론에서 '종합에의 시도'라는 題를 붙이고, '이상적인 비평가'와 '현실적인 비평가'로 나누어 설명하면서, 체계적이고 총체적인 접근을 하려면, 결국 여러 가지 유용한 비평방법을 동원해야 하되, 서로 비평적이 되지 않도록 제각기 용의주도하게 실천해야 한다고 결론을 내리고 있다.[18] 이를테면 정신분석학적 방법으로 행한다면, 이 방법이 다른 여러 방법을 통한 접근과 배타적이 되지 않도록, 또는 배타적이 되지 않는 범위 안에서 실천해야 한다는 것이다. 이것이 연체비평의 방법이다. 그러니까 남들이 행한 비평이나 연구를 통합만 하는 것이 아니라, 통합할 것을 전제로 어떤 하나의 방법을 택해서 실천하는 것이 된다.

본고에서는 신비평(New Criticism)의 방법을 위주로 작품의 분석을 시도하고자 한다. 전술한 연체비평의 방법을 전제로 할 때, 우리가 매양 유의해야 하는 것은 작품 자체에 밀착되어야 한다는 점인데, 그러기 위해서는 그래도 신비평의 방법이 다른 방법에 비해 연체비평으로 쉽사리 인도해 줄 수 있고,[19] 또 1930년대의 한국 모더니즘 시에의 총체적인 접근의 기초를 터줄 수 있겠기 때문이다. 신비평의 가장 대표적인 동조자라 할 수 있는 웰렉(R. Wellek)과 워렌(A. Warren)은 이와 관련해서 다음과 같이 말한 바 있다.

---

18) S. E. Hyman, op.cit., pp.386-402.
19) Wayne Shumaker, *Elements of Critical Theory*, pp.95-108.

예술적인 문학작품은 단순한 것이 아니라, 오히려 다양의 의미와 관계를 가진 성층적 성격을 띤 고도로 복잡한 조직이다. ……예술작품의 현대적인 분석은 좀 더 복잡한 문제 — 그 존재의 양식, 그것을 구성하는 여러 가지 층의 체계 — 에서부터 시작해 나가야 할 것이다.[20]

그리고 에이브럼스(M. H. Abrams)의 신비평적 방법에 대한 다음과 같은 설명 자체가 그러한 점을 대변해주고 있다.

원칙상 예술작품을 이러한 외적인 좌표(모방설, 실용설, 표현설 등)들로부터 모두 고립시켜 보면, 그것을 내적 관계를 이루고 있는 부분들로 구성된 자족적 실체로서 분석하며, 그 자체의 존재 양식에 내재한 기준에 따라서만 판단하기 시작한다.[21]

이와 같이 총체적 접근을 목표로 하는 연체비평을 정당화하는 기초는 작품 그 자체로 자꾸만 회귀하는 데에 있는데, 그러기 위해서는 작품을 하나의 자족적 실체로서 분석하고, 내재성의 기준에 따라 평가한다는 데에서 출발하지 않을 수 없다. 그리하여 본 논문의 중심을 이루고 있는 「Ⅳ. 모더니즘 시의 특성」에서는 전술한 바와 같은 원칙에 따라 (1) 시적 어법, (2) 시적 이미저리, (3) 시적 사상 등에 한해서 1930년대의 한국 모더니즘 시의 주종을 이루는 '이미지즘적 특성'을 분석해 보기로 한다. 그리고 또 한 가지 미래파적, 초현실주의적 특성에 대해서는 형태와 시적 의식을 분석해 보기로 한다.

그러나 그에 앞서 '모더니즘의 개념과 전개'라는 장을 설정해서 아직도 불분명한 대목이 많이 남아 있어 보이는 개념을 정리해 보고, 그 전개되어 온 양상을 개관해 보는 것이 필요한 것으로 판단된다. 극히 일반론적임을 면키 어렵겠지만, 그래야 한국적 모더니즘의 수용·변환상을 설명

---

20) René Wellek and A. Warren, *Theory of Literature*, p.16.
21) M. H. Abrams, op.cit., p.26.

할 수 있을 것이다. 그리하여 그 이론적 배경을 모색해 본 것이 'Ⅲ. 모더니즘의 이론적 배경'이 되는 셈이다. 이어서 Ⅴ장에서는 한국시사에서 차지하는 1930년대 한국 모더니즘의 위치를 고찰해 보고, 그 공과 같은 것을 종합해 보기로 한다. 사실 이것은 Ⅲ, Ⅳ장에서 계속적으로 언급이 있을 것이지만, Ⅴ장에서 다시 종합해보기로 한 것이다.

이상으로 접근 방법이며 본 논고의 구성에 대해 약술하였다. 그러나 이와 관련해서 덧붙여 두지 않을 수 없는 것은 비교문학적 방법에 관한 것이다. 본 논고에서는 이를 되도록 피하는 방향으로 기술하려 하는데, 미상불 1930년대의 한국 모더니즘 시의 고찰에서 비교문학적 연구가 매우 적실하며 또한 아직도 미진된 분야라는 사실은 누구나 인정할 줄로 안다. 모더니즘 자체가 서구적인 개념에서 출발한 것이며, 그나마 주로 日本의 그것을 통해서 한국으로 유입된 것이 사실이라면, 한국 모더니즘의 해명에 비교문학적 연구가 절대로 불가피하다 할 것이다. 그럼에도 불구하고 본 논고의 구성에서 제외한 것은 오로지 방법에 난점이 있기 때문이었다. 외국문학간의 교류·영향·수용 등을 연구하는 비교문학은 '문학사의 일분야'라는 말이 일러주듯이 사적 연구의 범위를 벗어나지 못하는 것이다.[22] 그런데 여기에서 취하는 방법은 그런 사적 고찰을 하자는 것이 아니라 전술한 바와 같이 연체비평을 전제로 한 작품 그 자체의 분석에 중점을 두기로 하는 것이다. 따라서 1930년대의 한국 모더니즘 시의 비교문학적 연구는 별고로 시도되는 것이 타당하리라 본다.

---

22) M. F. Guyard, *La Littératture Comparée*, Avant Propos. 참조.

Ⅱ. 모더니즘의 개념과 그 전개

1. 모더니즘의 개념

(1) 모던의 의미

'모던'(modern)의 의미는 무엇인가? 이 질문에 대한 정확한 대답은 쉽지 않다. 특히 주목되는 것은 'modern'의 역어로서 현대·근대를 동일항으로 묶어 놓는 경우가 많은데, 현대와 근대의 의미는 시기상의 문제에서 뿐만이 아니라, 그 속성의 성격에서도 서로 같을 수가 없다. 그럼에도 불구하고, 현대와 근대를 'modern'의 역어로 선택하여 동일항으로 묶어 놓고 있다는 것은 이 용어에 대한 개념 규정의 혼란상이 노출된 것이라고 하기에 앞서, 일반적으로 '모던'의 풀이가 용이하지 않다는 것을 단적으로 입증하는 것이라고도 하겠다. 그것은 비단 동양적 개념으로서 뿐만이 아니라, 서구적 개념으로서도 분명하지가 않아 '모던'의 시기로서 서구인이 구분하고 있는 시간상 한계는, 이미 잘 알려진 바와 같이 1500년 이후, 또는 1750년 이후, 또는 1900년 이후로부터 현재까지로 되어 있다. 이와 같이 그 개념을 규명하기가 어려운 까닭은 아마도 그것이 지니고 있는 시간상의 문제, 속성의 성격, 나아가서 이 두 요소의 상호관계에서 나타나는 현상에 대한 관점의 차이 따위가 합세해서 일으키는 난점 때문일 것이다.

시간은 무한한 과거로부터 무한한 미래를 향해서 흐르고 있다. 이러한 영원한 시간과정속에서 '모던'은 현재(present time)의 연속으로서 이루어지는 바 한 시기를 의미한다. 따라서, 현재는 '모던'의 시간상 기본단위가 되므로, '모던'의 시간상 개념의 규명은 '현재'의 의미 파악이 선행되어야 한다. 시간상의 현재는 과거와 미래가 접합되는 점에서의 유동현상, 다시 말하면 고정된 상태로서가 아니라, 유동하는 시간의 한 과정인 것이다.

고정된 상태로서 인식될 때, 그것은 그 순간 현재가 아니라 과거가 된다. 유동하는 시간으로서의 현재는 지속적이며 미래를 향한다. 여기에서 나타나는 제특성, 즉 유동성·지속성·미래지향성 등은 시간적인 개념에 있어서의 과거나 미래와 구분되는 바 현재가 지니는 특성이라 하겠다. 현재는 무한한 원형질과도 같은 미래를 끊임없이 잠식하여 그 결과로서의 점의 연속인 과거를 형성한다. 따라서, 현재는 시간의 유일한 주체적 성격을 띤다. 그런데 현재의 특성의 하나인 유동성은 불규칙적인 양상으로 나타나는데, 이것은 현재의 결과인 과거라는 연속되는 점이 일정하게 나타나고 있지 않다는 점만으로도 입증된다. 이와 같은 불규칙적인 양상으로서의 유동성은 곧 현재가 변화를 수반하고 있다는 의미가 된다. 바꾸어 말하면 이것은 현재가 그 자체만으로써 추진되는 것이 아니라는 의미이기도 하다. 변화에 따르는 다른 일반적인 현상과 마찬가지로 현재도 다른 많은 요소와 서로 관계를 맺으면서 추진되고 있다. 물론 그 근원적인 동력원은 시간 그 자체이겠지만, 무한한 변화를 일으키는 점은 그 운동에 작용하는 다른 여건에 의한 것이라고 할 수 있다. 특히 과거는 과거로서만 있던 것이 아니라 현재에 지대한 영향을 끼치고 그 방향을 조정하는 구실도 하고 있다. 이러한 과거는 순수한 시간적인 것이라기보다는 하나의 경험적 요소로서 공간적인 성격을 지닌다. 이것이 끊임없이 현재에 접근하여 그것을 밑받침하면서 그것에 작용함으로서 변화를 수반케하는 것은 곧 현재의 또 다른 하나의 특성이라 할 수 있다. 이 특성은 우주·자연·인간 세계를 변화시키는 단초적 구실을 함으로써 한층 중요한 의의를 갖는다.[23)]

그리하여 '모던'은 유동성·지속성·미래지향성이라는 일차적 특성과 변화성이라는 이차적 특성을 가지는 현재를 기점으로 설정되는 일정한 시기를 가리킨다. 바꾸어 말하면 과거의 어느 한 시점으로부터 현재에 이어지는 시기를 의미한다. 이러한 '모던'의 정의는 퍽 모호한 느낌을 줄

---

23) Georges Poulet, *Studies in Human Time*, pp.34-37.

수 있을는지도 모르나, 우리는 여기에서 '모던'이 현재보다 다소 긴 시간
이라는 점과 현재에 이어지는 과거적 성격을 띤 것이라는 점만은 이해할
수 있게 된다. 그러나 우리는 곧 그 시기는 언제부터 언제까지인가? 그리
고 그것을 구분하고 있는 특성은 무엇인가? 라는 새로운 문제에 부딪히
게 된다. 이것은 현재의 변화작용에 의한 그 결과의 누적에 관계된다. 과
거의 시간상에는 이러한 누적의 무수한 변화점이 있다. 이 변화점들은
그때 그때마다 변화의 극을 암시하고 있는 점이다. 그리고 이 극과 극 사
이에는 일관성이 있는 하나의 맥이 흐르고 있다. 이것은 변화라고 하는
혼란속에서의 질서와 같은 성격을 지니는 것으로서 우주나 자연 그리고
인간세계에서, 여러 가지 변화속에서 일관성있게 흐르고 있는 맥과 일치
한다. 이것은 시간적인 제현상이 '시대적 성격'을 띠고 나타나고 있다는
사실을 의미한다. 이러한 시대적 성격 즉 시대성은 경험으로써 이루어진
다. 경험은 듀우이(J. Dewey)가 지적하고 있는 것처럼, 유기체와 환경과의
상호작용으로서(Experience is a matter of organism with its environment) 유
기체를 중심으로 끊임없이 변화한다. 이와 같은 경험의 변화는 시간의
한 양상으로서 시대변화의 기초가 된다.24) 역사적인 시대구분으로서의
고대·중세·근대도 분석해 보면 궁극적으로는 유기체와 환경과의 상호
작용의 변화를 기초로 하고 있다. 즉 고대가 유기체와 우주나 자연과의
상호작용, 중세가 유기체와 신과의 상호작용, 근대가 유기체와 유기체 또
는 유기체가 형성하고 있는 또 다른 세계와의 상호작용 등에 의해서 규
정되고 있다는 것은 바로 그러한 점을 시사하고 있는 것이다. 이와 같이
경험의 요소가 시대를 형성하는 기초로서 일관성 있게 흐를 때, 그것을
중심으로 해서 한 시대를 구분할 수 있고, 또 그 시대를 형성하는 성격
즉 시대성도 파악할 수 있게 된다.

---

24) Hans Meyerhoff, *Time in Literature*, p.1.
   "Succession, flux, change, therefore, seem to belong to the most immediate and primitive
   date of our experience; and they are aspects of time."

그렇다면 '모던'의 시대성 즉 현재에 작용하는 경험의 요소란 무엇인가? 라는 문제를 전제로 할 것이다. 현재에 작용하는 경험의 요소는 다양하며, 따라서 그것을 기초로 하는 시대성 또한 단일할 수가 없다. 인간성(Humanism)을 중심으로 할 때 '모던'의 시기는 역사적인 시기로서의 '근대'에 해당하는 르네쌍스에서부터 현재까지가 될 것이며, 이 시기를 다시 세분해서 계몽주의(Enlightenment)를 중심으로 한다면, '모던'의 시기는 18세기 중엽에서부터 현재까지가 될 수도 있을 것이다. 그런데 인간성이나 계몽주의는 '모던'의 시대성을 이루는 한 근원적인 줄기 구실을 하고 있을 뿐, 현재에의 작용에는 큰 구실을 하지 못하고 있다. 현재에 작용하는 시대성은 계몽주의에 이어서 새로이 형성되어진 20세기적 특성이다. 여기에 광의의 '모던'과 협의의 '모던'과의 한계가 설정된다. '모던'의 역어로서 '근대'는 곧 광의의 '모던'에 해당하고 '현대'는 협의의 '모던'에 해당된다. 그런데 위에서 말한 바와 같이 현재에의 작용도에 따른다면, '모던'은 '근대'라는 개념으로서보다도 20세기적인 특성을 중심으로 하는 '현대'에 가까운 개념으로 해석되어야 할 것이다. 20세기적 특성 즉 현대의 시대성은 부정적인 입장에서 비롯된다. 유기체와 그것의 환경과의 상호작용이라는 경험적 관점에서 볼 때, 20세기는 그 환경적인 여건이 형성되지 않은 시대이다. 고대나 중세 그리고 근대는 나름대로 유기체와 상호작용하는 가운데 유기체가 의존하면서 삶의 가치를 추구할 수 있는 환경을 가지고 있었다. 그런데 20세기는 그 환경적 여건이 될 수 있는 이성을 중심으로 한 19세기까지의 합리주의적인 가치관을 부정·거부한 채, 그 대안을 마련하지 못함으로써 균형을 상실한 시대가 되고 말았다. 이러한 20세기적 특성은 20세기의 사회 전반에 걸쳐 영향을 끼쳤다. 세기말의 해체기를 거친 20세기는 근대적 윤리관·종교관·과학관·예술관 등은 이미 새로운 시대의 길잡이가 될 수 없다고 선언하고, 그것들을 부정 나아가서 파괴하기까지에 이르렀다. 그런가 하면 20세기는 고대나 중세처럼 확고한 지도적 이념이나 가치관 등 그 대안을 마련하지 못함으로써 불안과 혼란을 자초하는 결과를 빚기도 했다.

이러한 20세기적 시대상황 속에서, 인간은 인간적 의의마저 상실한 채 나름대로 딛고 일어설 수 있는 환경 여건을 마련하기 위해서 모험을 시도하기 시작했다. 그들은 이러한 시도를 성취하기 위해서 불합리한 가치 · 욕망 · 열광적 행동 · 본능 · 감정 · 절대적 신앙 등의 길을 찾아 나섰다.25) 이러한 길을 통해서 그들이 도달한 것은, 알베레스(R. M. Albérès)가 지적하고 있는 것처럼, 독특한 형식의 종교적 신앙 · 회의주의를 바탕으로 하는 유미사상 · 비극적인 정치모험 · 초현실주의 · 유일한 교도자로서의 행동주의 등이다.26) 그러나 이와 같은 20세기의 다양한 양상 중 그 어느 것도 20세기를 주도할 수 있는 체계적인 이론을 세우지는 못했다. 따라서 20세기는 지금까지도 확고한 가치관의 정립이나, 또 그것에 의한 방향을 설정하지 못한 채 혼미만 거듭하고 있을 따름이라 할 수 있다.

이와 같은 시대상황의 이면에 흐르고 있는 시대정신은 허무사상과 인간주의이다. 20세기에 와서 급격히 발전하기 시작한 과학문명이 생활을 한층 편리하고 윤택하게 하고 있다는 점에서 그 가치가 인정되고 있긴 하지만, 못지 않게 공포의 대상으로서 인류에게 불안을 안겨주는 대표적인 요인이 되고 있기도 하다. 전쟁의 잔학상과 참화, 군비의 경쟁, 기계문명의 여파로 나타나는 산업공해 등은 구태여 지적할 필요가 없을 정도로 그 큰 요인이 되고 있다. 그러나 그것보다도 인간을 더욱 비참하게 만들고 있는 것은 인간 그 자체의 기계화이다. 그런가 하면 과학적 사고방식은 인간을 비인간화 경향으로 치닫게 하고 있다. 이와 같은 이간의 기계화 내지는 비인간화 등은 과학문명이 주는 20세기적 소산으로서 20세기의 허무사상의 근원이 되고 있다. 이러한 시대정신 속에서 왜소화된 인간은 그 자신을 구제하려고 하고, 나아가선 인간성 회복의 길을 찾아 몸

---

25) R. M. Albérès, *L' Aventure intellectuelle Du XX e Siécle*, p.17
   "De cette déception, la conséquence fut un dépat général vers les valeurs singulières et irrationnelles, vers les désiers, les ferveurs, les instincts, les sentiments, les fidéismes."

26) Ibid., p.17.

부림치고 있다. 이것이 곧 20세기의 인간주의이다. 여기에서 우리는 20세기적 현대의 그 대표적인 특성을 보게 되는 것이다.

(2) 모더니즘의 개념

모더니즘의 개념 역시 '모던'의 의미처럼 분명하게 밝히기는 쉬운 문제가 아니다. 관점에 따라 시기구분이 다르고 또 그 특성도 각각 달리 나타나고 있기 때문이다. 우선 시기를 중심으로 볼 때, 넓게는 르네쌍스기로부터 현대 즉 20세기까지, 좁게는 18세기 중엽부터 현대까지, 더 좁게는 20세기만으로 잡기도 하며, 그 특성도 각기 다르게 해석되고 있다. 또 모더니즘을 '낡은 것'에 대한 '새 것'이라고 하는 변이상을 중심으로 볼 대, 이는 무한한 시간의 흐름속에서 항상 나타나고 있는 성질이기 때문에 어느 한 시기만을 가리킬 수가 없게 된다. 따라서 모더니즘의 개념을 규정하려면 먼저 그 관점이 제시되어야 한다. 여기에서는 전절에서 밝힌 '모던'의 개념에 준거하여 모더니즘의 시기를 구분하고, 또 그 개념도 고찰하고자 한다. 모더니즘과 '모던'은 시간의 면이나 특성의 면에 있어서 서로 불가분의 관계에 있겠기 때문이다.

시기의 면에서 볼 때 모더니즘도 현재를 중심으로 해야 한다는 점은 벗어날 수 없을 것 같다. 그렇다면 '언제부터 언제까지가 현재인가'라는 문제인데, 우선 그 기점을 설정하는 데도 많은 이견이 있어 단정하기에 곤란이 따른다. 광의로 보는 견해는 르네쌍스기를, 그보다 좁게 보는 견해는 18세기의 계몽주의를 그 기점으로 설정하고 있는 듯하다.[27] 그러나

---

27) Monroe K. Spears, *Dionysus and the City*, p.9.
   "In the largest sense, modernism as an ear in Western culture has often described as beginning with the Renaissance in italy, with the Reformation, or with any numorous later events from scientific and mathematical landmarks in the 17th century to revolutionary political ones in the late 18th."
   Harry Levin, *Refractions*, p.271

위에서 지적한 바처럼 현재라는 시간적 변화에 작용을 끼치는 지속적이
고도 다소 일관성 있는 시간적 특성, 즉 모더니티(modernity)를 염두에 둔
다면 르네쌍스기니, 계몽주의기니 하는 견해는 피하는 것이 옳을 것 같
다. 그 이유의 하나는 그러한 시기에 나타난 운동의 특성이 근대 이후의
서구 문화의 큰 조류를 이루고 있다 하지만, 현재라는 시간적 관점에서
볼 때에 그 자체가 모더니즘일 수는 없기 때문이다. 또 다른 하나는 그것
들은 역사적 변천 과정에서의 두 차례의 커다란 변화로서 각각 그 시기
가 구분되어 있을 뿐 아니라, 현대라는 입장에서는 일단계 혹은 이단계
이전의 것들로서 현대적인 것과는 동일하지 않기 때문이다. 따라서 모더
니즘의 기원은 한층 더 현대적 특성과 이어지는 시간적 과정 속에서 찾
아져야 한다.

특성의 면에서도 이야기는 비슷하다. 유기체와 환경과의 상호작용이라
고 하는 경험을 염두에 둔다면, 근세 이래 서구 사회의 변화는 유기체 대
자연・신・인간・과학 등의 관계에서 볼 수 있겠는데, 이 가운데서 모더
니즘적 관점으로 다룰 수 있는 것은 물론 유기체 대 인간・과학이라는
환경과의 상호작용으로 나타나는 제특성이다. 유기체와 신과의 상호작용
에서 나타난 인간적 각성을 통하여 형성된 휴머니즘적 시기가 르네쌍스
기라면, 유기체와 사회제도와 그 습관과의 상호작용을 통해서 형성된 시
기는 계몽주의기가 된다. 그러나 이와 같은 특성들은 19세기 중반기까지
의 서구의 문화사적 중심 조류가 되었을 뿐, 그 이후의 중심 조류는 될
수 없었다. 현대적 중심 조류는 유기체와 과학이라는 환경과의 상호작용
에서 비롯된다. 물론, 여기에서 계몽주의기의 합리주의적 사상을 바탕으
로 하는 과학의 발달을 거론할 수도 있겠으나, 그것보다는 과학을 대하
는 유기체의 태도에서 구분된다. 전자가 과학적 사고방식과 기계문명의
발달을 통해서 사회 제도의 개혁, 습관의 타파, 생활수단의 개선 등 긍정

"Insofaras we are still moderns, Iwould argue, we are the children of and Humanism and
the Enlightment."

적인 반응을 보여준 반면에, 후자는 회의적 반응을 보여주었던 것이다. 그것은 과학의 급속한 발전 때문에 일어난 것이라고 할 수 있다. 다시 말하면 자꾸만 비대해지는 과학을 새로운 환경으로서 맞이하게 된 유기체가, 그것을 낳게 한 종전의 합리적인 사고방식이나 가치기준으로써는 도무지 다룰 수 없는 그런 상황에 이르게 됨으로써 빚어진 결과라고 할 수 있다. 이것은 곧 유기체와 환경과의 상호작용에 있어서의 불균형을 조성시켰을 뿐만 아니라, 과학에 대한 유기체의 왜소화라는 현상을 초래하게 되었다. 따라서 자연히 유기체는 과거에 대해서 회의하기 시작했고, 나아가서 부정·파괴하고 새로운 가치관을 모색·실험하기에 이르렀다. 여기에서 현재에 이어지는 협의의 모더니즘, 즉 현대적 모더니즘의 제특성을 볼 수 있게 된다.

그렇다면 모더니즘의 특성은 언제부터 나타났으며, 또 그 구체적인 양상은 어떠한 것인가? 이 문제에 대한 해답 또한 그렇게 용이하지 않다. 모더니즘적 징후를 지녔다고 볼 수 있는 다양한 양상이 나타나는 시기가 국가별로 각기 다르기 때문이다. 그럼에도 불구하고 우리는 특징적인 몇 개의 양상을 가려낼 수는 있다. 산업주의로 말미암은 자본가와 노동자의 대립, 기계문명의 발달로 말미암은 전쟁 무기의 양산, 또 그것을 토대로 한 군국주의의 발흥 등을 들 수 있을 것이다. 사회적으로는 노동자의 지위 개선과 여권운동이 전개되었으며, 권위에 대한 충성이나 복종 같은 것이 무너지기 시작했고, 애국심이나 신앙심 같은 것이 의문시되는가 하면, 전통에 대한 신념의 상실 등이 나타났다. 그리고 의무교육의 실시로 각종의 일반적인 지식이 보급된 한 편 과학의 발달은 전문화를 촉진시킴으로써 과학적 지식 그 자체가 일반인에게는 한껏 난해한 것으로 여겨지게 되었다. 이와 아울러서 인간 그 자체에 대한 이해도 변화되었다. 인류학은 종교의 원시적 근원을 탐험하기 시작했다. 프레이저(J. Frazer)의 유명한 저서 *The Golden Bough*는 1890년부터 1915년까지 사이에 12권으로 세상에 발표되었다. 니이체(F. W. Nietzche)나 베르그송(H. L. Bergson)과 같은 철학자는 이미 이성보다도 본능의 중요성을 강조했고, 프로이트(S. Freud)와 융(C. G. Jung)과 같은 심리학자는 무의식의 힘과 의미를 해명해 주었다. 그런가 하면 다아윈(C. R. Darwin)은 그의 저서 *On the Origin of Species*를 통해서 생물의 진화설을 발표했다.28)

모더니즘적 징후를 보여주는 이런 여러 양상은 대부분 19세기 후반기에 나타나서 인간생활의 거의 모든 영역에 걸쳐서 엄청나게 큰 충격을 던져 주고 있었고, 닥쳐 올 20세기의 시대성에 결정적인 영향을 끼치고 있었다. 이러한 점들을 근거로 할 때에, 모더니즘의 문화사적 기원은 적어도 19세기 후반기에 나타나 있었다고 해야 할 것이다. 프라이(N. Frye) 는 "현대적 운동은 다아윈이 최종적으로 지적, 목적을 나타냄으로서 낡은 목적론적 개념을 파괴했을 때 시작되었다."라고 주장함으로써29) 모더니즘의 기원을 19세기 후반기로 암시하고 있으며, 또 밴토크(G. H. Bantock)도 "19세기 후년은 아직도 살아남아 있는 한정된 영역에 생활과 경제의 前 산업적 방법의 거의 최종적인 붕괴를 보여 주었다."30)라고 밝히고 있다. 스피어스(M. K. Spears)는 그의 저서 *Dionysus and City*에서 모더니즘의 발생기를 1870년으로 못박고 있는가 하면, 윌슨(E. Wilson)은 그의 저서 *Axel's Castle*에서 역시 현대적 운동의 발생기를 상징주의로 봄으로써 스피어스와 같은 연대를 취하고 있다. 코놀리(C. Connolly)는 그의 저서 *The Modern Movement; One Hundred Key Books from England, France and America (1880-1950)*에서 1880년을 그 기점으로 삼고 있다.

서구의 문화사적 과정에서 나타난 모더니즘적 징후는 곧 예술적 모더니즘의 배경이 된다. 따라서 예술이나 문학에 있어서의 모더니즘의 기원

---

28) Peter Faulkner, *Modernism,* p.14.
   Monroe K. Spears, op.cit., pp.9-10.
29) Northrop Frye, *The Modern Century,* p.110.
   "Modern movement, properly speaking, began when Dawin finally shattered the old teleological conception of nature as reflecting an intellegent purpose."
30) Boris Ford, ed., *The Modern Age,* p.14.

이나 그 특색도 위에서 지적한 것과 같은 일반적 모더니즘의 기원과 특
징을 그 배경으로 하고 있으므로, 자연히 문학에 있어서의 모더니즘의
기원이나 특색에 대한 견해도 한결같지 못하다. 프린스톤(Princeton) 대학
판 *Encyclopedia of Poetry and Poetic*의 현대시학(modern poetics) 조항에서 행한
해설을 보면, 현대시학의 기원을 1750년으로 설정하고 있으며, 웰렉(R.
Wellek)의 *A History of Modern Criticism; 1750-1950*에서도 그 표제가 암시하고
있는 것처럼 현대비평의 기원을 1750년으로 보고 있다. 여기에서는 주로
르네쌍스 이후의 고전적 문학관에서의 탈피라는 관점을 제시하고 있다.
물론 위에서도 이미 지적한 것처럼, 광의로 해석할 때 1750년 이후에 나
타난 경험주의(empiricism) · 초절주의(transcendentalism) · 로맨티시즘 · 사
실주의 · 이상주의 그리고 고전주의의 재생 등이 모더니즘에 영향을 끼
치고 있는 것만은 사실이다. 그러나 현대에 작용하는 모더니즘이라는
관점에서 협의로 해석할 때, 모더니즘의 기원적 징후가 나타난 시기는
아마도 19세기 후반기가 아닌가 본다. 19세기 후반기에 서구에서 나타난
예술 문학운동은 여러 가지가 있지만, 그 중에서도 후기인상주의(post-
impressionism)와 상징주의는 그 이전의 로맨티시즘이나 사실주의와 구분
되는 문학운동으로서 모더니즘의 징후를 보여주고 있는 것들이다. 그것
은 몽롱한 상태에서의 신비와 순간적인 인상의 세계를 상징과 강한 색채
감으로 암시하고 추상함으로써 나타나는 대상의 선택과 표현방법에 있
어서의 혁신을 가리킨다. 이러한 점은 위에서 이미 밝힌 윌슨(E. Wilson)
의 *Axel's Castle*에서도 지적되었고, 또 브래드버리(M. Bradbury)와 맥팔랜(J.
McFarlan)의 다음과 같은 주장에서도 찾아볼 수 있다.

그 용어(모더니즘)는 사실주의자들의 파괴적인 폭넓은 다양성과 낭만적 충격
을 덮기(cover)위해서 사용되어 왔고, 그리고 추상 쪽으로 배열되어 왔다. (인상
주의, 후기인상주의, 표현주의 · · · 상징주의 · · ·)[31]

31) M. Bradbury and J. McFarlane, ed., *Modernism*, p.23.

그러나 정작 예술이나 문학에 있어서의 모더니즘의 제양상은 20세기에 접어들면서 두드러지게 나타난다. 그것은 유기체와 환경과의 불균형을 자각함으로써 파괴적인 혼돈상을 빚어낸 세기말의 데카당티즘을 극복하기 위한 적극적인 자세로서의 예술운동을 의미한다. 세기말의 혼란상을 체험한 문인들은 20세기를 기점으로, 알베레스(R. M. Albérès)가 "이세기의 여명을 타고 패기에 넘친 수많은 배가 대양의 파도를 헤쳐나갔고, 그 대부분은 몇 척의 기함을 중심으로 모여들었다."[32]라고 적절히 묘사하고 있는 바와 같이, 나름대로 희망을 안고 새로운 문예의 선언과 작품을 발표했다. 그런데도 이러한 그들의 노력은 그 이전의 세기에서 보여주었던 확고한 가치기준 하나를 마련하지 못한 채, 마치 열병을 앓고 있는 것처럼 몸부림치고 있었다. 따라서 20세기에 나타난 문학에 있어서의 모더니즘의 제양상은 한 江의 변화있는 흐름이 아니라, 여러 개의 물줄기들이 나름대로의 강을 마련하기 위한 모습으로 점철되었다 할 것이다. 20세기 초에 보인 미래파(Futurism)를 위시해서 2차대전후의 갖가지 문예운동에 이르기까지의 다양하면서 단명한 문예운동은 이를 뒷받침하고 있다. 그런데 이러한 모더니즘도 다시 시대성에 따라 구분되어, 20세기초 이후 1950년 이전까지의 모더니즘에 대하여 그 이후에 나타난 것을 후기 모더니즘(post-modernism)이라 한다. 결정적인 특징으로 볼 수 있는 것은, 1957년의 인공위성의 발사(Sputnik: 1957년 10월 4일에 발사)로 인한 공간정복에 대한 인간의 실질적인 도전의 성공이다. 이와 아울러 다각적인 과학의 발달로 인해서 인간 사회에 새로운 시대가 열리게 된 셈이다. 이에 따라서 1950년대를 기점으로 현재까지의 문예운동의 양상도 그 이전의 모더니즘의 성격과는 다른 경향으로 나타나고 있다.[33] 앙띠-로망

---

32) R. M. Albérès ; op.cit., p.21.
33) Monroe K. Spears, op.cit., p.11.
    "A new phase, or a new movement, had become clearly apparent in all the arts by the middle 1950s. Perhaps the best single date to give for it is a 1957. Since this was the year of Sputnik, ‥‥‥."

(Anti-Roman) 등 일련의 문학운동에서 그러한 움직임을 찾아 볼 수 있다.

20세기 초엽부터 1950년경까지에 나타난 이러한 모더니즘의 특징적인 제양상은 과학적 지식·과학적 사고·과학적 기술의 발전으로 말미암아 비롯된 사회상의 제변화와 그에 따른 인간상의 위축, 인간에 대한 존엄성의 상실 등을 극복하고 회복하기 위한 것들이다. 다시 말하면 이것은 유기체와 환경으로 나타난 과학에 대한 새로운 상황을 배경으로 전개되고 있다. 우선 이것은 과학에 대한 옹호와 그 특성에 대한 찬양으로 나타나고 있는가 하면, 과학의 발달로 말미암아 나타난 새로운 변화를 맞이하게 된 유기체가 그 이전의 모든 예술적 방법에 대한 부정 내지는 파괴를 주장, 선언하고 실천하기도 했다. 또 그들은 이성적이고 이론적인 세계에서 벗어나 비이성적이고 비논리적인 세계에 대한 탐험을 시도하기도 했다.

과학문명이 발달됨에 따라 그 자체를 찬양하고 그러한 속성을 대상으로 한 표현등이 20세기초에 나타나고 있었다. 이것들은 그 이전 19세기의 문예전통을 부정, 나아가서 파괴하고 새로운 방법을 실험해 보여 주었다. 과거의 문학전통 즉 고전주의나 순수문학에서의 해방을 주장했으며, 이것의 구체적인 방법으로서 자유시의 시형이 실험되었고, 시적 영감은 무한한 미래를 지향해야 한다고 선언하였다. 이와 같은 문예운동으로서는 우선 미래파 운동을 들 수 있다. 미래파 운동은 1909년 2월 20일에 이탈리아의 시인 마리네티(F. T. Marinetti)가 파리의 *Figaro*지에 미래파 선언 (Manifesto Futurista)을 발표함으로써 시작되었다. 이 무렵의 미술운동도 표현상의 혁신을 보여주고 있었다. 1905년에 나타난 야수파(Fauvism)와 1908년에 나타난 입체파(Cubism)와 같은 운동이 곧 그것이다. 야수파가 자연주의적 묘사에서 벗어나 주정적이고 강한 색채감을 보여준 유파라면, 입체파는 야수파의 주정성에 대하여 주지적이고 물체의 입체적 구성의 표현에 중점을 둔 유파였다.

과거의 예술적 전통과 방법을 부정하고 파괴하려는 운동의 대표격은 다다이즘(Dadaism)이다. 다다이즘은 'dada'라는 무의미한 용어 자체가 보여주고 있듯이, 일차대전의 파괴와 잔학상을 배경으로 한 허무적 성격을 밑바닥에 깔고 있다. 다다이스트들은 기성예술의 전통을 부정, 파괴함으로써 새로운 질서를 갈망했고, 또 그것은 속박에서의 해방 특히 도그마와 형식에서의 개인의 해방을 위한 시도였다.

처음에는 전쟁을 반대했고, 예술과 문학이 지금까지 수행해 왔던 역할을 의심했던 전위파의 작가들과 예술가들의 한 모임정도였지만, 그들은 관례적인 취향을 비웃었고, 고의적으로 예술을 분해하기 시작했다. 그것은 그 어떤 형식주의적 탐구 무드에서가 아니라, 문화가 추악한 도덕성에 오염되었던 그 지점을 찾아내고, 창조력과 생명력이 엇갈리기 시작했던 순간을 탐지하려는 욕망에서였다.[34]

그러나 이와 같이 이성적이고 이론적인 세계를 극단적으로 부정하고 파괴한 다다이즘과는 달리, 20세기적 입장에서 새로운 문학이론을 주장하고 있는 유파는 이미지즘(Imagism), 심리주의(Psychologism), 원시주의(Primitivism), 표현주의(Expressionism), 초현실주의(Sur-realism), 행동주의(Activism), 실존주의(Existentialism) 등 다양하다. 1908년에 휴움(T. E. Hulme)을 중심으로 하여 영·미의 시인 비평가들의 일부로 이루어진 이미지스트들은 프랑스의 상징주의와 영국의 로맨티시즘 등에 반대하고 시의 형식과 표현의 방법을 혁신하여 '견고하고 건조한(hard and dry)' 시를 표방했으며, 표현주의도 1910년경에 출현한 것으로 본질과 진실을 표현하기 위해서 특히 언어에 관심을 두고 정열적이고 압축적이고 직접적인 방법을 시도했다. 로오렌스(D. H. Lawrence)는 그의 소설작품에서 원시주의적 요소, 즉 생명력의 근원에 대한 것으로서의 새로운 영역을 제시해 주었고, 심리학자들이나 초현실주의자들은 무의식과 잠재의식 세계를 탐구함으로써 인간에게 주어질 수 있는 궁극적인 자유의 영역을 보여 주었다.

34) C. W. E. Bigsby, *Dada and Surrealism*, p.9.

조이스(J. Joyce)와 프루스트(M. Proust)는 이를 작품 형성의 원리로 활용하여 선풍을 일으켰다. 그리고, 행동주의자와 실존주의자들은 직접적 체험으로서 행동과 현실 참여라는 새로운 방법을 주장하고 나섰다.

이상과 같은 20세기에 접어들면서 나타난 모더니즘의 제양상에 대한 특징은 결코 간단하게 요약될 수 있는 성질의 것이 아니다. 다만 유기체가 위축됨으로써 야기되는 불균형에 대처하는 예술가의 다양한 시도를 볼 수 있을 뿐이다. 그것은 구체적으로 과학문명의 발달로 말미암아 나타난 사회제도와 조직의 변화, 거대한 기계문명의 횡포 등에서 빚어지는 비인간화 경향, 생명의 무가치화 그리고 인류의 미래에 대한 신념의 상실 등을 목격한 유기체의 간헐적인 몸부림이라고 할 수 있다. 예술인들은 본연의 인간을 회복한다는 기치를 내걸고 생명의 근원을 탐구하는가 하면, 인간의 절대 자유를 추구하기도 했다. 그리고 아울러 그들은 이것을 표현하기 위해서 문학과 예술의 기성 형식을 파괴했고 새로운 형식과 방법의 모색에 골몰했으며 또 부단히 실험했던 것이다.

(3) 한국적 모더니즘의 개념

한국에서는 新·근대·현대라는 단어가 modern의 역어로 쓰이고 있다. 신문학·근대문학·현대문학 등 그 예는 한국문학의 문헌목록을 보면 쉽게 찾을 수 있다. 이와 같은 현상은 전술한 바와 같이, modern에 대한 역어의 혼란에서 기인한 것이라고도 말할 수 있겠으나, 달리 보면 근대와 현대로 세분되어 있다는 점에서 훨씬 시간적인 정확성의 밀도를 보여주고 있다고도 할 수 있다. 그런데도 우리는 구분해서 사용하려고 하는 노력에 차라리 인색한 경향이 있지 않았나 싶다. 여기에는 여러 가지 이유가 있을 것이다. 무엇보다도 '모던'이라는 개념은 한국의 시대상황을 기준으로 한 것이 아니라, 서구의 시대상황을 기준으로 형성되었다는 점을 생각할 수 있을 것이다. 다시 말하면 시간적으로는 한국과 서구가 동일 시간대에 놓여 있지만, 그 상황은 서로 같지 않다는 의미이다. 따라서 한국의 '모던'의 개념은 시간적인 관점에서 보느냐, 아니면 시대 상황적인 관점에서 보느냐에 따라 달라질 수 있는 소지를 가지고 있는 것이다. 이런 한국적 '모던'의 실상은 한국적 모더니즘의 경우에도 그대로 나타난다. 그러나 한국적 모더니즘의 개념을 시간적인 관점보다도 시대 상황적인 관점에서 확립해야 한다면, 이제 우리도 근대와 현대가 구분되는 한국적 모더니즘의 개념을 명확히 규정지어야 할 단계에 와 있는 것이다

한국에서의 모더니즘의 기점은 관점에 따라 각기 다르게 설정될 수 있으니, 가령 관념의 세계에서 벗어나 실질을 숭상하려는 민중적 자각을 위주로 한다면, 그것은 실학사상이 나타난 영·정 시대가 될 것이다. 또 서구의 문물제도를 받아들여 한국의 사회를 개혁하고 인습을 타파하고 과학을 보급하는 등 이른 바 개화사상을 위주로 한다면, 그것은 1894년의 갑오경장이 될 것이다. 이러한 시대성은 문학에도 그대로 반영됨은 물론이다. 영·정 시대의 소설의 발달, 사설시조와 기행가사 등의 형성·발달이라든가, 1894년 이후에 발생한 신소설과 개화시, 신시 등이 곧 그것이다. 그러나 현대의 변화에 작용을 미치는 시대성을 위주로 한다면, 즉 모더니티(modernity)를 위주로 한다면, 위와 같은 모더니즘의 기점의 설정은 재고되어야 할 것이다. 이를테면, 영·정 시대의 실학사상이나 갑오경장은 광의의 모더니즘 즉 근대적 모더니즘에는 속하지만, 협의의 모더니즘 즉 현대적 모더니즘의 범주 속에는 들어갈 수 없는 것이다.[35]

한국에서의 현대적 모더니즘에 대한 개념의 규정도 결코 쉬운 문제가 아니다. 한국에서의 시간과 그 시대적 상황에 난점이 있기 때문이다. 주지하는 바와 같이, 서구의 로맨티시즘적 시풍과 사실주의적 소설 경향이 한국에서는 1920년 전후에 일어났고, 현대적 모더니즘의 여명이라고 할

---

35) 서구적 개념으로 볼 때, 여기에서의 근대적 모더니즘은 19세기 말 이전의 광의의 모더니즘을 의미하고, 현대적 모더니즘은 19세기 말 이후의 협의의 모더니즘을 의미한다.

수 있는 19세기 말의 서구의 상징주의적 경향이 한국에서 나타난 때도 바로 이 무렵이었다. 한국에서 이러한 경향이 일어나고 있을 무렵, 즉 1920년 무렵에 서구에서는 현대적 모더니즘의 제양상과 특징이 이미 굳혀지고 있었던 것이다. 바꾸어 말하면 시간은 현대 즉 20세기인데 비해 시대적 상황은 특히 서구를 중심으로 할 때, 근대 즉 19세기적인 시대 상황에 머물고 있다는 의미이다. 바로 이러한 상황이 한국의 현대적 모더니즘의 개념을 규정하는데 커다란 난점이 되며, 따로 한국적인 기준 설정의 필요성이 절실히 요청되는 점이기도 한 것이다.

따라서 모더니즘의 개념을 규정하기 위한 기준으로서의 조건은 주로 시간과 특성에서 찾아져야 할 것이다. 이 경우 시간은 말할 것도 없이 20세기이어야 할 것이며, 특성은 서구의 20세기적 모더니즘이 지니고 있는 시대적 상황이 그 중심이 되어야 할 것이다. 다시 말하면 '서구의 20세기적 모더니즘의 징후가 한국에서 최초로 시도되어진 시기가 언제인가'와 그 무렵에 나타난 시대적 상황의 현대성 여부 등이 그 기준이 되어야 한다는 의미이다. 문학에서의 모더니즘의 개념 기준도 이러한 일반적인 기준을 토대로 설정되어야 함은 물론이다. 구체적으로 말하면 한국문학사에서 서구의 20세기적인 문학의 싹이 튼 시기가 언제인가? 그리고 그러한 문학의 제특성은 무엇인가 등이 기준으로 설정되어야 한다는 의미이다.

1920년을 전후하여 한국에서 나타난 문학의 제양상은 金億의 「나의 적은 새야」(『學之光』 5호, 1915), 朱耀翰의 「불노리」(『創造』 창간호, 1919), 李相和의 「나의 寢室로」(『白潮』 3호, 1923), 吳相淳의 「虛無魂의 宣言」(『東明』 18호, 1923) 등 일련의 서정적 자유시의 경향과 李光洙의 관념적·이상주의적 소설의 경향, 金東仁, 廉想涉, 玄鎭健 등의 자연주의적·사실주의적 소설의 경향 등으로 나타난다. 이러한 경향 등은 현대적 모더니즘과 구분되는 근대적 모더니즘에 속하는 것들이다. 그러나 1920년대 중반에 나타난 몇몇 시인들의 시풍과 문학 운동은 1920년 전후의 시풍 및 문학 운동과는 다른 경향을 보여 준다. 즉 李章熙의 「봄은 고양이로다」(『金星』 3호, 1924), 「봄철의 바다」(『新民』 26호, 1927) 鄭芝溶의 「카페·프란스」(『學潮』 1호, 1926) 「Dahlia」(『新民』 19호, 1926) 등과 같은 시 작품에서는 그 이전의 시풍과는 다른 새로운 시적 기법, 즉 섬세한 감각적 이미지를 구사하고 있다. 이러한 경향은 시의 형태의 변환, 이미지의 본격적인 구사라는 점에서 현대적 모더니즘의 선구적 시도라고 할 수 있다. 그리고 카프파들이 시도한 프롤레타리아 문학 운동은 정치적인 혁명 즉 프롤레타리아 혁명이라는 이데올로기를 내세움으로써 현대적 특성을 보여주긴 했으나, 문학의 수단화라는 공식 속에서 벗어나지 못함으로써 문학적인 성과를 거두지는 못했다.

한국에서 정작 현대적 모더니즘이라고 할 수 있는 운동이 전개된 것은 1930년대에 접어들면서부터라고 할 수 있다. 그것은 서구의 20세기적 모더니즘의 양상과 특성에 부합된다고 할 수 있는 몇 가지 징후를 중심으로 하는 문학적 흐름과 운동이 이 무렵에 나타났기 때문이다. 이것들은 20년대의 그것과는 구분되는 것으로서, 서구의 것과 비교할 때 시간적으로는 좀 늦은 감이 있기는 하지만, 한국문학의 입장에서는 비로소 시대에 맞는 현대적 모더니즘의 문학 경향을 갖출 수 있게 된 것이다. 1930년대 한국의 문학 경향은 1920년대 후반기의 감각시의 경향, 카프(KAPF)파의 프롤레타리아적 문학 경향 등의 연속으로서 1930년대 초에 출현한 서정시 운동(순수시), 모더니즘 시운동, 이어서 잇달아 나타난 미래파적·다다이즘(Dadaism)적·초현실주의적·심리주의적 제경향과 농촌을 대상으로 한 농민소설과 역사소설의 출현 등이 있다. 그리고 1930년대 후반기에 나타난 것으로는 생명파의 인간주의적 경향, 식민지적 상황에 대한 저항적 경향, 자연파 등이 있다. 이 가운데서 특히 혁신적 의의를 지니는 것으로는 서정시 운동, 모더니즘 시운동, 미래파적·다다이즘적·초현실주의적·심리주의적 경향 등을 들 수 있다. 구체적인 예를 든다면 시문학파 중의 鄭芝溶의 감각시 경향, 金起林의 모더니즘 시운동과 그 시적 경향, 李箱의 시와 소설에 나타나고 있는 미래파적, 다다이즘적, 초현실적, 심리주의적 경향 등이다.

　이와 같은 1930년대 한국문학은 주로 20세기의 서구의 문예사조를 수용함으로써 이루어진 것이지만, 그 전개과정과 방법, 그리고 영역에 있어서 많은 차이를 보여주고 있다. 우선 그 발생과정면에서 볼 때, 전술한 바와 같이 서구의 20세기적 모더니즘이 과학문명의 영향으로 나타난 전통적인 가치관의 전도, 기성 사회제도와 종교관에 대한 회의와 불신이라는 시대적 상황에서 필연적으로 발생한 것이라면, 한국의 그것은 그 당시의 시대상황 즉 식민지 치하에서의 공포와 불안이 지배하고 있던 현실을 외면한 채 日本을 통해서 그대로 이식시킨 모방적인 것이 많았다. 따라서, 본질적인 영역에까지 침투되지 못한 채 새로운 것을 찾고자 하는 조급한 시도가 되고 말았다. 다시 말하면 서구의 문예이론과 방법을 재빨리 수용해서 1920년대의 한국문학의 현실을 비판하고 새로운 것을 주장·실천하려고 한 점까지는 좋았으나, 그것이 형식면에만 치우친 나머지 내면적인 개혁 즉 당시의 시대상황이나 시대정신의 철저한 탐구에까지는 이르지 못했다는 의미이다. 그리하여 서구적인 것과는 거리가 먼 불균형적이고도 빈약한 결과를 낳고 말았던 것이다. 또 영역면에 있어서도 예술 전반에 걸쳐 이루어진 서구와는 달리, 한국에서는 문학의 분야에서만 이루어졌다. 그 뿐만 아니라 시대의 주류를 이루는 한 사조로서 일관된 서구와는 달리 한국에서는 문학의 분야, 그것도 앞서 지적한 바와 같이 일부의 흐름에 그치고 있었다. 또 서구의 다양성에 비해서 한국의 그것은 한 두 가지 사조의 이식에 불과한 것이었다. 그러나 20세기라고 하는 시간에 맞는 시대성을 찾아 현대화하려고 한 점과 또 이것을 가지고서 뒤진 우리의 문학 현실을 현대적으로 전환시키려고 한 점 등으로 미루어 볼 때, 이러한 시도는 한국의 입장에서는 당시 하나의 획기적인 일이 아닐 수 없었다.

　이 시도는 성공여부와는 관계없이 1930년대 한국문학에 지대한 영향을 끼치게 되었다. 그것은 1920년대 문학의 양상을 부정하고 현대적 문학을 구축하려고 한 점인데, 구체적으로는 문학의 형태와 의식에서 나타나고 있다. 문학의 형태는 주로 시에 관계되는 것으로서 1920년대의 감상적·로맨티시즘적 표현에 대한 주지적인 표현, 자연적 감정과 자연적 표현에 대한 문명적·도시적 감각과 의도적인 표현, 기성의 논리적 표현에 대한 부정적·비논리적 표현 등의 변환을 가져 왔다. 그리고 문학의 의식면에서는 일상적인 의식상태에 대한 내면의식의 갈등과 독자적인 표현 등의 변환을 불러 일으켰다. 이러한 특성은 한국에서는 1920년대의 그것과 비교할 때 능히 새로운 일대 혁신이었으며, 이러한 특성을 중심으로 이루어진 문학활동에 의해서 한국문학은 현대적 모더니즘의 대열에 들어서게 된 것이다.

2. 모더니즘의 전개

한국 시문학사에서 1930년대는 하나의 큰 분기점이 되고 있다. 그것은 1920년대의 근대시적 성격이 현대시적 성격으로 바뀌었음을 의미한다. 전술한 바와 같이 1930년대에 들어서면서 한국 시단에는 1920년대의 것과는 다른 새로운 시적 방법이 등장했다. 시문학파에 의한 심미적인 방법과 모더니스트의 이미저리와 자의식에 의한 시작의 방법 등이 특히 두드러지는데, 그 중에서도 현대시적 성격을 의도적으로 보여준 것은 모더니스트들이었다. 그들은 日本을 통해서 서구의 현대시의 한 이론을 도입, 그것을 배경으로 시문학의 새로운 이론을 전개했고 그 방법을 실천했다. 따라서 한국시는 이들에 의해서 비로소 현대성(modernity)을 획득하게 된 셈이며, 또 이 점으로 해서 그들의 시문학사적 공로도 인정되고 있다. 그런데도 모더니즘 시운동의 전개상황, 즉 시기·양상·성격 등은 아직까지도 구체적으로 밝혀지지 않고 있을 뿐만 아니라, 밝혀진 것이라 할지라도 대부분 개괄적인 데에 그치고 있는 실정이다.

　모더니즘 시운동이 언제부터 전개되었는가? 이 물음에 대한 해답은 어쩌면 애매할는지 모른다. 그것은 한 운동의 출범을 알리는 선언이나 한 유파의 결성시기를 확실하게 하는 동인지의 발간과 같은 것을 취하고 있지 않기 때문이다. 그런 이유에서인지는 몰라도 지금까지의 여러 문학사에 기록된 그 발생시기는 한결같지 못하다. 白鐵의 『朝鮮新文學思潮史』에서는 그 발생시기를 1933년 이후로 보고 있다.

> 『詩文學』지에는 같은 藝術派에 屬하면서도 金永郎 등의 純抒情的인 傾向과는 對照되는 新感覺派的인 傾向을 가진 詩人들 鄭芝溶·金起林 등이 參加해 있었는데 그 新感覺派의 傾向이 1933년의 '九人會' 이후 詩壇의 一流行性을 띠고 나타난 것이다.[36)]

　趙演鉉의 『韓國現代文學史』에서는 다음에서 보는 바와 같이, 1933·4년(『詩文學』파의 등단시기를 기준으로 할 때) 무렵으로 처리하고 있다.

> 『詩文學派』와 『九人會』 등이 文壇의 中心的인 文學的 方向을 開拓 및 創造해 나아갈 때 이보다 3·4년 늦게 擡頭된 文學的인 한 勢力은 主知主義와 新心理主義的인 一 傾向이었다.[37)]

　무엇을 기준으로 보느냐에 따라 그 발생 시기를 달리 볼 수도 있겠지만, 모더니즘 시운동이 이론과 실천(창작)을 겸한 시기를 기점으로 본다 하더라도 그 발생시기는 이보다 좀 앞당겨질 수 있지 않나 싶다. 모더니즘 시운동의 대표자라 할만한 金起林은 1931년 2월 11일자에서부터 동년 2월 14일자까지의 『朝鮮日報』 학예란에 「詩의 技術, 認識, 現實 等 諸問題」라는 시론을 발표한 점, 金起林 자신의 "30年代의 初期부터 중반까지

---

36) 白鐵, 『朝鮮新文學思潮史』 하권, p.225.
37) 趙演鉉, 『韓國現代文學史』, pp.500-501.

의 약 5·6年 동안 特異한 모양을 갖추고 나왔던 「모더니즘」의 位置"[38]
라고 한 진술 등을 토대로 할 때, 그 시기는 1931년으로 거슬러 올라가야
할 것이다. 그리고 시작품의 발표시기를 보더라도, 鄭芝溶의 위치를 어떻
게 보느냐에 따라 다르겠지만, 鄭芝溶을 모더니스트로 간주할 경우 그
시기는 1920년대 후반으로까지 소급할 수 있을 것이고, 설사 鄭芝溶을 모
더니스트로 간주하지 않는다 할지라도 1931년이라는 시기만은 바뀌어지
지 않는다. 그것은 金起林이 모더니즘적인 시작품 「苦待」를 1931년 11월
에 『新東亞』지에 발표하고 있기 때문이다. 이와 같은 근거들을 토대로
하여 모더니즘의 발생 시기를 측정한다면, 그 시기는 1933·4년에서 2·3
년이 앞당겨진 1931년으로 정리되어야 할 것이다. 그렇다면 1931년을 기
점으로 전개된 모더니즘의 성격과 그 양상은 어떠한 것인가.

 한국 모더니즘의 성격은 그 방법과 내용에서 고찰할 수가 있다. 우선
방법의 면에서 볼 때 1920년대의 한국시의 경향을 비판하고 거기에 대한
대안으로서 새로운 시론을 내세우고 있다. 이와 같은 의도적인 방법은
신시 이후 한국의 새로움을 추구하는 문학 방법론에 하나의 전환점을 마
련했다는 점에서 획기적인 의의를 지닌다. 그것은 르네쌍스 이후 서구의
각 문예사조의 변천과정에서 볼 수 있는 그 방법론, 즉 이전의 사조의 단
점을 비판하고 그에 대해 새로운 이론과 방법을 제시하는 방법론이 비로
소 한국의 시단에서 자각적·의도적으로 시도되었다는 점에서다. 이것은
외국의 문학 이론과 경향을 일방적으로 모방·도입·실천한 것과는 다
른 한국의 시에 대한 자각증상으로서 이전의 시문학파에서도 시도된 것
이기는 하지만, 구체적이고 의도적이라는 점에서 차이가 나타난다. 시문
학파가 시는 언어의 예술이라는 자각을 통해 1920년대 시의 한 경향을
계승, 심화시키는데 그쳤을 뿐, 이론적으로 체계를 세우고 의도적으로 내
세우지 못한 데 비해서, 金起林은 1920년대의 시의 성격을 "自然發生的,
센티멘탈·로맨티즘적, 偏內容主義的"이라고 비판하고, 새로운 시는 "人

---

38) 金起林, 「모더니즘의 歷史的 位置」, 『人文評論』 창간호, p.80.

工的, 主知的, 形式과 이데의 調和"이어야 한다는 이론을 주장하고 있는 점 등이 그것이다.

그리고 또 하나의 새로운 것은 이론과 실천(창작)을 동시에 시도하려고 한 점이다. 이것은 신시 이후 한국 시단에서는 처음으로 시도되었다는 점에서 뿐 아니라, 시의 균형적인 발전을 위한 토대가 비로소 이루어지기 시작했다는 점에서도 그 의의가 큰 것이다. 문학이론의 뒷받침 없이는 작품의 창작도 이루어질 수 없으며, 또 문학작품의 창작 없이는 문학이론도 전개될 수 없을 뿐만이 아니라, 궁극적으로는 무용한 것이 된다. 다시 말하면 문학이론과 창작이 상보적인 역할을 수행함으로써만 문학의 균형적인 발전도 가능하게 된다는 의미이다. 이것은 상식적이고 평범한 이야기일른지 모르지만, 한국의 문단에서는 모더니즘 시운동 이전에는 발표된 시작품의 양에 비해서 시이론의 전개는 거의 찾아 볼 수 없는 형편이었기에, 시문학의 균형적인 발전에 문제가 있었다면 이 점 역시 소홀하게 다룰 문제는 아닌 것이다. 그리고 발표된 소수의 시이론의 경우도 초보적이고 단편적인 것이 아니면, 부분적인 것으로서 모두 시사성을 벗어나지 못하고 있었기에, 시창작에는 큰 도움을 주지 못하고 있었든 것이다.[39] 따라서 시의 균형적인 발전을 이룩할 수 있을 정도의 체계적인 시론의 시도는 역시 모더니즘의 시운동과 더불어 최초로 전개된 셈이다.

모더니즘의 내용에 있어서 파악되는 성격도 한국의 시문학을 근대적인 것에서 현대적인 것으로 변환시켰다는 데에서 그 의의가 큼을 알 수 있다. 이러한 점은 金起林이 직접 서구의 20세기의 문학과 대비하여 내세우고 있는 다음과 같은 주장에서 뚜렷이 나타난다.

---

39) 발표된 것 중에서도 대표적인 것으로는 金億의 「詩形의 韻律과 呼吸」(『泰西文藝新報』, 1918), 朱耀翰의 「노래를지으시려는이의게(詩作法)」(『朝鮮文壇』, 1924), 金素月의 「詩魂」『開闢』, 1925) 등이 있을 정도이다.

英國에 있어서는 「죠-지안」은 아직도 十九世紀에 屬하며 文學에 있어서의 二十世紀는 「이미지스트」에서 시작되었던 것이다. 佛蘭西에서는 立體詩의 試驗 以後 「다다」, 超現實派에, 伊太利의 未來派 等에 二十世紀 文學의 徵候가 나타났다. 朝鮮에서는 「모더니스트」들에 이르러 비로소 二十世紀의 文學은 시작되었다고 나는 본다.[40]

이와 같은 주장의 지표로서 그는 "「모더니즘」은 詩가 爲先 言語의 藝術이라는 自覺과, 詩는 文明에 대한 一定한 感受를 基礎로 한 다음, 一定한 價値를 意識하고 씌어졌다."라고 전제한 다음과 같은 두 가지를 내세우고 있다. "材題부터 爲先 都會에 求했고 文明의 뭇 面이 風月 대신에 登場했다. 文明 속에서 形成되어가는 새로운 感覺, 情緖, 思考가 나타났다."와 "視覺的 影像, 말의 含蓄性, 會話의 內在的인 「리듬」" 등이 곧 그것이다. 그가 제시하고 있는 이와 같은 바를 통해서 볼 때, 金起林의 모더니즘적 경향은 1920년대의 시작품에서 나타나는 것과는 구분되는 것들이며, 나아가서 그 자체가 서구의 현대시와 맥락이 이어지는 것임은 분명하다. 또 다른 하나의 성격은 한국의 모더니즘은 유파나 동인으로써 출발한 것이 아니라는 점이다. 그 당시까지의 한국시단의 대표적인 경향은 대부분 '유파'나 '동인'의 이름으로서 지칭되다싶이 한 그룹에 의해서 형성되고 있었는데 모더니즘은 그 출발에서부터 이러한 과정을 거치지 않은 채 시단의 한 흐름으로서의 계열을 형성한 것이었다.

「모더니즘」은 集團的 詩運動의 모임은 갖지 못했다. 또 우에서 말한 特徵을 個個의 詩人이 모조리 가춘 것은 아니다. 오직 大部分은 部分的으로만 「모더니즘」의 징후를 나타냈다. 또 그것이 반드시 意識的인 것도 아니고 詩人的 敏感에 依한 天才的 發見인 境遇가 많았다. 그러나 如何間에 우에서 말한 두가지의 指標를 통해서 우리는 몇 사람의 優秀한 詩人과 및 그 詩風을 한개의 流派로서 槪括하는 것은 安當한 일이다.[41]

---

40) 金起林, op.cit., p.93.
41) Ibid., p.84.

여기에는 모더니즘을 하나의 유파로서 보려는 의도가 엿보이긴 하지만, 어하튼 집단으로 출발하지 않고 개인에 의해서 주장되다싶이 한 모더니즘 시운동이 당시 시단의 한 세력으로 확대되었다는 사실은 짐짓 주목할 만한 일임에 틀림없다. 그리고 이와 같은 상황은 당시 한국 시단에서 새로운 시의 이론을 갈망하고 있었다는 사실과 또 새로운 시론을 수용할 수 있을 정도로 수준이 향상되어 있었다는 것을 암시해 준다.

이와 같은 성격을 지니고 있는 한국의 모더니즘은 여러가지의 양상으로 전개되었다. 그것은 우선 이론과 실천(창작)면으로 대별된다. 그리고 이론은 시론과 비평론으로, 실천은 이미지즘적인 경향과 미래파·다다이즘·초현실주의 등의 절충적 경향으로 세분되어진다.

시론은 주로 金起林에 의해서 전개, 주장되었다. 그는 1931년에 발표한 「詩의 技術, 認識, 現實 等 諸問題」를 비롯해서 1932년에 「詩의 方法」 그리고 이어서 1933년에는 「詩의 모더니티」와 「現代詩의 表情」 등 시에 관한 이론을 발표했다. 「詩의 技術, 認識, 現實 등 諸問題」에서는 시의 혁신을 기교, 인식, 현실면에서 주장하고 있으며, 「詩의 方法」에서는 1920년대의 시의 방법에 대하여 비판하고, 새로운 시에 대한 일종의 선언같은 것을 내세우고 있다. 그는 과거의 시를 자연발생적인 것으로 보고 이것을 '자인(Sein; 존재)'의 세계로, 새로운 시를 주지적인 시로 보고 이것을 '졸렌(Sollen; 당위)'의 세계로 각각 명명 구분하고, 자연발생적인 시에 대해서 주지시를 주장했다. 「詩의 모더니티」에서는 과거의 시와 새로운 시의 한계를 구체적으로 구분하였으며, 「現代詩의 表情」에서는 그의 시론의 목표점이기도 한 현대시의 표정으로서 원시성을 들고 나아가서 명랑성과 건강성을 주장하고 태양과 기계를 찬미함으로써 현대시에 하나의 활로를 제시하려고 했다. 이와 같은 金起林의 일련의 초기 시론은 당시 모더니즘의 시운동을 전개할 수 있게 한 주축이 된 이론의 구실을 했거니와, 이 외에도 1935년에 『朝鮮日報』에 발표한 「午前의 詩論」을 위시해서 1940년까지 쓰여진 대소 17편의 시 및 비평에 대한 이론은 이러한 입장을 대변하고 있다.[42] 이에 대한 구체적인 고찰은 다음 장에서 시도하고자 한다.

　모더니즘에 관계되는 이론은 이러한 시론 외에 다른 분야에서도 전개되었다. 비평가인 崔載瑞와 李敭河 등의 이론이 곧 그것이다. 물론 모더니즘과의 관계에서의 이들의 위치가 문제될 수 있다. 이들과 모더니즘 시운동과의 구체적인 유대관계가 드러나지 않고 있을 뿐만 아니라, 金起林의 언급처럼 모더니즘이 유파로서 출발되지 않았다고 한다면, 직접적인 관계는 없었던 것으로 보인다. 그러나 金起林의 시론이 영·미의 이미지스트들의 시론과 리처즈(I. A. Richards)의 문예이론에 근거를 두고 있다는 점, 崔載瑞와 李敭河가 또한 그러한 영·미의 시론과 문예이론을 거의 같은 무렵에 도입, 전개했다는 점 등이 공통으로 작용해서, 수용자나 독자에게 하나의 동일 경향에 대한 인식을 가능케 했다는 점에서 한 계열이라고 하는 관점을 부각시켜주고 있다. 그만큼 이들은 상보적인 관계에 있었을 가능성이 짙다. 따라서 崔載瑞와 李敭河도 모더니즘 시운동의 맥락에서 그들의 위치가 규명되어야 할 것이다.

　李敭河는 1933년에 「文藝價値論」을 발표했다.[43] 여기에서 그는 리처즈 (I. A. Richards)의 저서 *Principles of Literary Criticism*과 *Practical Criticism* 등을 중심으로 심리학적 관점에서의 충동설에 입각한 가치이론을 전개하였다. 이것은 그 당시로서는 새로운 가치 개념과 가치 기준을 모색한 이론이었다. 그리고, 이것은 한국에서의 분석비평 이론의 선구적인 기점으로서 주목되는 이론이기도 하다. 그는 이어서 1935년에 「朝鮮 現代詩의 研究」 (『朝鮮日報』, 1935. 10. 4.-11.)를 발표하였다. 그는 여기에서 실천적인 면에서의 시의 개념과 그 비평 기준을 모색하고 있다. 그의 이러한 이론은 당시 한국 비평계에는 새로운 것으로서 그가 밝히고 있는 바와 같이 예술 작품을 분석, 이해하는 데 크게 도움을 주었을 것이라는 점에서 그 의의

---

42) 金起林, 『詩論』, 白楊堂, 1947.을 근거로 한 것임.
43) 李敭河, 「文藝價値論」, 『朝鮮日報』, 1933. 1, pp.21-31.

가 있었던 것으로 보인다.44)

　이러한 입장의 이론을 폭 넓게 본격적으로 도입, 소개했다는 점에서 崔載瑞는 李敭河보다 더욱 적극적이었다고 할 수 있다. 그는 1934년『朝鮮日報』학예면의 하기 예술강좌 문예편에 「現代主知主義 文學 理論의 建設－英國 評壇의 主流－」를 발표했으며 이어서 「批評과 科學－現代主知主義 文學理論의 建設 續篇－」을 발표했다.45) 그 주요 내용은 휴움 (T. E. Hulme)의 사상의 근저를 이루고 있는 불연속적 실재관과 기하학적 예술이론, *Tradition and Individual Talent* 를 중심으로 한 엘리어트(T. S. Eliot)의 고전주의적인 문학이론, 리이드(H. Read)의 심리학적 문예비평의 이론과 리처즈(I. A. Richards)의 저서 *Science and Poetry*를 중심으로 한 시의 정의, 기능, 가치 등의 이론이 있다. 이러한 이론의 소개와 함께 모더니즘 시운동에 한결 직접적으로 관련이 있는 평론으로서 崔載瑞는 「네오·클라씨시즘－휴움의 批評的 思想－」을 발표하였다. 여기에서 그는 휴움(T. E. Hulme)의 약력을 비롯하여 형이상학, 인생론, 예술론, 이미지즘과 휴움과의 관계 등 휴움에 대하여 소개하는 가운데에서 이미지즘의 윤곽도 밝히고 있다. 이것은 도입, 소개의 성격을 띠고 있긴 하지만, 그 발동국의 것을 비교적 정확하게 다룬 것으로서, 당시의 한국의 모더니즘 시운동에 적잖은 영향을 끼쳐 주었을 것으로 생각된다. 뿐만 아니라, 그는 「現代詩의 生理와 性格－長篇詩「氣象圖」에 대한 小考察－이라는 작품론도 1936년에 발표함으로써, 당시의 모더니즘적 경향에 대하여 관심을 표명하고 있다. 이와 같은 崔載瑞의 이론의 전개는 金起林의 그것과는 방법에 있어 다른 점이 있긴 하지만, 그 이론의 발동국이 같고, 그 당시의 한국 시단의 관심사에 서로 부응하고 있다는 점에서 한 흐름을 형성하게 한 요

---

44) 千葉宣一,『現代文學의 比較文學的 研究』, p.208.
　李敭河는 日本에서도 I. A. Richards의 *Science and Poetry*의 최초의 번역자로서 기록되어 있다.
45) 「現代 主知主義 文學 理論의 建設」은『朝鮮日報』, 1934. 8. 6‒12, 「批評과 科學」은『朝鮮日報』, 1934. 8. 31‒9. 7 사이에 각각 발표되고 있다.

인의 구실을 했다고 할 수 있다.

서상한 바와 같은 金起林의 평론과 李敭河와 崔載瑞의 비평론 등의 전개와 더불어, 실천적인 면에서도 이들의 이론과 상응되는 한 유형의 시작품들이 발표되고 있었다. 이러한 시작품들 역시 영·미를 중심으로 하는 이미지즘적인 경향이 중심이 되고 있었다. 한편 이와는 다른 경향으로서 발레리(P. Valéry)의 상징주의적인 순수시에의 관심이 엿보이는 듯했으나, 그 보다 미래파·다다이즘·초현실주의적인 것이 일각에서 등장하여 당시의 시단에 충격을 주고 있었다. 그런데 여기에서의 문제는 이 두 경향, 즉 모더니즘과 미래파·다다이즘·초현실주의와의 상관성이다. 구체적으로 말하면, 후자의 경향을 당시의 모더니즘 시운동에 포함시켜야 하느냐, 아니면 구분해서 별도의 다른 경향으로서 다루어야 하느냐라는 문제이다. 문학사적인 분야에서는 崔載瑞가 도입, 소개한 문학이론의 입장을 지성적인 것으로 보고서 모더니즘과 심리주의적 경향을 포괄하여 주지주의 문학이라고 보는 경우와[46] "모더니즘이 주지주의에 근거를 두고 나타난 시운동이었다면 이것이 소설을 통하여 나타난 것을 신심리주의 혹은 초현실주의라고 부를 수 있는 일경향"[47]이라고 보는 경우 등이 있다. 전자는 위의 두 경향을 분리하여 보려는 입장이고, 후자는 '시적 가치를 의욕하고 기도하는 의식적 방법론'이라는 관점에서 포괄하는 입장이다. 비평의 분야에서는 주로 시를 대상으로 다루기 때문인지는 모르나, 모더니즘 시운동을 연구할 경우의 대부분은 초현실주의적인 경향을 분리시키고 있다. 앞 장에서 살핀 여러 연구 중 부정적으로 결론짓고 있는 입장은 한결같이 초현실주의적인 경향을 배제하고 이미지즘적 경향만을 대상으로 삼아 분석하고 있는 것이다. 이것은 서구의 문예사조에 한층 더 접근하여 발생의 시기적인 차이와 그 성격상 이질적인 점을 토대로 이 두 경향은 동질적인 것으로 볼 수 없다라는 판단에서 온 것이

---

46) 白鐵, op.cit., pp.236-242.
47) 趙演鉉, op.cit., p.503.

아닌가 싶다. 그러나 하나의 문학의 흐름은 일차적으로 당시의 문단적인
상황하에서 이해되고 파악되어야 한다고 할 때, 1930년대 한국시의 경향
에서 나타나고 있던 이미지즘적인 특성과 미래파·다다이즘·초현실주
의적인 특성은 한국적 모더니즘의 2대 속성으로 정리되어야 할 것이다.

그 이유는 모더니즘의 성격 자체속에 포함되어 있다. 앞에서도 언급한
바와 같이, 모더니즘이 19세기적인 문학경향에서 벗어나 20세기적인 문
학의 실천이라는 점으로 강조되었을 때, 이미지즘적인 특성 뿐만 아니라,
미래파·다다이즘·초현실주의적인 특성도 이러한 일면을 강하게 시사
하고 있기 때문이다. 그리고 金起林 자신도 후자의 경향의 대표자라고
할 수 있는 李箱을 가리켜 최후의 모더니스트라고까지 지칭[48]하고 있는
점은 이를 입증한다.

이미지즘적 시의 경향은, 그 감각성과 주지성이라는 관점을 중심으로
할 때, 우선 두 양상으로 전개되고 있음을 볼 수 있다. 하나는 의식적으
로 주장하고 실천한 부류이고, 다른 하나는 이를 받아들여 시작함으로써
넌지시 경향만을 보여주고 있는 부류이다. 전자에 속하는 시인으로서는
주창자인 金起林과 시의 시각성을 강조한 金光均 등이 있다. 金起林은
앞에서 언급한 바와 같이, 1931년에 모더니즘 시론과 시작품을 발표한 이
운동의 기수이자 이론가이고 시인이었다. 金光均은 1930년대 후반에 적
극적으로 활동한 시인으로서 '시는 회화이다'라는 이미지즘의 원리에 맞
는 시작품을 창작, 발표함으로써 모더니즘 계열의 시인중에서도 현저한
위치를 차지하고 있다.[49] 후자에 속하는 시인들은 상당수에 이르는데, 이
미지즘 계열에 드는 시인이라는 전제가 주어질 때, 그 선정에는 많은 어
려움이 따르게 된다. 그 기준과 시인들의 시작 태도가 불분명하기 때문
이다. 金起林은 金光均 이외에 鄭芝溶을 비롯하여 辛夕汀, 張萬榮, 朴載

---

48) 金起林, 「모더니즘의 歷史的 位置」, 『詩論』, p.85.
49) 이미지즘적 경향이 현저하게 나타난 최초의 작품은 「星湖附近」(『朝鮮日報』, 1937.
   6. 4.)이다. 그리고 金光均은 1939년에 이러한 경향의 시집 『瓦斯燈』을 출판하였
   다.

倫, 趙靈出 등을 지목하고 있고,[50] 『國文學全史』에서 白鐵은 金起林, 金光均 외에 鄭芝溶, 張萬榮, 張瑞彦, 趙靈出, 朴載倫, 李揆元 등을 선정하고 있긴 하지만,[51] 시작품에 이미지즘적 특징을 현저하게 나타내고 있는 시인은 鄭芝溶과 張萬榮이 아닌가 싶다. 鄭芝溶은 1926년 『學潮』지에 「카페·뜨란스」 등의 감각적인 경향의 시작품을 발표했으며, 1930년 『詩文學』 동인을 거쳐 계속 시작활동을 한 시인으로서 1935년에는 그의 첫 시집 『鄭芝溶詩集』을 발간한 바 있다. 그리고 張萬榮은 1932년 『東光』 33호에서 시작품 「봄노래」가 金億의 추천을 받음으로써 데뷔한 이래, 이미지즘적 입장에서 대상을 선명하게 이미지화하여 표현한 시인으로, 1937년에 이러한 계열의 시집 『羊』을 출판하였다.

이와 같은 이미지즘적 시의 경향은 1935년의 '技巧派'로서의 논쟁을 거침으로써 1930년대 후반에 이르러서는 쇠퇴하기 시작하였다.

> 그러나 「모더니즘」은 '30年代의 중품에 와서 한 危機에 다닥쳤다. 그것은 안으로는 「모더니즘」의 말의 重視가 이윽고 그 末流의 손으로 言語의 抹消化로 墮落되어가는 傾向이 어느새 發見되었고 밖으로는 그들이 明朗한 展望 아래 感受하던 오늘의 文明이 漸漸深刻하게 어두워가고 이즈러 가는데 對한 그들의 詩的 態度의 再整備를 必要로 함에 이른 때문이다.[52]

이와 같이 金起林 자신 이미지즘적 경향의 모더니즘이 쇠퇴해 가는 이유로서 언어의 기교화와 시대의 심각성을 들고 있다. 그러나 더 중요한 이유는 이러한 현상적인 것보다도 언어의 말소화가 나타나게 된 이면과 시대의 심각성을 극복하지 못한 근원까지를 밝혔어야 하는데 金起林은 그 점에까지는 추구하지 못하고 있다. 이러한 점은 작품의 분석에서 자연히 밝혀질 것이다.

---

50) 金起林, op.cit., pp.84-85.
51) 李秉岐, 白鐵 공저, 『國文學全史』, pp.396-400.
52) 金起林, op.cit., p.85.

초현실주의적인 경향은 이미지즘의 경향과는 달리 이론적인 뒷받침 없이 실천적으로만 전개되었다. 李箱의 시창작과『三四文學』동인들의 시창작 등이 있었을 뿐, 이를 뒷받침하는 이론의 전개가 당시 한국에서는 거의 전무했다는 문단의 상황이 곧 이러한 점을 대변하고 있다. 李箱은 1931년에 처녀작으로서「異常한 可逆反應」을『朝鮮と建築』지에 발표했고, 특히 1934년에「烏瞰圖」를『朝鮮中央日報』에 발표함으로써 문단 및 독자층에 충격을 던져준 시인으로 널리 알려져 있다. 그의 이와 같은 일련의 시작품은 한국시단에서는 전혀 새로운 것들로서 미래파적·다다이즘적·초현실주의적인 경향의 상륙이라는 뜻도 있겠지만, 기성어법과 논리성의 거부, 기성관념이나 가치의 부정 등 이미지즘적 경향과는 다른 현대시적인 특성의 일면을 보여주고 있다. 그리고『三四文學』동인들도 1934년에 동인지『三四文學』지를 발간하면서, 당시로서는 문단에 첨단적인 새로운 경향을 보여주고 있었다. 이와 같은 경향도 이미지즘적인 경향과 마찬가지로 당시의 시단에 영향을 미치면서 시단의 한 계열을 형성하게 되었다.

1930년대의 한국 모더니즘의 전개양상을 종합하여 도식화하면 다음과 같다.

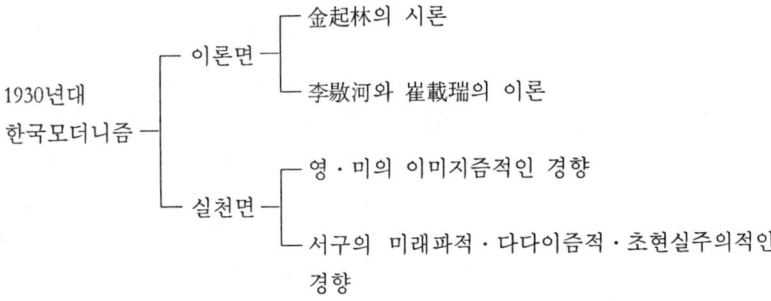

Ⅲ. 모더니즘의 이론적 배경

앞에서 언급한 바와 같이, 이론적인 배경하에서 시작활동이 행해지고
또 비평이 함께 시도된 그런 시운동은, 한국에서는 아마도 1930년대의 모
더니즘 시운동이 그 최초가 될 것이다. 1920년대에도 물론 시에 대한 이
론이 없었던 것은 아니지만, 대부분 초보적이고 단편적이며 주관적인 것
이어서 이론으로서의 체계나 객관성이 부족한 편이었다.[53] 그러나 1930
년대의 모더니즘 시론은 서구의 20세기적인 시의 이론을 근거로 한층 본
격적이고 구체적으로 전개되었다. 그리고 전술한 바와 같이 그 이론가로
는 金起林, 李敝河, 崔載瑞 등이 중심이 되었다. 본장에서는 모더니즘 시
의 배경이 된 그들의 이론을 중심으로 해서 그 원천, 본질, 한계 등에 대
한 고찰을 시도하기로 한다.

1. 金起林의 새로운 시론

金起林의 시에 대한 견해는 이론보다는 평론편이 한결 더 우세해 보인
다. 따라서 그의 시론을 고찰하기 위해서는 그것의 재구성이 불가피하다.
필자가 검토한 바로서는 그의 시론은 세 방향으로 구분되어 나타난다. 하
나는 그 자신의 시작품에 대한 기본적인 입장이요, 다른 하나는 이미지즘
적 시론이며, 또 다른 하나는 모더니즘의 시론이다. 이미지즘적 시론은 한
국시에 대한 방법론이며, 모더니즘 시론은 서구의 20세기적 시론을 극복
한 상태에서의 그의 시적 방법론이다. 그렇다고 하여 이 세 방향의 것들
이 각각 분리되어 주장, 전개된 것이 아니라, 그의 모더니즘 시운동의 이
론 전개에서 통일되고 있다. 이와 같은 그의 모더니즘 시론의 전모가 밝
혀질 때, 비로소 한국의 모더니즘 시운동의 성격도 한층 분명해질 것이다.

---

53) 金憶, 「詩形의 韻律과 呼吸」, 『泰西文藝新報』, 14호, 1919. 1. 13

(1) 시론 전개의 기본적인 입장

시론 전개의 기본적인 입장이란 그의 시론 전개의 토대를 의미한다. 이 토대는 새 방향으로 구축되어 있다. 하나는 본질로서의 시에 대한 관점이요, 다른 하나는 새로운 시의 추구에 대한 태도이며, 또 다른 하나는 새로운 시를 주장하는 방법이다. 이러한 세 방향은 그의 시론, 창작, 비평에서 두루 중심적인 구실을 하게 된다.

시에 대한 관점은 시의 본질에서 비롯된다 하겠는데, "詩는 第一 먼저 말의 藝術"이라는 자각에서부터 출발되는 그의 시관은 시를 내용과 형식의 일치 내지는 조화로 보려는 입장과 표리를 이룬다. 그의 입장은 그가 받아들이고 있는 시의 몇 가지 정의, 즉 시는 "有機的 化合狀態의 全體", "意味의 統一이며 組織", "한 개의 生命 비슷한 것"이라는 명제 속에 표명되어 있다. 이것은 시의 유기체설적인 입장에 입각한 관점으로서 "內容과 形式과의 一致" 혹은 "多樣 속에서의 統一"이라는 면에서 '피상적이다' 혹은 '生物學的 竝行物이다'라는 점 등으로 해서 비판될 수 있긴 하지만, 그 반면에 시의 긴밀성이라고 하는 상관적인 입장에서의 강점도 보이고 있다.[54] 1920년대에도 시의 형식과 내용에 관계되는 몇몇 견해가 있었지만, 그것들은 상관적인 입장에서의 긴밀성이라고 하는 의식적인 자각이 강한 金起林의 견해와는 구분되는 것들이었다.[55] 따라서 이와 같은 金起林의 견해는 한국에서는 최초로 예술작품으로서의 시적 가치를 추구하려는 의식적인 시도라 할 수 있을 것이다.

---

54) R. Wellek and A. Warren, *Theory of Literature*, p.16.

55) 이러한 입장의 시에 대한 1920년대의 대표적인 견해로서는 金億의 "詩人의 呼吸과 고동에 근저를 잡은 音律이 詩人의 정신과 심령의 産物인 절대가치를 가진 詩될 것이오"(「詩形의 音律과 呼吸」, 『泰西文藝新報』 14호, 1919. 1. 13)를 비롯하여 朱耀翰의 「노래를 지으려는 이에게」(『朝鮮文壇』, 3호, 1924. 12월호)에서 "신시운동의 목표 조선덕 사상 정서의 표현과 조선덕 언어의 미를 발견하는데 잇다."라고 한 견해와 金素月 「詩魂」(『開闢』, 59호, 1925. 5월호)에서 나타나고 있는 陰影論 등이 있음.

기본적인 입장으로서의 새로운 시에 대한 그의 태도도 이러한 시의 본
질에 입각한 관점을 중심으로 해서 주장되는 이론에 나타나 있다. 그는
새로운 이데아와 그것에 알맞는 새로운 양식을 찾음으로써 가능하다고
주장한다.

> 詩의 革命은 樣式의 革命인 동시에 아니 그 以前에 「이데」의 革命이라야 한
> 다. 그렇다고 「이데」의 革命에 끊짐으로써 詩의 革命이 完成되었다고 볼 수 없
> 다. 한개의 「이데」가 必然的으로 發展 形成한 特殊한 樣式을 獲得하였을 때 비
> 로소 詩의 革命은 完成되는 것이다.56)

시의 혁신에 대한 이같은 견해는 전술한 그의 입장을 입증하고 있는
것인데, 여기서 주목되는 것은 바로 그 이전의 문학사에서 볼 수 있는 것
처럼 흔히 있을 수 있는 이데아와 양식을 분리하여 그 중 어느 한편을
주장하는 경향을 지양하고, 그 두 요소가 동시에 필연적으로 추구되어야
한다고 주장한 사실이다. 이것은 하나의 개체의 혁신은 내용과 형식이
동시에 이루어짐으로써 가능하다는 가장 보편적인 이론에 입각한 그의
새로운 시에 대한 태도의 표명이라고 할 수 있다. 그는 새로운 이데아의
바탕으로서 움직이는 현실, 즉 현대적인 현실을 택했고 그것에 알맞는
양식의 바탕으로서 말(언어), 즉 일상 용어를 중시했다. 그는 이러한 시의
양면을 동시에 추구하려는 태도로 새로운 시에 대한 이론 및 실천에 임
했던 것이다.

시에 대한 또 하나의 그의 기본적인 입장은 새로운 시론을 주장하는
방법론에서 나타난다. 그는 변증법적인 시의 발전에 착안하고 이것을 새
로운 시의 모색을 위한 하나의 방법론으로서 적용하려 들었다. 즉 새로
운 시론을 주장함에 있어, 그는 1920년대의 시적 경향을 비판하고 그 결
과를 토대로 새로운 시의 이론을 형성, 전개하고 있는 것이다. 그가 1920

---

56) 金起林, 『詩論』, p.100.

년대의 시적 경향을 "센티멘털 로맨티시즘의 詩, 自然發生的인 詩, 偏內容主義的인 詩"라고 비판하고 그것들에 대한 새로운 이론으로서 "主知的인 詩, 意圖的으로 製作하는 詩, 形式과 內容이 一致하는 詩" 등을 주장한 사실같은 것은 그 좋은 근거가 된다 하겠다.

하나의 새로운 시도에는 반드시 그것에 알맞는 방법론이 강구되어야 한다는 것은 하나의 상식이거니와 그러나, 한국에서의 1930년대 이전에는 새로운 시의 모색에 비해서 그것에 필요한 방법론의 개발은 거의 이루어지지 않았다. 있었다면, 아마도 그것은 외국시의 경향과 방법을 받아들여 제작하려는 정도의 것이 고작이었을 것이다. 이러한 한국의 시단 상황에서 金起林이 시도한 변증법적인 방법론은 신시 이후 최초로 나타난 것이라는 점, 또 그것이 방법론에 대한 자각이었다라는 점 등에서 그 의의가 있다고 할 것이다.

이상으로 金起林의 시론의 토대로서 세 기본적인 입장 즉 관점, 태도, 방법 등을 고찰하였다. 여기에서 우리는 그의 시론의 전개에 따르는 주도면밀한 계획성을 이해할 수 있게 된다. 그것은 두 가지로 요약된다. 그 하나는 하나의 이론을 전개하기 위해서는 관점, 태도, 방법 등이 수반되어야 한다고 할 때, 金起林은 그의 시론의 전개를 위해서 필요로 하는 기초적인 최소한의 요건을 갖추었다는 점이다. 이 점은 1930년대 한국의 시단 상황을 감안한다면 당시로서는 획기적인 일이 아닐 수 없는 것이다. 그리고 다른 하나는 이러한 요건 모두가 본질적으로 고찰되어 있어 보편적인 성격을 띠고 있다는 점이다. 이 점은 그가 주장하는 모더니즘이라는 것의 성격에 비추어 너무나 고답적인 것이라고 할른지 모르지만, 그러나 이론의 체계를 위해서 전제되어야 할 점이라면 타당하고 필요할 뿐만 아니라, 그 이론에 대한 탐구를 본격적으로 시도케 하는 근원의 형성이라는 면에서 중요한 것이라고 할 수 있다.

(2) 모더니즘의 시론

한국의 모더니즘 시론하면 흔히 영·미의 이미지즘이나 엘리어트(T. S. Eliot)나 리처즈(I. A. Richards)의 문학이론 같은 것을 근거로 하여 일부를 도입, 주장한 것으로 알려져 있다. 그러나 엄밀히 고찰할 때, 꼭 그렇다고만은 할 수 없는 일면이 있음을 발견하게 된다. 특히 그 주창자의 한 사람인 金起林의 경우는 더욱 그렇다. 물론 그의 모더니즘 시론에서 시의 방법에 관한 이론의 대부분은 영·미의 이미지즘이나 엘리어트 혹은 리처즈의 문학 이론 등을 근거로 하고 있음에는 틀림이 없지만, 그의 모더니즘 시론에 나타나는 의도나 방향은 좀 색다른 일면을 지니고 있다. 그 것은 19세기적인 시적 경향을 탈피해서 20세기적인 시적 경향에로의 접근 내지는 그것의 초극이라는 의도와 방향으로 전개되고 있다는 점에서다. 따라서 여기에는 한국의 당시의 시적 경향은 말할 것도 없고 서구의 20세기적인 시적 경향도 또한 포함되어 있다. 다시 말하면 그는 세계적인 문예사조의 입장에서 1930년대로서의 현대시를 모색하려 했고 또 그러한 방향에 따라 이론을 탐구, 주장하고 있었다는 의미이다. 따라서 이와 같은 점이 간과된 상태의 모더니즘 시론에 대한 종래의 견해는 재고되어야 할 것이다.

본고에서는 모더니즘 시론을 두 경향 즉 金起林 나름의 '모더니즘의 시론'과 '이미지즘적 시론'으로 구분하고 '모더니즘의 시론'에서는 그가 추구하고자 한 현대시에 관한 이론을 중심으로 고찰하고 '이미지즘적 시론'에서는 그의 구체적인 시적 방법을 중심으로 한 이론을 대상으로 고찰하고자 한다.

金起林의 모더니즘의 시론은 시정신 즉 이데아의 탐구와 그것에 알맞는 양식의 발견으로부터 출발하고 있다.

詩人은 그가 位置한 時代 ―卽 過去로부터 未來로 向하는 特定한 時間性―

는 어떠한 特殊한 '이데'에 의하여 推進되고 있는가를 항상 理解하지 아니하면
아니된다. 따라서 그것의 特殊한 具象作用으로서의 樣式의 發見에 熱中하지 아
니하면 아니된다.57)

 여기서 그는 시인에게 자신이 위치한 시대가 어떤 '이데'에 의해서 추
진되고 있는가를 이해하라고 권하고 있다. 이것은 바꾸어 말하면, 시인은
그가 위치한 시대 의식을 파악하라는 의미로 해석되는데, 인류문화의 변
천 혹은 발전과정은 현대의식을 기초로 한 새로운 이데아의 발견으로부
터 비롯된다고 할 때, 金起林의 이러한 생각은 타당한 것이라고 할 수 있
다. 시대의식에 기초를 두지 아니한 새로운 이데아란 한 낱의 공상에 그
치고 만 예를 우리는 인류 문화의 변천 과정을 통해서 얼마든지 찾아볼
수 있기 때문이다. 새로운 이데아의 발견, 그것은 새로운 시대, 새로운 문
화, 새로운 문학을 위한 원동력이 된다. 그러나 새로운 이데아 그것만으
로써 새로운 시대, 문화, 문학이 형성되는 것은 아니다. 이데아에 알맞는
양식이 갖추어질 때 비로소 가능하기 때문이다.
 시대의식에는 시간상의 문제 뿐만이 아니라 공간상의 문제 즉 현실의
문제도 포함되겠는데, 그는 현실을 "現實은 歷史的 社會的인 一焦點이며
交叉點이다, 現實은 時間的으로 不斷히 一點에서 一點에로 動搖하고 있
다."58)라고 정의하고 있다. 부단히 시간적으로 움직이는 현실을 의미하
고, 예술가는 이러한 현실을 포착해야 한다고 그는 주장하고 있는 것이
다. 새로운 것이란 곧 이러한 시간상으로 움직이는 현실 속에서 찾아진
다고 할 때, '새로운 것'을 추구하려는 모든 예술가에게는 시간상으로 움
직이는 현실은 중요한 대상으로 부각되지 않을 수 없다. 金起林은 이러
한 현실의 정확한 인식을 위해서 일차적으로 1920년대의 시적 경향을 분
석, 비평한다. 1920년대의 시를 센티멘털한 것으로 보고 이러한 시를 일

57) Ibid., p.100.
58) Ibid., p.105.

괄해서 그는 "自然發生的 詩歌"라 명명하고, 이에 대한 대안으로서 주지
적 시를 주장한다.

> 自然發生的 詩는 한 개의 「자인」(存在)이다. 그와 反對로 主知的 詩는 「졸렌」
> (當爲)의 世界다. 自然과 文化가 對立하는 것처럼 그것들은 서로 對立한다. 詩人
> 은 文化의 全面的 發展過程에 意識한 價値創造者로서 參加하여야 할 것이다.[59]

위의 인용에서 보는 바와 같이, 그는 자연발생적인 시에 대한 주지적
시를 주장하고 시인은 가치창조자이어야 한다고 밝히고 있다. 그리고 가
치창조의 방법으로서 소박한 표현주의적 방법에 대립하는 주지적 태도
를 분명히 하고 있다.[60] 이와 같은 주지적 시와 주지적 태도는 영·미의
이미지스트들의 이론에 근거하고 있는 것이긴 하지만, 한국에서는 1920
년대의 시의 경향, 방법과 대비하여 볼 때, 새로운 것임에 틀림이 없다.
그리고 나아가서 그는 이러한 가치창조의 방향을 현실로 돌리고 있다.

> 詩는 새로운 現實의 創造요 構成이다. 이렇게 새로히 出現한 現實의 再生産
> 은 다시 말하면 한 새로운 「意味의 統一이며 組織」이 되는 것이다.[61]

여기에서 그가 시에서 추구하는 가치의 대상으로서 새로운 현실의 창
조와 그 구성을 제시하고 있음을 볼 수 있다. 이 경우 현실은 단순한 현
실이 아니라 전문명의 시간적, 공간적 관계서 파악되는 의미적 현실이라
고 그는 설명하면서 이 의미적 현실이 시의 대상이 되어야 한다는 것이
다.

> 詩에 나타나는 現實은 단순한 現實의 斷片은 아니다. 그것은 意味的인 現實

59) Ibid., pp.107-108.
60) Ibid., p.107.
61) Ibid., p.103.

이다. 그리고, 그것(現實)이 全文明의 詩間的, 空間的 關係에서 굳세게 把握되어
서는 言語를 通하야 組織된 것이 詩가 아니면 아니된다. 여기서 意味的 現實이
라고 한 것은 現實의 本質的 部分을 가르쳐 한 말이다. 그것은 現實의 한 斷片
이면서도 그것이 相關하는 現實 全部를 代表하는 部分이다.[62]

이러한 의미적 현실을 대상으로 하여 그는 과거의 시를 "獨斷的, 形而
上學的, 局部的, 瞬間的, 感情의 偏重, 唯心的, 想像的 自己中心的"이라고
규정하고 이에 대한 새로운 시를 "批判的, 即物的, 全體的, 經過的, 情意
와 知性의 綜合, 唯物的, 構成的, 客觀的"이라고 규정하고 있다.[63]
그렇다면 그가 시대의식 즉 새로운 의미적 현실을 창조해야 한다고 할
때 그 속에서 시의 대상으로 찾아낸 것은 구체적으로 무엇인가? 그는
1920년대의 시의 경향과 관련되고 있다고 생각한 感傷性, 曖昧性에 대해
서 明朗性과 健康性을 일차적으로 주장하고 있다.

詩는 曖昧性과 感傷性을 排除하므로써 明朗性에 到達할 수가 있다. 그것은
詩人의 꾸준한 知的 活動에 依하야 어들 수가 있는 일이다.
統制되고 計劃된 秩序 以外에 마저 整理되지 않은 部分이 남어 있으면 그 部
分이 曖昧性을 가져온다.
또한 詩를 感情에게 마껴두는 것은 危險한 일이다. ……感情의 肥滿이 다시
말하면, 感傷이다. 詩를 이러한 肥大症에서 건저내서 그것에게 「스파르타」人과
같은 健康한 肉體를 賦與하는 것이 오늘의 詩人의 任務다.[64]

그는 시의 구체적인 새로운 현실로서 명랑성과 건강성을 제시하고, 시
인은 그것을 시에 부여해야 한다고 주장하고 있다. 그리고 이러한 명랑
성과 건강성은 꾸준한 지적 활동에 의해서만 얻어지는 것이라고 보고 있
다. 다시 말하면, 지적 활동에 의한 명랑성과 건강성의 획득을 시도하고

62) Ibid., pp.116-117.
63) Ibid., p.115.
64) Ibid., pp.157-158.

있다는 의미다. 명랑성은 지성에 의한 감정의 정화작용을 통하여 과거의 시인들이 즐겨 구사했든 복잡 오묘한 감정을 맑고 직절한 감성으로 여과시킴으로써 나타나는 것이고, 건강성은 원시성―암흑과 死와 정밀속에 활기를 불어 넣는―의 회복을 통해서 나타나는 것으로 보고 있다. 이와 같은 명랑성과 건강성의 상징으로서 그는 태양과 오전을 택했고, 또 이 것들을 그는 그의 시적 대상으로서 구상화시키고 있다. 그의 시집 『太陽의 風俗』에 실려있는 일련의 작품들과 장시 『氣象圖』는 그 좋은 예이다. 특히 태양은 그의 우상이자 이상의 상징인 동시에 가치추구의 목표로서 다루어지고 있다.

시는 현실의 창조이어야 한다고 했을 때, 그가 주장한 이차적인 대상은 문명에 대한 인식과 비판이었다.

> 우리들의 詩는 詠嘆이나 感覺이나 「에스프리」의 發火나 「이미지」의 華麗에만 滿足할 수가 없고 그 以上으로 사람의 思考의 組織에 關聯하며 또한 文明의 認識과 批判에 關聯되어야 할 것이다. 그것은 틀림없이 詩人 自身의 感覺이나 印象의 無秩序한 一部이거나 延長이 아니고 詩人에 의하야 맨드러지는 別個의 價値의 世界로서 獨立하야 그 自體의 秩序로서 가질 것이다.[65]

1920년대의 낭만적 시의 특성인 영탄, '에스프리'의 발화와 1930년대의 시의 기교의 하나인 감각과 이미지의 화려한 구사 대신에 문명의 인식과 비판을 새로운 시의 가치로서 제시하고 있다. 문명과 문학과의 관계는 이미 훨씬 이전부터 논의되어 왔으며, 과학문명에 대한 예찬이 있었는가 하면 과학문명에 대한 비판 내지는 부정적 견해가 잇달아 나타나고 있었는데, 金起林은 문명과 문학과의 관계에서 오히려 문명과 기계의 긍정적인 면을 내세우는 경향으로 나아갔다.

> 頹廢와 倦怠와 無名속에서 헐덕이는 現代詩를 現在의 窮地에서 건져내 가지

---

65) Ibid., p.169.

고 太陽이 微笑하고 機械가 아름다운 音樂을 交響하는 街頭로 解放하지 않으면 아니될 일이다.[66]

이러한 문명 내지는 기계에 대한 예찬은 시의 주관성, 즉 시인의 감정의 유로를 영탄했던 그런 시에 대하여 그가 주장하고 있는 시의 객관성에서 그 근거를 찾을 수 있다. 그는 시인의 개인적인 감정을 노래한 시는 새로운 시대를 감당할 수 없다고 보고, 새로운 시대에 알맞는 시는 사물을 재구성하여 객관성을 구비하여야 한다고 강조하고 새로운 시의 궁극적인 목표로서 객관주의를 주장했다. 우선 그는 근대시의 역사를 다음과 같이 네 단계로 구분하고 네 단계째에 객관주의를 내세운다.

    1. 表現主義時代—로맨틱, 象徵派, 表現派까지를 包含한다.
    2. 印象主義時代—寫象派.
    3. 過渡時代—超現實派, 모더니스트
    4. 客觀主義[67]

그는 한국의 1930년대로서는 아직도 영향을 미치고 있는 것으로 볼 수 있는 초현실주의와 모더니즘조차 객관주의를 위한 과도기라 보면서, 객관주의를 새로운 시가 지향해야 할 방향으로 설정하고 있다

    客觀主義는 事物에 依하야 主觀을 노래하거나 또는 事物의 印象을 表現하는 것이 아니고 다시 말하면 詩가 主觀의 方便이 아니고 詩가 事物을 再構成하야 詩로써 獨自의 客觀性을 具備하는 그러한 새로운 價値의 世界를 意味한다. 이는 全然 지금까지의 詩의 觀念과 對峙하는 範疇로서 實로 詩의 革命조차를 意味한다.[68]

---

66) Ibid., pp.121-122.
67) Ibid., p.166.
68) Ibid., pp.166-167.

이와 같은 金起林의 시관-객관주의, 애매성과 감상성 대신에 명랑성과 건강성, 감정의 영탄 대신에 문명이나 기계의 예찬 나아가서 태양의 풍속을 표현 대상으로 하는 지적인 태도에 입각하여 유기적 조직, 제작되는 시-은 당시 한국시의 흐름이나 서구시의 사조로 보아 그가 주장하는 대로 새로운 시의 일면임에는 틀림이 없다. 그러나 새로운 시에 급급한 나머지, 그는 시의 본질, 방법상 중요한 것을 놓치고 있지 않았나 싶다. 그것은 시인의 주관 특히 내면성의 표현같은 것을 등한히 함으로써, 주관성을 경시 내지는 배제하고 있다는 점이다. 그가 주장한 사물의 재구성도 엄밀한 의미에서는 주관의 개재 없이는 이루어질 수 없는 것이다. 이러한 결과는 필연적으로 그들의 작품에 반영되어 나타나게 되었고, 또 그러한 점이 중요한 결점의 하나로 지적되고 있는 요인이 되고 있다. 또 하나 간과할 수 없는 중요한 점은 그가 한국의 시문학을 세계의 시문학의 수준으로 단번에 끌어올릴려고 한 점이다. 물론 이러한 의욕이나 또 방향 설정은 있어야 마땅하겠으나, 방법상 중요한 일면을 등한시한 채 너무나도 성급하게 서둔 감이 없지 않다. 그것은 국민문학이라는 단계다. 일반문학 내지 세계문학은 반드시 국민문학을 전제로 해서만 성립된다는 점을 그는 고려했어야 했다. 그는 세계문학을 염려하기 전에 먼저 한국적 현대문학의 건설에 관심을 보였어야 했으며 또 그것을 충실히 탐구하고 실천했어야 했다. 그런데도 이러한 과정을 거치지 않은 채 세계문학적인 차원으로 높이고 싶어한 까닭에 그의 시론이나 시작품이 진정한 한국적인 입장의 시론, 시작품도 되지 못했을 뿐만이 아니라, 그렇다고 해서 세계문학적인 시론, 시작품도 되지 못한 결과를 가져오게 되었다.

(3) 이미지즘 시론

앞 절에서 金起林이 주장한 모더니즘의 시 이론을 고찰하였다. 그가 주장하고 있는 시관에 비해서 시작의 실천적인 면에서의 그의 이론 특히 시의 표현에 관계되는 방법 내지는 그가 비평하고 있는 관점은 대부분 영·미의 이미지즘 이론에 근거를 두고 있다. 바꾸어 말하면 새로운 시관에 알맞는 양식면의 탐색은 오히려 1910년대의 이미지즘 이론을 초극하지 못하고 있다는 말이다. 그러한 면은 곧 그가 주장하고 있는 지적 태도—일상적인 會話, 이미지와 회화성—와 그가 실천한 장시와 풍자 등에서 찾아 볼 수 있다.

지적 태도는 그의 시론의 여러 곳에서 되풀이 되고 있는 것으로서 그가 주장하는 새로운 시론의 중핵적인 일면으로 나타나고 있다.

> 詩人은 詩를 製作하는 것을 意識하지 않으면 아니된다. 詩人은 한개의 目的 =價値의 創造로 向해야 活動하는 것이다. 그래서 意識的으로 意圖된 價値가 詩로서 나타나야 할 것이다. 이것은 소박한 表現主義的 方法에 對立하는 全然 別個의 詩作上의 方法이다. 사람들은 흔히 그것을 主知的 態度라고 불러왔다.[69]

> 詩는 위선 「지여지는 것」이다. 詩的 價値를 意慾하고 企圖하는 意識的 方法 論이 있지 않으면 아니된다.[70]

위의 인용에서 보는 바와 같이 그는 주지적 태도를 의식적으로 의도된 가치의 창조라고 밝히고, 그러한 태도를 의식적인 방법으로서 주장하고 있다. 이와 같은 주지적인 태도로서의 시창작의 구체적인 방법은 이미지스트들이 주장한 시의 이론에 근거를 두고 있다.

우선 시의 어법에서 일상적인 회화를 시어로 선택, 활용할 것을 그가 주장하고 있는 점을 지적할 수 있다.

> 그들은 너무나 詩的인 選擇에 苦心하던 것을 끊지고 生命의 呼吸이 걸려있

---

69) Ibid., p.107.
70) Ibid., p.108.

는 日常의 會話속에서 詩를 探究한다. 詩人은 벌서 무슨 衒學的이고 奧妙한 말
씨를 假裝할 必要는 없었다. 그것은 知性에 依한 感情의 淨化作用을 한 편에서
가지고 있다.71)

일상의 회화 속에서 시를 탐구해야 하고 또 그것은 지성적인 것이라고
하는 그의 주장은 이미지스트들이 그들의 시운동의 강령으로서 내세우
고 있는 것이다. 이미지스트들은 그들의 사화집 *Some Imagist Poets: An
Anthology* 제2집의 서문에서 시에 대한 6개항의 강령을 발표하고 있다. 그
6개항 중 시적 언어에 관해서는 제1항에서 "일상 회화의 언어를 사용할
것. 그러나 거의 정확하거나, 단순히 장식적인 낱말이 아닌 정확한 말을
사용할 것."이라고 선언하고 있다.72) 물론 金起林의 이론과 이미지스트들
이 일상의 회화를 시에 도입하려고 한 의도가 꼭 같다고는 할 수 없다.
그것은 전자가 시에서 감상성의 제거 내지는 자연발생적인 시에 대한 한
방법으로서 일상의 회화를 시에 도입하려고 했다면, 후자는 시의 애매성
에서 탈피하기 위하여 시도한 것이라고 할 수 있기 때문이다. 그러나 이
들이 다 같이 일상의 회화에 관심을 표명했다는 점에 있어서는 유사성을
인정하지 않을 수 없다. 여기에서 우리는 金起林의 영·미의 이미지즘
시론에 의한 영향의 양상을 살필 수 있게 된다.
이와 같은 영향의 양상은 비단 시적 언어에서 뿐만이 아니라, 시의 리
듬이나 이미저리 등에서도 나타나고 있다.

오늘의 詩人은 人工的이고 外面的인 不自然한 「리듬」에는 一顧도 보내지 않
고 言語의 가장 自由로운 具體的인 狀態에서 詩的 關係를 發見할 것이다. 그래
서, 새로운 詩는 비로소 內面的인 本質인 리듬을 담게 될 것이다. (이것은 人間
生活의 實在의 會話를 美化하는 副次的 效果도 가지고 있다.) 廣範한 語彙속에

---

71) Ibid., p.121.
72) 金在根, 『이미지즘 硏究』, p.27.에서 재인용.
   1. To use language of speech, but to employ always the exact word, not the nearly exact
   nor the merely decorative word.

서 그의 「엑스타시」를 불러일으킨 「이메지」에 대하야 가장 本質的인 唯一의 單語가 가려져서 그 「이메지」를 代表할 것이다. 이 일은 詩作에 있어서 가장 知的인 態度다.[73]

　여기에서는 시의 외재율에 대한 내재율, 내재율에 의한 일상 회화의 미화, 정확한 언어의 표현과 이미저리와의 관계 등을 주장하고 있다. 이러한 리듬에 관한 이론도 이미지스트들의 강령 제2항에 나타나 있다. 이미지스트들의 리듬에 관한 주장 곧 "새로운 리듬을 창조할 것－새로운 정조의 표현으로서－낡은 정조를 반영하는 데 지나지 않는 낡은 리듬을 흉내내지 말 것. 우리는 시를 쓰는 유일한 방법으로서 자유시를 주장하지 않는다. 우리는 자유의 원칙을 위하는 것처럼 자유시를 위하여 싸운다. 우리는 시인의 개성은 인습적인 형식으로서 보다는 자유시로서 더 잘 표현되리라고 믿는다. 시에 있어서 새로운 운율은 새로운 사상을 뜻하는 것이다."[74]는 자유시적 방법에 입각하여 인습적인 낡은 리듬에서 벗어나 시인의 개성을 더욱 잘 표현할 수 있도록 하고, 또 그러한 의도에서의 새로운 리듬의 창조를 의미하고 있다. 金起林의 리듬 즉 내면적인 본질인 내재율도 이러한 이미지스트들의 이론에 바탕을 두고 있음을 쉽게 간파할 수 있다. 또 그가 "'엑스타시'를 불러 일으킨 '이메지'에 대하여 가장 本質的인 唯一한 單語가 가려져서 그 '이메지'를 代表할 것이다."라고 말했을 때, 이러한 견해도 그가 주장하고 있는 시의 회화성, 즉 "勿論 우리는 詩를 그 形而上學的 音樂性에까지 純化하려는 純粹詩의 主張이 現代에도 있는 것을 無視하지 않는다. 그러나 그것은 어디까지든지 例外

---

73) 金起林, op.cit., p.112.
74) 金在根, op.cit., pp.27-28.
　　"2. To create new rhythms—as the expression of new moods—and not to copy old rhythms, which merely echo old moods. We do not insist upon "free-verse" as the only method of writing poetry. We fight for it as for a principle of liberty. We believe that the individuality of a poet may often be better expressed in free-verse than in conventional forms, In poetry, a new cadence means a new idea."

的이고 詩의 發展의 大勢는 恒常 繪畵性을 憧憬하면서 있는 것은 사실이다."75)와 함께 영·미의 이미지스트들의 이미저리에 관한 항목에 근거를 두고 있는 것이다. 이러한 점은 "이미지를 제시할 것.(이미지스트라는 명칭도 여기에 유래한다.) 우리들은 화가의 일파가 아니다. 그러나 우리들은 시라는 것이 특수한 것을 정확하게 표현해야 하며 아무리 찬란하고 당당한 것이라 하여도 막연한 보편적인 것을 취급하여서는 아니된다고 믿는다."와 "조각같이 확연하고 눈에 명백히 보이는 시를 지을 것. 명하고 흐릿하고 막연한 시를 쓰지 말 것."76)과 같은 이미지스트들의 선언을 참고로 할 때 분명해진다. 이와 같이 金起林이 영·미 이미지스트의 선언을 근거로 해서 시의 형태면에 관한 이론을 전개하고 있는 직접적인 증거는 그의 "讀者의 意識에 可視的인 影像을 出現시키는 것을 目的으로 하는 때의 그 詩의 內容으로서의 繪畵性, 이것이 即 '올딩튼', '커밍스', H. D. 等의 寫像派의 露骨한 目的意識이었으며 '파운드'가 말한 '파노포이아'다."77)라는 주장에서 찾을 수 있다. 그리고 이와 같은 그의 시 이론은 그의 비평에서도 그대로 적용되고 있다. 당시 한국 시단에서는 새로운 경향의 비평이라고 할 수 있는 그의 시평에 대한 관점은 어법과 이미저리에 국한되어 있었고, 그 중에서도 감각적인 면에 중점을 두고 있었다. 이것은 당시 한국시의 경향과 그 수준이라는 현실적인 면과 더욱 많이 관계되는 것이겠지만, 그가 그의 새로운 시에 알맞는 양식을 찾지 못한 데서 온 어쩔 수 없는 한계점이 아니었던가 싶다. 이와 아울러서 그는 그의 창작에도 반영되고 있는 이론으로서 장시에 관한 견해를 밝히고 있는

---

75) 金起林, op.cit., p.121.
76) 金在根, op.cit., p.28.
   "4. To present an image (hence the name : "Imagist"). We are not a school of painters, but we believe that poetry should render particulars exactly and not deal in vague generalities, however magnificent and sonorous. 5. To produce poetry that is hard and clear, never blurred nor indefinit."
77) 金起林, op.cit., p.150.

바, 이것 역시 영국의 당시 시의 일 경향을 따르고 있었던 셈이다.

> 詩는 첫째 形態的으로 短詩와 長詩로 區別된다. 詩는 짧을수록 좋다고 할 때
> 「포—는 長詩의 일은 잊어버렸던 것이다. 長詩는 長詩로서의 獨特한 領分을 가
> 지고 있다. 어떠한 點으로 보아 더 複雜多端하고 屈曲이 많은 現代文明은 그것
> 에 適合한 詩의 形態로서 차라리 劇的 發展이 可能한 長詩를 歡迎하는 必然的
> 인 要求를 가지고 있는 것처럼 보이기도 한다. 現代詩에 革命的 衝動을 준 「엘
> 리어트」의 「荒蕪地」와 最近으로는 「스펜더—」의 「비엔나」와 같은 詩가 모다 長
> 詩인 것은 거기에 어떠한 時代的 約束이 있는 것이 아닐까? 나는 있다고 생각한
> 다.[78]

그는 복잡다단하고 굴곡이 많은 현대문명에 적합한 시형태로서 장시
를 주장하고 그러한 주장을 뒷받침하는 것으로서, 1922년에 발표되어 세
계적으로 충격을 안겨 준 엘리어트(T. S. Eliot)의 *The Waste Land*와 1934년
에 발표된 스펜더(S. Spender)의 극시 *Vienna*를 제시하고 있다. 그런가 하
면 그는 이러한 관점에 입각해서 직접 시창작으로 실천하기도 하였다.
1936년에 발간된 그의 시집 『氣象圖』가 바로 그것이다. 이것은 문명비판,
풍자와 기지, 시의 형태 등에서 엘리어트(T. S. Eliot)의 *The Waste Land*의
영향을 많이 수용하고 있는 작품이다. 따라서 그는 실천적인 면에 있어
서도 역시 그의 시의 목표와는 달리, 당시 영국시의 한계를 극복하지 못
했다는 점을 암시해주고 있다 하겠다.

2. 崔載瑞의 주지주의 이론

1930년대 한국에서 새로운 시론으로서 새로운 시의 방법과 방향을 설
정하고 실천한 시인이 金起林이라면, 새로운 비평문학의 토대를 확립하
려고 시도한 사람은 崔載瑞이다. 그도 당시의 한국의 문단 상황을 의식

---

78) Ibid., p.141.

하고, 비평이 나아가야 할 바른 길을 모색하였다. 이를 위해서 그는 영 · 미의 비평 이론을 도입, 소개하는 한편, 그것을 토대로 그의 비평 이론을 전개하고 있다. 그의 비평의 이론은 세 분야로 구분되어 나타나고 있다. 하나는 영 · 미의 비평 이론의 도입, 소개이고 다른 하나는 한국에서의 그의 비평 이론의 전개이고, 또 다른 하나는 그의 실천 비평 등이다. 그리고 그의 비평관과 비평 이론의 적용은 주로 지성을 중시하는 주지적 입장이었다. 이러한 입장에서 그는 소설 쪽에 더 많이 관심을 기울였으나, 그 가운데는 시 쪽에 대한 관심도 적지 않게 표명되고 있음을 볼 수 있다.[79] 이와 같은 그의 비평론 가운데서 본고에서는 시에 관계되는 분야만을 중심으로 고찰하고자 한다.

앞에서도 언급한 바와 같이 崔載瑞의 비평 이론이 모더니즘 시운동에 얼마나 영양을 끼쳤는지에 대하여 측량하기란 용이한 문제가 아니다. 그러나 1930년대의 한국 모더니즘 시운동이 영 · 미 중심의 이미지즘을 바탕으로 전개되고 있었다는 점과 崔載瑞가 비평 이론을 확립하기 위해서 영 · 미의 이미지즘에 관계한 평론가와 시인의 이론을 바탕으로 하고 있다는 점, 이와 같은 이론의 도입, 전개 시기가 같은 무렵이었다는 점, 金起林이나 崔載瑞의 의도가 다 같이 한국 문단의 현대화 내지는 새로운 문학운동에 있었다는 점 등으로 미루어 볼 때, 崔載瑞가 직접 모더니즘 시운동에 관여하지 아니하였다 하더라도 당시의 한국 문단의 한 흐름을 형성하게 했다는 점에서 그 상보관계는 짐작할 수 있다.

金起林의 시론의 바탕이 이미지스트들과 엘리어트(T. S. Eliot), 리처즈 (I. A. Richards), 리이드 (H. Read) 등의 이론에 근거하고 있다면, 이들의 이론의 윤곽을 한층 구체적이고 체계적으로 직접 도입, 소개하여 전개한

---

79) 참고로 『崔載瑞 評論集』의 목차 내용을 보면 I부의 10편은 비평에 관한 것, II 부의 7편은 시대정신, III부는 소설에 관한 것으로서 9편, IV부는 작가론으로서 5 편, V부는 시인론에 관한 것으로서 3편이 있음. 여기에는 그의 첫 평론집 『文學 과 知性』(人文社, 1938.)에 실은 14편이 재록되어 있음. 이것을 통해서 우리는 그의 비평의 영역을 짐작할 수 있음.

비평가가 바로 崔載瑞이었다. 그는 앞에서도 언급한 바와 같이 1934년 『朝鮮日報』학예란에 설치한 하기예술강좌 문예편에서 「現代主知主義 文學理論의 建設－英國 評壇의 主流－」라는 평론을 발표했다. 그는 현대 문학의 특성을 혼동성이라 하고 "病室의 공기가 文學을 덮고 있다. 現代에 있어서 批評은 대부분이 診斷이다. 이 새로운 각도로부터 볼 때에 文學은 위대한 혹은 精神의 症勢로서 나타난다."라는 스토니어(G. W. Stonier)의 말을 인용하고 현대에 있어서 필요한 것이 비평이라고 주장하고 있다. 그리고 이어서 그는 현대 영국의 리처즈(I. A. Richards), 엘리어트(T. S. Eliot), 리이드(H. Read), 루이스(W. Lewis)와 같은 비평가의 공통성을 주지적 경향으로 보고, 그러한 경향을 근거로 하여 새로운 비평의 방향을 모색, 제시하고 있다.

> 이 혼돈으로부터 主知主義 文學理論이 일보일보 建設되어 갈것을 우리는 믿는다. 나는 上記한 批評家들의 批評理論을 약술함으로써 現代主知主義 文學理論의 윤곽을 그려 보려고 한다.[80]

그는 주지적 입장을 비평의 관점으로 삼고 그의 모든 비평적 이론 내지는 활동을 전개하고 있다. 우선 그가 제시한 주지주의라는 용어는 한국에서는 그가 최초로 사용한 것으로서 영·미의 주지적 입장을 중심으로 한 이미지즘적 경향을 의미하고 있다. 주지주의(itellectualism)의 개념은 영국의 경우 문예사조적인 개념으로서보다도 일반적인 개념으로 사용된 것인데, 이것을 문예사조적인 개념으로서 그가 받아들인 것은 사실 당시의 일본 문단의 영향이 아닌가 싶다. 日本 문단에서도 영국의 이미지즘적 이론이 도입되어 연구되는 경향이 짙었고, 그 가운데서도 소설가이자 평론가인 東京제국대학 출신 阿部知二는 1930년에 『主知的 文學論』이라는 평론집 속에서 영국의 흄(T. E. Hulme)을 선두로 하는 주지적 입장을 연

---

80) 崔載瑞, 『崔載瑞 評論集』, p.54.

구, 서술하고 있다. 당시의 한국과 日本의 문단 상황을 참작할 때, 崔載瑞가 사용한 주지주의라는 용어의 의미와 개념도 짐작할 수 있게 된다.

「主知主義 文學理論의 建設」에서 그는 논의의 첫 대상으로서 휴움(T. E. Hulme)을 선정하고 있다. 그 이유는 영국 문단의 새로운 기운이 이미 지스트들로부터 나타났고, 또 그 지도자가 휴움(T. E. Hulme)이기 때문이라고 한다. 그는 그의 입장을 "그가 타도코자 하는 傳統은 人生觀에 있어 人間主義며, 藝術에 있어서 自然主義이며 文學에 있어 浪漫主義"라고 들고, "그가 樹立하려는 傳統은 각기 科學的, 絶對的 態度와 幾何學的 藝術과 및 古典主義 文學"이라고 요약하면서 그의 사상의 근간인 "不連續的 實在觀"을 중심으로 설명하고 있다.

그리고 이어서 그는 엘리어트(T. S. Eliot)의 문학이론에 대해서 설명한다. 특히 「傳統과 個人的 才能」을 중심으로 그의 입장을 "19世紀 浪漫主義의 소위 '內部의 음성'과는 정반대의 價値建設 즉 古典主義的 또 主知的 傾向의 文學傳統의 새로운 인식과 건설을 기도하였다."라고 밝히고, 그의 전통과 개인의 재능에 대한 견해를 비교적 구체적으로 소개, 설명하고 있다 崔載瑞가 이처럼 휴움(T. E. Hulme)과 엘리어트(T. S. Eliot)의 문학이론을 소개하고 있는 가운데서 우리는 소개 그 자체뿐 아니라, 그의 비평관을 위한 입장을 찾아 볼 수 있게 된다. 즉 그것은 그들의 이론의 공통적인 점들로서 나타나는 고전주의적인 입장에서의 주지적 경향이었다.

그는 이어서 '現代 主知主義 文學理論의 建設 續編'이라고 부제를 붙인 평론 「批評과 科學」에서 "現代가 혼돈하다 함은 바꾸어 말하면 現代가 의거할 만한 傳統과 信念을 잃었다는 말이다. 이 잃어진 傳統과 信念에 대신할만한 傳統과 信念을 탐구하고 모색하는 정신이 곧 불안과 초조를 특징으로 삼는 現代精神이다. 그리고 現代人은 이 엄청난 대용물을 科學 가운데 구하려고 한다."라고 전제하면서 과학적 입장을 주지적 경향으로 간주하고, 그러한 경향을 선명하게 표시하는 비평가로서 리처즈(I. A.

Richards)와 리이드(H. Read)를 들고 있다. 그는 여기에서 리처즈(I. A. Richards)의 저서 *Science and Poetry*를 중심으로 시의 정의, 기능, 및 가치에 대한 심리적인 분석을 통해서 나타나는 과학적인 문학이론을 소개하고 있다. 그것은 그가 과학적 입장을 주지적 경향으로 보고 새로운 비평이론으로 도입, 시도한 것이다. 이와 같은 주지적 경향의 비평태도는 그의 평론의 대부분에 적용되어 나타나 있다. 지성에 관한 논문은 말할 것도 없고 모랄에 관한 논문「批評과 모랄의 問題」를 비롯하여 그의 대표적인 평론이라고 할 수 있는「諷刺文學論」그리고 실천비평 등에 이르기까지 일관되어 있다.

주지적 경향의 평론은 비평문학의 이론으로서 뿐 아니라 문학 일반에 관계되는 것이라는 점에서 시문학과도 관련이 있는 것이기는 하지만, 특히 그는 시에 관계되는 이론도 도입, 소개하고 또 실천적인 비평을 전개하고 있다. 그것은 위에서 이미 언급한 엘리어트(T. S. Eliot)의「傳統과 個人的 才能」을 중심으로 한 이론에서도 찾아 볼 수 있는 것이긴 하지만, 1930년대의 한국 모더니즘 시운동에 직접적으로 관계되고 있는 것으로서「네오·클라씨시즘」이라는 논문과「現代詩의 生理와 性格」이라는 실천적인 비평 등에서 구체적으로 나타나고 있다.

「흄의 批評的 思想」이라고 부제를 붙인「네오·클라씨시즘」이라는 논문은 그 서두에서 제시하고 있는 것처럼, 시에 관계되는 이론을 위한 것이라기 보다도 휴움(T. E. Hulme)의 고전주의 이론이 어떠한 것인가를 밝히기 위한 것이었다. 그렇지만 그의 고전주의 이론이 곧 이미지즘과 밀접하게 관련되고 있을 뿐만 아니라, 또 그가 당시 이 유파의 지도자였다는 점을 고려할 때, 이것은 이미지즘 시 이론의 근거를 밝히는 것으로서 오히려 시를 위한 이론이 되는 셈이다. 崔載瑞는 약력을 시작으로 '메타피직', '人生論', '藝術論', '文學論', '이미지즘과 흄' 등 항목으로 나누어 소개하고 있는 그의 철학과 예술관은 당시 한국 시단에서 일기 시작한 이미지즘적 경향을 위해서 필요한 것이었고, 또 얼마만큼 영향을 끼쳐 준 것으로 보지 않을 수 없다. 그 중에서도 특히 '藝術論', '文學論', '이미지 즘과 흄' 등의 항은 한국의 이미지즘 경향과 직접적인 관계가 이루어지고 있었다는 점에서 더욱 중요시 된다.

'藝術論'의 기하학적 예술관에서 암시하고 있는 유기적 예술(organic art)은 金起林이 새로운 시 이론으로서 제시하고 있는 시의 유기체설과 밀접한 관련이 있을 뿐만 아니라, 그의 영향하에서 주장했다는 방증도 된다.

> 生命的 藝術이라고 할 때에 그는 '生命'이란 말에서 모든 浪漫主義的 聯想을 떼어버리고 차라리 有機的 藝術(organic art)이란 말을 쓰는 것이 더욱 분명하리라고 암시한다. 有機的 藝術은 구체적으로 그릭의 傳統을 따르는 르네쌍스 이후의 근대 유롭의 藝術을 의미한다.[81]

뿐만 아니라, 金起林이 낭만적 경향을 배격하고 주지적 경향을 주장한 그 일면과도 관계가 있음을 볼 수 있다. 그리고 崔載瑞가 휴움(T. E. Hulme)의 기하학적 형상을 들어 "變轉無常하고 복잡다단하고 또 우연적인 瑣末性에 가득찬 자연에 비하여, 안정하고 견고하고 필연적인 規律性을 가진 圖形으로서 나타나기 때문에 일종의 독특한 통쾌미를 지닌다."[82]라고 설명하고 있는 속에서 金起林이 주장한 자연발생적인 시의 배격에 대한 그 근거의 일면을 찾을 수 있다. 이와 같은 면은 崔載瑞가 휴움(T. E. Hulme)의 말을 "自然과 自然的 現象의 顚倒와 혼란을 떠나서, 윤곽이 뚜렷하고 적나라한 것을 구하고 構成的으로 되려는 욕구"로 직접 인용한 속에서 더욱 구체적으로 분명하게 나타나고 있다.

한국에서 金起林이 주장하여 실천한 모더니즘적 시의 표현에 관계되는 어법이나 이미저리에 보다 직접적인 관계를 맺고 있는 항목은 '文學論'과 '이미지즘과 흄' 등의 항이다. '文學論'에서 그는 휴움(T. E. Hulme)

---

81) Ibid., p.93.
82) Ibid., p.95.

의 "詩의 大目的은 正確, 直截, 明晳한 描寫에 있다."라는 시의 표현에 관한 언급을 직접 인용하여 시 표현의 정확성을 강조하고 있다.[83] 또 이미저리에 대해서도 "詩가 자조 참신한 형용사와 신선한 비유를 쓰는 것은 그들 말이 새로워서가 아니라, 새로운 想像의 술은 새 잔에 담아야 하기 때문이다. 詩에 있어서의 이미지는 다만 겉치레가 아니라, 直視的 言語의 본질"이라고 그 본질적인 일면을 밝히고 있다.[84] 그리고, '이미지즘과 흄'에서 그는 이미지즘의 간략한 개관과 그 속에서의 흄의 위치를 밝히고 이미지즘의 특성을 요약하고 있다.

> 1912年 에즈라·파운드(Ezra Pound)와 올딘톤(Richard Aldington)과 그의 아내 H. D.(Hilda Doolittle)가 휴움과 협동하여 「이미지스트派 決議」를 작성했을 때, 영국의 新詩 運動은 궤도에 굴기 시작했다. 그 決議에는 다음 세 항목이 포함되어 있다. (1) 주관적거이나 객관적이거나 간에 사물을 직접으로 다룰 일, (2) 사물제시에 도움이 되지 않는 말은 절대로 사용하지 말 일, (3) 리듬에 관해서는 메트로놈의 繼起를 따르지 말고 樂句의 繼起를 따를 일.[85]

이것은 1915년에 이미지스트들이 선언한 6개 항목에 비하면 그 일부이긴 하지만, 金起林이 단편적으로 주장하고 있는 어법, 리듬, 표현대상인 사물에 대한 방법 등의 근거가 되고 있다. 그리고, 崔載瑞는 이와 같은 휴움(T. E. Hulme)을 중심으로 한 이미지즘 이론의 소개에만 그치지 않고 자신의 문학관으로서 주장하고 있다. 시에 있어서의 지성과 현대성과를 관련시켜 "藝術에 있어서의 知性이란 藝術家가 자기 내부에 價値意識을 가지고 그 價値感을 실현하기 위하여 외부의 素材 즉 言語와 이메지를 한 의도 밑에 조직하고 통제하는 데서 표시되기 때문이다. 그리고 詩人이 知的으로 진보하여 간다면 그가 조만간 現代性에 부딪히지 않을 수

---

83) Ibid., p.102.
84) Ibid., p.104.
85) Ibid., p.105.

없을 것이다."[86]라고 주장하고 있는 점은 그 좋은 근거가 된다. 이러한 견해도 당시의 金起林이 주장한 모더니즘적 견해와 유사할 뿐 아니라, 오히려 모더니즘적 입장을 분명히 밝힌 것이라고 할 수 있을 것이다.

그리고 崔載瑞는 이론적인 면에서 뿐만이 아니라 실천적인 면에서 시에 대한 비평도 시도했다. 「現代詩의 生理와 性格-長篇詩 『氣象圖』에 대한 小考察-」, 「詩와 道德과 生活」, 「詩壇 展望」 등이 곧 그것인데, 이러한 평론은 주지적 관점에서 1930년대 후반에 발표된 작품을 중심으로 이루어진 것들이다. 「現代詩의 生理와 性格」에서는 그 부제에서 밝히고 있는 바와 같이 金起林의 시작품 「氣象圖」에 대해서 비평하고 있는데, 그는 거기서 「氣象圖」가 지니는 특징으로 "(1) 이메지의 雜多性, (2) 論理的 連結의 缺如, (3) 收約的 效果" 등을 지적하고 이러한 점들은 곧 현대시의 특징의 일부라고 부언하고 있다. 그는 또 「氣象圖」의 풍자성을 들고 "사실상 氏의 詩는 現代 유롭 主知派 詩人들의 감화를 많이 받은 듯싶다."[87]라고 그 영향관계를 밝히면서 「氣象圖」는 현대의 서사시가 되지 못했다고 그 결점을 지적하고 있다. 그리고 「詩와 道德과 生活」에서는 毛允淑의 시작품 「렌의 哀歌」와 林學洙의 시작품 「石榴」, 李庸岳의 시작품 「分水嶺」을 각각 비평하고, 리이드(H. Read)의 이론을 인용하여 지적 의식의 새로운 방향으로서 서사시의 필요성을 주장하고 있다. 「詩壇展望」에서는 1938년에 발간된 시집을 중심으로, 특히 현대시에 있어서의 "노스텔지, 이메지, 리알리즘, 휴마니즘, 措辭" 등에 관하여 주지적 입장에서 비평하고 있다. 이와 같은 시에 대한 그의 실천적 비평은 1930년대 후반이라는 시간적인 면을 감안한다면, 모더니즘 시운동의 초기에 비해서 뒤진 감이 있긴 하지만, 당시 한국의 모더니즘적 경향의 시인들에게 영향을 끼쳤을 것이라는 점에서 그 의의가 평가될 수 있을 것이다.

---

86) Ibid., pp.308-309.
87) Ibid., p.401.

3. 李獻河의 문예가치론과 시 이론

李獻河는 1930년대 초 이후 金起林이나 崔載瑞의 경우와 같이, 현대를 혼돈기 내지는 과도기로 보고, 이러한 현대를 구제하기 위한 한 방법으로서 「리처즈의 文藝價値論」을 1933년에 발표하고 있다. 1935년에는 역시 논문 「朝鮮現代詩의研究－그 批評以前의 享受過程에서－」와 단평 「朝鮮語의 修鍊과 朝鮮文學將來」와 서평 「바라든 지용詩集」을 발표했다.[88] 이러한 논문과 단평을 통해서 나타나는 그의 이론은, 비평의 확립과 문학의 활로를 위한 것이긴 하지만, 궁극적으로 시문학을 위한 것이었다는 점에서 당시의 흐름의 하나였던 모더니즘 시운동과도 관련을 맺고 있는 것으로 보인다.

「리처즈의 文藝價値論」은 리처즈(I. A. Richards)의 가치론을 밝히는 의도, 내용, 특징 등으로 전개되고 있다. 그 의도는 곧 그의 문예비평 전반에 관련되는 것으로서 주목된다. 그는 우선 현대 문예비평의 일반을 이해하고 나아가서 그 자신의 문예비평에 대한 기준의 모색을 위한 것이라고 밝히고 있다. 그리고 이어서 자신의 문예비평의 기준이 문제되는 것은 현대의 혼미를 극복할 수 있는 올바른 비평관의 확립을 위한 것이라고 주장한다. 또 그는 예술의 가치와 예술 비평에 관심을 가져야 하는 이유를 다음과 같이 생활 의식과 관련시켜 밝히고 있다.

> 藝術에 價値如何를 묻는 것은 곧 生의 價値如何를 묻는 것이요, 또 藝術批評의 基準을 묻는 것은 필경 우리의 生活을 律하고 우리의 生活에 統一과 秩序를 附與할 만한 生活目標 또는 生活理想에 대한 우리의 切實한 要求의 나타남이라고 볼 수 있는 까닭이다.[89]

---

88) 「리처즈의 文藝價値論」은 1933. 1. 22.－1. 31, 「朝鮮現代詩의硏究」는 1935. 10. 4－10. 11, 「朝鮮語의 修鍊과 朝鮮文學將來」는 1935. 7. 6, 「바라든 지용詩集」은 1935. 12. 7－12. 11에 각각 『朝鮮日報』 학예란에 발표되었음.

89) 李獻河, 「리처즈의 文藝價値論」, 『朝鮮日報』, 1933. 1. 23, 2회.

생활의식은 곧 시대의식의 바탕이 된다. 따라서 그는 현대를 과학적인 세계관에 의해서 이룩된 물질적 생활관 속에서의 통일과 조화를 조성하고 있던 질서가 붕괴됨으로써 나타나는 혼돈상태라고 지적한다. 그리고 비평은 이러한 혼돈상태에 형체와 통일과 질서를 부여하는 것이라고 밝히고 있다. 그는 이러한 관점으로 혼돈속에서 현대를 구제할 수 있는 예술비평의 기준을 리처즈(I. A. Richards)의 비평이론 특히 가치론을 인용하여 설정하고 있다. 이와 같은 그의 의도는 당시 한국문단의 공통적인 한 양상—金起林이나 崔載瑞의 이론 전개도 이와 같은 흐름을 형성하는 요인이 되고 있다—이었고, 이러한 배경은 영국 문단의 흐름 특히 이미지즘적 경향이 중심을 이루고 있었다.

예술비평의 기준의 모색은 리처즈(I. A. Richards)의 가치론의 특질과 구조를 중심으로 하여 이루어지고 있다. 먼저 그는 그의 예술경험의 가치와 일반경험의 가치와의 관계를 밝힌다.

> 藝術作品도 要컨대 우리에게 어떠한 效果 또는 어떠한 心的 狀態를 일으키는 것에 不過한 것이므로 그의 價値도 諸他의 一般經驗의 價値와 同一한 種類의 것이요, 同一한 基準에서 評價할 것이라 하는 것이다.[90]

예술작품의 가치는 일반경험의 가치와 동일한 종류의 것이기 때문에 동일한 기준에서 평가되어야 한다는 견해다. 이것은 재래의 예술경험의 가치개념과는 구분되는 것으로 심리학적 가치론의 기본적 입장이다. 그리고 심적 상태는 충동에 해당하는 것이다. 李敭河는 리처즈(I. A. Richards)의 충동에 따르는 가치개념을 소상히 밝히고 있다.

> 사람은 要컨대 神經組織이요, 마음은 여러 가지 衝動의 組織이다. 그리고 마음이라는 것은 恒常 衝動을 滿足시킴으로써 平衡狀態를 유지코저 하는 것이 되어 이 平衡狀態를 일코는 半時라도 安寧秩序를 保全할 수 없다. 그런데 經驗은

90) Ibid., 4회.

마음의 活動 卽 衝動의 活動이다. 따라 善한 經驗과 惡한 經驗의 差異는 統一한
衝動으로 된 經驗과 混亂한 經驗과의 差異요, 따라 最善의 經驗은 最大多數의
衝動의 最大限度의 自由와 最小數의 衝動의 最小限度의 拘束으로 된 經驗이라
한 것이다.91)

심리적인 입장에서의 충동의 만족도에 따라 나타나는 심적 평형상태
의 정도에 의해서 선과 악의 가치개념이 규명된다는 점을 밝힌 것이다.
이것은 리처즈(I. A. Richards)가 예술을 과학적인 방법으로 파악하려는,
또 李敭河가 예술의 객관적인 가치기준을 모색하려는 그 전제로서의 견
해이다. 이러한 점은 "價値를 모든 衝動의 相互安協과 相互調和로 된 마
음의 平衡狀態에 還元함으로써 藝術, 道德, 科學 등의 모든 價値現象의
價値를 同一한 尺度로 計量할 수 있는 價値基準을 提供하려고 한 데 있
다."92)라고 그 특색을 밝힌 가운데서 입증된다.

그는 이어서 이러한 가치론과 예술과를 관련시켜 예술의 가치를 설명
하고 나아가서 예술비평의 이론과 방법을 모색하고 있다. 예술작품이 가
치있다고 할 때, 그 이유를 다음과 같이 리처즈(I. A. Richards)의 이론을
직접 인용하여 밝히고 있다.

「藝術作品을 例外의 사람들의 生活에 있어 그들의 經驗이 가장 완전히 制御
되고 統一된 時間, 變動하여 가는 生의 可能性이 가장 明確히 看取되고 將次
實現될 여러가지 活動이 가장 微妙하게 調和된 時間, 平常時의 狹小한 關心과
錯雜한 混亂이 물러가고 緻密히 組織된 平靜이 君臨하는 時間에서 생겨나 그
等의 時間에 永續性을 附與하는 것」이기 때문이다.93)

위의 인용은 예술작품의 가치를 밝히고 있는 부분이다. 예술작품의 가
치를 시간의 영속성으로 보고, 그것은 곧 생활 경험의 제어와 통일, 변동

---

91) Ibid., 5회.
92) Ibid., 8회.
93) Ibid., 9회.

되는 생의 가능성의 명확한 간취와 장차 실현될 활동의 미묘한 조화, 평
상시의 불완전한 심적 상태에서 벗어나 치밀한 조직을 통해 얻어지는 평
정 등으로 이루어지는 예술작품의 시간에서 유래된다는 것이다. 그런데
여기에서의 문제는 이러한 예술작품에서 나타나는 시간이 위에서 살펴
본 심리학적 가치론에 의하면, 일반 생활 경험에서도 얻어진다는 점이다.
이러한 문제의 해결을 그는 그러한 경험을 구성하는 형식과 그것을 전달
하는 매체에서 찾고 있다고 설명한다. 그리고 그는 매체들인 시에서의
언어·운율·억양, 음악에서의 음색과 음의 고저, 회화에서의 색채와 형
체 등을 심리학적으로 정의한 점, 또 이것들을 중심으로 형성되는 예술
의 구조를 파악하고 있는 점, 나아가서 "諸藝術을 構成하는 諸要素의 相
互關係, 또는 그 要素의 하나하나와 價值論과의 關係를 明白히 한 것"[94]
이 리처즈(I. A. Richards)의 비평론과 비평방법의 특색이라고 밝히고 있
다. 여기에서 우리는 리처즈(I. A. Richards)의 비평이론과 그 방법의 원리
를 이해할 수 있을 뿐만이 아니라, 李敞河가 모색하고자 하는 비평 기준
의 관점도 파악할 수 있게 된다. 그것은 한층 객관적으로 그리고 과학적
으로 평가할 수 있는 기준을 모색하려고 한 점이라고 할 수 있다. 이와
같은 점은 그가 리처즈(I. A. Richards)의 이론을 인용하여 비평가의 조건
을 열거하는 가운데서 더욱 구체적으로 이해할 수 있다.

> 批評家는 第一에 그가 判斷하는 藝術作品에 適切한 心的狀態는 歪曲하지 아
> 니하고 經驗하는 데 熟達한 사람이라야 한다. 第二에 그는 經驗을 그 重要한 部
> 分에 關하여 하나하나 區別할 줄 알아야 한다. 第三에 그는 價值의 正確한 判斷
> 者라야 한다.[95]

여기서 그가 강조하고 있는 것은 곧 객관적인 비평 기준이다. 이것은 하
나의 비평의 방법에 관한 모색으로서 1930년대의 한국 비평계의 주관적

---

94) Ibid., 9회.
95) Ibid., 9회.

이고 선입관적인 비평 경향과는 전혀 새로운 경향의 비평관이라고 할 수 있다.

그리고 이상 고찰한 그의 「리처즈의 文藝價値論」을 통해서 주목되는 것은 단순히 비평이론을 도입, 소개했다는 점에서보다도 그의 비평 이론의 영향을 받아 나타난 영・미 특히 미국의 신비평(New Critics)적 방법의 일면에 그가 착안하고 있었다는 점이다. 다시 말하면, 그가 그의 심리학적 가치론을 통해서 비평의 방법론으로서 모색한 것은 곧 신비평 방법의 원리적인 일면이었다는 의미다. 그는 이러한 비평의 원리에 착안했을 뿐만이 아니라, 그 비평 기준에 입각해서 시의 가치를 분석하려고 시도했다. 그렇다면 이것은 당시 1930년대 한국 비평계로서는 획기적인 일이었고 또 이 점은 현금 한국 비평계의 한 갈래를 이루고 있는 분석 비평 경향의 선구적인 업적의 하나라고 아니할 수 없다.

예술작품에 대한 가치판단의 기준을 마련코자 한 그의 주된 의도는 소설의 분석보다도 시의 분석을 시도하려는 데 있었던 것 같다. 이것은 "詩의 分析, 言語硏究, 또 傳達과 意味에 관한 一般的 硏究가 도로혀 重要한 部分"[96]이라고 표명한 그의 관심에서 뿐만이 아니라, 그의 실천비평면에서도 나타나고 있다. 그의 주요 논문의 하나인 「朝鮮現代詩의 硏究」나 그 밖의 단평들이 모두 시에 관계되고 있다는 점은 이를 입증하고 있다.

「朝鮮現代詩의 硏究-그 批評 以前의 享受過程에서-」에서는 본격적인 시 분석을 시도하려고 한 것 같다. 1935년 10월 4일부터 동 17일까지 조선일보에 6회에 걸쳐 발표된 이 논문은 시분석에 앞선 여러 가지 관점을 제시하고 있는 서론 부분으로 끝나고 있는데, 문학 가운데서의 시의 위치, 시의 정의와 객관적인 시 분석의 어려움, 그리고 현대시의 분석에 따르는 제언 등으로 나누어 볼 수 있다. 이 가운데서 중요한 것은 시의 정의와 시의 분석 방법에 대한 그의 입장이다. 그는 아리스토텔레스(Aristoteles)로부터 리처즈(I. A. Richards)에 이르기까지의 대표적인 시의

---

96) Ibid., 9회.

정의에 대해서 부정적인 입장을 취하고 있다. 그것들 모두가 시 그 자체
에 대한 관념적인 진술일 뿐, 시 그 자체를 느낄 수 있도록 설명한 정의
는 찾아볼 수 없기 때문이라고 밝히고 있다. 따라서 그는 이러한 시에 대
한 종래의 정의들에서 '시가 무엇인가'를 이해하려고 하기보다는 오히려
아아놀드(M. Arnold)나 메이스피일드(J. Masefield)의 시에 대한 태도에서
이해하기를 주장하고 있다. 그것은 일종의 실증적인 입장으로서 아름다
운 시구나 직접 고전에 준거하여 시가 무엇인가를 터득하려는 것이다.
이러한 그의 입장은 리처즈(I. A. Richards)의 시의 정의를 보완하기 위한
하나의 방편으로서 취해지고 있다. 즉 그것은 "詩는 그 어느 特質에 있어
서도 基準經驗과 어느 程度以上 다른 點이 없는 한 部類의 經驗이요, 基
準經驗이라는 것은 完成된 作品을 觀照할 때의 詩人의 適切한 經驗이
다"97)라고 한 시의 정의에서 시인의 적절한 경험을 그가 몸소 작품을 통
해서 얻으려는 입장인 것이다. 이러한 실증적인 입장은 시의 이해를 위
해서는 기본적이고 또 적절한 방법의 하나임에 틀림없다. 우리는 여기에
서 작품을 토대로 하여 시를 객관적으로 이해하려는 그의 태도를 보게
된다.

그리고 그는 또 비평방법에 대해서도 검토하고 있다. 그것은 주로 가
치 평가의 방법 내지는 그 기준을 중심으로 한 그의 비평 방법론에 관한
것이다. 당시의 비평 경향을 "制限과 節度를 尊重하는 人本主義의 批評
論, 或은 階級意識의 把握을 强調하는 集團主義의 批評論 或은 科學의
確實性과 새로운 進步를 背景으로 한 心理主義의 批評論" 등으로 나누
고,98) 그 어느 것 하나도 일정한 판단 기준을 제공하지 못하고 있다는 데
에서부터 그는 그의 비평 방법론을 출발시키고 있다. 일정한 비평 기준
은 곧 객관적인 비평 기준을 의미한다. 그는 리처즈(I. A. Richards)의 저서
*Practical Criticism*을 중심으로 이 문제를 탐구하고 있는데, 여기에서도 그가

---

97) 李敷河, 「朝鮮現代詩의 研究」, 『朝鮮日報』, 1935. 10. 4. 1회.
98) Ibid., 2회.

의도하고 있는 한 시작품에 대한 일정한 가치 기준, 즉 여러 사람의 의견의 일치를 가져올 수 있는 방법은 모색할 수 없다고 밝히고 있다. 그가 의도하고 있는 기준에 대한 궁극적인 목표는 아마도 과학에서 얻을 수 있는 결론처럼 만인의 의견이 일치할 수 있는 평가를 위한 절대적인 비평 기준을 의미하는 것 같다. 이러한 문제는 하나의 이상적인 것으로 비평의 실제에서는 불가능한 성질의 것인 까닭에 그도 이러한 절대적인 비평기준의 모색을 지양하고 그러한 방향에 접근할 수 있는 방법을 제시하고 있다.

> 詩란 明白히 말할 수 없고 또 詩의 高下를 判斷하는 基準으로서 자나 저울과 같이 任意로 裁斷할 수 있고 衡量할 수 있는 精確한 尺度가 없는 以上 우리는 結局 漠然하지만 우리가 과거에 있어 참다운 관심을 가지고 많은 詩를 읽어 오는 동안에 얻은 詩의 觀念과 또 좋은 詩를 많이 體驗하는 동안에 얻은 詩의 水準을 가지고 그 範圍內에서 詩를 말하고 詩를 判斷할 수밖에 없다고 생각한다.99)

여기서 보는 바와 같이, 그는 과거의 우수한 많은 작품을 읽고 음미함으로써 얻어지는 시에 대한 관점 내지는 시를 판단할 수 있는 시적 안목을 내세우고 있다. 이것 역시 작품 그 자체를 중심으로 하여 시의 가치를 파악하려고 하고 있는 점에서 실증적인 면을 중시하는 경향이라고 할 수 있다. 그가 시작품의 객관적인 비평기준을 모색하려고 했을 때, 문제는 시작품을 음미함으로써 얻어지는 체험의 객관화이다. 그는 이 문제에 대해서 "過去에 있어서 같이 詩에 관심을 가져왔고, 또 우리의 詩에 關한 素養의 地盤이 같다면 우리의 意見이 어느 程度까지는 一致될 것이다."100)라고 말하고 있다. 이것은 그가 말하는 '共通한 經驗'을 의미한다. 이러한 '共通한 經驗'을 전제로 삼을 때, 시의 평가에 대한 의견의 일치를 기대할 수

---

99) Ibid., 5회.
100) Ibid., 5회.

있다고 그는 주장한다. 이것은 그가 착안하고 있는 시분석에 대한 의도, 즉 객관적인 비평방법의 모색에 비한다면 퍽 애매한 방법이라고 하지 않을 수 없다. 다시 말하면 그는 시작품의 가치는 객관적으로 평가되어야 한다는 관점을 가지고 그 방법을 진지하게 탐구하려고 시도했지만, 결과적으로 작품 평가의 일반적인 방법에 도달했을 뿐 그것에 대한 구체적인 방법을 제시하지 못하고 있는 것이다. 그러나 그가 어떤 선입견이나 개인의 주관을 배제하고 작품 그 자체를 중시하고, 또 그것을 바탕으로 하여 객관적인 가치평가를 시도하려고 한 점은 역시 1930년대 한국 비평계에 새롭고도 획기적인 일이었다고 할 수 있다.

위에서 고찰한 두 편의 논문 이외에 단평인 「朝鮮語의 修鍊과 朝鮮文學將來」와 서평인 「바라든 지용詩集」에서, 우리는 시에 대한 그의 입장과 비평하는 태도를 이해할 수 있다. 「朝鮮語의 修鍊과 朝鮮文學將來」에서는 국어와 국민문학과의 관계를 밝히고, 또 국민문학의 발전은 곧 세계문학으로 이어져야 한다고 주장하면서 당시 우리 한국어의 상황과 한국 시문학의 장래를 역설하고 있다. 특히 시문학의 발전과 언어와의 관계에 관심을 표명하고 있는 점은 시가 언어예술이라는 자각을 시사한 것으로서 시문학의 새로운 일면을 보여준 것이라 할 수 있다. 그리고 서평인 「바라든 지용詩集」에서는 鄭芝溶 시의 아름다움을 감각면, 어법면과 사상면에서 고찰하여 칭송하고 있다. 특히 시적 어법의 분석방법은 그 당시로서는 새로운 면을 보여준 예라 할 수 있다. 그가 시어의 음운까지 분석하여 '母音의 音樂'이랄지, '子音의 交響' 등으로 지적하고 있는 점이 곧 그것이다. 그는 鄭芝溶의 작품 「歸路」의 첫 4행을 인용하고,[101] "이 넉줄의 子音의 交響을 들으라…… 안개 자욱한 거리를 聯想하게 된다는 것은 물론

---

101) 「歸路」의 첫 4행은 다음과 같다.
  鋪道로 나리는 밤안개에
  어깨가 저윽이 무거웁다.
  이마에 觸하는 쌍그탄 季節의 입술
  거리에 燈불이 한폭! 눈물겹고나.

詩人이 안개 나리는 舖道를 말하여 주었기 때문이 아니요, 세 子音의 ㅍ·ㅁ·ㅂ의 配置自體에 자욱한 안개의 暗示가 包含되어 있기 때문이다."[102]라고 분석하고 있다. 이와 같은 분석은 그의 비평 방법의 일 예에 불과한 것이긴 하지만, 이것을 통해서 우리는 그의 시에 대한 안목 내지는 비평 태도의 일면을 이해할 수 있게 된다. 뿐만 아니라 이러한 비평의 안목 내지는 비평 태도는 1930년대 한국 비평계 특히 시비평 분야에 있어서는 새로운 차원이요, 또 시를 대하는 새로운 태도였다 할 수 있을 것이다.

IV. 모더니즘 시의 특성

1. 이미지즘적 특성

(1) 시적 어법(poetic diction)

언어는 시를 구성하는 요소들 중에서 기초적인 단위이고, 또 중요한 구실을 하는 것 중의 하나다. '詩는 觀念이 아니라 言語로 쓰여진다'와 같은 말라르메(S. Mallarmé)의 주장, '詩란 말로 또 말 가운데서 이룩되는 (durch das wort unt in wort) 건설이다'와 같은 하이데거(M. Heidegger)의 주장은 시에 있어서의 언어의 중요성을 인정하고 역설한 좋은 근거들이다.[103] 이와 같은 시에서의 언어의 중요성은 시의 발생 당시부터 설화와 구분되는 자체의 성격－운문이라는 성격－에서 비롯되어 왔다. 따라서 이의 역사는 시의 역사와 비례된다고 할 수 있다. 그런데 이것이 의도적으로 논의된 것은 1800년에 재판된 워어즈워어드(W. Wordsworth)의 *Lyrical*

---

102) 李敭河, 「바라든 지용 詩集」, 『朝鮮日報』, 1935. 12. 10, 3회.
103) 全光珍 역, 『하이덱거의 詩論과 詩文』, p.20.

*Ballads*의 서문에서부터이고, 본격적으로 연구된 것은 20세기에 들어와서부터이다. 그것은 1924년에 발간된 쿼아일(T. Quayle)의 저서 *Poetic Diction*, 1928년에 발간된 바르피일드(O. Barfield)의 저서 *Poetic Diction* 등에서 찾아진다.

그런데도 이의 개념을 정의하기란 그렇게 쉬운 문제가 아니다. 그것은 시작품에 사용된 언어들의 다양성에서 온다. 이러한 가운데서도 그 가닥을 추려보면, 그것을 두 유형으로 나누어 생각할 수 있다. 하나는 이미 개발되어진 시적 어법에 관계되어지는 것이고, 다른 하나는 이러한 어법으로부터 벗어나 새로운 어법의 창조에 관계되는 것이다. 20세기에 와서 특히 시적 어법이라 할 때, 중요시되는 논의는 후자에 보다 밀착되어 있는 듯하다.

> 詩語들(words)이 그들의 意味가 審美的 想像을 불러 일으키거나 혹은 분명히 일으키려고 하는 그러한 方法으로 選擇되고 排列될 때, 그 結果가 詩的 語法 (poetic diction)으로서 記述되어진다.[104]

위의 인용은 시적 어법의 본질을 제시하고 있는 것으로서, 시작품에서의 언어의 선택과 배열이 일상 언어 즉 구어에서와는 다른 심미성을 표현하고 있느냐라는 점과, 그것을 위해서 시인의 상상력이 얼마만큼 작용하였느냐라는 점 등을 대상으로 하여 고찰하는 것이 곧 시적 어법에 관한 기술이라는 것이다. 이러한 관점을 근거로 하여 볼 때, 시적 어법은 시작품에서의 효과, 즉 심미적인 표현을 위한 언어의 선택과 배열 그리고 이 언어의 선택과 배열을 위한 시인의 상상력의 작용에 대한 평가 내지는 그 기술이라고 할 수 있다. 그리고 이것은 특히 상상적이고 격렬한 시의 본질을 표현하는 시적 언어들과 구절들(poetic words and phrases)을 의미한다.[105]

---

104) Alex Preminger ed., *Encyclopedia of Poetry and Poetics*, p.628.

시작품에서 시적 어법을 분석하기란. 쉬운 문제가 아니다. 그 이유는 위에서 밝힌 언어의 본질적인 측면 이외에도 작품에 따라 각양각색이고, 또 작품 속에서도 하나의 단어마다가 각기 다른 표현 효과를 나타내고 있기 때문이다. 그러나 시가 예술로서의 미를 추구, 표현한다는 점과 시의 형식이 다른 문학 장르의 형식에 비해서 짧고 응축되어 있다는 점을 감안할 때, 작품에서 활용되어야 하는 언어의 성격을 짐작할 수 있으니, 그것은 우선 심미적이어야 하고 함축적이어야 한다는 점이다. 심미적인 시적 어법은 문학 작품에서의 운율과 감각적 표현을 위한 언어의 선택과 배열을 의미하고 함축적인 시적 어법은 언어의 외연(denotaion)에 대한 내포 혹은 함축(connotation)을 의미한다. 그런가 하면, 이러한 시적 효과에 대해서 테이트(A. Tate)는 텐슌(tension)을 제시하고 있다. 이것은 그의 해석에 따르면, '詩에서 발견되는 모든 '外延', '內包'를 완전히 組織한 總體'를 뜻한다.106) 이것은 시의 총체적인 통일을 목표로 하는 것이긴 하지만, 그 단계적인 근원은 시적 어법을 토대로 하고 있는 것이다.

한국에서 시적 어법에 대한 자각과 실천이 나타나기 시작한 때는 1930년대부터이다. 우리는 『詩文學』 창간호(1930)의 후기에 나오는 "한 민족의 言語가 발달의 어느 정도에 이르면 口語로서의 존재에 만족하지 아니하고 文學의 形態를 요구한다. 그리고 그 文學의 成立은 그 民族의 言語를 完成시키는 길이다."107)와 같은 구절에서 그러한 낌새를 발견하게 된다. 이와 같은 자각은 없었다 할지라도, 시적 어법에 대한 관심은 그 이전에도 꾸준히 나타나고 있었다. 그것은 시조에서의 음수율을 위한 언어의 선택, 배열, 관형어(epithet), 완곡법(periphrases), 고어의 사용(archaism) 등과, 갑오경장 이후의 개화시, 신시, 자유시에서의 음수율을 위한 언어

---

105) Ibid., p.628.
  "While to others poetic diction means the specifically poetic words and phrases which express the imaginative and impassioned nature of poetry."
106) 金洙暎・李相沃 공역, 『現代文學의 領域』, p.100.
107) 『詩文學』 창간호, p.39.

의 선택 및 어형의 변화와 일상어의 사용 등에서 입증된다.

시조에서 3·4 내지 4·4조의 기본 율조와 그 종장의 3·5·4·3의 음수율을 위한 언어의 선택과 배열 등은 구태여 예거할 필요가 없을 정도로 이미 알려져 있는 것이다. 이 외에도 우리는 시조의 시적 어법의 미묘함을 발견할 수가 있다.

　살들헌 너마음과 알들헌 님의 정을
　一時相逢 글리워도 斷腸心懷 어렵거든
　하물며 멋멋 날을 이디도록

— 梅花

　岩畔 雪中孤竹 반갑도 반가왜라
　뭇느니 孤竹아 孤竹君의 네 엇더닌
　首陽山 萬古淸風에 夷齊를 본듯 흐여라

— 徐甄

위의 두 작품의 초장의 경우 앞엣것은 순수한 우리말의 유형이고, 뒤엣것은 한자어의 유형이다. 모두가 시적 어법에 고심한 흔적을 찾아 볼 수 있다. 전자의 경우 '살들헌'과 '알들헌'은 순수한 우리말의 유형으로서, 그 의미가 비슷하여 '알들살들'의 복합어로 많이 쓰이고 있는 것을 각각 나누어 대구형식에 맞도록 배열함으로써 '내 마음'과 '님의 정'과의 일체감을 의도한 표현이라고 할 수 있다. 후자의 경우 '岩畔 雪中孤竹'은 한자의 유형으로서 '竹'의 외로운 상태를 '岩畔'에 '雪中'을 첨가함으로써 입체적으로 심화시킨 의도적인 표현이라고 할 수 있다.

그리고 완곡법은 시조 시인 자신의 감정이나 처지, 자기가 위치하고 있는 시대의 세태를 풍자하고 경계하기 위해서, 또는 임금에게 충성심을 보여주기 위한 표현 방법으로 활용되기도 했다.

靑山裏 碧溪水 | 야 수이감을 자랑마라
一到 滄海ᄒ면 도라오기 어려오니
明月이 滿空山ᄒ니 수여간들 엇더리

－ 黃眞伊

여기에서의 '碧溪水'와 '明月'은 외연으로서의 뜻을 가지고 있으면서, 내포로서의 의미와 함께 기능을 발휘할 수 있도록 표현하고 있는 어법이다. 동시에 정감을 자연물, 즉 벽계수와 명월을 통하여 자연스럽게 표현하고 있는데, 널리 알려진 이 시조 이외에도 완곡법으로써 표현된 시조는 수없이 많이 있다

가마귀 싸호는 골에 白鷺 | 야 가지마라
성낸 가마귀 흰빗출 새올셰라
淸江에 잇것 시슨 몸을 더러일가 ᄒ노라

－ 鄭夢周 母親

여기에서의 '가마귀'와 '白鷺'가 완곡법으로 활용되고 있다. 가마귀는 간신들이라는 의미를 함축하고 있고, 白鷺는 지조있는 선비라는 의미를 함축하고 있다.

고어사용(archaism)의 어법은 시조에서 뿐만이 아니라, 조선시대의 소설에서도 흔하게 사용되고 있는 어법이다.

鑿井飮 耕田食ᄒ고 採於山 釣於水 | 라
含哺鼓腹ᄒ며 擊壤歌 노리ᄒ니
아마도 唐虞世界를 비쳐본듯 ᄒ여라

－ 無名氏

위의 시조에서 '鑿井飮', '耕田食', '含哺鼓腹' 등은 「擊壤歌」에 나오는 구들이다. 이와 같이 옛 싯귀를 직접 시조 창작에 활용하고 있는 예는 일

일이 예거할 수 없을 정도다. 그 뿐만이 아니라 시행을 그대로 옮겨 활용
하는 예도 일일이 예거할 수 없을 정도로 많다.

> 臨高臺 臨高臺ᄒ야 長安을 굽어 본이
> 雲裡帝城은 雙鳳闕이요 雨中春樹는 萬人家ㅣ러라
> 암아도 繁華民物이 太平인가 ᄒ노라
>
> — 李鼎輔

　위 시조작품은 중장 '雲裡帝城雙鳳闕 雨中春樹萬人家'는 원래 중국의
시인 王維의 시행인데도 관계하지 않고, 또 한 자의 가감도 없이 그대로
자기의 작품에 인용하여 활용하고 있는 예의 하나이다. 그런데 이 경우
유의해야 할 점이 있다. 그것은 모방의 단계를 벗어나 창의적으로 사용
되어 작품을 활성화시킬 수 있어야 한다는 의미다. 위의 두 시조 작품의
경우, 시조 작품으로서의 통일감은 주고 있으나, 새롭고 참신성을 주어야
한다는 점에서는 수긍하기 어려운 점이 있다. 작품에서의 고어 사용이
창의적이지 못하고 의고적이거나 모방적일 때, 형식으로 흐르기 쉽고 또
그것은 고정적이고 관습적인 표현이 되기 쉽다. 바꾸어 말하면 생명이
없는 표현이 되기 쉽다는 의미이다.
　갑오경장 이후의 개화시, 신시, 자유시에서의 시적 어법은 시조에서 볼
수 있었던 것과는 다른 양상으로 변화되고 있음을 보게 된다. 그것은 음
수율이나 관형어, 완곡어법, 고어의 사용 등 고정적이고 관습적인 표현으
로부터 점차 벗어나 일상적인 언어를 중심으로 한 어법이 등장하였다.
그리고 음수율도 시조의 정형에서 벗어나 그 기본 율조만을 활용하든가,
아니면 그것마저도 버리고 자유스러운 리듬을 중심으로 하는 내재율이
개발되어 그에 의한 자유시의 형태가 나타났다. 물론 이러한 변화는 급
진적으로 일시에 이루어진 것이 아니라, 개화시에서 신시로, 신시에서 자
유시로 옮겨오는 과정에서 점진적으로 이루어진 것이다.

쵸당에깁히든잠
뉘라셔찌랴는고

창외에더딘날이
삼간이놉하셔라

구텬을ᄇ라보니
미인옥누어디미요

우연니오눈말삼
우리죠션신문이라

반갑고장ᄒ도다
신문논셜장ᄒ도다

즈고이리헌집목슈
ᄒ나둘쑨아니연만

뉘라셔통리ᄒ여
이러타시소샹ᄒ가

아마도이목수눈
양공중뎨일이라

(생략)

                      - 금강 김교익의 글

   위의 인용시는 『독립신문』 제25호 (1896. 6. 2)에 발표된 개화시이다. 우리는 시적 어법면에서 순 한글로 쓰여졌다는 점과 음수율을 지키려고 한 점, 몇 개의 한자 숙어를 사용하고 있는 점 등을 제외하면 일상 언어, 즉 구어가 많이 구사되고 있다는 점을 발견할 수 있다. 이러한 변화는 이 이전의 시조나 가사의 경우와는 대조를 이루는 것으로서 시적 어법의 변화를 예고하는 출발점이 된다.

> 텨…ㄹ 썩, 텨…ㄹ 썩, 턱, 쏴…아.
> 짜린다, 부슨다, 문허바린다.
> 泰山갓흔 놉흔뫼, 딥태갓흔 바위ㅅ돌이나
> 요것이무어야, 요게무어야.
> 나의큰힘, 아나냐, 모르느냐, 호통 짜디하면서,
> 짜린다, 부슨다, 문허바린다.
> 텨…ㄹ 썩, 텨…ㄹ썩, 턱, 튜르릉, 콱.
>
> — 六堂의 「海에게서 少年에게」 중 제1련

위의 인용시는 이미 널리 알려진 『少年』지 창간호에 발표된 六堂의 신시이다. 이 작품에서는 운율 즉 음수율(2행, 4행, 6행의 3·3·5조의 음수율)을 구사하고 있긴 하지만, 그것에 구애되지 않고 시적 어법으로서 생경함마저 느낄 정도의 구어들이 구사되고 있다. 이러한 변화는 개화시에서보다 한 걸음 구어체 문장에 다가선 것으로 한국의 문학적인 표현이 문어체에서 구어체로 변화되고 있음을 보여주고 있다. 그리고 이러한 변화는 육당의 의도적인 것으로, 1909년에 발표된 六堂의 「舊作 三篇」 중의 "우리國語로, 新詩의, 形式을, 試驗하던, 始初라"라고 설명하고 있는 부분에서 잘 나타나고 있다.

이러한 변화 가운데에서 우리가 의미하는 시적 어법으로서의 이론은 朱耀翰에게서 비롯된다. 1924년에 『朝鮮文壇』 창간호에 발표된 朱耀翰의 「노래를지으시려는이에게(一)」라는 글에서의 "첫재는 민족뎍 정조와 사샹을 바로 해석하고 표현하는것 둘재는 조선말의 미와 힘을 새로 차저내고 지어내는것입니다."[108]라는 부분중 '조선말의 미와 힘을 새로 차저내고 지어내는것'이라는 주장이 곧 그것이다. 이러한 관심에 대한 실천 역

---

108) 『朝鮮文壇』, 창간호, 1924, p.50.

시 1920년대 초부터 나타나고 있었다.

> 그립다
> 말을할까
> 하니 그리워
>
> 그냥갈까
> 그래도
> 다시 더한번
>
> 저山에도 가마귀, 들에 가마귀
> 西山에는 해진다고
> 지저귑니다
>
> 압江물 뒷江물
> 흐르는 물은
> 어서짜라오라고 짜라가자고
> 흘너도 년다라 흐릅듸다려.

— 金素月, 「가는길」의 전문

위의 시작품은 1920년대 초의 자유시의 한 유형이다. 어법이나 율조면에서 그 이전의 개화시나신시, 자유시 등에서는 볼 수 없는 세련미를 갖추고 있는 예의 한 작품이다. 위의 시작품에서는 구사된 언어가 일상적인 구어인데도 거칠지 않고 유려한 느낌을 주고 있다. 그것은 율조의 조화에 의한 것이다. 위의 시작품의 기본 율조는 7·5조이다. 7·5조의 율조의 조화를 위해서 언어 구사를 절제하고 있다. 그것은 조사의 과감한 생략, 반복법의 활용 등에서 나타난다. 율조와 조화시키고 있는 위 시작품의 어법은 물 흐르는 것과 같은 자연의 섭리를 느끼게 한다. 이와 같은 시적 어법은 당시의 시작품들의 표현의 경향 즉 관념적인 언어의 구사, 대상을 표현하는 서술성 등과는 다른 새롭고 참신한 효과를 주고 있다.

그러나 여기에서도 시조, 신시, 1920년 전후의 자유시에서 볼 수 있었든 언어들 즉 정한과 자연에 관계되는 언어들이 그 주축을 이루고 있는 점은 역시 1920년대로서의 현대적인 감각(서구적 성격으로서의 감각)과 지적인 면을 불러일으키지 못하는 한계를 지니고 있다. 다시 말하면 20세기라고 하는 현대적 감각과 지적인 면을 표현할 수 있는 시적 어법으로까지는 진전되지 못했다는 의미다.

현대적 감각과 지적인 면을 표현한 어법은 1920년대 중반에서부터 나타나기 시작하여 1930년대에 접어들면서 본격적으로 시도되기 시작하였다. 그것은 주로 표현 대상의 변화에 따른 언어권과 관계된다. 정한 그 자체나 정한의 감상성에 대한 주지적 경향, 그것들의 표현 매체 즉 자연적 제요소에 대한 도시적, 문화적 요소 등을 표현하려고 한 언어의 변화가 곧 그것이다. 이것들은 구체적으로 자연에 관계되는 언어 대신에 문명과 도시에 관계되는 일상 언어와 감각, 특히 청각에 대한 시각적인 언어 등에서 현저하게 드러나고 있다. 이와 같은 시적 언어나 어법은 곧 영·미의 이미지스트들이 선언한 시의 언어와 표현에 관한 경향의 일부가 된다.[109] 이러한 경향은 시문학파의 일부와 모더이즘 시운동에서 본격적으로 주장되었고 실천되었다. 이러한 시적 어법은 두 유형으로 나누어진다. 하나는 주지적 표현을 위한 어법이고, 다른 하나는 감각적인 표현을 위한 어법이다.

1) 주지적 표현을 위한 시적 어법

이것은 1920년대의 시적 어법중 특히 시적 대상을 자연 발생적, 감상적으로 표현하려고 한 것에 대한 새로운 시도로서, 제작적(의도적), 주지적으로 표현하려고 시도한 시적 어법이다. 1930년대 한국의 모더니스트들은 이를 위해서 우선 시적 표현의 대상을 자연적인 것에서 도시적인 것,

109) 본 논문의 주 72)와 주 76)을 참조할 것.

문명적인 것으로 바꾸었다. 그리고 그들은 이러한 시적 표현의 대상을
자연 발생적, 감상적인 것으로서가 아니라, 제작적, 주지적으로 표현할려
고 시도하고 있다. 이러한 시적 어법은 시가 누에의 입에서 실이 나오듯
이 지어지는 것이 아니라, 시인이 의도하는 가치를 찾아 그것을 의도적
으로 제작해야 한다는 시론에 입각한 것이다. 그리고 이것은 이미지스트
들의 이론과 관계가 있다. 여기에서는 시적 어법으로서 고도의 상상력이
작용되고 있는 점을 찾아볼 수는 없지만, 어법의 방법과 표현 대상이 바
뀌어짐에 따라, 그에 따른 시적 어법의 표현도 새롭고 참신한 느낌을 준
다는 점에서 일차적으로 평가될 수는 있을 것이다.

> 砲彈으로 뚫은듯 동그란 船窓으로
> 눈섶까지 부풀어 오른 水平이 엿보고,
>
> ……
>
> 透明한 魚族이 行列하는 位置에
> 홋하게 차지한 나의 자리여!
>
> 망토 깃에 솟은 귀는 소라ㅅ속 같이
> 소란한 無人島의 角笛을 불고―
>
> 海峽午前二時의 孤獨은 오릇한 圓光을 쓰다.
> 설어울리 없는 눈물을 少女처럼 짓쟈.
>
> ……
>
> 航海는 정히 戀愛처럼 沸騰하고
> 이제 어드메쯤 한 밤의 太陽이 피여오른다.
>
> ― 鄭芝溶「海峽」일부

위의 작품은 새벽 두시의 항해를 통해 체험된 정서를 표현하고 있다. 그것들은 고독과 눈물, 항해의 부푼 꿈과 태양을 통한 희망 등이다. 이들 정서는 표면적으로 서로 대립되고 있는 것처럼 보이나, 내면적으로는 항해의 체험을 초점으로 통일되고 있다. 고독과 눈물, 꿈과 희망 등은 새로운 것은 아니다. 이것들은 이미 1920년대 아니 그 이전부터도 시적 대상으로서 표현되고 있었기 때문이다. 그런데 위의 시작품의 경우, 그것들을 받아들이는 느낌은 전혀 다르다. 이러한 차이점은 어데서 오는 것일까? 그것은 표현 즉 시적 어법면에서 오는 것이다. 다시 말하면 그것은 주지적인 표현에서 온다는 의미이다. 1920년대의 시작품 즉 위에서 인용한 「가는길」과 비교할 때, 그러한 차이점은 쉽게 찾아진다. 「가는길」에서는 그 정감을 자연적인 언어를 선택하여 운율 중심으로 표현하고 있는데 반하여 「海峽」에서는 그것을 문명적인 언어를 선택하여 비유적으로 표현하고 있는 점 등이 바로 그것이다. '砲彈', '船窓', '망토', '透明', '海峽午前二時', '港口' '航海' '沸騰' 등은 현대문명에 따른 「海峽」의 중요한 언어들로서, 이 작품의 전체적 느낌을 현대인의 감각에 맞는 주지적 경향으로 유도하는 역할 중 하나가 되고 있다. 그리고 이러한 언어들은 다시 다른 언어와 결합됨으로써 그 문맥의 표현을 지적으로 참신하게 느끼도록 해준다. "透明한 魚族이 行列하는 位置", "망토 깃에 솟은 귀는 소라 ㅅ속 같이", "海峽午前二時의 孤獨은 오롯한 圓光을 쓰다", "航海는 정히 戀愛처럼 沸騰하고" 등이 그것이다. 이들 중 특히 孤獨과 오롯한 圓光, 귀와 소라ㅅ속, 航海와 戀愛 등의 결합은 단순한 서술이 아니라, 비유적으로 언어와 언어를 연결함으로써 시적 어법의 일차적인 평가 대상인 상상력이 작용되고 있음을 보여준다. 이어 "航海는 정히 戀愛처럼 沸騰하고"의 표현에서 물리학의 용어인 沸騰을 戀愛와 결합시킴으로써 연애의 한 속성을 시각화하고 있고 다시 航海와 결합시킴으로써, 항해를 통해서 체험될 수 있는 한 정감의 농도까지를 주지적으로 표현해 줌으로써 심미감과 아울러 현대감각의 세련미를 보여 주고 있다.

　　　　A
푸른 잔듸를 뚤코 서잇는
體操場 時計塔우에
파-란 旗幅이 바람에부서진다

무거운집행이로 흰구름을 헤치고
敎會堂이 기우러진 언덕을거러나리면
밝은햇빛은 花粉인양 나려퍼붓고
거리는 함박꽃같이 숨을죽였다.

　　　　B
明燈한 돌다리를 넘어
街路樹에는 유리빛 黃昏이서려있고
舖道에 흩어진 저녁등불이
창백한 꽃다발같이 곱기도하다

꽃등처럼 흔들니는 작은창밑에
밤은 새파란거품을 내뿜으며끄러오르고
나는 銅像이잇는 廣場앞에 쪼크리고
길잃은 세피아의 파-란눈동자를 듸려다본다
　　　　　　　　　　　　　　　　　－ 金光均의「街路樹」전문

　위 작품에서의 정서는 '무거운집행이'와 '창백한 꽃다발'의 표현과 그
리고 마지막 연의 끝 두행에서의 방황속에서 무엇을 찾고 있는 듯한 표
현 등에서 볼 수 있는 일종의 비애감이다. 방황속에서 무엇이 찾아지지
않음으로써 나타나는 비애감같은 것은 인간의 보편적인 정서로서 어느
시대를 가릴 것 없이 시적 표현의 대상이 되고 있었다. 그런데 그 표현
방법은 시대마다 변화되어 왔다. 우선 1920년대의 그것과만 비교하더라
도 그것은 쉽게 이해된다. 앞에서 인용한「가는길」의 표현이 자연적이고
운율적인 표현인데 비해, 1930년대에 쓰여진「街路樹」는 도시적이고 감

각적인 표현이라는 점이 바로 그것이다. 이러한 점은 역시 시적 어법의 변화에서 온다. 「街路樹」는 그러한 예의 한 시작품이다. '體操場', '時計塔', '旗幅', '敎會堂', '거리', '明燈한', '街路樹', '舖道', '꽃다발', '銅像', '廣場' 등은 그 주축을 이루는 도시적 요소를 표현하기 위한 선택된 어휘들이다. 그리고 이러한 어휘들은 다시 다른 어휘들과 함께 의도적으로 배열되고 있다. 그것은 감각 즉 시각을 통한 회화화라는 점이다. 따라서 이 작품의 정서인 비애감도 언어로 그려진 한 폭의 그림속에서 표현되어짐으로써 지적으로 절제되어지고 있음을 보게 된다. 이러한 표현 효과는 "창백한 꽃다발같이 곱기도하다"라는 행에서 절정을 이룬다. '꽃다발'과 '곱다'와의 이음은 관행적인 것이라고 할 수 있다. 그런데 '창백한'이란 관형어가 그 앞에 배열됨으로써 이 행은 시적 어법으로서의 기능을 발휘하게 된다. 그것은 '창백한 꽃다발'과 '곱다'는 우선 일반적인 관행의 어법과는 달리 대립 개념의 배열로서 긴장감이라는 심미감을 불러일으킨다는 점과 '창백한 꽃다발'이라고 했을 때 그 현상이 아니라, 그 질감을 함축적, 시각적으로 표현하고 있다는 점 등에서이다. 따라서 이러한 시적 어법은 상상력이 작용된 독창적이고 참신한 것으로 평가된다.

1930년대 한국 모더니스트들의 시적 어법으로서 보다 새롭게 시도된 것은 모순어법(oxymoron)에서 찾아진다.

琉璃에 차고 슬픈것이 어린거린다.
열없이 붙어서서 입김을 흐리우니
길들은양 언날개를 파다거린다.
……
밤에 홀로 琉璃를 닦는것은
외로운 황홀한 심사이어니,
고흔 폐혈관이 찢어진 채로
아아, 늬는 山 ㅅ새처럼 날러 갔구나!

— 鄭芝溶의 「琉璃窓 1」 일부

이 시작품은 1930년에 발표된 것으로 아들을 사별한 그 비애의 정서가 감상으로 흐르지 않고 지적으로 절제되고 있음을 보여주고 있다. 그것은 유리를 매체로 내적인 비애감의 정서를 시각적으로 형상화시키고 있는 점에서 잘 나타나고 있다. "/밤에 홀로 琉璃를 닥는것은 /외로운 황홀한 심사이어니," 등의 행은 바로 그러한 점을 입증하고 있다. 그리고 특히 "외로운 황홀한 심사이어니" 행 중 '외로운 황홀한'의 어법은 서로 반대 개념의 언어를 결합시킨 것(모순어법)으로서 유리를 통해 형상화시킨 비애감을 응축시켜주고 있다. 이러한 표현을 통해서 나타나는 시적 효과는 심미감, 상상력의 작용에서 오는 독창성 뿐만이 아니라, 슬픔의 정서를 지적으로 승화시키고 있다는 점에서 나타나고 있다. 이와 같은 모순어법 은 1930년대 이전의 시에서는 찾아볼 수 없는 새로운 시도로서 이후 한 국 시단에 영향을 끼치고 있었다. 1934년에 발표된 金永郎의 「모란이 피기까지는」에서의 마지막 행인 "나는 아즉 기둘리고 잇슬테요 찰난한슬픔의 봄을"에서의 '찬란한 슬픔의 봄', 1936년에 발표된 徐廷柱의 「문둥이」에서의 마지막 행인 "꽃 처럼 붉은 우름을 밤새 우렀다"에서의 꽃처럼 붉은 울음, 위의 金光均의 인용시 「街路樹」에서의 "창백한 꽃다발같이 곱기도하다" 등은 그러한 예의 근거가 된다.

2) 감각적인 표현을 위한 시적 어법

시의 감각적인 표현 역시 전절의 주지적 표현과 함께 한국시에서는 표현방법의 획기적인 변화의 하나라고 할 수 있다. 이러한 표현방법은 위에서 지적한 바와 같이 1920년대 중반에 李章熙의 「봄은 고양이로다」라는 작품에서 이미 시도되어진 것이기는 하지만, 의도적인 시도는 1930년대에 접어들면서부터이다. 詩文學派와 모더니스트들의 일련의 시도가 곧 그것이다. 詩文學派에서 시도된 감각적인 표현은 시각적, 청각적, 후각적, 미각적, 촉각적 표현 등 다양하다.[110] 이것은 참신하고 섬세하고 세련된 시적 표현을 가능케 함으로써, 1920년대의 그것들과는 구분되어진다. 뿐만 아니라, 詩文學派의 감각적인 표현은 본고에서 분석하려는 이미지즘적 입장에서의 시각적 표현과도 또다른 면에서 구분되어지고 있다. (후술할 계획임)

한국의 모더니즘 시운동으로부터 비롯된 감각적 경향의 시적 어법은 두 유형으로 분류된다. 하나는 표현대상의 상황 내지는 성격을 시각적으로 표현하는 유형이고, 다른 하나는 표현대상을 중심으로 한 시각화 즉 회화화의 유형이다.

표현대상의 상황 내지는 성격을 시각적으로 표현하려고 한 시도는 金起林에게서 비롯된다.

> 비눌
> 돛인
> 해협은
> 배암의 잔등
> 처럼 살아낫고
> 아롱진 「아라비아」의 衣裳을 둘른 젊은 山脈들.
>
> 바람은 바다 ㅅ가에 「사라센」의 비단 輻처럼 미끄러웁고
> 傲慢한 風景은 바로 午前 七時의 絶頂에 가로 누어 있다.
> ― 金起林의 「氣象圖」중 「世界의아츰」의 첫 2련

위의 인용은 金起林의 장시 「氣象圖」중 「世界의아츰」의 첫 1련과 2련이다. 아침 7시 이전, 먼동이 터 오는 해협의 정경을 그려내고 있는 듯한 이 표현은 두 가지의 관점에서 분석될 수 있다. 하나는 표현대상의 상황이고 다른 하나는 그 성격이다. 전자는 "비눌/돛인/海峽은/배암의 잔등/처럼 살아낫고"라는 표현의 음절 수의 배열에서 나타나고 있다. 2음절, 2

---

110) 졸고, 「詩文學派 硏究」, 『國語文學』, 20호, pp.513-518.

음절, 3음절, 5음절, 6음절 등의 의도적인 배열은 먼동이 터오는 아침 햇빛의 확산되는 상황을 시각화하고 있다. 그 의도적인 시도는 5행의 '처럼'의 배열에서 찾아진다. '처럼'은 조사로서 일상어법에서는 응당 그 앞의 체언에 연결되어 있어야 한다. 그런데도, 여기에서는 체언과 분리시켜 다음 행으로 옮김으로써 음절수를 조절하는데 이용하고 있다. 이것은 햇빛의 확산을 그리기 위한 의도적인 음절의 배열로서 일종의 표현주의적인 시도이기도 하다. 후자는 어둠에서 벗어나 먼동이 틈과 동시에 윤곽을 드러내 보이고 있는 해협을 '배암의 잔등'으로 비유하여 시각화하고 있는 그 표현에서 찾아진다. 바꾸어 말하면 해협을 배암의 잔등으로 비유함으로써 원시적인 생동감같은 해협의 성질을 느끼게 한다는 점이다. 뿐만이 아니라, 해협을 배암의 잔등으로 연상하는 시적 화자의 상상력에서 어떤 긴장감 같은 것을 느끼게 하는 시적 효과를 보여주고 있다. 그리고 "아롱진 「아라비아」의 衣裳을 둘른 젊은 산맥들"이라는 행은 아침의 청순한 산맥의 아름다움을 표현하고 있는데, 특히 '젊은 산맥들'은 앞의 배암의 이미지와 조화를 이루고 있을 뿐만 아니라, 바다와 산과가 서로를 선명하게 부각시키고 있어 해협의 아침의 한 풍경을 건강하고 싱싱하고 아름답게 하는 결정적인 역할을 하고 있다. 2련의 '바람'은 1련의 동적 풍경의 영역을 넓힘으로써 해협의 풍경에 살아 숨쉬는 생명감을 불어 넣는 구실을 하고 있다.

> 中央氣象臺의 技師의손은
> 世界의 一千五百餘구석의 支所에서오는
> 電波를 번역하기에 분주하다.
> **(第一報)**
> 低氣壓의 中心은
> 「발칸」의 東北
> 또는
> 南美의 高原에 있어서

690밀리
때때로
적은 비 뒤에
큰 비.
바람은
西北의方向으로
35米突
(第二報=暴風警報)
猛烈한 颱風이
南太平洋上에서
일어나서
바야흐로
北進中이다.
風雨强할것이다.
亞細亞의 沿岸을 警戒한다.

한使命에로 編成된 短波 · 短波 · 長波 · 短波 · 長波 · 超短波 · 모―든 · 電流의 · 動員 ·
(府의 揭示板)
『紳士들은 雨器와 現金을 携帶함이좋을것이다』
                    ―「氣象圖」 중 「颱風의起寢詩間」의 일절

위의 인용 부분은 기상 예보의 방법을 통해서 당시 세계의 시류를 의도적으로 표현하고 있는 장면이다. 여기서는 표현주의적인 방법으로 표현대상의 성격을 그려내려고 시도하고 있다. 그것은 기상예보―그의 원천이 되는 기상변화까지―의 성격에 걸맞도록 표현하려고 행을 조절하고 있는 데서 나타나고 있다. 第一報에서 조사의 과감한 생략까지를 보이면서 표현하고 있는 짧은 행은 그대로 폭풍이 일어나 변화하고 있는 빠른 기상변화에 따른 기상예보의 성격을 표현하고 있다. 그리고 "한使命에로 編成된 短波 · 短波 · 長波 · 短波 · 長波 · 超短波 · 모―든 · 電流

의 · 動員 · "의 행에서 전파를 집중하여 표현하고 있는 것은 태풍의 소식
을 타전하는 초급한 성격을 보여주고 있다.

　이와 같이 표현대상의 성격까지를 감각 특히 시각적인 시적 어법으로
표현하고 있는 金起林의 기법은 현대문명의 속성중 하나인 속도감을 감
각적으로 보여주고 있다.

　　一月의 大氣는
　　透明한「푸리즘」

　　나의가슴을 막는
　　햇볕은 七色의「테-프」

　　琉璃의바다는
　　푸른옷입은 季節의化石이다.

　　감을줄모르는
　　眞珠의눈들이　쳐다보는
　　魚族들의　圓天劇場에서
　　내가
　　한개의幻想「아웃커-쁘」를그리면
　　구름속에서는 天使들의拍手소리가 불시에인다.

　　漢江은 全然 손을 댄일이없는
　　生生한 한幅의原稿紙.

　　나는 나의觀衆―구름들을위하여
　　그우에 나의詩를쓴다.

　　히롱하는 交錯線의 모―든角度와曲線에서 피여나는藝術
　　記號우를 規則에억매여걸어가는
　　時計의 忠實을 나는모른다.

時間의軌道우를 미끄러저달리는 차라리
放蕩한運命이다. 나는 ……

나의발바닥밑의
太陽의느림을 비웃는 두칼날 ……

나는얼름판우에서
全혀奔放한 한速度의 騎士다.

－ 金起林 「스케이팅」의 전문

위의 인용시에서는 漢江에서의 스케이팅을 통해서 체험되는 속도감을 시계와 태양의 느림에 대비시켜 표현하고 있다. 그런데 그 속도감이 설명을 통한 의미로서가 아니라, 시작품 자체가 그러한 속도감을 보여주고 있다는 데에서 이 작품의 시적 어법상의 특징이 찾아진다. 그것은 1련, 2련, 5련, 7련의 첫행, 9련 등에서의 계사의 과감한 생략과 시 전편을 이끌고 있는 경쾌하고 선명한 시각적인 감각 등에서 나타나고 있다. 이러한 속도감은 현대문명의 소산이다. 따라서, 속도감의 찬양은 현대문명 그 자체에 대한 찬양이기도 하다. 이것은 두 가지의 의미를 지닌다. 하나는 현대문명과의 접맥이고, 다른 하나는 이를 통한 한국시의 현대성 획득이다.

감각적인 시적 어법으로서의 다른 한 면은 시각적인 표현을 통한 감각화이다. 이러한 경향으로 시작활동을 한 대표적인 시인은 金光均이다. 그는 '시는 繪畵다'라는 관점으로 시각적인 표현을 시도해서 성공하고 있다.

「페가사스」는 소리를 치며
흰 물결을 가르다.

솟기는 肢體 噴水같이 흩어지고
화려한 물거품

엷은 水球인양 정다웁고나
天幕처럼 부풀은 하늘
모으로 기울어진 채
갈매기 파ㅡ란 리봉을 달고
모래밭 위엔 맨도링 같은 구름이 하나.

— 金光均 「風景B」의 전문

이 작품은 바다의 풍경을 언어로 그린 한 폭의 풍경화같은 느낌을 주고
있다. 한 행이나 어구만이 아니라, 각 행 모두를 시각적으로 표현함으로
써 작품전체를 한 폭의 회화로 통일시키고 있다. 제1련의 '페가사스'
(pegasus: 희랍 신화중의 날개돋친 천마)는 신화속의 동물인데도 '흰 물결
을 가르다'라는 표현으로써 시각화하고 있으며, 2련의 각 행은 '정다웁고
나'를 제외하고는 모두 시각적 언어의 선택, 배열로 일관하고 있다. 그런
데, 시적 어법으로서 특히 주목되는 점은 '페가사스'와 흰 물결과의, '맨도
링'과 구름과의 연상작용 등이다. 그것은 전자의 경우, 앞에서 말했듯이
신화중의 天馬인 페가수스가 흰 물결을 가르는 표현이 시각적인 효과 뿐
만이 아니라, 그 상상력의 심원함을 통해서 긴장감을 불러일으키고 있다
는 점에서이고 후자의 경우, 구름을 만돌린(mandoline: 비파와 같은 현악
기의 일종)으로 비유함으로써 형상 뿐만이 아니라, 음악적인 느낌까지를
연상하도록 표현하고 있다는 점 등에서이다.

하이한 暮色속에 피여잇는
山峽村의 고독헌그림속으로
파ㅡ란驛燈을다른 馬車가한대잠기여가고

바다를향한 산마루길에
우두커니 서잇는 電信柱우엔
지나가든구름이하나 새빨간노을에 저저있었다

바람에 불니우는 적은집들이 창을나리고
갈대밭에 무치인 돌다리아래선
적은시내가 물방울을 굴니고

안개자욱—한 花園地의 벤취우엔
한낮에 少女들이 남기고간
가벼운우슴과 시들은꽃다발이 흩어저있다

外人墓地의 어두운 수풀뒤엔
밤새도록 가느단 별빛이나리고

공백한하늘에 걸녀있는 村落의時計가
여윈손길을 저어 열시를가르치면
날카로운 古塔같이 언덕우에소사있는
褪色한 聖敎堂의 집웅우에선

噴水처럼 흩어지는 푸른종소래

                                    – 金光均 「外人村」의 전문

　위의 인용시에서는 석양과 저녁의 외인촌을 표현대상으로 하여 한 폭
의 그림을 보여주고 있다. 1련에서 4련까지는 석양의 풍경을 대상으로 하
고 있고 5련에서 7련까지는 저녁의 풍경을 대상으로 하고 있다. 따라서
회화라고 하는 점에서는 그 통일이 모호한 작품이기도 하다. 그러나 외
인촌을 대상으로 한 시라고 하는 관점에서는 통일을 이루고 있는 한 작
품인 것이다. 이러한 점은 회화의 한계점을 극복하고 있는 시의 특징이
라고 할 수가 있다. 시적 어법으로서 주목되는 점은 3련의 3행 "적은시내
가 물방울을 굴니고"와 4련의 3행 "가벼운우슴과 시들은꽃다발이 흩어저
있다"라는 표현에서 찾아진다. 그것은 전자의 경우 적은 시내의 흐름을
청각으로서가 아니라, '물방울'이라는 어휘를 선택하여 시각화하고 있는
점이고, 후자의 경우 '가벼운웃음'을 '흩어저있다'로 표현함으로써 감각적

으로 표현하고 있는 점 등이다. 이러한 표현과 함께 마지막 연 "분수처럼 흩어지는 푸른종소래"에서의 청각과 시각이 종합된 공감각적인 '푸른종소래'의 표현은 金光均의 시적 어법으로서 평가의 대상이 된다고 할 수 있다. 이와 같이 金光均은 金起林이 "그는 소리조차를 모양으로 飜譯하는 奇異한 才操를 가졌다"라고 지적하고 있는 것처럼[111], 시각적인 표현을 즐겨 시도함으로써, 또 그것을 통한 회화화를 시도함으로써 한국시의 수준을 현대시적으로 향상시킨 시인중 한 사람이다. 이와 같은 표현경향은 당시 모더니스트들 대부분이 추구한 것으로서, 표현대상을 명확하고 선명하게 그려내고 있다는 점에서 1920년대의 감정중심의 표현과는 다른 일면을 보여주고 있을 뿐만 아니라, 전혀 새로운 표현 방법으로서의 이미지즘적 일면도 보여주고 있는 것이다.

이상과 같은 1930년대 모더니스트들의 시적 어법은 1920년대의 그것과 대비할 때, 정감 대 주지, 자연 대 도시·문명, 청각 대 시각, 불투명·불선명 대 명확·선명, 문어적 어미 대 구어적 어미 등 1920년대와는 다른 새로운 방법과 영역을 개발·개척하고 있다. 뿐만 아니라 이러한 시적 어법으로 말미암아 한국시는 비로소 현대성을 획득할 수 있었고, 그 영역이 현실적·일상적 세계로까지 확대됨으로써 시적 대상의 폭을 넓힐 수 있었다. 그런데 1930년대 모더니스트들의 이와 같은 경향은 바르피일드(O. Barfield)가 말하는 심미적 상상력(aesthetic imagination)을 환기시키는 일면만 보여주고 있을 뿐 시적 어법으로서의 중요한 일면을 놓치고 있는 감이 있다. 그것은 곧 리듬과 함축이다.[112] 그들이 현실적이고 일상적인 언어를 구사했을 때 중요한 것은 그것에 맞는 새로운 리듬을 창조했어야 했다. 그리고 그들은 시적 대상의 표현면에 있어서의 시각화와 함께 시로서의 또 다른 중요한 일면인 언어의 함축적(connotative)인 면까지도 개발했어야 했다. 그런데도 그들은 이 중요한 면들을 놓치고 있었다. 따라

---

111) 金起林, 『詩論』, p.93.
  112) Owen Barfield, *Poetic Diction*, p.41.

서 그들의 시가 현대감을 찾아 지향하면 할수록 생경하고 대상의 내면적
인 깊이와 표현에서 멀어지는 경향을 면할 수가 없게 되었다. 이러한 점
즉 새로운 리듬과 함축성의 결여는 1930년대 모더니스트들의 시적 어법
면에서의 다른 업적과 더불어 극복되었어야 함에도 불구하고, 극복되지
못한 중요한 한계점이 되고 있다 하겠다.

(2) 시적 이미저리(poetic imagery)

1) 시적 이미저리의 정의

이미저리(imagery)는 '심상'으로 번역되고 있는 심리학적 용어이다. 이
용어의 뜻은 "記憶·想像 또는 외적 자극에 의하여 意識에 나타난 直觀
的인 表象" 또는 "외적 자극과는 관계없이 과거의 경험으로부터 具體的
·感覺的으로 마음속에 再生되는 像" 등으로 풀이되고 있는가 하면, 프
린스턴(Princeton)대학판 *Encyclopedia of Poetry and Poetics*에서는 "하나의 이미
지는 肉體的 知覺에 의해서 생산된 感覺의 記憶 가운데서의 再現이다"라
고 정의하고 있다. 웰렉(R. Wellek)은 "心理 가운데서 이미지라는 單語는
꼭 視覺的일 필요가 없는 과거의 감각적·지각적 경험의 心的 再生이나
記憶을 의미한다"라고 정의하고 있다.[113] 또 댄지거(M. K. Danziger)와 존
슨(W. S. Johnson)도 "이미지는 五感의 어떤 經驗의 換起를 의미한다"[114]
라고 밝히고 있다. 그런데 이러한 정의는 "意識에 나타난 直觀的인 表
象", "마음속에 再生되는 像", "感覺의 記憶 가운데서의 再現", "과거의
감각적·지각적 경험의 心的 再生", "五感의 어떤 經驗의 換起"라는 경험
의 재생·재현·환기만을 강조하고 있다는 면에서 너무 초보적이고 단
순한 풀이라고 할 수 있다. *Webster's Third New International Dictionary*의 "심리

---

113) R. Wellek and A. Warren, *Theory of Literature*, p.176.
114) M. K. Danziger and W. S. Johnson, *An Introduction to Literary Criticism*, p.38.

학적으로 후속 경험에 의해서 수정되고 그리고 영혼 내외에서 발생하는 자극에 의해서 이끌어낸 知的·情緒的 要素들을 포함하는 知覺의 記憶" 과 같은 이미저리의 풀이는 후속 경험에 의해서 수정된다는 점 그리고 知的·情緒的 요소들을 포함하는 知覺의 記憶이라는 점 등에서 앞의 경험의 재생·재현·환기라는 정의를 보완·수정하고 있다. 바꾸어 말하면, 이것은 이미저리가 단순히 과거의 경험된 것을 재현·재생·환기시키는 것만이 아니라, 다른 경험들에 의해서 그것들을 새로운 것으로 창조해낼 수 있다는 점을 암시하고 있다는 의미이다. 리스크(C. R. Reaske) 의 "이미지는 우리의 五感에 의해서 정해진 사람이나 對象의 환상적이고 상상적인 묘사이다."115)라는 설명도 이미저리의 창조성을 뒷받침하고 있는 견해라고 할 수 있다. 이것을 구체적으로 도식화해 보면 대략 다음과 같이 될 것이다.

$$對象物·人間 — 經驗 — \left\langle \begin{array}{c} 知覺的\ 要素 \\ 感覺的\ 要素 \end{array} \right\rangle — 內面(記憶) — \left\langle \begin{array}{c} 記憶力-再現·再生·換起 \\ 後續經驗·\ 想像力-創造 \end{array} \right\rangle — 心象$$

이와 같은 도식을 통해서 정의될 수 있는 이미저리는 경험을 통해서 형성된 대상이나 인간의 지각적·감각적 요소를 기억력과 후속적 경험, 상상력으로써 마음(기억)가운데 재현·재생한 상 또는 창조한 새로운 상이라고 할 수 있다.

이와 같이 심리학의 대상이 되고 있는 이미저리가 문학 특히 시에서는 어떻게 사용되고 있는가. 또 언제부터 그러한 이미저리에 대한 의도적인 탐구가 이루어졌는가. 이 문제에 대한 해답은 한결같지가 않을 뿐만 아니라, 그 양상의 다양성 때문에 단정하기가 쉽지 않다. 문학적 용어로서의 이미저리는 우선 기억속에서 언어에 의해 생산된 이미지를 말한다고

---

115) Christopher Russell Reaske, *How to Analyze Poetry*, p.65.

할 수 있다.116) 언어에 의해서 생산된 이미지라고 할 때, 그것은 특히 시
에 관계되는 경우가 대부분이다. 이러한 현대적 경향의 이론은 두 방향
으로 나누어지고 있다. 하나는 시의 구성요소로 보는 경향과, 다른 하나
는 시 자체를 이미지로 보는 경향이 그것이다.

> 운율처럼 이미저리는 詩構造의 하나의 構成成分이다. 우리들의 설계에 의한
> 다면 그것은 構文論, 文體論, 層(stratum)의 한 부분이다. 결국 그것은 다른 層들
> 로부터 고립된 속에서가 아니라 文學作品의 總體의, 統合體의 한 要素로서 연
> 구되어야 한다.117)

이러한 견해는 전자를 대표하는 것으로서, 이미저리를 시의 구성요소
로 다루려는 경향이다. 이것은 분석비평(New Criticism)에서 시도하고 있
는 한 이론이다. 그리고 시의 구성요소로서의 구체적인 유형은 비유적
이미저리(figurative imagery)와 상징적 이미저리(symbolic imagery)이다. 이들
유형은 위의 도식을 통해서 볼 때, 경험의 재생·재현·환기에 의해서
형성된 것들이다. 그렇다면 이들 유형 이외에 시의 구성요소로서 또다른
유형의 이미저리가 있어야 된다. 그것은 위의 도식에서 볼 수 있는 후속
경험과 상상력으로써 형성되는 창조적인 이미저리(creative imagery)이다.
창조적인 이미저리는 비이너스상이나 불교의 부처상과 같은 상을 의미
한다.

그런가 하면,

> 이미지는 어떠한 詩에도 不變하여, 모든 詩 그 자체가 이미지이다. 이미지에
> 의한 詩作法이 詩의 核心이며, 詩는 그 자체만으로 많은 이미지로 구성된 이미
> 지 그 自體이다.118)

---

116) A. Preminger ed., op.cit., Imagery.
117) R. Wellek and A. Warren, op.cit., p.201.
118) C. D. Lewis, *The Poetic Image*, pp.17-18.

와 같은 루이스(C. D Lewis)의 견해는 후자를 대표하고 있는 이론이라 하겠다. 그는 이어서 '시 그 자체'로서의 시적 이미지를 '언어로써 구성된 회화'라고 주장하고 또 관형사, 은유, 직유와 구분하면서 더욱 구체적으로 그 성질을 제시하고 있다.[119] 이와 같이 시 자체가 하나의 이미지라고 할 때, 전자의 견해와 상반되는 것 같지만, 다른 한편으로 생각하면, 전자는 후자에 포괄되는 것이라고 할 수 있겠다. 다시 말하면 비유적 이미저리나 상징적 이미저리가 시의 구성 요소로서 한 층을 이루고 그 층의 조합(combination)이 되고 그 통일된 전체로서의 시작품의 이미지가 곧 시적 이미저리로 된다는 말이다. 따라서 우리가 시작품을 분석할 때, 이 두 경향은 상보적인 관계에 있는 것으로 파악해야 하고, 또 시의 구성요소로서의 비유적인 이미저리나 상징적인 이미저리의 분석을 기반으로 하여서만 시적 이미저리를 파악할 수 있게 된다. 이렇게 볼 때 시에서 찾아지는 이미저리는 대개의 경우 감각적이고 회화적인 성질을 띠고 나타나게 된다.

이미저리가 시에서 취급된 기원은 시의 기원과 같다고 할 수 있겠지만, 의식적으로 시에서 이미지를 중시하고 거론하기 시작한 시기는 20세기에 접어들면서부터가 아닌가 생각된다. 그것은 이미지즘이라고 하는 시운동이 1909년에 일어났으며, 이미저리에 관한 연구가 성행한 것도 20세기 초엽부터이기 때문이다.[120] 이미지스트들은 그들이 모임을 갖기 시작한 1910년 전후까지만 해도 이미저리의 활용을 생각하고 있긴 했지만 詩作 조건의 항목으로 취급하지는 않고 있었다고 한다. 파운드(E. Pound)가 "불필요한 말과 형용사를 쓰지말 것. 그것은 아무것도 계시하는 것이 없다. '평화의 나라'라고 하는 것 같은 표현을 사용하지 말 것. 그러한 표현은 심상을 흐리게 한다. 그것은 추상적인 것과 구체적인 것을 혼돈케

119) C. D. Lewis, *The Poetic Image*, pp.17-18.
120) 은유나 직유에 관한 연구를 제외한, 이미저리를 제목으로 하여 연구한 저서로는 1924년에 발간된 H. W. Wells의 *Poetic Image*가 있고, S. J. Brown의 *The World of Imagery* 1927년에 간행되었음을 근거로 한 것임.

한다."라고 주장하고 있는 것이나,[121] 또 그들이 시에 대한 비판의 표준
으로서 "주관적인 것이거나 객관적인 것이거나 대상을 직접 표현 具象할
것."[122]과 같은 항목을 제시했음은 이를 입증하고 있다. 그리고, 이미저리
가 이미지스트들의 시의 강령중 네 번째로 채택 발표된 것은 1915년이었
다.

> 4. 심상을 제시할 것. (이 image라는 말에서 imagist라는 말이 온 것이다.) 우리
> 는 화가의 일파가 아니다. 그러나 우리는 詩라는 것이 특수한 것을 정확하게 표
> 현해야 하며 아무리 찬란하고 당당한 것이라 하더라도 막연한 보편적인 것을
> 취급하여서는 안된다고 믿는다. 이러한 이유로 우리는 그 예술에 있어서의 실
> 제의 곤란을 회피하는 것으로 보이는 질서 정연함을 주장하는 세상 詩人에게
> 반대하는 것이다.[123]

이와 같은 시에서의 이미저리에 대한 의식적인 태도와 그 경향은 영·
미 시단의 한 주류를 형성했을 뿐 아니라, 다른 나라의 시단에도 큰 영향
을 끼치게 되었던 것이다.

한편 이러한 시적 이미저리를 연구하여 그 유형과 성공도를 밝히고 있
는 것도 20세기에 들어 선 이후의 일이다. 워렌(A. Warren)은 웰렉(R.
Wellek)과의 공저인 *Theory of Literature*에서 웰스(H. Wells)가 연구 발표한 일
곱개의 이미저리의 유형을 들어 설명하고 있다. 우선 그 일곱 개의 이미
저리의 유형은 장식적인 것(decorative), 침잠적인 것(sunken), 격렬한 것
(violent) 혹은 과장적인 것(fustian), 근본적인 것(radical), 내포적인 것
(intensive), 전개적인 것(expansive), 화려한 것(exubrant) 등이다. 그리고 미
학적인 관점에서 그것들을 평가하고 있다. 격렬한 이미저리와 장식적인
이미저리를 가장 투박한 형(the crudest forms)으로, 화려한 이미저리는 격

---

121) 金在根, 『이미지즘 硏究』, p.22에서 재인용.
122) Ibid., p.18에서 재인용.
123) Ibid., p.27.

렬한 이미저리의 변형으로, 내포적인 이미저리는 장식적인 이미저리의 정교한 변형으로, 그리고 침작적 이미저리와 근본적인 이미저리, 개방적인 이미저리는 세 개의 최고의 범주(the three higest categories) 등으로 평가하고 있는 것이 곧 그것이다.124)

2) 한국 모더니즘 시의 이미저리

한국의 시작품에서 이미지가 구사된 것은 시의 발생과 그 궤를 같이 한다. 그러나, 정작 시의 운율과 청각성 대신에 이미저리와 회화성을 의도적으로 詩作에 구사한 것은 1930년대의 모더니즘 시운동에서였다. 1930년대 한국의 모더니스트들은 시적 이미저리를 시에 구사함으로써 그 이전의 시와는 다른 새로운 방향을 모색하였다. 그들이 구사한 시적 이미저리는 두 경향에서 그 특색을 고찰할 수 있다. 하나는 시의 구성 요소로서의 시적 이미저리이고 다른 하나는 시작품 전체로서의 시적 이미저리이다.

① 시의 구성 요소로서의 시적 이미저리

시의 구성 요소로서의 시적 이미저리는 다양한 모습으로 나타난다. 그것은 초보적인 단계인 장식적인 이미저리로부터 동적인 이미저리와 상상력이 작용된 전개적 이미저리 등이다.

> 어느 마을에서는 紅疫이 躑躅처럼 爛漫하여라.
> — 鄭芝溶 「紅疫」의 일절

위의 시행에서 우리는 紅疫을 '躑躅', 즉 철쭉으로 비유하고 있음을 본

---

124) R. Wellek and A. Warren, op cit., pp.189-190.

다. 비유중에서도 가장 초보적인 직유를 활용하고 있다. 홍역이라는 원관념과 척촉이라는 보조관념은 서로 이질적인 성질의 것이다. 다만 비슷한 면이 있다면 그것은 색채이겠는데, 이 색채의 유사성으로 인해서 이질적인 범주의 사항이 서로 관계를 맺어 한 조합을 이룸으로써 시각적인 이미지를 만들고 있다. 이것은 홍역의 상태를 장식적(decorative)으로 화려하게 표현한 것 이상의 의미를 전달해 주지 못하는 가장 단순한 단계의 이미지다. 이러한 이미지는 당시 모더니스트들의 시작품에서 자주 찾아 볼 수 있을 정도로 흔하게 구사되고 있었다.

> 한겨울 지난 石榴 열매를 쪼개며
> 紅寶石같은 알을 한 알 두 알 맛보노니
>
> — 鄭芝溶 「石榴」의 일절

> 동해바다 물처럼
> 푸른
> 가을
> 밤
>
> — 張萬榮 「달·포도·잎사귀」의 일절

> 舗道에 흩어진 저녁등불이
> 창백헌 꽃다발같이 곱기도하다
>
> — 金光均 「街路樹 B」의 일절

> 아무도 사랑할 수 있는 少女처럼
> 파랑 치마를 두르고
> 四月을 고대하는 港口에는
>
> — 金起林 「파랑 港口」의 일절

이것들은 모두 이질적인 범주의 사항을 색채의 유사성으로 묶어 시각적 이미지로 표출하고 있는 예들이다. 石榴 열매의 색채와 紅寶石의 색채, 동해 바다의 푸른 색과 가을 밤 하늘의 푸른 색, 저녁등불의 색채와 꽃다박의 색채, 푸른 바다의 색채와 파랑 치마의 색채 등은 한결같이 감각적인 대상물을 감각적으로 화려하게 장식하고 있을 뿐 그 이상의 의미를 전달해 주지 못함으로써 시를 구성하고 있는 성분으로서의 시적 이미저리로서는 성공적인 것이라고는 할 수 없다.

> 바다는 뿔뿔이
> 달아날랴고 했다.
>
> 푸른 도마뱀 떼 같이
> 재재발렀다.
>
> — 鄭芝溶 「바다2」의 일절

앞에서 살펴 본 이미저리의 유형과는 다른 형을 우리는 여기에서 발견하게 된다. 그것은 바다라는 무생물인 원관념을 도마뱀이라는 생물인 보조관념에 비유함으로써 바다의 생명감과 생동감을 구체적으로 표현하고 있는 점이다. 이러한 이미지의 유형은 동적(dynamic)인 이미저리로서 대상을 동적으로 의식하게 된다. 그리고 시인의 상상력이 작용된 창조적인 면을 보여주고 있을 뿐 아니라, 시각적으로도 구체성을 비교적 정확하게 그리고 있다.

> 아득한 하늘에는
> 별들이 참벌 날으듯 하여라
>
> — 鄭芝溶 「發熱」의 일절
>
> 순이 버레우는 고풍한 뜰에
> 달빛이 조수처럼 밀려왔구나
>
> — 張萬榮 「달·포도·잎사귀」의 일절

> 황혼이 고독헌 半音을 남기고
> 어두운 地面위에 구을너 떠러진다.
>
> — 金光均 「鄕愁의 意匠」의 일절

> 비늘
> 돛인
> 海峽은
> 배암의 잔등
> 처럼, 살아낫고
>
> — 金起林 「氣象圖」의 일절

위의 시행들에서 표현되고 있는 이미지는 모두 앞에서 설명한 동적 이미지의 구체적인 예들이다. 별과 참벌의 날음, 달빛의 비쳐옴과 조수의 밀려옴, 황혼을 통해 느껴지는 서글픔과 고독한 반음, 먼동이 트는 아침의 바다의 모습과 꿈틀거리는 배암의 잔등 등은 무생물과 생물 혹은 무생물과 무생물을 한 조합으로 묶음으로써 동적 이미지를 창출해 내고 있다. 이러한 표현들은 시적 대상을 동적 상태로써 구체적으로 생동감있게 시각화하고 있다는 점에서 앞 단락에서 살핀 단순하게 장식적인 성격의 시각적 이미지보다는 상당히 발전적인 일면을 보여주고 있다.

> 나의 꿈은
> 午後의 疲困한 그늘에서 고양이처럼 조려웁다.
>
> — 金起林 「午後의 꿈은 날줄을 모른다」의 일절

위의 시행에서 표현되고 있는 이미지는 대상의 성질에 관계되고 있다. 언뜻 보면 꿈을 졸리우는 고양이의 상태로 표현하고 있는 것 같지만, 그것은 동시에 꿈의 성질을 배경으로 하고 있다. 다시 말하면 그것은 대상의 성질을 상태로 시각화하여 표현한 것이다. 이것은 바꾸어서 졸리우는 고양이의 상태를 통해서 꿈의 성질을 표현한 것이기도 하다. 이러한 이

미지는 전개적(expansive)이미저리의 유형으로서 꿈과 졸리우는 고양이가
오후의 피곤한 그늘을 통해서 상호침투함으로써 그 성질을 구체적으로
시각화하여 표현하고 있다.

옛 記憶이 하얀 喪服을 하고
달밤에 돈대를 걸어나린다.

— 金光均 「壁畵」 중 「庭園」의 일절

손수건을 입에 대고 걸어가는 그녀를 따르는 손수건을 입에 대고 걸어가는
검은 그림자—
그림자는 그녀의 반생처럼 짧고 슬프다.

— 張萬榮 「바다로 가는 女人」의 일절

航海는 정히 戀愛처럼 沸騰하고
이제 어드메쯤 한밤의 太陽이 피여오른다.

— 鄭芝溶 「海峽」의 일절

이 시행들도 대상의 성질을 구체적으로 시각화하여 보여 주고 있는 전
개적 이미저리의 예들이다. 옛 기억과 하얀 상복, 그림자와 짧고 슬픈 그
녀의 반생, 항해의 정감과 연애의 정감 등의 조합은 관념과 보조관념이
상호침투함으로써 시적 대상의 성질을 구체적으로 표현하고 있다.

한 밤에 壁時計는 不吉한 啄木鳥!
나의 腦髓를 미신바늘처럼 쫓다.

— 鄭芝溶 「時計를 죽임」의 일절

위와 같은 시행에 접하게 되면, 하나의 이미지군을 대하는 느낌이 든
다. 여기에서는 우선 은유와 직유로 된 이미지가 결합·밀착되어 있음을
보게 된다. 벽시계와 탁목조와의 관계는 은유이고 벽시계와 미신바늘과

의 관계는 직유이다. '不善한'은 은유의 두 개념을 상호침투케 함으로써 감각적으로 그 성질을 표현하고 있고, '腦髓를 좇다'는 직유의 두 관념을 상호침투케 함으로써 그 상태와 성질의 정도를 시각적으로 표현하고 있다. 따라서, 이 이미지군은 신경성적인 내적 고뇌의 성질·상태·정도를 청각과 시각으로써 구체적으로 표현·전달해 주고 있다. 이러한 이미지도 역시 전개적 이미저리의 한 유형으로 간주할 수 있다.

이러한 이미지의 유형 외에도 이들의 시작품에서 성공하고 있는 이미지들은 상당수 있다. 우선 鄭芝溶의 「카페·쁘란스」의 "밤비는 뱀눈처럼 가는데"에서의 뱀눈의 이미지에서 우리는 시인의 관찰력 내지는 상상력의 심오함을 통한 아스라한 긴장감을 맛볼 수 있게 된다. 「琉璃窓 1」의 "밤에 홀로 琉璃를 닦는 것은\외로운 황홀한 심사이어니,"에서 '외로운 황홀한'의 모순어법으로 이루어지는 이미지는 그 함축적인 의미의 깊이를 보게 된다. 그리고 金光均의 「外人村」의 맨 끝행 "噴水처럼 흩어지는 푸른종소래"에서 시각과 청각이 함께 어우러진 공감각적 이미지는 그 참신함과 심미감을 동시에 느끼게 한다.

이상에서 살펴 본 1930년대의 한국 모더니스트들이 추구한 시의 구성 요소로서의 이미저리는 비교적 다양하게 본격적으로 시도되었다고 할 수 있다. 이러한 시도는 초보적인 단계의 감각적 특히 시각적 이미지의 표출로부터 고도의 이미지의 창조에까지 확대·심화시킴으로써, 1920년 대의 한국시와는 다른 새로운 시적 방법을 고안해냈다는 점과 또 이러한 시적 방법을 통해서 한국시의 경향을 시대감각의 영역으로까지 넓혔다는 점 그리고 한국시에 지적이고 참신한 감각을 부여했다는 점 등에서 그 의의는 큰 것이라고 할 수 있다. 그러나 1)의 시적 어법에서도 지적한 바와 같이 모더니스트들이 시의 형태적인 이미저리에만 전심한 나머지, 내면의 깊이를 담고 있는 시적 이미저리를 창조하지 못했다는 것은 그들이 시도한 시적 이미저리의 한계점으로 남게 될 것이다.

② 통일체로서의 시적 이미저리

 통일체로서의 시적 이미저리란 구성 요소로서의 시적 이미저리를 하나의 계층으로 하고, 그 계층들이 구조화되어 시작품에서 전체적으로 통일된 시적 이미저리를 말한다. 더 구체적으로 말하면, 앞 절에서 밝힌 루이스(C. D. Lewis)의 "모든 詩 그 자체가 이미지이다. 이미지에 의한 詩作法이 詩의 核心이며, 詩는 그 자체만으로 많은 이미지로 구성된 이미지 그 自體이다."에서 '詩 그 자체가 이미지'라는 의미와 같은 것이다. 이러한 이론에 의해서 詩作 활동을 한 것은 1930년대의 모더니스트들에 의해서이지만, 이미 이 이전에도 이러한 시도가 있어 왔다. 그것은 1920년대 중반의 감각시에서 찾아 볼 수 있다. 이를 시도하여 성공하고 있는 시인들은 李章熙와 鄭芝溶 등이다.

>   꼿가루와가티 부드러운 고양이의털에
>   고흔봄의 香氣가 어리우도다.
>
>   금방울과가티 호동그란 고양이의눈에
>   밋친봄의 불길이 흐르도다.
>
>   고요히 다물은 고양이의입술에
>   폭은한 봄졸음이 써돌아라.
>
>   날카롭게 쑥써든 고양이의수염에
>   푸른봄의 生氣가 쒸놀아라.
>
>   — 李章熙의 「봄은고양이로다」의 전문

 널리 회자되고 있는 이 작품은 이 이전의 작품과 다른 면을 지니고 있다. 그것은 시 구성과 관계된다. 위의 작품은 종전의 기승전결식이나 시간의 순서에 의해서 구성된 것이 아니라, 공간이동에 의한 배열과 이미

저리에 의해서 구성된 것이다. 위의 시작품의 각 연은 독립되어 있는가
하면 그것은 공간 이동에 의해서 배열되고 있다. 1련의 고양이의 털과 봄
의 향기, 2련의 고양이의 눈과 봄의 불길, 3련의 고양이의 입술과 봄졸음,
4련의 고양이의 수염과 푸른봄의 생기 등이 곧 그것이다. 그리고 그 연들
이 관계를 맺는 어떤 순서를 우리는 발견할 수 없다. 그렇다면 이 시작품
은 어떤 방법에 의해서 통일되고 있는가? 그것은 각 연의 이미지를 일차
적으로 추출하고 이어 그 이미지들이 서로 관계맺는 초점을 분석하고,
다시 그 초점을 중심으로 각 연의 이미지들을 집중시키는 과정에서 찾아
진다. 이것을 표로 그리면 다음과 같다.

> 1련 고양이의 털과 봄의 향기(이미지) ‧ ‧ ‧ ‧ ‧ ‧ ↘
> 2련 고양이의 눈과 봄의 불길(이미지) ‧ ‧ ‧ ‧ ‧ ‧ → 고양이와
> 3련 고양이의 입술과 봄졸음(이미지) ‧ ‧ ‧ ‧ ‧ ‧ → 봄의 이미지
> 4련 고양이의 수염과 봄의 생기(이미지) ‧ ‧ ‧ ‧ ‧ ‧ ↗

　따라서 위 시작품은 각 연의 이미지를 계층으로 하여 작품 전체로서의
통일된 "고양이와 봄"의 이미지를 창조하고 있는 것이다. 여기에서의 시
적 미는 알란 테이트(A. Tate)가 말하는 긴장감(tension)이다. 그것은 고양
이를 통해서 봄을, 봄을 통해서 고양이를 상상할 수 있는 그 상상력의 아
스라함에서 찾아지는 긴장감인 것이다.

> 넓은 벌 동쪽 끝으로
> 옛이야기 지즐대는 실개천이 휘돌아 나가고,
> 얼룩배기 황소가
> 해설피 금빛 게으른 울음을 우는 곳,
>
> ─그 곳이 참하 꿈엔들 잊힐리야.
>
> 질화로에 재가 식어지면

뷔인 밭에 밤바람 소리 말을 달리고,
엷은 조름에 겨운 늙으신 아버지가
짚벼게를 돋아 고이시는 곳,

―그 곳이 참하 꿈엔들 잊힐리야.

흙에서 자란 내 마음
파아란 하늘 빛이 그립어
함부로 쏜 화살을 찾어러
풀섶 이슬에 함추름 휘적시든 곳,

―그 곳이 참하 꿈엔들 잊힐리야.

傳說바다에 춤추는 밤물결 같은
검은 귀밑머리 날리는 어린 누이와
아무러치도 않고 여쁠것도 없는
사철 발벗은 안해가
따가운 해ㅅ살을 등에 지고 이삭 줏던 곳,

―그 곳이 참하 꿈엔들 잊힐리야.

하늘에는 석근 별
알수도 없는 모래성으로 발을 옮기고
서리 까마귀 우지짖고 지나가는 초라한 집웅,
흐릿한 불빛에 돌아 앉어 도란 도란거리는 곳,

―그 곳이 참하 꿈엔들 잊힐리야.

― 鄭芝溶의 「鄕愁」의 전문

  위의 작품은 전체로서의 통일을 이룩하는 이미지로서 한 폭의 풍속화
를 그려 보여주고 있다. 구성은 무시간적인 고향의 점경들을 공간 이동
을 통해 전개시키는 방법을 택하고 있다. 1련은 배경으로서의 고향, 2련

은 구체적인 사항으로서 아버지의 생활을 떠올리게 하는 고향, 3련은 과거 어릴 때의 고향, 4련은 누이와 안해를 떠올리는 고향, 5련은 생활상을 담은 고향 등이 곧 그것이다. 이 연들은 그 자체로서는 체계적인 관련을 맺고 있지는 않다. 그러나 각 연의 이미지들을 추출하여 그것을 하나의 초점, 즉 고향에 대한 향수로 집결시킬 때, 비로소 각 연들은 서로 얽히고 그것을 계층으로 하여 작품 전체로서의 통일(형태상으로 "그 곳이 참하 꿈엔들 잊힐리야"라는 연을 설정하여 반복함으로써 통일감을 보여주고 있긴 하지만)을 이루고 있음을 보게 된다. 이것을 도식화하면 다음과 같다.

1련 실개천이 있는 배경으로서의 고향 · · · · · · ↘
2련 밤의 아버지에 대한 추억으로서의 고향 · · · · · ↘
3련 어릴 때의 추억으로서의 고향 · · · · · · · · · →초점: 고향에 대한 향수
4련 누이와 안해에 대한 추억으로서의 고향 · · · · · ↗   (한 폭의 풍속화를
                                        ↗   보여주고 있음)
5련 밤을 배경으로 촌락인들의 삶의 추억으로서의 고향 · ·

이와 같은 시도를 전 단계로 하여 1930년대의 모더니즘 시운동에서는 보다 의도적이고 적극적인 '시는 회화이다'라는 관점으로 시작활동을 시도하고 있다. 이러한 시도를 통해 성공을 거두고 있는 시인은 金光均이다.

바다가까운 露臺우에
아네모네의 고요한 꽃방울이바람에졸고
흰거품을 물고 밀녀드는파도의발자최가
눈보라에 어러붙은 季節의창밧게
나즉이 조각난 노래를웅얼거린다

天井에 걸린 시계는새로두시

하-얀汽笛소리를 남기고
고독한 나의午後의 凝視속에 잠기여가는
北洋航路의 긔ㅅ발이
지금 눈부신弧線을 긋고 먼海岸우에아물거린다

긴- 배길에 한배가득히 薔薇를실고
黃昏에 돌아온 적은汽船이 부두에닷을나리고
蒼白한感傷에 녹슬은듯대우에
떠도는 갈맥이의 날개가그리는
한줄기譜表는 적막하려니

바람이 올적마다
어두운 카-텐을 새어오는보이얀햇빛에 가슴이메여
여윈두손을들어 창을나리면

하이-헌 追憶의벽우엔 별빛이 하나
눈을감으면 내가슴엔 처량한파도소래뿐.

                        – 金光均의 「午後의構圖」의 전문

  위의 작품은 오후의 바다를 배경으로 북양항로를 향하여 떠나는 기선
과 돌아와 닻을 내리는 기선의 풍경을 이미지화하여 한 폭의 그림처럼
보여주고 있다. 1련은 아네모네의 꽃방울이 줄고 있는 바다 가까운 노대
와 흰거품을 일으키며 밀려드는 파도 소리를, 2련은 오후 두시에 북양항
로를 향해 기적 소리를 남기고 떠나는 깃발의 모습을, 3련은 장미를 한
배 가득히 싣고 돌아 온 작은 기선과 그 위를 나는 갈매기떼의 모습, 4련
은 커텐을 새여오는 보이얀 햇빛을 피하여 창을 내리는 모습, 5련은 추억
의 별빛과 처량한 파도소리의 이미지 등을 각각 시각적으로 표현하고 있
다. 이러한 각 연의 이미지들은 서로 관련이 없이 독립체로서 표현되고
있다. 다시 말하면 그 자체로서는 시적 통일을 이룩하지 못하고 있다는
의미다. 각 연별로 표현된 이러한 이미지들을 다시 '午後의 構圖'라는 초

점으로 연결시킬 때, 비로소 통일체로서의 구조를 갖추게 된다. 그리고 통일체로서의 구조는 하나의 이미지 구실을 하게 되고 또 그것은 한 폭의 그림처럼 시각화되어진다.

이와 같은 방법은 그의 첫 시집 『瓦斯燈』에 실려있는 21편의 시작품들에서 고루 시도되어지고 있다. 따라서, 金光均은 '시는 회화다'라는 일념으로 각각의 층으로 된 이미지를 구조화하여 한 작품이 한 이미지가 되도록, 한 폭의 그림을 그리어 보여 주는 새로운 시 구성 방법을 시도함으로써 한국시의 구성 방법을 개혁하고 그 폭을 넓히는데 기여한 시인이기도 하다. 이러한 시도를 통해서 한국시는 명실공히 현대시적 지위를 획득함은 물론, 종래의 청각시와 다른 시각시로서의 새로운 시의 길을 열게 되었다.

(3) 시적 사상 (poetic thought)

시 속에는 사상이라 할 만한 것이 들어 있는데, 그것은 일반 사상과는 다른 특유한 성질을 띠고 있다. 흔히 '사상'이라 할 경우, 그것은 객관적이고 체계적이어야 하며, 그렇지 못하면 사상이라 하지 않는 것이 관례라 할 것이다. 그러나 시 속에 들어 있는 것은 이와는 달라서, 객관성이나 체계화와는 상당히 거리가 멀다. 그리하여 시적 사상이라고 함으로써 사상에다 시적이라는 관형사를 붙여 관례적으로 쓰는 사상과 구별한다. 이것은 일반적으로 '시와 과학'이란 대비에서 자주 다루는 문제로서, 시적 사상이란 시화된 사상, 감성화된 사상이라고 바꿔서 말할 수 있을 것이다. 즉 감정이나 감각적 지각과 한몸져 있는 사상을 말하는 것으로, 사상을 장미꽃 마시 듯 한다든가 시는 설명할 수 있는 것이 아니라 이해(understanding)할 수 있는 것이라고 한 엘리어트(T. S. Eliot)의 발언도 이것과 관련되어 있는 말이다.[125]

---

125) T. S. Eliot, *On Poetry and Poets*, p.115.

시적 사상은 (1) 시적 어법이나 (2)시적 이미저리에서 다룬 것과 분리해서 파악할 수 없는 그런 성질을 띤다.[126] 따라서, 이를 기술한다든가 해설한다든가 하면 작품의 문맥에서 떨어져 나가기 때문에 그 순간 시적 사상이 올바로 전달되지 못한다. (따로 떼어 내어도 된다면, 뭣하러 시작품을 쓰겠는가!). 바꾸어 말하면 그것은 감성과 한몸진 사상, 즉 설명으로는 될 수 없는 내용을 위해 항시 작품으로 되돌아가곤 해야 한다는 의미이다.[127] 이러한 관점에서 본고에서는 1930년대 한국 모더니즘 시의 시적 사상을 고찰하려고 한다.

이러한 시적 사상도 시의 역사와 더불어 존재하고 있다. 한국에서의 모더니즘 시 운동의 이전의 시적 사상은 시적 운율이나 정서와 일치되어 있었다. 다시 말하면, 이것은 시적 운율이나, 시적 정서와 독립해서 별도로 존재할 수 없다는 의미이다.

나보기가 역겨워
가실때에는
고히고히 보내들이우리다.

寧邊엔 藥山
그 진달내꼿을
한아름 짜다 가실길에 쑤리우리다.

"By understanding I do not mean explanation though explanation of what can be explained may often be a necessary preliminary to understanding."

126) H. Coombes, *Literature and Criticism*, p.64.

"To indicate that what are understand by poetic thought, at its finest, is fused with feeling and sensuous perceptiveness. This last point has perhaps aleady to some extend mode itself in our examination of imagery."

127) T. A. Sebeck ed., *Style and Language*, p.16.

"We plainly have to, and do, make a distinction between the overt or manifest content - the inventory of items that should not be omitted in a paraphrase - and what is truly operative in a poem."

가시는길 발걸음마다
뿌려노흔 그꽃을
고히나 즈려밟고 가시옵소서.

나보기가 역겨워
가실째에는
죽어도 아니, 눈물흘리우리다.

— 金素月 「진달내꽃」의 전문

위의 시작품은 이미 널리 회자되고 있는 金素月의 『開闢』지에 발표한
당시의 「진달내꽃」의 전문이다. '이 작품은 무엇을 읊어내고 있는가'라는
질문의 그 무엇에 해당하는 것은 사랑이다. 이것은 곧 그 작품에서 표현
할려고 한 사상이라고 할 수 있다. 그런데, 이러한 사상으로서의 사랑은
사전에서처럼 개념화되어 객관성있게 정리되어 있는 사상으로서의 사랑
이 아니다. 그것은 이 작품에서만 우리들이 이해할 수 있는 것으로 운율
화되어 있고 정서화되어 있다. 이 작품의 시적 운율은 7·5조 내지 5·7
조의 음수율이다. 그리고 시적 정서는 이별을 통해서 느낄 수 있는 헤어
지기 싫은 애인에 대한 애틋한 정이다. 그런데 이러한 정은 꽃을 뿌려주
면서까지 가시는 님의 주의를 환기시켜 발을 돌이키게 하려는 섬세한 배
려에 의해서 한층 고조되어 표현되고 있다. 그리고 그것은 7·5조 내지
5·7조의 운율 속에 완전히 용해되어 심화되고 있는 것이다. 따라서 이러
한 시적 사상은 일반적인 사상과 달리 이 시작품이 아니면 느끼지 못하
는, 운율과 정서로 한몸져 있는 것이다.

이와 같은 시적 사상은 시대에 따라, 또 시의 경향에 따라 변화되고 있
다. 1930년대 한국 모더니즘 시 운동을 배경으로 쓰여진 대부분의 시작품
들은 1920년대 초의 시작품들과는 다른 시적 사상의 특징을 보여준다. 그
것은 그들이 활용한 새로운 시적 방법, 즉 위에서 고찰한 시적 어법과 시
적 이미저리에 의해서 시도되어졌다.

새로운 시적 어법과 새로운 이미저리는 그에 상응하는 새로운 시적 사상을 동반한다. 1930년대 한국 모더니즘 시도 새로운 시적 어법과 시적 이미저리를 도입하여 새로운 시의 경향을 보여주었다는 점은 이미 앞에서 설명하였다. 따라서 그것들에 상응하는 시적 사상이 창조되었으리라는 것은 필연적인 귀결이라 할 수 있다. 이러한 시적 사상의 특징을 당시의 대표격인 시인 金起林, 鄭芝溶 그리고 金光均의 시작품을 통해서 고찰하고자 한다.

① 金起林의 시적 사상

金起林은 1920년대 초의 시의 경향을 비판하고 그것에 대비되는 새로운 시 창작을 주장한 시인이라는 점은 이미 앞에서 분석한 바다. 그렇다면, 그가 의도적으로 추구한 시적 사상은 무엇일까. 그것은 다양하겠지만, 우선 여기에서는 1930년대 한국 모더니즘 시의 특징을 고찰한다는 입장에서 그의 대표적인 시적 사상만을 대상으로 고찰하려고 한다. 그것은 첫째 詩作의 출발로서 그가 근거한 바탕은 생활에 대한 부정적인 밤(어둠)의 이미지들이 함축하는 시적 사상이고, 둘째는 그것으로부터의 탈출을 시도한 새벽(아침)과 태양 이미지들이 함축하는 시적 사상이다.

詩作의 출발로서 그가 근거한 밤(어둠)의 이미지들은 도시 생활에 대한 부정적인 의미로 일관되고 있다. 다시 말하면 도시 생활에 대한 비판으로부터 출발하고 있다는 의미이다.

책상과 나와
「칼렌다ー」의 막장과
燈불과……

灰色의戰野에서는
내가 잊어버리고온

수없는 戰死者와 負傷者의무리가
하나씩 둘씩 무덤의먼지를 떨치며 일어난다.

어줄없이 바짝마른 이리한마리(그이름은生活)
오늘도 내발굼치에서 떠러지지않는다.

어둠의洪水-꿈틀거리는 검은 물바퀴의 얼굴에 떴다 꺼졌다 떠오르는
춤추는 한팔……
파-란부르짖음……
찢어진心臟……

엑……
이런
독수리가 파먹다남은
生活은
下水道에나 집어던저라.

열두時넘어서
별과 燈불을 띠우고
防川아래
꿈을알른 下水道에……
無限히 띠끌을生産하는 이都市의 모-든排泄物을 運搬하도록 命令받은忠實
한 검은奴隸.

똥
먼지
타고남은 石炭재
棄兒 때때로死兒
찢어진遺書쪼각

警察醫가 「오-토바이」에서나렸다.
거리의거지가 鐘閣에 기댄채 꼿꼿해버렸다.

　　敎堂에서는 牧師님이
　　最後의 祈禱끝에 「아ㅡ멘」을불렀다.
　　다음날아침 朝刊에는 그전날밤의 추위는 十六年來의일이라고 거짓말했다.
　　來日은 紳士와 淑女들은
　　安心하고 네거리로 나올게다.

　　劇場에서는
　　學生과 會社員들이 사이좋게
　　같은盞에서 炭酸「가쓰」를 비았었다드리켠다……
　　芝罘種의 무우와같은 「스크린」의 「아메리카」女子의다리에 食慾을삼킨다.

　　어둠의洪水
　　거리에구비치는 어둠의흘음
　　太陽이 어대갔느냐?
　　어대갔느냐?
　　내가슴은 太陽이안고싶다.
　　　　　　　　　　　　　　　ㅡ 金起林의 「어둠속의 노래」의 전문

　　도시의 생활에 대한 강한 부정을 표현한 작품중 하나다. 좀 길게 인용
된 감이 없지 않으나, 우리는 인용된 부분에서 시적 화자가 부정하고 있
는 도시 생활의 생생하고 구체적인 예를 읽을 수 있다. 1련은 이 작품의
서장으로서 생활의 주체와 그 요소들의 나열이다. 2련은 '灰色의 戰野'인
생활에 대한 추억으로서 앞으로 이 작품에서 전개될 것들에 대한 함축적
인 암시(즉 무덤의 먼지를 떨치며 일어나는 전사자와 부상자)를 표현하
고 있다. 3련은 '내발굼치에서 떠러지지 않는' '바짝마른 이리한마리 (그
이름은生活)', 4련은 '어둠의 洪水'를 배경으로 한 생활상, 5련은 '독수리
가 파먹다남은 生活', 6련은 '下水道'가 운반하는 '띠끌을 生産하는 이都
市의 모든 排泄物', 7련은 6련의 구체적인 내용물들을 각각 표현하고 있
다. 그리고 8련은 도시 생활에 대한 풍자로서 거리의 거지의 죽음에 대한
警察醫, 목사 등의 기계적인 행동, 조간의 위선과 신사 숙녀들의 예측되

는 무관심한 행동 등을 표현하고 있다. 9련은 극장 내에서의 회사원과 학생들의 퇴폐적인 행동을 표현하고 있다. 10련은 결련으로서 '어둠의 洪水'와 '어둠의 흘음'에서 탈출하고자 태양을 찾는 절규와 '내가슴은 太陽이안고싶다'고 염원하는 표현 등이다. 『太陽의 風俗』에 실려있는 대부분의 시작품들은 이러한 도시 생활의 부정, 즉 어둠의 홍수와 어둠의 흐름으로 함축되는 이미지로부터 출발되고 있다. 따라서 이러한 부정은 金起林의 시적 사상의 출발점으로서의 근거의 하나라고 할 수 있다.

金起林은 이러한 부정으로부터 탈출하기 위해서 항해의 이미지와 비행기의 이미지 그리고 아침과 태양의 이미지를 창안한다. 그 중에서도 시적 사상으로서 중요시되는 것은 태양의 이미지이다.

太陽아

다만한번이라도좋다. 너를부르기 위하야 나는두루미의 목통을비러오마. 나의마음의문허진터를 닦고 나는 그우에 너를위한 작은宮殿을 세우런다. 그러면 너는 그속에와서 살어라. 나는 너를 나의어머니 나의故鄕 나의사랑 나의希望이라고 부르마. 그리고 너의사나운 風俗을 쫓아서 이어둠을 깨물어죽이런다.

太陽아

너는 나의가슴속 작은宇宙의 湖水와 山과 푸른잔디밭과 힌防川에서 不潔한 간밤의서리를 핥어버려라. 나의시내물을 쓰다듬어주며 나의바다의 搖藍을 흔들어주어라. 너는 나의病室을 魚族들의 아침을 다리고 유쾌한손님처럼 찾아오너라.

太陽보다도 이쁘지못한詩. 太陽일수가없는 설어운나의詩를 어두운病室에 켜놓고 太陽아 네가오기를 나는 이밤을새여가며 기다린다.
　　　　　　　　　　　　　　　　　　　　　　　　－ 金起林「太陽의 風俗」의 전문

위의 작품은 나와 태양을 구분하여 각 생활의 양상을 밝히고 나의 생활이 태양의 생활에 의해서 혁신시켜지기를 바라는 구조로 되었다. 1련에서는 나의 문허진 터에 태양을 위해서 궁전을 세우고 그가 찾아와서 살기를 바라는 한편 그를 어머니, 고향, 사랑, 희망으로 삼고 다시 그 품 속을 빌어 어둠을 없애려한다. 2련에서는 나의 가슴 속의 작은 우주에 있는 호수, 산, 푸른 잔듸, 흰 방천 등에서 간밤에 나린 서리를 핥어주기를 바라면서 아울러 시내물을 쓰다듬어 주고 바다의 요람을 흔들어 주기를 바라는 한편 나의 병실을 어족들의 아침을 다리고 유쾌한 손님처럼 찾아 주기를 기원하고 있다. 3련에서는 나의 예쁘지 못한 시, 태양일 수가 없는 서러운 시로 차 있는 병실에 태양이 찾어오기를 밤을 세우며 기원하다. 이러한 구조 속에서 핵을 이루는 이미지는 병실 이미지와 태양 이미지이다. 병실 이미지는 앞에서 언급한 1920년대의 시작품에서도 표현된 바 있다. 그런데 1920년대의 경우는 그 자체 속에서 빚어지는 병적 증상을 중점적으로 표현하고 그것을 고뇌하는 반면에, 이 작품에서는 태양의 이미지를 도입하여 병적 증상으로부터 벗어날려고 하는 시적 화자의 의지적인 면이 표현되고 있다는 점에서 그 차이점이 찾아진다.

    다음날
    氣象臺의 『마스트』엔
    구름조각같은 힌旗폭이휘날릴게다.
    (暴風警報解除)
    快晴.
    低氣壓은 저 머언
    『시베리아』의 근방에 사라젓고
    太平洋의 沿岸서도
    高氣壓은 흩어젓다.
    흐림도 소낙비도
    暴風도 장마도 지나갓고
    내일도 모래도
    날새는 좋을게다.
    (府의 揭示板)

市民은
우울과 질투와 분노와
끗없는 타식과
원한의 장마에 곰팽이낀
추근한 雨器일랑벗어버리고
날개와같이 가벼운
太陽의옷을 갈아입어도 좋을게다.

　　　　　　　　　　— 金起林「氣象圖」중 「쇠바퀴의노래」의 끝련

　위의 인용은 金起林의 장시「氣象圖」의 끝련이다. 기상도의 이미지를 빌어 세계의 생활상과 문명의 일부를 풍자하고 있는 이 작품에서 그가 의도적으로 시도한 것은 역시 태양 이미지다. 이 인용 부분은 기상 조건인 흐림, 소낙비, 폭풍, 장마 등에 좋은 날씨를 대비시킨 다음 다시 이어서 우울, 질투, 분노, 탄식, 원한 등 인간의 본능이면서 부정적인 정서에 날개와 같이 가벼운 태양의 옷을 대비시켜 그것들로부터 벗어나고자 시도하고 있다. 이러한 구조를 통해서 그는 태양 이미지로서의 시적 사상을 표현하고 있는 것이다. 이와 같은 시적 사상으로서의 태양 이미지는 金起林 시인의 상징적인 이미지 중의 하나로서 그의 시작품의 중심적인 시적 사상의 하나이기도 하다.

　이상과 같은 金起林의 시적 사상으로서의 어둠의 홍수와 어둠의 흐름의 이미지들을 근거로 하고 그것으로부터 탈출을 시도한 태양 이미지는 그가 시론에서 주장하고 있는 명랑성과 건강성을 함축, 표현한 것으로서 그의 의도적인 면을 보여주고 있는 것이다. 그런데 이러한 태양 이미지는 金禹昌도 그의「韓國詩와 形而上」에서 주장하고 있는 바[128]와 같이 金起林이 현대 문명에 토대를 둔 현대시를 쓰려고 의도했다면 적어도 인간 현실에 근원을 두고 당시의 문명에서 오는 어떤 위기의식을 바탕으로

---

128) 金禹昌,『궁핍한 시대의 詩人』, p.48.
　　"金起林은 그의 시각적인 斷片들을 커다란 것으로 生의 현실에 보다 더 직접적인 의미를 갖는 것으로 모아줄 構造的인 想像力은 갖지 못하였던 것이다."

했어야 할 것이다. 1930년대 중반의 세계는 서양에서의 나찌즘과 파시즘
의 대두, 동양에서의 일본 군국주의의 대두 등으로 지성과 자유가 위협
당하는 위기의식으로 가득 차 있던 시기이다. 뿐만 아니라, 한국의 현실
은 한국 민족 자체를 말살하려고 하는 日本의 악랄한 정책이 표면화되고
있던 시기였다. 문명 비판이라는 의식으로 시를 쓰고자 했다면, 그는 적
어도 이러한 문명의 위기의식 속에서 인류를 구제해야 한다는 목표로서
그의 명랑성과 건강성을 함축한 태양의 이미지가 설정되었어야 했을 것
이다. 그러나 그의 문명의 인식과 비판 그리고 그것을 극복하기 위한 목
표로서 주장한 명랑성과 건강성 등의 함축인 태양 이미지는―도시 생활
의 부정과 풍자 나아가서는 문명 현상의 표면적인 풍자와 그것들로부터
탈출을 시도하긴 했지만―끝내 이러한 구조적인 성격을 갖추는 데까지
나아가지 못하고 있다. 그리고 보다 중요한 것은 이러한 것들이 시적인
것으로 완전히 승화되지 못했다는 점이다. 따라서, 그의 시작품에 나타난
시적 사상으로서의 태양 이미지는 그의 시적 방법으로서는 당시 한국 시
단에 영향을 끼칠 수 있는 것이었지만, 그것 자체로서의 성과는 가능한
기대에 미치지 못하는 한계에 그치고 만 느낌이 없지 않다.

  ② 鄭芝溶의 시적 사상

  鄭芝溶 시인의 초기 시작품에 구사되어 있는 시적 사상은 일상적인 생
활을 통해 얻어진 체험에서 비롯되고 있다. 그것의 중심이 되고 있는 것
은 해상 체험, 고향 체험, 아이의 앓음과 죽음을 통해 얻어진 체험, 내적
체험 등의 형상화에서 나타나는 시적 사상이다.
  먼저 해상 체험은 그가 일본으로 유학을 가면서 해상에서 느낀 체험을
들 수 있다.

    砲彈으로 뚫은듯 동그란 船窓으로

눈섭까지 부풀어 오른 水平이 엿보고,

하늘이 함폭 나려 앉어
큰악한 암닭처럼 품고 있다.

透明한 魚族이 行列하는 位置에
홋하게 차지한 나의 자리여!

망토 깃에 솟은 귀는 소라 ㅅ 속 같이
소란한 無人島의 角笛을 불고—

海峽午前二時의 孤獨은 오롯한 圓光을 쓰다.
설어울리 없는 눈물을 少女처럼 짓쟈.

나의 靑春은 나의 祖國!
다음날 港口의 개인 날세여!

航海는 정히 戀愛처럼 沸騰하고
이제, 어드메쯤 한밤의 太陽이 피여오른다.

—鄭芝溶의 「海峽」의 전문

위의 작품은 밤의 해협을 무대로 행해의 체험을 구조화하고 있는 작품이
다. 1련, 2련, 3련, 4련은 항해의 배경을 시각적으로 스켓치하고 있다. 5련
과 6련 그리고 7련은 그 항해를 통해서 느껴지는 정감을 시각적으로 그
리고 있다. 이러한 구조 속에서 시적 화자가 그리고 있는 시적 사상은 밝
고 희망찬 정서 속에 암시, 표현되어 나타나고 있다. 바꾸어 말하면 그것
은 연애처럼 비등하고 있는 항해의 정감 그 자체이다.

이러한 시적 사상은 1920년대 초의 그것과는 구별되고 있을 뿐만 아니
라, 그것의 표현 그 자체에 보다 더 중요한 특징이 나타나고 있다. 그것
은 시적 어법과 시적 이미저리 등을 통해서 감각화 즉 시각화하고 있는

점에서이다. 이러한 점은 시적 사상을 분출하는 것으로부터 억제하는 효
과를 갖게 하고 또 그 자체에 보다 밀착하여 정확하게 표출한다는 특징
을 보여준다.

　鄭芝溶의 초기시에서 볼 수 있는 또 하나의 시적 사상은 고향 이미지
를 통해서 나타난다. 이것은 이미 위에서 분석한 바 있는 시작품「鄕愁」
의 시적 사상이기도 하다. 고향을 그리움의 정서로 변용시켜 담담하게
시각적으로 표현할 뿐, 그것을 어떤 한과 결부시켜 1920년대 초의 시작품
에서처럼 분출시키지 않고 있다. 이러한 점은 鄭芝溶이 그의 시론「詩의
威儀」에서 밝힌 바 있는 "안으로 熱하고 겉으로 서늘옵기란 一種의 生理
를 壓伏시키는 노릇이기에 심히 어렵다. 그러나 詩의 威儀는 겉으로 서
늘옵기를 바라서 말지 않는다."에서의 서늘한 정서로서, 감정을 억제하여
표현하고 있는 그의 시적 사상의 한 특징이기도 하다.

　또다른 그의 시적 사상은 아이의 앓음과 죽음을 통해서 얻어진 체험의
형상화에서 나타난다.

　　　처마 끝에 서린 연기 따러
　　　葡萄순이 기여 나가는 밤, 소리 없이,
　　　가물음 땅에 시며든 더운 김이
　　　등에 서리나니, 훈훈히,
　　　아아, 이 애 몸이 또 달어 오르노나.
　　　가쁜 숨결을 드내 쉬노니, 박나비 처럼,
　　　가녀린 머리, 주사 찍은 자리에, 입술을 붙이고
　　　나는 중얼거리다, 나는 중얼거리다,
　　　부끄러운줄도 모르는 多神敎徒와도 같이.
　　　아아, 이 애가 애자지게 보채노나!
　　　불도 약도 달도 없는 밤,
　　　아득한 하늘에는
　　　별들이 참벌 날으듯 하여라.

　　　　　　　　　　　　　　　　　　　－ 鄭芝溶「發熱」의 전문

위의 작품은 아이가 보채고 있는 것을 지켜보는 보호자의 절망적인 심정을 표현하고 있다. 그런데 그 절망적인 심정이 이 작품에서는 시적 이미지와 한몸져 표현되고 있기 때문에 고도로 억제되고 있음을 보게 되는데, 그것이 그것으로서 끝나는 것이 아니고 상상력을 불러 일으켜 그 심오함을 느끼게 한다는 데에 특징이 있다. 그것은 3행과 4행에서의 더운 김, 5행과 6행에서의 박나비, 8행과 9행의 중얼거리는 다신교도, 끝 3행에서의 참벌 등에서 나타나고 있다.

> 琉璃에 차고 슬픈것이 어린거린다.
> 열없이 붙어서서 입김을 흐리우니
> 길들은양 언날개를 파다거린다.
> 지우고 보고 지우고 보아도
> 새까만 밤이 밀려나가고 밀려와 부디치고,
> 물먹은 별이, 반짝, 寶石처럼 백힌다.
> 밤에 홀로 琉璃를 닥는것은
> 외로운 황홀한 심사이어니,
> 고흔 肺血管이 찢어진 채로
> 아아, 늬는 山ㅅ새처럼 날러 갔구나!
>
> — 鄭芝溶 「琉璃窓 1」의 전문

위의 시작품은 鄭芝溶이 그의 아이를 잃은 그 슬픔을 표현할려고 시도한 것이라 한다. 그런데 그 슬픔이 이 작품에서는 변용되어 나타나고 있다. 이 작품은 두 개의 이미지군을 구조화하고 있다. 하나는 유리를 닦는 행위를 통해서 얻어지는 '외러운'이라는 이미지와 '황홀한'이라는 이미지이고 다른 하나는 '山ㅅ새'의 이미지이다. 전자의 '외로운'이라는 이미지는 유리를 닦게되는 원인으로서의 이미지이고, '황홀한'이라는 이미지는 그 결과로서 얻어지는 보석 이미지와 관련된 것이다. 이러한 이미지들이 교차되는 심사 속에서 후자, 즉 그 근원이 되는 '날러간 山ㅅ새'의 이미지가 배태된다. 바꾸어 말하면 '날러간 山ㅅ새'가 근원이 되어 밤에 유리를 닦는 행위가 있게 되고, 그 행위를 통해서 '외로운'과 '황홀한'이라는 이미지가 창조될 수 있었다는 의미이다. 따라서 아이를 잃은 슬픔은 '외로운'과 '황홀한'이라는 이미지와 '날러간 山ㅅ새'의 이미지들과 한몸 진 것으로 변용되어 표현되고 있는 것이다. 이것 역시 여늬 슬픔과는 다른 이 시작품에서만 느낄 수 있는 슬픔인 것이다. 그리고 우리는 이 시작품을 통해서 슬픔 그 자체에 빠져들지 않고 그것을 바라볼 수 있는 鄭芝溶의 심적 상태를 읽을 수 있게 된다. 다시 말하면, 이것은 哀而不悲라고 하는 동양적인 사상의 한 단면을 표현한 것이라는 의미이다.

일상 생활에서 얻어진 내적 체험의 형상화로서 나타나는 시적 사상은 「바다 4」, 「時計를 죽임」 등의 시작품에서 나타나고 있다.

> 후주근한 물결소리 등에 지고 홀로 돌아가노니
> 어데선지 그누구 씨러져 울음 우는듯한 기척,
>
> 돌아 서서 보니 먼 燈臺가 반짝 반짝 깜박이고
> 갈메기떼 끼루룩 끼루룩 비를 부르며 날어간다.
>
> 울음 우는 이는 燈臺도 아니고 갈메기도 아니고
> 어덴지 홀로 떠러진 이름 모를 스러움이 하나.
>
> — 鄭芝溶 「바다 4」의 전문

위의 시작품에서 나타나고 있는 시적 사상은 일상 생활에서 얻어지는 내적 체험의 형상화이다. 1련에서는 '홀로 돌아가는'과 '쓰러져 울음 우는 기척' 등에서 볼 수 있는 울음 섞인 고독이 표현되어 있고 2련에서는 1련의 배경, 3련에서는 '이름 모를 스러움'에서 볼 수 있는 슬픔이 표현되고 있다. 이러한 시적 구조를 통해서 시적 화자는 '이름 모를 스러움'을 창조하고 있는 것이다. 이 서러움은 그의 「바다」 유형의 작품들에서는 볼 수 없는 특이한 것으로서 생활에서 얻어지는 고독, 그것을 통해서 느껴지는 슬픔인 것이다. 이러한 슬픔의 정서는 「時計를 죽임」에서 보다 심화되어 표현되고 있다.

> 한밤에 壁時計는 不吉한 啄木鳥!
> 나의 腦髓를 미신바늘처럼 쫏다.
>
> 일어나 쫑알기리는 「時間」을 비틀어 죽이다.
> 殘忍한 손아귀에 감기는 간열핀 목아지여!
>
> 오늘은 열시간 일하였노라.
> 疲勞한 理智는 그대로 齒車를 돌리다.
>
> 나의 生活은 일절 憤怒를 잊었노라.
> 琉璃안에 설레는 검은 곰 인양 하품하다.
>
> 꿈과 같은 이야기는 꿈에도 아니 하란다.
> 必要하다면 눈물도 製造할뿐!
>
> 어쨋던 定刻에 꼭 睡眠하는것이
> 高尙한 無表情이오 한趣味로 하노라!
>
> 明日! (日字가 아니어도 좋은 永遠한 婚禮!)
> 소리없이 옴겨가는 나의 白金체펠린의 悠悠한 夜間航路여!
>
> － 鄭芝溶 「時計를 죽임」의 전문

위의 시작품에는 시적 화자의 일상 생활상이 표현되어 있다. 아마도 鄭芝溶은 이 작품을 통해서 대사회적인 생활에서 얻이진 지성인으로서의 내적 체험을 표현한 것이 아닌가 생각된다. 1련은 신경성의 표현, 2련은 1련의 원인이 되고 있는 시계 소리를 그치게 하는 행위, 3련은 치차와 같은 생활, 4련은 분노가 없는 생활과 유리에 갇힌 곰과도 같은 생활의 하품, 5련은 눈물을 제조했으면 했지 꿈에 대한 기대는 꿈에서도 하지 않으려고 하는 처절함, 6련은 1련으로부터 5련까지의 결과로서 얻어지는 정각에 수면하는 것이 버릇처럼 된 것을 고상한 무표정으로 받아들여 취미로 삼아야 할 정도의 체념적인 건조한 생활, 7련은 6련까지의 생활에서 탈출을 시도하는 유일한 출구로서의 명일에 대한 기대 등을 표현하고 있다. 이러한 구조를 통해서 볼 때, 이 시작품은 꿈에서조차 꿈이야기를 앗아가는, 오직 유일하게 제조할 수 있는 것은 눈물 뿐인 현실(이것은 아마도 당시의 식민지화된 한국의 시대상 속에서 겪을 수밖에 없었던 현실이다.) 그리고 이 현실 속에서 살아야 하는 한 지성인의 생활 즉 고상한 무표정으로서 풍자되는 생활, 이 생활을 영위할 수밖에 없을 때, 식민지 상황에서의 한국의 지성인이라면 누구나 뇌수를 미신 바늘처럼 콕콕 찌르는 신경성을 앓을 수밖에 없음을 표현하고 있는 것이다. 이러한 시적 사상은 위의 「바다 4」에서 본 슬픔보다 심화된 것으로서 식민지 지성인의 저항하지도 못하고 그렇다고 굴종할 수도 없는 상황에서 겪어야만 했던 신경성이 아닌가 생각한다.

이와 같은 鄭芝溶의 시적 사상은 1930년대라고 하는 시대적인 상황이나, 역사의식이나 문명에 대하여 부딪힘이 없이 당시의 생활 체험에서 얻어지는 정감을 새로운 시적 방법으로써 표현했다는 점에서 그 특징을 찾을 수 있을 것 같다. 그런데 특이한 것은 그의 절제의 미학이다. 그것은 생활 체험에서 얻어지는 정감을 대하는 심적 태도와 관련된다. 우리는 여기에서 시를 표현하기 위한 방법으로서 그가 내세운 "열과 서늘함"을 위해서 쌓은 시적 사상의 깊이를 이해할 수 있게 된다. 그리고 이것은 1920년대와는 다른 시적 방법이라는 점에서 한국시의 새 방향 하나를 열어준 것이라고 할 수 있다.

③ 金光均의 시적 사상

金光均의 초기 시작품에 나타나고 있는 시적 사상은 애상의 정서와 융합되어 있다. '하얀'이라는 색채 이미지로써 상징화되는 그의 애상의 정서는 두 상황에서 비롯되는 것 같다. 하나는 이국 정서에 대비되는 고향의식과 그 속에서 살아야 하는 현재의 자기 현실에 대한 애상이고, 다른 하나는 당시의 시대 상황 속에서 그것에 대처해야 했던 지성인의 절박한 심정, 특히 방향감각을 상실한 지성인의 몸부림에서 오는 애상이다.

이국 정서에 대비되는 고향에 대한 정서 그리고 그 속에서 살아야 하는 현재의 자기 현실에 대한 애상의 정서는 그의 시적 사상의 출발점이 되고 있다.

> 바람에불니우는 서너줄기의 白楊나무가
> 고요히凝固헌 풍경 속으로
> 황혼이 고독헌牛音을 남기고
> 어두운地面우에 구을너 떠러진다.
> 저녁안개가 나즉이 물결치는河畔을넘어
> 슬픈 記憶의 장막저편에
> 故鄕의季節은 하이-헌 힌눈을뒤집어쓰고
>   － 金光均「鄕愁의意匠」중「黃昏에서서」의 전문

위의 시작품에서 표현되고 있는 시적 사상은 고향의식에서 오는 애상의 정서로서 나타나고 있다. 1, 2, 3, 4행은 '황혼'과 '고독헌牛音'이 중심이 되는 이 작품의 배경으로서의 표현이고 5, 6, 7행은 '하이－헌 힌눈을뒤집어쓴' 고향의식이 '슬픈 記憶'의 정서로 표현되고 있다.

> 카－네슌이 허터진 石壁안에선
> 개를부르는 女人의 목소래가 날카롭다
>
> 동리는 발밑에 누어
> 몬지낀 揷畵같이 고독한 얼골을하고
> 露臺가 바라다보이는 洋舘의집웅우엔

가벼운 바람이 旗幅처럼 나브낀다

한낮이겨운 하늘에서 聖堂의낫종이 굴너나리자
붉은 노-트를 낀 少女서넛이
새파-란꽃다발을 떠러트리며
해빛이 퍼붓는 돈대밑으로 사라지고

어듸서 날너온 피아노의 졸닌餘韻이
고요한 물방울이되여 푸른하늘에 스러진다

牛乳車의 방울소래가 하-얀午後를실고
언덕넘어 사라진 뒤에

수풀저쪽 코-트쪽에서
샴펜이 터지는소래가 서너번들녀오고
겨오 물이오른 白樺나무 가지엔
코스모쓰의 꽃닢같이
해맑은 힌구름이 처다보인다

－ 金光均 「山上町」의 전문

위의 시작품은 이국 정서와 한국의 현실, 즉 시적 화자의 현실과를 대
비시켜 표현하고 있다. 시작품의 대부분은 외국 양관의 위치, 그 안에서
의 여인의 동작과 양관 주변에서의 생활상의 편린 등의 화려함에 역점이
주어지고 있는 것 같다. 그러나 자세히 고찰하면 그것과 대비되는 화자
의 현실인 동리의 모습이 2련에서 첫 2행("동리는 발밑에 누어/몬지낀
揷話같이 고독헌 얼굴을 하고")으로 아주 간단하게 처리된 것을 발견하
게 되는데 바로 이 2행의 표현이 우리의 주목을 끌게 한다. 그리고 이 시
작품의 주된 정조는 양관에 대비되는 바로 그 2행의 동리의 모습에 초점
이 맞추어지고 있다. 그것은 양관의 화려함에 대비되는 동리의 취약한
모습에서 느껴지는 정서의 표현으로서 4련의 "졸린 餘韻"과 5련의 "하-

얀午後", 6련의 마지막 행의 "해맑은 흰구름" 등의 어구에서 찾아진다. 따라서 이 시작품은 고독해야 할 양관이 오히려 화려한 가운데 생기에 차 있는 모습으로 그려지고 있는 반면 화려하고 생기에 차 있어야 할 동리가 역으로 고독해야 하는 데서 오는 그 애상을 표현하고 있는 것이다.

이러한 애상의 정서는 시대상과 결부되면서 한층 심화된다.

비인방에 호을노
대낮에 體鏡을 대하여안다

슬픈都市엔 日沒이오고
時計店 집웅우에 靑銅비듬이
바람이 부는날은 구구우렀다

느러슨高層우에 서걱이는 갈대밧
열없은 標木되여 조으는街燈
소래도 없이 暮色에저저

열븐 배옷에 바람이차다
마음 한구석에 버래가운다

황혼을 쪼처 네거리에다름질치다
모자도 없이 廣場에스다

　　　　　　　　　　　　　　　－ 金光均의 「廣場」 전문

위의 작품에서는 방향감각에 대한 모색을 시도하고 있다. 그런데 모색해야 하는 방향감각은 정상적인 상태에서의 것이 아니라, 이미 슬픈 정서에 싸여 있는 상황에서의 것이기 때문에 한층 심각해진다. 1련에서 體鏡 즉 거울은 시적 화자의 내면 점검을 의미하는 이미지이다. 2련과 3련은 1련의 결과로서의 내면의 표상인데, 그것은 슬픈 정서이다. 그리고 그것은 도시의 정경을 빌어 감각적으로 이미지화되어 표현되고 있다. 4련은 상황이 곁들여진 내면의 슬픔과 함께 우는 벌레를 통한 방향감각의 모색을 암시하고 있다. 5련은 4련의 방향감각의 모색을 실행에 옮기고 있는데, 그 결과는 모자도 쓰지 않은 채 광장에 서있는 시적 화자 자신의 모습으로서 표현되고 있다. 고향에 대한 향수 그리고 이국 생활에 대비되는 고향생활의 초라함 등에서 오는 고독과 비애의 정서는 여기에서 그 방향이 바뀌고 있음을 볼 수 있게 된다.

그리고 이러한 시적 사상은 보다 심화되어 지성인의 고뇌와 처절한 絶빠로 이어지고 있다.

차단—한 등불이하나 비인하늘에 걸녀있다
내 호을노 어델가라는 슬픈信號 냐

긴—여름해 황망히 날애를접고
느러슨高層 창백한墓石같이 황혼에저저
찰난한夜景 무성한雜草인양 헝크러진채
思念 벙어리되여 입을담을다

皮膚의 바까테 숨이는 어둠
낫서른 거리의 아우성소래
까닭도 없이 눈물겹고나

空虛한群衆의 향렬에석기여
내어듸서 그리무거운 悲哀를 지고왔기에
길—게느린 그림자 이다지어두어

내 어듸로 어떠케 가라는슬픈信號기
차단—한등불이하나 비인하늘에걸니여잇다

— 金光均 「瓦斯燈」의 전문

위의 시작품은 방향감각을 상실한 지성인이 그것을 찾아 절규하는 듯한 처절함이 표현되고 있다. 1련은 信號로서 비인 하늘에 걸려있는 등불이 가야 할 곳이 없는 시적 화자에게 어덴가로 가기를 강제하는 슬픔이 표현되고 있다. 그 슬픔은 2련에서 구체적인 정서로 감각화하여 이미지화된다. '느러슨高層'이 '墓石'처럼, '찰난한夜景'이 '雜草'처럼, '思念'은 '벙어리'되는 등의 표현에서 보는 바와 같은 슬픔의 농도가 곧 그것이다. 3련은 필연적인 귀결로서 '낫서른 거리'에서의 '눈물'을 표현하고 있다. 4련은 그 슬픔의 근원까지를 추구하는 처절함을 표현하고 있다. 4련의 마직막 행 '길─게느린 그림자 이다지어두어'의 표현이 곧 그것이다. 5련은 1련의 행이 뒤바뀜으로서 슬픔의 농도를 표현하고 있다.

1930년대 한국의 현실 속에서 한국인이 걸어야 했던 길은 굴종과 타협, 저항과 인내 중 그 어느 하나일 수밖에 없었을 것이다. 지성인으로서 굴종과 타협을 거부했을 경우 저항과 인내속에서 살아가야 한다. 더구나 저항하지 못하고 그것을 의식하면서 인내해야 할 때, 그 내적 현실은 보다 처절할 수밖에 없었으리라. 이 시작품의 고독과 비애는 바로 지성인으로서 인내할 수밖에 없었던 내적 현실의 표현인 것이다. 공허한 군중 속에 섞일 없는 고독, 이 속에서 느껴오는 인간(지성인)으로서 어쩔 수 없는 비애, 이것을 짊어진 채 나아가야 할 방향조차 없는 현실에서 방향을 모색하지 않으면 안되었던 상황 등은 곧 "아-내하나의 信賴할 現實도 없이/무수헌 年齡을 落葉같이띄워보내며/茂盛한 追悔에 그림자마자갈갈히찌겨"[129]와 같은 金光均 자신의 시적 현실이었던 것이다. 여기에서 우리는 金光均의 인생태도와 그의 시적 사상의 일면을 볼 수 있게 된다. 그러나, 그는 자기가 직면한 현실에 절망하고 있었을 뿐, 끝내 이것을 극복한 새로운 차원의 시적 사상을 제시하지 못하고 말았다. 이것은 시적 사상의 깊이에 관계되는 문제이다.

이상으로 모더니즘 시운동에서 이미지즘적인 방법으로 시를 쓴 대표격인 세 시인 金起林, 鄭芝溶, 金光均 등의 시적 사상을 고찰하였다. 그들

---

129) 金光均의 시작품 「空地」의 제4련.

의 시적 사상의 특징은 1930년대 한국 모더니즘 시 운동의 한 경향으로
서 1920년대 초 한국의 시 경향과는 다른 양상을 보여주고 있다. 金起林
은 위에서 살핀 바와 같은 태양 이미지를 통해서 새로운 가치를 향한 가
능성을 시도해 보여 주고 있다. 鄭芝溶은 그의 삶의 현실 체험을 통해서
두 경향을 시험하고 있었다. 하나는 위에서 살핀 바와 같은 좌절보다는
희망과 밝음을 지향하는 점이었고, 다른 하나는 현실 체험의 간난을 그
대로 수용하여 표현한 것이 아니라, 그것을 최대한 억제하여 독자들로
하여금 절제의 미학으로 받아들일 수 있도록 여과시켜 표현시키고 있는
점이다. 金光均은 고독을 자연 현상을 빌어 분출하는 식의 표현 대신 그
것을 도시적인 배경을 통해서 표현함으로써, 1920년대의 고독의 표현과
는 다른 느낌 즉 도시 감각적인 현대성과 지성인의 고뇌어린 고독을 표
현하고 있다.

2. 미래파적 · 초현실주의적 특성

한국 모더니즘의 특성 가운데는 이미지즘적 특성 이외에 또 다른 특성
이 있다. 앞에서 이미 밝힌 바와 같이, 미래파 · 다다이즘 · 입체파 · 초현실
주의 등의 절충적 특성(ecleticism)이다.[130] 이러한 절충적 특성은 1935년 전
후에 발표된 李箱의 시작품과 1934년에 결성된 『三四文學』 동인들의 작품
에서 나타나고 있다. 李箱의 작품을 대할 때, 우리는 먼저 그 표현에서 특
이한 느낌을 받게 되고, 이어서 그 표현이 무엇을 의미하는지 분명하지 않
아 당황하게 된다. 그것은 그의 시적 방법이 그 이전의 시작품에서는 물론
그 이외의 다른 어떤 영역에서도 경험하지 못한 것이기 때문이다. 바꾸어
말하면 그것은 한국시에서는 처음으로 시도된 것이라는 의미다. 이러한 점
은 그의 특이한 시적 어법과 시의 구조와 시적 의식에서 나타나고 있다.

---

130) Malcolm Bradbury and James McFarlane, ed., *Modernism.* p.191.

(1) 특이성 1 – 시적 어법

1934년『朝鮮中央日報』에 발표된 李箱의 작품「烏瞰圖」가 당시의 시단 및 독자에게 준 충격은 대단한 것이었다. 그럴 수밖에 없었던 것은 종래 부터 당시까지의 시에서는 볼 수 없었던 전혀 새로운 시작품을 대하게 되었기 때문이다. 그것은 하나의 시의 혁명이었다. 그러한 점은 우선 시 적 어법에서 나타나고 있는데, 특히 표기법의 파괴, 산문율의 과감한 구 사, 숫자와 도형의 삽입 등이 두드러졌다. 이것은 매우 미래파(Futurism)적 인 수법이었다.

표기법의 파괴란 곧 그가 그의 대부분의 시작품에서 정상적인 띄어쓰 기를 의도적으로 무시하고 있는 점을 가리킨다. 이것은 공적인 문자행위 에 대한 공공연한 하나의 도전 내지는 파괴라고 할 수 있다. 물론 이러한 점은 표기 그 자체에만 관계되는 것이 아니라, 그의 시의 의식과도 밀접 하게 연관되어 있는 것이기도 하지만.

十三人의兒孩가道路로疾走하오.
(길은막달은골목이適當하오.)

第一의兒孩가무섭다고그리오.
第二의兒孩가무섭다고그리오.
                                    － 李箱「烏瞰圖」詩第一號」의 1련과 2련의 1, 2행

이 작품은 시행과 연의 구분으로 종전의 시적 표현방법의 일면을 보여 주고 있다는 점에서, 그의 시작품 가운데에서는 그래도 비교적 시의 형식 적 짜임새를 갖추고 있는 셈이다. 그런데도 제목 즉「烏瞰圖: 詩第一號」 에서부터 띄어쓰기의 철폐와 괄호의 삽입과 서수의 사용 등 종래의 시작 법에서는 생각할 수조차 없었던 과감한 새로운 시도가 현저하게 나타나 고 있다. 이것은 분명히 하나의 의도적인 실험으로서, 한국시의 근대적인

시작법의 관례에 대한 도전 내지는 개혁이다. 그리고 이것은 특히 미래
파의 선언을 그대로 도입, 실천하다시피 한 것이었다.[131]

이러한 시적 어법의 실험적 시도는 그의 작품의 산문율적 표현에서 더
욱 극단화되는 경향을 보이고 있다.

> 싸움하는사람은즉싸움하지아니하던사람이고또싸움하는사람은싸움하지아니
> 하는사람이었기도하니까싸움하는사람이싸움하는구경을하고싶거든싸움하지아
> 니하던사람이싸움하는것을구경하든지싸움하지아니하는사람이싸움하는구경을
> 하든지싸움하지아니하던사람이나싸움하지아니하는사람이싸움하지아니하는것
> 을구경하든지하였으면그만이다
>
> — 李箱「烏瞰圖 詩第三號」의 전문

이 작품은 하나의 문장으로 되어 있다. 띄어쓰기가 완전히 무시되었고,
행과 연이 구분되지 않았고 쉼표나 마침표와 같은 문장부호도 생략되어
있다. 종전의 문장습관은 전혀 찾아 볼 수가 없다. 있다면 그것은 반복법
인데, 그것도 반복으로서의 본래적인 효과는커녕 전혀 다른 의도로, 그
표현조차가 명확하지 않은 채 사용되고 있다. 시작품의 주체는 '싸움하는
사람'과 '싸움하지아니하는사람'이고 사건은 싸움하는 구경과 싸움하지
아니하는 것의 구경이다. 그리고 이것은 시간 즉 과거 '하던'과 현재 '하
는'의 상호관계로서 동시간적인 표현을 시도하고 있다. 이 시도는 시간의
초월을 의도한 것이라고 할 수 있다. 이것은 잠재의식(subconsciousness)이
나 의식의 흐름(stream of consciousness)에서 가능하다. 이렇게 볼 때 이 시
작품의 표기는 이러한 내면의식의 표현수단의 하나인 자동기술(automatic
writing)의 일면이라고 할 수 있다. 자동기술이란 '심미적이고 이성적 조절
로부터의 해방과 동등한 것으로서 잠재의식의 원형을 보여주는 것'[132]이

---

131) 미래파의 각종 선언 중에서도 1912년에 마리네티(Marinetti)에 의해서 발표된
'Manifesto tecnico della litterature fùturista(미래파 문학의 기술선언)'을 보면 李箱이
거의 그대로 실천하려고 노력했다는 심증을 얻게 된다.

132) A. Preminger, ed., op.cit., surrealism 조 참조.

다. 이러한 자동기술은 초현실주의자들이 시도한 표현수단의 중요한 하나였다. 이러한 점은 '시라고 하는 것은 언어를 끊임없이 새로 창조하는 덕분에만 생기는 것이다. 이 창조행위란 언어구조와 문법규칙이나 논리 정연한 웅변 따위를 부수어 버리는 행위와 맞먹는다'라는 아라공(L. Aragon)의 지적에서도 쉽게 입증된다.[133]

그리고 李箱은 여기에서 한 걸음 더 나아가서 숫자와 문자기호와 도형을 시의 표현수단으로 동원하고 있다. 「烏瞰圖: 詩第一號」에서 서수와 괄호를 비롯해서 「烏瞰圖: 詩第四號」에서의 숫자 뒤집어 쓰기 등 외에도 그러한 구사는 다양하게 나타나고 있다.

前後左右를除하는唯一의 痕迹에있어서

翼殷不逝 目不大覩

胖矮小形의神의眼前에我前落傷한故事를有함

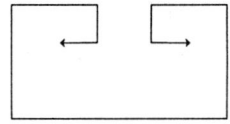

臟腑 라는것은浸水된畜舍와區別될수있을런가

— 李箱 「烏瞰圖: 詩第五號」의 전문

```
1+3
3+1
3+1 !+3
1+3  3+1
1+3  1+3
3+1  3+1
3+1
1+3
```

133) Louis Aragon, Les Yeux d'Elisa의 서문에서

    線上의一點 A
))   線上의一點 B
그   線上의一點 C

    A+B+c=A
    A+B+C = B
    A+B+C = C

    二線의 交點 A
    三線의 交點 B
    數線의 交點 C

                    ─ 李箱 「三次角設計圖: 線에 關한 覺書 2」의 일절

∴ nPn=n(n-1)(n-2)⋯⋯⋯(n-n+1)

                    ─ 李箱 「三次角設計圖: 線에 關한 覺書 3」의 일절

    �口 나의이름

    △ 나의안해의이름(이미오래된過去에있어서나의Amoureuse는이와같이도 聰明하니라)

                    ─ 李箱 「三次角設計圖: 線에 關한 覺書 7」의 일절

등에서 볼 수 있는 바와 같이 李箱은 숫자, 문자, 각종 기호, 도형, 수식 등을 그의 시작품에 자유로이 구사하여 표현하고 있다. 이러한 점에 대하여 金春洙는 '니힐니즘(nihilism)'이라고 규정하고, 金允植은 李箱의 '絶望은 技巧를 낳고 技巧는 絶望을 낳는다'라는 표현을 인용, 해석하면서 技巧의 절망성을 지적하고 있다.[134] 이러한 논의 이외에도 그러한 표현수단의 의미전달의 애매성 때문에 많은 이견들이 있을 수 있을 것이다. 그

---

134) 金春洙, 『韓國現代詩形態論』, p.99.
    金允植, 『韓國近代文學의 理解』, p.34.

러나, 우리가 유의해야 할 점은 이미 시적 표현 요소로서 시도되었다는 점에 그 초점이 주어져야 할 것이다. 이것은 그러한 표현 자체의 존재성을 강조해야 한다는 의미다.

이상에서 고찰한 시적 어법의 몇 가지 유형은 우리의 시적 체험으로서는 처음으로 대하는 것이기 때문에 생소하고 특이한 느낌을 가지게 함과 동시에 이러한 특이성은 표현 그 자체에서도 나타나는 것이긴 하지만, 보다 더 구체적인 특성은 그 구조와의 밀접한 관련하에서 나타나고 있다. 바꾸어 말하면, 표현 대상이 외적·객관적 사물의 세계에서 내적·주관적 의식의 세계로 바뀌어짐에 따라 그 표현 수단으로서의 시적 어법도 달라졌기 때문에 그 작품의 구조안에서 파악되어야 한다는 의미다. 작품이라고 하는 총체 속에서의 한 부분이라는 입장이 전제되어야 할 때, 그 시적 어법의 특이성이 가지는 시적 효과가 측정될 수 있을 것이다.

(2) 특이성 2 - 시의 구조

李箱의 시를 대할 때, 느껴지는 두 번째의 강한 느낌은 표현하고자 하는 바가 무엇인지 분명하지 않을 뿐만 아니라, 무엇인가 표현하고 있긴 한 데 그것이 잘 이해되지 않는다는 점이다. 그것은 전항의 시적 어법면서도 지적한 바와 같이 처음으로 방문한 지방에 첫 발을 내딛는 순간처럼 경험 대상의 급격한 변이에서 오는 것이다. 李箱의 시가 발표되기 이전까지의 한국시에서 다루어졌던 주된 대상은 객관적인 현실 세계를 매체로 하고 있었다. 반면에 李箱의 시에서는 객관적인 현실 세계에 대한 주관적인 내면 세계가 그 주된 구실을 하고 있다. 그런가 하면 그것을 담아 표현된 이미저리 자체마저 주관적일 수밖에 없기 때문에 시를 정확히 이해한다는 것은 어려운 문제로 남게 된다. 아니 어쩌면 이해하려고 의욕하는 그 자체부터가 하나의 모순이 될는지 모른다. 엘리어트(T. S. Eliot)가 '시는 이해되지 않는다고 할지라도 스스로 전달할 힘은 있는 것이다.'라고 말했을 때, 그것은 이러한 현대시의 성격의 일면을 대변해 주고 있는 것이라 할 수 있다.

十三人의兒孩가道路로疾走하오.
(길은막달은골목이適當하오.)

第一의兒孩가무섭다고그리오.
第二의兒孩도무섭다고그리오.
第三의兒孩도무섭다고그리오.
第四의兒孩도무섭다고그리오.
第五의兒孩고무섭다고그리오.
第六의兒孩고무섭다고그리오.
第七의兒孩도무섭다고그리오.
第八의兒孩도무섭다고그리오.
第九의兒孩도무섭다고그리오.
第十의兒孩도무섭다고그리오.

第十一의兒孩가무섭다고그리오.
第十二의兒孩도무섭다고그리오.
第十三의兒孩도무섭다고그리오.
十三人의兒孩는무서운兒孩와무서워하는兒孩와그렇게뿐이모였오.(다른事情
은없는것이차라리나았오.)

그中에一人의兒孩가무서운兒孩라도좋소.
그中에二人의兒孩가무서운兒孩라도좋소.
그中에二人의 兒孩가무서워하는兒孩라도좋소.
그中에一人의兒孩가무서워하는 兒孩라도좋소.

(길은뚫린골목이라도適當하오.)
十三人의兒孩가道路로疾走하지아니하여도좋소.
　　　　　　　　　　　　－ 李箱「烏瞰圖: 詩第一號」의 전문

이 작품은 李箱의 시연구의 관문처럼 여겨질 징도로 많이 언급되어 왔다. 그 대부분은 종전의 시작품의 분석 방법을 적용하여 이 시작품이 무엇을 의미하고 있는가라는 이해의 면에 초점이 집중되어 있다. 가령 그러한 것 중에서도 어구를 통한 의식의 탐구, 十三이라는 숫자에 대한 의미의 추적, 이 작품의 내면의식에 대한 해석 등이 그 중심을 이루고 있는 셈이다. 그런데 이러한 접근방법은 문제가 있지않나 생각된다. 그것은 이 작품의 구조가 종전의 시작품의 그것과는 다르다는 점에서이다. 다시 말하면 이 작품의 구조가 종전의 작품의 그것과는 전혀 다르게 되어 있는데도, 종전의 시작품을 분석했던 방법으로 접근할려고 한다는 점이다. 이 점은 논의를 불러일으킬 성질의 것일는지는 모르나 일단 고려되어야 할 성질의 것임에는 틀림이 없다.

이 작품에서는 전항의 시적 어법면에서도 언급한 바와 같이, 붙여쓴 것 외에는 종전의 어법이나, 시작법 그리고 문장상에서 종전의 시작품에 비해 특이한 그 무엇을 찾을 수가 없다. 그런데도 이 작품이 표현하고자 한 의미는 종전의 시작품에서처럼 쉽게 이해·전달되지 않는다. 이러한 점은 바로 이 시작품의 구조의 특이성에서 오는 것이 아닌가 생각한다. 바로 이 점이 이 시작품을 대했을 때, 가장 큰 문제점으로 부각되어지고 있다. 바로 이 문제점이 이 작품의 초점이 된다.

이 작품은 극적 형식으로 구성되어 있다. 1련은 발단으로서 이 시작품의 전체적인 상황과 극형식으로서의 중요한 갈등을 제시해주고 있다. 여기에서의 막다른 골목과 질주는 갈등 요인으로서 극적 장면의 긴박성을 고조하기 위한 것이며, 동시에 5련에서의 해결을 위한 전제이다. 2련은 전개로서 지루한 느낌이 있긴 하나, 第一, 第二와 같은 서수의 단계적인 배열로서 무섭다고 하는 공포적인 분위기를 점진적으로 고조시키고 있다. 3련은 위기로서 '무서운兒孩'와 '무서워하는兒孩'와의 대결을 통해서 상황의 긴박성을 암시하고 있다. '(다른事情은없는것이차라리나았오.)'라는 삽입구의 첨가는 다른 어떤 해결방법 모두를 배제시킴으로써, 그 긴박성을 한층 고조시키는 효과를 보여주고 있다. 4련은 절정으로서 3련의 '무서운兒孩'와 '무서워하는兒孩'를 대칭으로 재구성하여 모두 '좋소'라는 긍정적인 용어의 반복으로 끝맺음으로써 위기를 해소시키고 있다. 5련은 대단원으로서 이 시작품의 극적 상황을 끝맺음과 동시에 1련의 숨막히는 긴박감을 평상적인 상태로 환원시키고 있다.

이와 같은 극적 형식을 통해서 표현된 이 시작품의 핵심은 '이해되지 않는다'라는 점이다. 그런데도 우리는 이 시작품에서 풍겨오는 매력을 뿌리칠 수 없게 된다. 그것은 새로운 실험적 시도라는 점 외에 위에서 분석한 바와 같은 정밀한 극적 구성을 통해서 나타나는 긴박감과 신기함 같은 매력이다.

이러한 극적 형식을 빌어 표현한 이 시작품의 주제는 무엇인가. 시작품의 주제 파악은 원래 모호한 것이긴 하지만, 특히 이 작품에서는 난해한 성질을 띠고 있다. 이것이 이 작품의 독특한 성질이다. 원형질과 같은 내면의식을 시로서 표현하고자 할 때, 여러 가지의 방법이 시도되어질 수 있다. 특히 李箱의 시의 경우에는 두 가지의 양상이 현저하게 나타나고 있다. 하나는 일상적인 언어를 구사하여 정확한 문장으로 표현하는 경우이고, 다른 하나는 그러한 내면의식에 어울리는 자동기술적인 모호한 문장으로 표현하는 경우이다. 위 시작품은 전자의 유형에 해당된다. 이 시작품을 대할 때, 그 주제가 난해성을 띠고 있는 데도, 이상한 매력을 뿌리칠 수 없는 어떤 충동을 느낀다. 그것은 첫째, 일상적인 언어가 구사되고, 시행의 각 문장과 연의 배열이 정확하게 표현되어 있긴 하지만, 그 속에서 새로이 시도되어진 붙여쓰기 문장과 시작법의 실험(시행과 시행 사이의 맥락의 의미 관련이 분명하지 않은 표현)에서 오는 신기함일 것이고 둘째, 극적 형식을 빌어 씀으로써 얻을 수 있는 극작품에서와 같은 효과, 즉 긴장감과 그 해소일 것이다. 그렇다면 주제의 난해성과 이러한 표현상의 매력과는 어떤 관계인가. 이것을 프리이드리히(H. Friedrich)는 불협화(Dissonanz)라고 설명하고 있다.

> 이해될 수 없다는 사실과 매혹이 이처럼 한 덩어리가 된 현상을 가리켜 우리
> 는 불협화(Dissonanz)라고 불러도 좋을 것이다. 이처럼 한 덩어리가 되고 보면
> 오히려 안정보다도 혼란이 노리는 긴박감이 생기는 것이다. 불협화에서 나온
> 긴박감은 근대예술에 공통되는 목표다.135)

李箱은 이러한 현대 예술의 요체의 일면을 터득한 나머지 이 시작품에
서는 불협화에서 오는 어떤 충격을 표현하고자 했는지도 모른다. 그리고
시구성에 있어서의 극적 형식의 차용도 그의 다른 많은 시작품에서 시도
된 것으로서 그의 시적 구조의 특이성의 일면을 보여주고 있는 요소의
하나다.

이러한 시의 구조와는 다른 유형으로서 자동기술적인 형태의 유형이
있다.

> 벌판한복판에 꽃나무하나가있오. 近處에는 꽃나무가하나도없소. 꽃나무는제
> 가생각하는꽃나무를 熱心으로 생각하는것처럼 熱心으로꽃을피워가지고섰오.
> 꽃나무는제가생각하는꽃나무에게갈수없소. 나는막달아났오. 한꽃나무를爲하여
> 그러는것처럼 나는참그런이상스러운흉내를내었오.
>
> — 李箱「꽃나무」전문

이 작품에서는 형태적으로는 마침표와 의식단위의 띄어쓰기가 이루어져
있다. 그러나 그 언표의 의미면에서는 각행의 연관이 논리적으로 이어지
지 않기 때문에, 마치 꿈을 보는 느낌이다. 다시 말하면 꿈의 조각들을
주어 모아 자유롭게 표현하고 있는 것 같은 느낌이다. 여기에서 내면의
식의 연상을 표현한 자동기술적인 일면을 본다. 2행은 1행의 공간적인 배
경으로서 '꽃나무하나가있오'를 절대화시켜 강조하고 있는 점에서 언표
면의 상호 연관이 이루어지고 있다. 3행은 꽃나무가 의인화됨으로써 1행,
2행과는 다른 차원을 이루면서 내면의식을 밀려오는 물결처럼 느끼게 하

---

135) Hugo Friedrich, 全光珍 역, 『近代詩文學論』, p.25.

고 있다. 4행은 꽃나무의 절대적인 한계를 설정하면서 5행의 '나'의 행위
로 이어지고, 6행에서는 '꽃나무'와 '나'와의 관계로서의 4행과 5행에 대한
반성 내지는 자조를 표현하고 있다. 이와 같은 표현은 내면의식의 세계
에서만 가능한 것이라고 할 수 있다. 그것은 '꽃나무'와 '나'의 행위와의
관계설정만으로써도 쉽게 지적해낼 수 있다. 이 시작품에서의 5행 즉 '나
는막달아났오'라는 행위가 꽃나무와의 관계에서 현실적으로 있을 수 있
다 할지라도 그것은 무모한 짓일 뿐 아니라, 광적인 행위 아니고서는 상
상할 수 없기 때문이다. 그리고, 여기에서의 '꽃나무'도 자연목이 아니라,
내면의식의 파편으로서 李箱이 시에서 창조해 낸 꽃나무이다.

 이 작품은 '꽃나무'의 이미지와 '나'와의 관계를 초점으로 통일되어 있
고 그 키(key)는 '꽃나무'의 이미지가 쥐고 있다. 꽃나무가 무엇을 의미하
고 있는가 하는 문제에의 접근은 앞에서도 지적한 바와 같이 용이하지
않다. 그 이유는 이 꽃나무가 李箱만이 소유할 수 있는 것일 뿐 공유할
수 있는 성질의 것이 아니기 때문이다. 이처럼 그것은 현대 시인의 비밀
에 속하는 문제이고, 또 이 비밀은 현대 시인의 특권처럼 여겨지고 있다.
이러한 특권은 현대시의 세계에서 시의 무법 천지를 가능케 한 요소 중
하나이기도 하다.

 이와 같은 李箱의 두 유형의 시의 구조는 그의 시의 대종을 이루는 구
조의 유형이다. 물론 그 표현 양식별로 구분한다면 시작품마다가 대부분
독특한 성질을 지니고 있다고 할 것이다. 그러나 표현 양식 그 자체는 구
조와는 다르다. 그것은 시적 구조의 일 요소가 된다. 이와 같은 관점에서
고찰한 그의 시 구조는 당시까지의 다른 시인과 그것과 대비할 때 한국
시에서는 최초의 시도 내지는 독보적인 것이었다. 단순히 새로운 양식이
라는 의미에서 뿐 아니라, 서구의 모더니즘 특히 다다적·초현실주의적
차원의 일면을 획득케 했다는 점과 한국시의 새로운 영역을 개척했다는
점과 시의 질적인 개혁을 보여준 점 등 그 의의는 큰 것이라고 할 수 있
다.

(3) 특이성 3 – 시적 의식

李箱의 시의 또하나의 특이성은 시적 의식이다. 다른 시인의 시적 의
식이 의식의 내면 세계에 뿌리를 내린 것이라면, 李箱의 그것은 내면 세
계의 의식 즉 의식의 흐름이나 잠재의식에 뿌리를 내리고 있다. 이와 같
은 사실은 이미 앞 절의 시의 구조에서 밝혀졌으리라 본다. 다만 여기에
서 고찰하고자 하는 바는 그러한 의식의 영역 내지는 그 범주다.

李箱의 시에 나타나는 의식은 크게 두 양상으로 나누어 생각할 수 있
다. 하나는 현실에 대한 내면의식의 갈등으로 나타나는 양상이고, 다른
하나는 자의식의 분열로 나타나는 양상이다. 물론 이 두 양상은 모두가
내면의식에 뿌리를 내리고 있는 것이기 때문에 그 한계가 명확하게 구분
되는 것이 아님은 언급할 필요조차 없는 일이다.

1) 현실에 대한 내면의식의 갈등상

현실에 대한 내면의식의 갈등상은 현실 그 자체를 부정하는 입장으로
부터 비롯되고 있다. 이것은 서구의 모더니즘의 주류를 형성하고 있는
것으로서 李箱의 시가 현대성을 획득케 되는 제일보가 된다. 현실에 대
한 강한 부정 나아가서 파괴를 주장, 선언한 것은 다다이스트(dadaist)들이
었다. 이것은 서구문명 자체에서부터 예술의 방법까지를 모두 포함함으
로써 그들 스스로를 한계에 부딪치게 한 요인이 되었다. 서구의 다다이
즘이 이러한 한계에 부딪치자 거기에 참여했던 일파에게 프로이트(S.
Freud)의 잠재의식의 세계는 유일한 희망의 보루였다. 그들은 인간 정신
의 완전한 해방을 이 속에서 찾으려 했다. 그런데 李箱의 의식세계는 이
것을 토대로 하고 있긴 하면서도, 그것과는 다른 일면을 보여주고 있다.
그것은 초현실주의자들이 현실을 부정하고 잠재의식 세계에서 구원을
의도했다면, 이상은 현실과 대립되는 것으로서의 내면의식 세계에서 현

실에 대한 신랄한 비판, 부정 나아가서 조소를 준비하여 표현하고 있었
다.

> 나는24歲. 어머니는바로이낫새에나를낳은것이다. 聖쎄바스티앙과같이아름다
> 운동생·로오자룩셈불크의 木像을닮은막내누이·어머니는우리들三人에게孕胎
> 分娩의苦樂을말해주었다. 나는三人을 代表하여—드디어—
>
> ## 어머니 우린 좀더형제가있었음싶었답니다
>
> —드디어어머니는동생버금으로孕胎하자六個月로서流産한顚末을告하였다.
>
> ## 그녀석은 사내댔는데 올에는19 (어머니의한숨)
>
> 三人은서로들아알지못하는兄弟의幻影을그려보았다. 이만큼이나컸다—하고
> 形容하는어머니의팔목과주먹은瘦瘠하여있다.두번씩이나喀血을한내가冷情을극
> 하고있는家族을爲하여빨리안해를맞아야겠다고焦燥하는마음이었다. 나는24歲
> 나도어머니가나를낳으드키무엇인가를낳어야겠다고생각하는것이었다.
>
> — 李箱 「肉親의 章」의 전문

  육친을 통한 한 가족 제도의 비정성과 그 모순을 지적하고 있다. 죽은
형제의 환영·어머니의 수척·나의 객혈·결혼·생산 등의 이미지의 조
합을 통해서 한국 가족 제도의 고질적이면서도 굴레적인 모순을 비판하
고 있다. 이러한 점은 「肉親」에서도 더욱 신랄하에 비판되어 표현되고
있다. "크리스트에酷使한한襤褸한사나이가있으니이는그의終生과殞命
까지도내게떠맡기려는사나운마음씨이다. 내時時刻刻에늘어서서한時代나
訥辯인트집으로나를威脅한다. 恩愛—나의着實한經營이늘새파랗게질린다
."(「肉親」의 일절)에서 보는 바와 같이 일종의 공포와 불안으로까지 번지
고 있다. 이와 같은 의식세계는 「烏瞰圖: 詩第二號」에서의 아버지를 통한
조상에의 연상작용, 또 이것을 통한 가족 제도에 대한 눈에 보이지 않는
부정, 내지는 역사적 전통에 대한 부정에로까지 이어지는 것이랄지, 「紙
碑—어디갔는지모르는안해—: 紙碑一」에서의 "나는 안해의日記에 萬一
안해가나를 속이려들었을때 함즉한速記 男便된資格밖에서 敏捷하게 代

書한다"와 같은 구절에서 볼 수 있는 한 가정의 모순에 대한 비판 등에
서도 나타나고 있다. 이렇게 자기 주변으로부터 비롯되는 그의 시적 내
면의식의 세계는 다양하게 표현되고 있다.

> 내가치든개(狗)는튼튼하대서모조리實驗動物로供養되고그中에서비타민E를지
> 닌개(狗)는學究의未及과生物다운嫉妬로해서博士에게홈씬얻어맞는다.하고싶은
> 말을개짖듯배알어놓던歲月은숨었다.醫科大學허전한마당에우뚝서서나는必死로
> 禁制를앓는(患)다.論文에出席한억울한췹루(한자)에는千古에氏名이없는法이다.
> ― 李箱 「危篤: 禁制」의 전문

이 작품은 자기 생활에 대한 비판을 가하고 있다. 실험 동물로의 공양,
생물다운 질투, 과거의 소멸, 금제를 앓음 등 현실 생활에서 빚어지는 비
리에 대하여 '論文에出席한억울한髑髏에는千古에氏名이없는法이다'라고
일종의 야유에 가까운 비판을 하고 있다. 그는 자기까지를 포함해서 현
실 생활 내지는 문명·역사 등을 비정상적인 것, 비리적인 것, 병적인 것
등으로 보고, 거기에 대하여 비판, 부정, 야유, 조소하고 있다. 이러한 내
면의식은 「距離―人이出奔한境遇―」에서의 허위성, 「囚人이만들은小庭
園」에서의 비정상에서 오는 죄의식, 「烏瞰圖; 詩第十二號」에서의 '때묻
은빨래조각이한뭉뎅이空中으로날러떨어진다'로 표현되는 문명에 대한
부정, 「烏瞰圖: 詩第十四號」에서는 역사에 대한 부정을 '心臟이頭蓋骨속
으로옮겨다는地圖가보인다.'와 같은 혼란으로 표현하고 있다. 그리고 「얼
굴」에서 가난에 대한 비판, 「破帖」에서는 사회상에 대한 강한 풍자, 「門
閥」에서의 인습에 대한 도전과 비판 등 다양하다.
내면 세계에서의 성적 표현도 상당한 비중으로 나타나고 있다. 그것은
안해·여자·애인에 대한 관계에서 자학적으로 표현된다.

> 每日같이烈風불드니드디어내허리에큼직한손이와닿는다.恍惚한指紋이골작이
> 로내땀내가스며드자마자쏘아라.쏘으리로다.나는내消化氣管에묵직한銃身을느끼

고내다물은입에매끈매끈한銃口를느낀다.그리드니나는銃쏘으드키눈을감으며한
방銃彈대신에나는참나의입으로무엇을내어배알었드냐.

— 李箱 「烏瞰圖, 詩第九號」의 전문

이 작품에서의 시적 의식은 성적 독백이라고 할 수 있다. 烈風·허리·指紋·골작이·銃身·銃口·銃彈 등 이미지의 조합은 곧 내면의식 세계에서의 성적 정감을 암시하고 있는 것이 아닌가 본다. 이와 같은 성적 의식은 「神經質적으로 肥大한 三角形」, 「Le Urine」, 「狂女의 告白」, 「興行物天使」, 「破片의 景致」, 「▽의 遊戲」, 「買春」 등 시작품에서는 거의 자학적으로 표현되어 있다.

이러한 그의 시적 의식은 모두가 그의 체험 가능한 현실에 대한 내면의식 세계의 투영이다. 다시 말하면, 현실 의식 세계라고 하는 거울에 비추어서 그것들을 하나하나 걸러낸 것이다. 따라서 자연 현실 세계가 현실 세계로서가 아니라 내면의식 세계 속에서 분해되고 재구성되어 시적 의식을 이루게 된 것이다. 그런데 위에서 고찰한 바와 같이 이와 같이 다양한 시적 의식이 부정적인 측면에서 비판·조소·야유·풍자 등으로 표현되는 가운데에서 우리는 李箱의 갈등적인 의식 상태의 일면을 보게 된다.

2) 자의식의 분열상

李箱의 시에서 나타나는 시적 의식으로 위에서 고찰한 현실에 대한 '내면의식의 갈등'에서보다도 '내면의식의 갈등'에서 현대적인 불안, 절망이 한층 더 깊이 있게 표현되고 있다. 이것은 현대문명이라는 상황 속에서 인간 자체에 대한 탐구를 의미한다. 현대문명의 가장 큰 여파의 최초는 이기적이라는 면에서보다도 파괴적이라는 면에서 비롯된다. 그것은 말할 것도 없이 일차세계대전의 충격이었다. 살상·파괴로 인한 인간 자체와 그 환경의 폐허를 낳았고, 또 미래에 대한 암담한 예감을 줌으로써

불안·공포·전율·절망 등 대명사를 산출했던 것이다. 이러한 급박한 상황은 인간이 인간 스스로를 돌아보게 했고, 나아가서 그 인간성 내지는 의식의 변화를 초래케 한 것이다. 불안·절망에서 오는 자의식의 분열상을 우리는 최초로 李箱의 시에서 대면케 된다.

> 여기는어느나라의떼드마스크다. 떼드마스크는盜賊맞었다는소문도있다. 풀이極北에서破瓜하지않던이수염
>
> 은絶望을알아채리고生殖하지않는다. 千古로蒼天이허방빠져있는陷穽에遺言이石碑처럼은근히沈沒되어있다.
>
> 그러면이결을生疎한손짓발짓의信號가지나가면서無事히스스로워한다. 점잖던內容이이래저래구기기시작이다.
>
> — 李箱 「自像」의 전문

이 작품은 역사의식으로부터 비롯되는 절망에 의한 자의식의 분열의 조짐을 표현하고 있다. 데드 마스크가 전통의 구실을 상실한 일종의 역사의식이라면, 그것마저도 도둑맞은 상황, 이것은 자연 생식하지 못하는 북극에 비유될 수 있는 절망일 수밖에 없을 것이다. '千古로蒼天이허방빠져있는陷穽'은 그러한 절망의 발생지이며, 또 그것은 숙명적인 어떤 천형 같은 원죄에서부터 그 근원을 찾으려는 시도로서의 이미지가 아닌가 본다. 이러한 함정이면 유언은 석비처럼 준비되어 있을 법한 일이다. 이와 같은 역사의식에서 오는 절망이라는 상황 속에 놓여지는 현대성, 더구나 그것의 생소한 손짓발짓의 신호, 그것은 불안일 수밖에 없다. 불안을 짊어지고 순간순간의 무사를 한숨쉬는 모습이다. '스스로워한다'의 표현은 그것을 강조한다. '점잖던內容이이래저래구기기시작한다'는 그대로 그 이전의 표현에 비해서 취약성을 지닌 표현이긴 하지만, 내면의식 즉 자의식의 분열의 조짐을 보여주고 있다.

역사의식 속에서의 자의식, 그것은 한 순간도 그를 떠나지 않은 채 수시로 불안·공포 나아가서 절망의 이미지로 그를 포로로 강제한다.

목발의길이도歲月과더불어漸漸길어져갔다.
　신어보지도못한채山積해가는외짝구두의數爻를보면슬프게걸어온距離가짐작되었다.
　始終제自身은地上의樹木의다음가는것이라고생각하였다.

— 李箱「隻脚」의 전문

　위의 시작품에서는 분열되어 불균형을 이루고 있는 자의식의 성장을 슬프게 느끼는 일종의 감상을 표현하고 있다. '始終제自身은地上의樹木의다음가는것이라고생각하였다.'의 행은 처절함마저를 보여주고 있다. 불균형을 이루고 있는 자의식의 성장은 「紙碑」에서 '안해'의 '왼다리'를 빌어 오지만, 그것은 '부축할수없는' 절망으로 빠지고 만다. 그래서 그는 '無事한世上이病院이고治療를기다리는無病이끝끝내있다'라는 역설을 준비하지 않으면 안되게 된다.

거울속에는소리가없오
저렇게까지소용한세상은참없을것이오
　　◇
거울속에도 내게 귀가있오
내말을못알아듣는딱한귀가두개나있오
　　◇
거울속의나는왼손잽이오
내握手를받을줄모르는—握手를모르는왼손잽이오
　　◇
거울때문에나는거울속의나를만져보지못하는구료마는
거울이아니었던들내가어찌거울속의나를만나보기만이라도했겠오
　　◇
나는至今거울을안가졌오마는거울속에는늘거울속의내가있오
잘은모르지만외로된事業에골몰할께요
　　◇
거울속의나는참나와는反對요마는
또꽤닮았오

나는거울속의나를근심하고診察할수없으니퍽섭섭하오

                                        - 李箱「거울」의 전문

   이 작품은 그의「明鏡」과「烏瞰圖: 詩第十五號」와 함께 '거울' 이미지
로 쓰여진 시작품 중의 하나다. 이러한 '거울' 이미지를 기호로 사용하여
도식처럼 시도한 시작품으로「烏瞰圖: 詩第四號」가 있다. 이 시작품의
거울 이미지는 앞에서 살핀 자의식 분열의 '발생'·'성장'의 한 층으로
그 바탕을 이루는 유형이 되고 있다. 거울은 자의식의 이미지다. 거울
속에는 '나'와 나를 닮았으면서도 나와는 반대인 '또 다른 나'와의 대립
이 존재한다. 그들은 다만 존재할 뿐, 상호 교섭이 이루어지지 않고 있
다. 서로 존재하면서도 또 그 대상이 '나'의 주위에 있고, '나'와 유사성을
지니고 있는데도 서로의 교섭이 차단되었을 때, 그 상황은 불안이다. 더
구나 그 대상이 무엇인가 하고 있으리라고 믿고 있을 때, 그리고 그것이
외로 된 사업이라고 생각했을 때, 그 불안은 가중될 수밖에 없으리라.
그래서, '나'는 '거울속의나를근심하고診察'하려고 하지만 그것조차도 허
용되지 않는다. 이 때의 의식상황을 '퍽섭섭하오'로 아주 온건하게 표현
하고 있긴 하지만 그것은 불안의 누적을 암시한다. 이러한 불안의 증상
은「烏瞰圖: 詩第十五號」에서 보다 구체적으로 표현되고 있다. 거울 속
의 '나'의 음모 때문에 '나는至今거울속의나를무서워하며떨고있다'와 같
은 공포, 그 속에서 벗어나기 위한 여러 가지의 시도, 즉 '나를거울에서
解放'하려고 하고, '거울속의나에게自殺을勸誘하기로決心'하기도 하고,
또 '거울속의내왼편가슴을겨누어拳銃을發射'하기도 했지만, 결국은 '거
울속의나는不死鳥에가까운' 존재로 있다. 따라서 거울 속의 나로 말미암
아 오는 피해의식은 극점을 향해 솟아오를 수밖에 없게 된다. 마침내
'나'는 이러한 자의식의 분열로부터 오는 불안과 공포의 근원을 거대한
죄에서 찾는다.

模型心臟에서붉은잉크가엎질러졌다.　내가遲刻한내꿈에서나는極刑을받았다. 내꿈을支配하는者는내가아니다. 握手할수조차없는두사람을封鎖한巨大한罪가있 다.

— 李箱의 「烏瞰圖: 詩第十五號」의 6련

李箱의 자의식의 분열상은 원죄, 역사 의식으로부터 오는 불안에서 발 생하여 내면의식 속에서 성장하고 성장된 자의식의 분열이 다시 불안과 공포를 낳게 하고 마침내는 거대한 죄로 환원되는 궤적을 그리고 있다. 李箱의 시에서 나타난 이상에서와 같은 의식의 양상은 초현실주의자 들에게서 볼 수 있는 잠재의식을 해방시킴으로써 얻을 수 있다고 믿고 추구한 자유, 즉 '이성에 의해 작용되는 모든 통제가 없는 곳에서, 그리고 모든 미학적 혹은 도덕적 통제 밖에서'136)의 절대 자유를 위한 것이라기 보다는 '自我와 社會 사이에 이루어진 어떤 特定된 관계를 前提로 한'137) 것이라고 할 수 있다. 李箱의 시적 의식은 그만큼 자기 현실 즉 육친을 통한 가족제도, 자기가 처한 사회의 상황이나 제도, 전통에 대한 부정적 인 비판·조소 그리고 성적 모랄에 대한 自嘲로 일관되어 있다. 이것은 현실과 자아와의 관계에서 비롯되는 잠재의식 속에서의 시적 의식이다. 그리고 이와 같은 의식은 자기 내면의 심층으로 확산되면서 분열상을 빚 어내게 된다. 이것은 "그는 오직 자기가 當面한 直接的인 社會的 狀況에 서, 그리고 그 狀況 때문에 絶望"138)한 것이라는 견해와는 달리 역사적인 상황, 더 나아가서 원죄 의식 속에서 형성되고, 그것이 자체의 노력으로 써 해결되지 못한 채 다시 거대한 죄의식으로 환원되어야 한다는 데서 오는 분열상인 것이다. 이러한 점은 불안과 공포 의식의 원인이자 뛰어 넘을 수 없는 그의 시적 의식의 한계점이기도 하다. 이와 같은 李箱의 시 적 의식은 한국의 시작품에서는 최초로 실험·전개되었다는 점과 한국

---

136) C. W. E. Bigsby, *Dada and Surrealism*, p.37. (Manifeste de lâ Surrealisme, 1924).
137) 金鵬九 외 5인, 『韓國人과 文學思想』 (鄭明煥 「否定과 生成」 p.24), p.328.
138) Ibid., p.328.

시의 공간적 영역을 심층으로까지 확대시켰다는 점 그리고 이러한 점을 통해서 한국시를 현대시의 차원으로 끌어 올렸다는 점 등에서 그 의의는 크다고 아니할 수 없다.

V. 모더니즘 시의 공과와 그 시사적 의의

1. 모더니즘 시의 공과

1930년대의 한국 모더니즘 시는 Ⅳ장에서 고찰한 그 특성에서도 밝혀진 바와 같이, 한국 시의 체질 변환에 지대한 영향을 끼쳤고, 그러한 면에서 또한 업적과 한계점을 남기고 있다. 이와 같은 점은 여러 각도에서 고찰될 수 있겠지만, 본고에서는 시의 형태면과 시적 사상면에서 고찰했다. 그 이유는 이 두 요소의 고찰을 통해서만 시의 체질변환을 밝힐 수 있기 때문이다. 그리고 그 한계점은 고찰과정에서 자연히 밝혀질 것으로 믿는다.

(1) 시의 형태상에서의 공과

1920년대의 한국 시만 해도 현재라는 시점에서 볼 때, 우선 그 표현 감각면에서 현대적 감각을 거의 느낄 수가 없다. 아마도 그것은 표현면에서의 현대성(modernity)의 결여에서 오는 것이 아닌가 생각된다. 시의 표현에서의 현대성, 이것은 시의 형태에 관계되는 것으로서 어법, 이미저리, 스타일, 형식 등의 종합에서 나타난다. 이와 같은 현대에 작용하는 표현의 현대성은 1930년대의 모더니즘 시에서 비로소 나타나고 있다.

㉠ 이 世紀를 몰고 넣는, 어둔 밤에서
　다시 어둠을 꿈꾸노라, 조으는 조선의 밤
　忘却 뭉텅이 같은 이 밤 속으론
　햇살이 비추어 오지도 못하고
　하나님의 말씀이, 배부른 군소리로 들리노라,

　낮에도 밤－밤에도 밤
　그 밤의 어둠에서 스며난, 뒤직이 같은 신령은
　光明의 목거지란 이름도 모르고
　술취한 장님이 머언 길을 가듯
　비틀거리는 자국엔 핏물이 흐른다.
　　　　　　　　　－ 李相和『緋音』:「緋音」의 序詞 의 전문

㉡ 一月의 大氣는
　透明한「푸리즘」

　나의가슴을 막는
　햇볕은 七色의「테－프」

　琉璃의바다는
　푸른옷입은 季節의化石이다.

　감을줄모르는
　眞珠의눈들이 쳐다보는
　魚族들의 圓天劇場에서
　내가
　한개의 幻想「아웃－커앤」를 그리면
　구름속에서는 天使들의拍手소리가 불시에인다.

　漢江은 全然 손을 댄일이없는
　生生한 한幅의原稿紙

　나는 나의觀衆－구름들을위하야

그우에 나의詩를쓴다.

히롱하는 交錯線의 모−든角度와曲線에서 피여나는藝術

記號우를 規則에억매여걸어가는
時計의 忠實을 나는모른다

時間의軌道우를 미끄러저달리는 차라리
放蕩한 運命이다. 나는 ……

나의발바닥밑의
太陽의느림을 비웃는 두칼날 ……

나는얼음판우에서
좋혀奔放한 한速度의 騎士다.

− 金起林 「스케이팅」의 전문

시작품 ㉠은 1920년대의 李相和의 작품이고, 시작품 ㉡은 1930년대 金起林의 작품이다. 두 작품을 대비할 때, 우선 시적 어법면에서 차이점을 느끼게 된다. 이것은 두 가지 점에서 살필 수 있다. 하나는 관념어의 노출 상태와 어휘들의 시대감각성이고, 다른 하나는 어미의 구사이다. 시작품에서 관념어의 노출은 시의 형상화 이전의 상태이거나, 아니면 시의 생경함을 나타내는 경우가 대부분이다. 시작품 ㉠에서는 '世紀'·'忘却'·'하느님의 말씀'·'신령'·'光明' 등과 같은 관념어들이 중심을 이루고 있어 시의 구상화면에서 취약성을 들어내고 있다. 이것에 비하면 시작품 ㉡에서는 '季節'·'天使'·'詩' 등 몇 개의 단어들을 제외하면, 모두가 감각적으로 구체성을 지니는 어휘들이 중심을 이루고 있기 때문에 시작품으로서의 선명함을 보여주고 있다. 그리고 구사된 어휘들의 현대성 문제인데, ㉠의 경우는 밤이라는 자연 현상을 대상으로 하고, 그것에 준하는 어휘들의 구사가 중심을 이루고 있기 때문에 시대 감각적인 면을 찾을 수 없는 반면, ⓛ의 경우는 표현대상이 속도감이라는 문명적인 요소이고 또 같은 자연 현상이라 할지라도 그것에 준하는 구체적인 어휘들이 선택되어 구사됨으로써 시대적인 감각 즉 현대성 뿐만이 아니라, 시적 세련미도 보여주고 있다.

시작품에서의 어미의 구사는 그 작품의 특성 및 시대적 감각성과 밀접한 관련을 맺는다. 시작품 ㉠에서는 '꿈꾸노라'·'들리노라'에서의 '…노라'와 같은 의고체적 어미가 쓰이고 있음을 보게 된다. 의고체적 어미의 구사는 그것이 작품의 유기적 부분으로서 의도적으로 사용된 것이라면 훌륭한 어법 구실을 할 수 있지만, 그렇지 못하고 관습적으로 사용되었을 때, 그것은 시대감각은 물론 시에서의 독창성을 감소시키는 요인이 된다. 이러한 점은 바로 시작품 ㉠에서 뿐만이 아니라, 1920년대 한국시에서 하나의 경향을 이루고 있었다. 卞榮魯의 「생시에 못뵈올 님을」에서의 '그립던 그대 가까올 듯 멀어라'·'사라지는 옛꿈보다도 멀어라'와 같은 구절에서 볼 수 있는 '…여라'와 '…어라', 南宮璧의 「大地의 讚」에서의 '당신의 애호를 받나이다'·'나는 당신을 기리나이다'와 같은 구절에서 볼 수 있는 '…나이다', 洪思容의 「봄은 가더이다」에서의 '봄은 가더이다'·'님은 웃더니만 그러고 또 울더이다'와 같은 구절에서의 '…더이다' 등의 다양한 유형은 그러한 경향을 대변해주고 있다. 이에 비하면 시작품 ⓛ에서의 현재형 어미와 그 생략은 시의 표현 효과를 살리는데 주된 역할을 하고 있을 뿐만 아니라, 시의 간결과 응축의 효과를 나타냄으로써 1920년대의 것과는 다른 새로운 면을 보여주고 있다. 이와 같은 점은 위의 Ⅳ장에서 이미 분석한 바 있는 일상어와 도시적·문명적 대상을 선택함으로써 구사된 어휘들을 활용하여 의도적으로 시도한 주지적 경향의 어법과 함께 한국시의 시적 어법의 변혁을 일으킨 주 요소가 되고 있다.

그리고 1920년대의 시적 어법과 李箱의 시적 어법 및 문장상의 표기법과를 대비하면 그 차이는 혁명에 가까운 것임을 발견하게 된다. 위의 Ⅳ장에서 분석한 구두점 없는 붙여쓰기의 문장 즉 자동기술적 표기, 숫자,

기호문자와 도형의 삽입 그리고 대소 활자의 배열 등 구체적으로 지적한 바 있다. 이러한 점은 시적 요소로서 얼마만큼의 역할을 수행하고 있는 가의 여부는 차치하고라도 서구의 현대적인 기법에 가까운 첨단적 시도 였다는 의미에서 일차적으로 긍정되어야 한다. 우리는 여기에서 시적 어법면에서 1920년대의 한국시가 1930년대의 모더니즘 시를 통해서 현대성을 띠게 된 양태를 구체적으로 찾아볼 수 있게 된다.

그런가 하면 여기에서 우리는 그 시적 어법의 한계점도 발견하게 된다. 그것은 1930년대의 시적 어법이 다양한 시도를 통해 현대성을 획득하여 시단에 영향을 끼친 반면, 그 이상의 시적 효과를 획득하지 못했다는 점이다. 1930년대의 한국의 모더니스트들은 그들이 개발했다고 볼 수 있는 새로운 시도, 즉 감각적인 어법과 자동기술적인 기법 그리고 일상적 어휘와 도시적·문명적인 대상을 통한 주지적 어휘의 구사 등에만 급급한 나머지 현대시의 시적 어법으로서의 중요한 일면인 언어의 기능면의 깊이 즉 함축적인 면에 대한 탐구를 소홀히 했다. 이 점은 시의 본질적인 요소의 하나인 함축미를 잃게 함으로써 시에서 추구, 표현해야 하는 내면적인 심연에 도달할 수 있는 방법을 획득하지 못한 결과를 초래하게 되었다. 이것은 그들이 극복했어야 할 한계점의 하나가 되고 있다.

위의 두 작품의 대비에서 오는 시대 감각적인 현대성은 또 거기에 구사된 시적 이미저리의 성질상 차이에서 온다. 시작품 ㉠에 구사된 이미저리는 비유적 이미저리(figurative imagery)와 상징적 이미저리(symbolic imagery)가 그 중심을 이루고 있다. '忘却 뭉텅이 같은 이 밤', '뒤직이 같은 신령', '신령은 술취한 장님이 먼 길을 가듯' 등은 전자에 속하는 것이고 '밤'과 '신령'의 이미지는 후자에 속하는 거이라고 할 수 있다. 전자에서 '망각 뭉텅이'의 이미지는 그 성질이 좀 특이하다. 그것은 비유의 특성을 관념의 구상화라는 점에서 찾아야 한다면, 위의 이미지는 그 반대 즉 구체적인 것의 관념화라는 점에서이다. 이것은 표현의 모호성을 수반하게 된다. 그리고 '신령'의 이미지가 또한 애매하다. 두더지에 비유한 점은 그렇다치고 '신령' 자체가 가지고 있는 의미와 관련시킬 때 특히 그렇다. 그것은 신령이 샤아머니즘(shamanism)에서의 신으로부터 특히 한국인에게 낯익은 구원자의 상징인데도, 그러한 속성이 박탈당한 채 지상에 내려와 어둠에서 스며나고, 뒤직이 즉 두더지 같은 의미로 해석되고 있는 점이다. 바꾸어 말하면 신령으로서의 권위가 무시되고 그 기능을 상실당했다는 의미다. 그렇다면 지상에 현신한 이 신령은 구체적으로 무엇을 의미하는가. 더구나 '光明의 목거지란 이름도 모르고/술취한 장님이 머언 길을 가듯/비틀거리는'과 같은 신령이라 할 때, 신령의 정체는 아리송해진다. 또 '핏물이 흐른다'에서의 '핏물'은 무엇인가. 신령의 핏물인가 아니면 조선 현실의 한 단면인가. 그 의미 또한 아리송하다. 이러한 시적 이미저리의 모호성은 1920년대의 한국시의 한 경향이었다. 가령 李相和의 「나의 寢室로」에서의 '어린 가슴처럼 세월 모르는', 卞榮魯의 「날이 새입니다」에서의 '고운 새벽 빛이 「世界의 啓示」같이 흔들립니다.', 「論介」에서의 '거룩한 분노는/종교보다도 깊고', 吳相淳의 「아시아의 마지막 밤 風景」에서의 '아시아의 밤은 永遠의 밤이다', '밤은 아시아의 食慾이다', 韓龍雲의 「알 수 없어요」에서의 '연꽃같은 발꿈치로 가이없는 바다를 밟고, 옥같은 손으로 끝없는 하늘을 만지면서 떨어지는 해를 곱게 단장하는 저녁놀은 누구의 詩입니까' 등은 그러한 경향의 일부이다.

이와 같은 1920년대의 한국시의 이미저리 경향을 시작품 ⓒ의 그것과 대비할 때, 그 차이점은 두드러진다. '一月의 大氣는/透明한 「프리즘」', '나의 가슴을 막는/햇볕은 七色의 「테―프」', '漢江은 全然 손을 댄 일이 없는/生生한 한 幅의 原稿紙' 등은 시각적 이미지로서 표현대상을 구상화하여 선명하게 표현하고 있을 뿐만이 아니라, 현대 감각의 중요한 일 요소인 속도감마저 표현함으로서 경쾌한 리듬감을 주고 있는 점에서 시작품 ⓙ의 이미지들과는 성질상 구분되고 있다. 1930년대의 한국 모더니즘의 이와 같은 유형의 이미저리는 이미 위의 Ⅳ장에서 구체적으로 밝힌 바와 같이 참신성과 현대성을 느끼게 한다는 면에서 1920년대의 그것보다는 향상되어 있을 뿐만이 아니라, 한국시의 표현기교의 일면을 새로이 개척해서 변모를 가져오도록 했으며 동시에 그것을 현대시적 영역으로 발전케 했다는 점에서 모더니스트들의 큰 업적의 하나라고 할 수 있다.

그런데 이와 같은 업적에도 불구하고, 당시의 모더니스트들은 이미지즘적 방법에 의한 감각적 이미저리 특히 시각적 이미저리의 개발이라는 시적 기법에만 전념한 나머지 그것에 걸맞는 이미저리의 내면적 깊이를 발굴하지 못하고 있었다. 다시 말하면 다양하면서도 함축적인 의미를 담은 이미저리를 창조하지 못했다는 의미이다. 이러한 결과는 1930년대 한국의 모더니스트들이 시의 표현 기교면에서 1920년대의 그것에 비하여 한 단계 향상시키긴 했지만, 이미저리의 광대한 영역으로 입문하는 정도의 수준에 머물고 마는 결과를 초래하게 되었다. 이것은 앞에서 지적한 바 있는 시적 어법의 한계점과 더불어 그들이 극복했어야 할 또다른 한계점이 되고 있다. 그렇지만 이러한 시적 이미저리에 의한 의도적인 기법은 한국 현대시의 표현기교의 기점의 하나로서 마땅히 긍정되어야 할 것이다.

이 외에도 시의 형태면에서 몇 가지의 새로운 시도가 있었다. 풍자적·기지적·역설적·자조적 등과 같은 표현을 시도함으로써 시적 성공을 거두고 있는 점이다. 이러한 표현은 현대시의 한 특징으로서 한국시의 현대성을 촉진시킨 요소이기도 하다. 그런가 하면 시의 형식면에서 장시가 한국의 시사상 처음으로 시도되기도 했다. 이미 널리 알려진 바와 같이 金起林의 『氣象圖』가 이에 해당된다. 이 작품은 「世界의 아츰」 32행, 「市民行列」 35행, 「颱風의 起寢時間」 61행, 「자최」 110행, 「病든 風景」 40행, 「올배미의 呪文」 79행, 「쇠바퀴의 노래」 62행 등 총 7개의 소제목과 419행으로 구성되어 있다. 그리고 이와 함께 연작으로 된 시의 형식도 새로운 것으로 취급되어야 하지 않을까 생각한다. 李箱의 「烏瞰圖」라는 제목하에 쓰여진 「詩第一號」부터 「詩第十五號」까지, 「紙碑」라는 제목하의 「紙碑一」부터 「紙碑三」까지, 「三次角設計圖」라는 제목하의 「線에關한覺書1」부터 「線에關한覺書7」까지 등은 바로 그러한 예이다.

이와 같은 1930년대의 한국 모더니즘 시에서 시도된 제 특징들은 그것들이 지니는 많은 한계점에도 불구하고 1920년대 한국시의 제 특징들과는 구분되는 것으로서, 한국 시의 변화와 또 그것을 현대시적 차원으로까지 끌어올리는 원동력 구실을 했다. 뿐만이 아니라, 이와 같은 시의 제 특징들에 의해서 한국 시는 비로소 현대성을 획득할 수 있게 되었고, 나아가 현금의 한국 현대시에서도 구사되고 있는 것으로서의 그 모체가 되고 있다.

(2) 시적 사상면에서의 공과

1930년대의 한국 모더니즘 시에 나타났던 시적 사상은 그 표현 형태의 혁신에 비해서 그렇게 두드러진 편은 아니다. 이 점은 위의 Ⅳ장에서 이미 밝힌 바 있다. 그러나, 그것이 한국시에 끼친 업적은 결코 무시할 수 없는 것이다. 그것은 첫째 1920년대의 한국시에 나타난 시대상황의 참담함을 감상적으로 표현한 데 대하여 새로운 가치의식의 추구와 그것을 지적 표현으로 변모시켰다는 점, 둘째 현대 문명에 최초로 관심을 표명했다는 점, 셋째 내면의식 세계에의 추구를 최초로 시도했다는 점 등에서 나타난다.

1920년대의 한국시에 나타난 시적 사상은 현실적 좌절에서 오는 절망과 비애였고 그 표현은 감상적 서정으로 일관하고 있었다. 앞 절의 시작품 ㉠에서 표현된 밤의 이미지, 신령의 이미지 등은 이러한 일면을 대변하고 있다. 2련의 첫 행 '낮에도 밤 − 밤에도 밤'이라는 표현은 현실의 암담함을 비유한 표현이고 신령의 이미지는 한국의 전통 속에서 면면히 내려오고 있는 구원자로서의 의미보다는 방향감각마저 상실한 절망의식으로서 표현되고 있다. 이러한 경향은 吳相淳의 「아시아의 마지막 밤 風景」에서의 밤에 대한 찬미, 李相和의 「나의 寢室로」에서의 침실−죽음의 폐쇄적인 공간−이미지, 朴英熙의 「月光으로 짠 病室」에서의 병실−

아픈 마음을 쉬게 하라는 폐쇄된 공간－이미지, 朴鍾和의 「密室로 돌아가다」에서의 밀실－명부와 연결되는 폐쇄된 공간-이미지 등 당시의 시작품에서는 한 유형을 형성하고 있었다. 이와 같은 이미지들은 시에서 하강구조를 이루는 것으로서, 낮에 대한 밤, 태양에 대한 달, 아침에 대한 석양, 탄생에 대한 죽음, 성장에 대한 조락, 희망에 대한 절망 등의 의미를 지니게 된다. 그리고 이것의 공통점은 감상성으로 나타나고 있었다. 이와 같은 시의 하강 구조를 이루는 이미지로서 표현되는 시적 정서는 절망과 비애가 그 주조를 이루고 있었고, 절망과 비애로서 표현된 시적 사상은 당시의 시대 상황에서 오는 참담한 현실 인식으로서 이루어져 있었다.

위와 같은 1920년대 시적 사상은 1930년대 모더니즘 시에서는 변모되어 나타난다. 앞 절의 시작품 ⓒ에서 표현되고 있는 시적 사상은 그것을 예증해 주고 있다. 그것은 우선 표현 대상의 선택과 그것의 표현에서 나타난다. 겨울철 중에서 스케이팅을 선택하고 있는 점과 그것을 밤 대신 낮의 공간으로 변화시켜 선명하고 경쾌하게 표현하고 있는 점 등이 바로 그것이다. 이러한 표현 속에서 우리는 金起林의 시적 사상을 예상할 수 있게 된다. 이러한 경향은 「太陽의 風俗」과 「氣象圖」에서 보여주고 있는 바와 같이 태양의식을 수용하고 그것을 의도적으로 추구하여 표현하고 있는 데에서 보다 구체적으로 나타나고 있다.

金光均의 경우는 이와는 좀 다른 면에서 1920년대의 시적 사상과는 구분되는 면을 보여준다. 그것은 이미 위의 Ⅳ장에서의 「瓦斯燈」 분석에서 보인 바와 같이, 시적 정서는 1920년대의 것과 비슷한 비애감과 절망감인데도 그것들의 표현이 다르다는 면에서 찾아진다. 그것은 우선 1920년대의 것이 감정 위주의 감상적인 표현이었다면, 「瓦斯燈」에서는 그것을 이미지화하여 지적으로 처리하고 있다는 점이다. 그리고 비애감과 절망감의 원인이 현실인식이라는 공통점을 지니고 있는데도 현대성을 띤 지성적이라는 점에서 그 차이점이 나타난다. 「瓦斯燈」에서는 현대적인 지성인으로서는 감당할 수조차 없는 처절한 고독을 표현하고 있다. 다시 말하면 그것은 안내역인 가스등조차 방향감각을 상실한 지성인에게 제구실을 하지 못하는 데서 오는 고독인 것이다.

한국시에서 현대 문명에 관심을 표명한 경우는 1930년대 한국 모더니즘 시 이전에는 거의 찾아 볼 수가 없다. 현대적 특성이 자아와 현대 문명과의 상호관계에서 나타나는 것이라면, 한국의 모더니즘 시는 그러한 일면을 대상으로 하여 표현하고 있었던 것이다. 위의 시작품 ⓒ은 그러한 경향을 예증해 보여준다. 이 작품은 과학 문명의 혜택의 하나인 속도감을 표현하고 있다. 스케이팅이라고 하는 제목 자체와 용언의 어미를 생략함으로써 시작품 자체를 속도감의 대체물로 다루고 있는 점, 11련의 "나의발바닥밑의/太陽의느림을 비웃는 두칼날"과 12련의 둘째 행 "전혀 奔放한 한速度의 騎士다" 등에서 표현하고 있는 직접적인 속도감의 예찬 등은 바로 그러한 예이다.

현대 문명에 대한 金起林의 관심은 그의 장시 『氣象圖』에서 보다 구체화된다. 「世界의아츰」에서는 아침의 정경과 배·열차·비행기 등의 교통 수단을 통해 이별하는 일상적인 삶의 모습, 「市民行列」에서는 백인들, 파시스트, 아메리카인, 파리의 남편들, 동양의 안해들, 실업자, 교도들, 무명 전사 등의 부정적인 생활상에 대한 표현, 「颱風의起寢時間」에서는 태풍이 이는 단초적인 상황, 괴테의 파우스트에 대한 비판, 태풍을 알리는 전파에 대한 속도감 있는 표현과 우기와 현금을 통한 현대인에 대한 역설적인 비판, 「자최」에서는 중국의 운명과 만국 공원의 슬픈 꿈, 태풍의 영향, 교회의 위선, 도서관에 대한 비판 특히 소크라테스와 헤겔 및 교수 등에 대한 조소, 조계선, 화류가, 거리 등에 미친 태풍의 영향, 「病든 風景」에서는 그대로 태풍이 휩쓸고 간 폐허의 모습, 「올배미의 呪文」에서는 태풍에 의한 폐허 속에서 인간의 삶에 대한 회의적인 자세로 파헤친 가치전도적인 조락의 모습, 「쇠배퀴의노래」에서는 태풍이 지나간 뒤 태양과 더불어 기획하는 구원적인 모습 등을 표현하고 있다. 이와 같은 표현은 한마디로 요약할 때, 태풍 이미지를 전쟁상황으로 설정하고 그에 따른 1930년대 문명의 한계와 그 위기를 경고한 것이라 할 수 있다.

金起林은 현대문명에 관심을 표명하고 그것을 심혈을 기우려 장시로 형상화 하긴 했지만, 실제 시작품상에 나타난 것은 위에서 본 바와 같이 1930년대의 한 시점을 중심으로 당시의 시민들의 생활상과 그것을 통한 문명에 대한 비판—괴테의 파우스트, 소크라테스, 헤겔, 지성인의 대표라고 할 수 있는 교수 등에 국한되고 있음—을 본질적인 것이 아닌 현상적인 것—그것도 제한적으로—만을 선정하여 파노라마식으로 나열하고 있는 정도이다. 여기에서 우리는 그가 의도한 바와 실재 시도한 결과와의 차이점을 보게 된다. 그리고 시적 사상은 발레리(P. Valéry)가 정서의 사상화가 아니라, 사상의 정서화라고 주장한 관점에서 볼 때, 金起林의『氣象圖』는 사상의 정서화가 이루어지지 못한 작품이라고 할 수 있다. 다시 말하면, 표현하고자 하는 의도가 앞선 나머지, 그것이 시작품으로서 원숙하게 형상화되지 못함으로써 생경한 작품으로 남고 말았다는 의미이다. 이와 같은 점들은 한국시에 현대 문명이라고 하는 문제를 제기함으로써, 현대시적 분위기를 조성하는데 그치고 만 그의 시의 한계점이기도 하다.

내면의식의 표현은 한국 모더니즘 시의 또하나의 최초의 시도라고 할 수 있다. 李箱의 시작품의 대부분은 이를 예증해 주고 있다. 李箱의 시작품 이전까지의 한국시는 의식 세계만을 대상으로 하여 표현되고 있었다. 이러한 상황 속에서 李箱은 일본에서 실험된 서구의 쉬르 리얼리즘(surrealism)의 경향을 도입하여 내면의식의 작품화를 시도한 것이다. 그것은 제도와 관습으로부터 해방하려고 했고, 그것으로부터 해방되지 못함으로써 또 불안해야 했던 내면의식, 자아분열에서 오는 내면적인 자아와 현실적인 자아 사이에 뛰어넘을 수 없는 한계가 있음을 확인하고 그것을 통하여 추구되는 원죄의식 등이다. 그가 다양하게 시도한 시의 표현 형태와 더불어 이와 같은 시작품에서의 내면의식의 시도는 한국시에 하나의 혁명을 일으키는 요소가 되었다. 그것은 첫째 한국시에 자아에 대한 성찰이라고 하는 문제를 최초로 제기했다 점, 둘째 10년전에 서구에서 시도된 초현실주의라고 하는 시의 경향을 한국에서 최초로 실험함으로써 한국시의 현대화를 급성장시켰다는 점, 셋째 한국시의 영역을 의식세계로부터 내면의식의 세계로까지 확대시켰다는 점 등에서이다.

2. 시사적 의의

갑오경장 이후, 한국시의 성장, 변모의 단계에서 1930년대는 하나의 획기적인 분수령이 되고 있다. 그것은 1930년대가 시문학파와 더불어 모더니스트들의 시에 대한 자각과 반성을 토대로 한 1920년대의 시와 구분되는 새로운 시의 출발기였다는 점에서다. 그 중에서도 모더니즘 시운동은 한국의 시사상 현대시에로의 전환점이다는 점에서 더욱 그렇다.

1930년대의 한국 모더니즘 시는 유파나 동인의 형태로서가 아니라, 범문단적인 성격으로 출발되어 하나의 경향을 이루기에 이르렀다. 따라서 이러한 경향은 1920년대 동인지 중심의 시의 경향과는 다른 1930년대에 나타난 새로운 시의 경향 모두를 총 망라한다. 여기에는 모더니즘 시의 필요성과 방법을 의도적으로 주장, 실천한 이론가 겸 시인인 金起林, 이미지즘 경향의 선구자역을 담당했던 鄭芝溶, 이 경향의 성실한 실천자였던 金光均 등의 시와 이 경향의 배경구실을 하였던 崔載瑞와 李敭河 등의 문학이론이 포함된다. 이들의 공통점은 영·미의 이미지즘의 이론과 그 시의 강령으로 수렴된다. 그리고 이러한 이미지즘적 경향과는 성격이 다른 李箱을 주축으로 하는 미래파적, 다다이즘적, 초현실주의적 경향의 시도도 포함되고 있는 것이다.

그런데 지금까지의 문학사에서는 이 두 경향, 즉 이미지즘의 경향과 李箱의 경향을 각각 분리하여 취급함으로써 한국 모더니즘이 지니는 제반의 시사적 의의를 종합적인 관점이 아닌 부분적으로 파악하여 기술하고 있다. 바꾸어 말하면 한국의 모더니즘은 곧 이미지즘(주지주의)적 경향의 대명사처럼 기술되어졌다는 의미다. 이와 같은 점은 그 주창자의 의도, 당시의 시단의 상황, 서구의 모더니즘의 개념을 고려할 때 재고되어야 할 성질의 것이다. 그것은 곧 1930년대의 한국 시단에서의 새로운 것으로서 20세기적 성격을 띠는 경향은 모두 포함시켜야 한다는 의미다.

이러한 종합적인 관점과 앞에서 고찰한 1930년대의 한국 모더니즘의 제특성을 토대로 했을 때, 그 시사적 의의는 여러 가지 각도에서 논의될 수 있을 것이다. 여기에서는 특히 모더니즘 시 이론의 개진방법면, 시의 형태면, 시적 사상면을 중심으로 고찰하고자 한다.

이론 개진의 방법면에서의 특이성은 한국 문학사에서 최초로 변증법적인 방법이 시도되었다는 점이다. 한국에서의 문학활동이 서구의 영향 하에서 비롯된지 20여 년이 지난 1930년대까지만 해도 새로운 문학이론의 개진은 대부분 일방적으로 서구의 문예이론의 모방 내지는 추종에 의해서 이루어졌다. 따라서 한국문학은 일정한 방향조차 가늠하지 못한 채, 방향감각을 상실한 표류선처럼 혼란을 거듭하게 되었다. 이러한 상황 가운데서 한국 시가 나름대로의 방향을 설정, 실천케 되었던 것은 1930년대 金起林의 모더니즘 시 이론의 주창에서 비롯되고 있었다. 金起林은 1920년대의 한국시의 특성을 "感傷的 浪漫主義와 偏內容主義"라고 비판하고 그 대안으로서 서구의 문예이론을 근거로 하여 "주지적인 시, 조화로운 시"라는 새로운 시 이론을 제시하였다. 그리고 그는 이러한 새로운 시의 이론을 구체화시켜 主唱하였을 뿐만 아니라, 이러한 이론에 입각하여 의도적인 시작활동을 전개하였다. 이와 같은 점은 새로움을 추구하는 방법상의 문제로서 한국시가 방향을 잡도록 하고 그 목표를 설정하여 실천할 수 있도록 했던 최초의 시도라는 점에 그 의의가 있다고 할 수 있다. 여기에서 비로소 한국 현대시의 키가 마련되었고, 또 그로 인한 방향조정이 가능했다고 할 수 있다.

시의 형태면에서는 이미 앞장에서 밝힌 바와 같이 여러 가지 새로운 시도가 이루어졌었다. 가령 모더니스트들의 운율 중심의 청각시에 대한

이미지 중심의 회화시, 李箱이 시도한 미래파적, 다다이즘적 기법과 초현
실주의의 자동기술법의 실험과 그 전개 등은 그 대표적인 것이라 할 수
있다. 이와 같은 시도는 단조로웠던 1920년대의 시의 형태를 한국 시사상
최초로 개혁, 다양화시켰다는 데 그 의의가 있다고 할 수 있다. 이 개혁
은 서구의 20세기의 시에 구사되었던 형태적 특성을 한국시에 최초로 적
용, 실험함으로써 한국시의 형태면의 해로운 가능성을 보여주었고, 이것
을 통해서 한국시를 현대시적 차원으로 끌어 올렸다는 데 그 중요성이
있다.

　시적 사상면에서도 이미 앞장에서 밝힌 바와 같이 다양한 특성과 시도
가 나타나 있었다. 한국시사상 문명에 대한 적극적인 비판과 내면의식에
대한 최초의 탐구 등은 그 가운데에서도 현저한 것이다. 이것은 1920년대
의 감정 중심의 시적 사상에 대비시켰을 때, 한껏 새로운 것으로서 한국
시의 의식의 저변과 내면 공간으로까지 시적 사상의 영역을 확대시켰다
는 점과 동시에 그것들의 새로운 가능성을 보여주었을 뿐 아니라, 시의
형태면과 더불어 한국시의 체질과 그 구조를 개선, 변화시켰고 이것을
통해서 한국시의 현대시에로의 전환을 이룩케 했다는 점에 그 의의가 있
다고 할 수 있다.

　이와 같은 시사적 의의는 또한 1930년대의 한국 모더니즘 시가 한국시
단에 끼친 영향의 정도를 입증해주고 있을 뿐 아니라, 앞으로 한국에서
전개될 모더니즘 시의 발상 시점으로서의 구실은 물론 한국 모더니즘 시
의 전통의 초석이자 모체로서의 위상을 확립하고 있음을 단적으로 보여
주는 것이라 할 수 있다.

VI. 맺는말

　1930년대의 한국 모더니즘 시 및 그 경향은 한국 시문학사상 중요한

위치를 점하고 있다. 그런데도 지금까지 종합적으로 고찰된 바가 없었기 때문에 부분적으로 밖에는 이해되지 않고 있다. 한국 시문학의 풍토가 전통적인 한국시의 경향만으로써는 그 유지가 벅차다는 현실을 감안할 때, 모더니즘 시에 대한 종합적인 고찰은 시급한 과제 중 하나였다. 그 이유는 지속적으로 밀려들어와 일방적인 영향을 행사하고 있는 외국문학권에서 탈피하여 한국적 문학전통으로서의 모더니즘 시의 정착과 바람직한 성장을 위한 기틀을 마련하기 위해서다. 이를 성취시키기 위해서는 1930년대의 한국 모더니즘에 대한 총체적인 고찰 속에서 작품의 가치와 그 한계가 분석, 평가되어야 한다. 이와 같은 관점에서 필자는 연체비평의 방법을 전제로 하고, 그 일환으로서 분석비평의 방법을 적용하여 1930년대의 한국 모더니즘 시를 중심으로 그 개념과 전개, 이론적 배경을 고찰하고, 시가 지니는 제특성과 그 공과를 분석하였으며, 그 시사적 의의를 규명하였다.

　개념의 고찰에서는 서구의 모더니즘 개념의 경향을 고찰, 요약하고 그것과 대비하여 한국의 모더니즘의 개념을 규명했는데, 그 특징으로서는 서구 모더니즘의 일부분 그 중에서도 몇몇의 경향이 이식, 실천되고 있었다는 점이 밝혀졌다. 그것은 이미지즘적, 미래파적, 다다이즘적, 초현실주의적 경향이다. 전개면에서는 지금까지의 협의적 개념으로서의 흐름을 지양하고, 서구 모더니즘의 개념에 준거하여 광의의 한국적 모더니즘의 개념을 규명했다. 그것은 이론면서의 金起林의 시론과　李敭河와 崔載瑞의 문학이론에 근거하여 실천한 영·미의 이미지즘적 경향(협의적 개념) 뿐만이 아니라, 이탈리아의 미래파적, 프랑스를 중심으로 한 다다이즘적, 초현실주의적 경향까지를 포함시킨(광의의 개념) 점이다. 이와 같은 결과는 협의의 모더니즘 시에 대한 견해, 즉 '모더니즘=이미지즘(주지주의)'과 같은 공식처럼 이해됨으로써 빚어졌던 경시풍조로서의 모방 내지는 유행 등 서구 모더니즘의 아류로 취급하여 왔던 경향과는 다른 면에서 그 중요성이 확인되었다. 그것은 한국 시문학사상 하나의 흐름을 형성하여 실천하고 있었다는 점과 한국 모더니즘 시의 터전의 구축이라는 점 등만이 아니라, 1930년대 이후 한국 모더니즘 시의 기원으로서 인정하지 않으면 안 될 필연성을 제시해주고 있는 점이라고 할 수 있다.

이론적 배경의 고찰에서는 한국 모더니즘의 시론 뿐 아니라, 문학 비평의 이론까지 비교적 진지하게 추구, 주장되고 있었다. 金起林의 현대적 시론과 특히 그 시론중 「客觀世界에대한詩의關係」에서의 '객관주의 시'라는 서구시의 이론마저를 포괄한 한국적 새로운 시의 방향을 설정하여 주장한 점과 崔載瑞의 흄(T. E. Hulme)과 엘리어트(T. S. Eliot)의 문학관과 시론의 도입, 리이드(H. Read)와 리처즈(I. A. Richards)의 심리학적 비평이론의 소개와 그의 독자적인 비평이론의 전개 그리고 李歇河의 「詩와 科學」의 번역(1931년 日譯), 문예가치론의 전개, 한국 현대시의 연구서설 등 그 이론적 배경을 고찰했다. 이 결과는 한국 모더니즘의 형성에 밑거름 구실을 하였다는 사실, 한국 현대문학사상에서 하나의 문학경향 내지는 운동을 중심으로 한 이론적 배경이 동시에 형성되어, 상호 유기적 관계를 맺음으로써 외국문학권에서 탈피할 수 있는 한국 문학의 풍토 개선을 위한 방법상의 한 시사라는 점에서 획기적인 사실이 아닐 수 없다.

모더니즘 시의 제특성의 고찰에서는 이미지즘적 특성과 미래파적, 초현실주의적 특성으로 분류하여 분석하였다.

먼저 이미지즘적 특성에서는 시의 형태적 요소가 되는 시적 어법, 시적 이미저리와 그 내용적 요소인 시적 사상 등으로 세분하여 1920년대의 시에서 나타난 것과 다른 가치와 특성 그리고 그 한계를 중심으로 분석하였다.

시적 어법에서의 특징은 주지적 어법과 감각적 어법 특히 시각적 어법이 구사되었다는 점과 기지적, 풍자적 어법이 동시에 활용되었다는 점이다. 그런가 하면 기능면에서의 함축적 어법이 소홀히 되었다는 점은 그 시적 사상과 더불어 한계점으로 드러나고 있었다.

시적 이미저리 면에서의 특징은 시각적 이미저리의 구사였다는 종래의 견해와는 달리, 다양한 이미저리의 유형이 발견되었다. 그 중에서도 특히 웰스(H. Wells)의 7개의 이미저리 유형 중에서 최고의 범주에 드는 개방적 이미저리와 루이스(C. D. Lewis)가 말한 시적 이미저리의 유형 등은 당시 한국 시에서의 기교면의 수준을 재측정 정리케 하였다.

시적 사상면에서의 특징은 시의 형태적 요소와 혁신에 비해서 그것에 부응될 수 있을 정도의 것이 되지 못하였다. 鄭芝溶은 일상 생활에서 얻어지는 체험을 정서화하였는데, 그것은 도시나 문명에 대한 체험이라는 점에서 1920년대의 그것과는 구분되는 특성이 드러났고, 金起林은 주지적 태도로써 문명에 대한 비판, 태양과 오전의 이미지로써 명랑성과 건강성의 회복 내지는 현대문명에 대한 구원의 이상을 표현하고 있었다. 그런데 문명에 대한 비판 정신과 구원의 이상 등의 일련의 사상적 경향이 충분히 형상화되지 못함으로써, 시적 사상의 객관적 상관물로 승화되지 못하였다. 이 점은 그러한 사상이 당시의 한국적 시대성에 비추어 관념적이었다는 점에 앞서는 문제점으로서 그의 한계점이 되고 있는 일면이기도 하다. 金光均의 시의 경우는 소시민의 도시적 체험과 비애가 시적 사상의 중심인 것처럼 여겨져 왔으나, 그의 작품에서 표현되고 있는 것은 오히려 당시 한국적 상황에서 지식인의 고뇌와 방향감각의 상실에서 오는 비애와 고독이었다는 점에서 보다 특징적이었다고 할 수 있다. 그런데 1920년대의 그것이 정감으로 처리된 데 비해서 지적으로 처리되었다는 점에서 구분되고 있다 할지라도 감상성에서 완전히 벗어나지 못했다는 점에 그의 시적 사상의 한계점이 있어 보인다.

모더니즘 시의 이미니즘적 특성으로서의 이와 같은 결과는 서구적 20세기의 모더니즘이 형태면에서 그 경향에 값하는 현대성을 한국시에 비로소 갖추게 함으로써, 당시까지 20세기에 존재하고 있으면서도 근대성에서 벗어나지 못한 이방지대적 한국시의 성격을 현대적 성격으로 변환시켜 주었고, 또 이것이 이후의 한국 현대시의 기교면의 원천이 되었다는 점에서 한국 모더니즘 시의 전통확립의 여건을 마련케 하고 있다. 그러나 시적 어법면과 시적 사상면에서의 한계점 즉 그들의 기교에 버금이 될 수 있는 언어의 함축성과 시적 사상의 내면적 깊이를 개발 내지는 발굴하지 못했다는 점은 이후 모더니즘의 후계자들의 몫으로서 지양, 해소되어야 할 요건이 되고 있다.

미래파적, 초현실주의적 특성은 李箱의 시를 대상으로 특이성1, 특이성2, 특이성3으로 세분하여 분석했다.

특이성1에서는 시적 어법에 관한 고찰이다. 여기에서 李箱은 일상언어의 붙여쓰기와 마침표, 쉼표 등 구두점을 사용하지 않고 한 문장으로 한 편의 작품을 쓴 점, 기호나 도형, 숫자, 수식 등을 삽입한 점, 그리고 호수가 다른 활자를 배열하여 시각적으로 구분 표기한 점 등 당시의 문법이나 문장쓰기의 관행을 파괴하는 대담한 실험을 감행하고 있었다. 이러한 그의 시적 어법은 시의 형태를 개혁했다는 점에서 종전의 다다이즘적, 초현실주의적인 것이라고 주장했었던 견해보다는 오히려 미래파적인 표현의 시도에 가까운 것이었다. 이것은 한국 모더니즘 시의 개념 및 경향에 대한 새로운 하나의 해석을 낳게 한 점이다.

특이성2에서는 시적 구조의 유형을 모색하는데 중점을 두었다. 시적 구조의 유형은 두 형태로 나타나 있었다. 하나는 일상어, 정확한 문장, 시적 형식으로 난해한 내면의식을 표현했던 형이고, 다른 하나는 일상어를 사용하긴 하되 자유연상의 자동기술적인 표기로 난해한 내면의식을 표현했던 형이다. 두 유형은 모두 궁극적으로, 이해를 위한 것이라기보다는 전달을 위한 것으로서 긴박감을 느끼게 하는 구조였다. 이것은 서구의 20세기적 현대시, 즉 다다이즘적, 초현실주의적 구조로서의 李箱 시의 새로운 본질적 일면이기도 했다.

특이성3에서는 시적 의식(시의 사상을 이루는 내면의식을 말함)을 대상으로 분석했다. 그의 시적 의식은 유형으로서는 자의식의 분열이 중심이 되어 있고, 그것의 성격으로서는 현실 대 자아와의 관계 즉 자아의 가까운 주변인 육친으로부터 성, 현실 등으로 확대되면서, 부정, 조소, 야유,

자조 등에 관계되는 내면의식과 원죄로부터의 역사의식에서 오는 불안, 그것이 해소되지 않음으로써 다시 분열을 초래하고 또 그것이 이제는 공포로까지 클로즈 엎되어 자아를 위협하는 등의 불안의식으로 심층화되어 있었다. 이러한 점은 종래의 견해 즉 의식 과잉, 자의식, 절망의식과는 구분되었고 또 초현실주의자의 잠재의식과도 그 추구방법에서 달랐다.

이와 같은 모더니즘 시의 미래파적, 초현실주의적 특성의 고찰 결과는 당시까지의 한국시는 물론 이미지즘적 시와도 다른 현대시적 특성을 한국시에 부여하고 있었다는 점, 서구의 20세기적 시의 한 경향을 한국시로서 표현, 실험함으로써 현대시화에의 가속화를 촉진시켰다는 점, 한국시의 형태면의 다양화와 내면공간의 확대라는 점에서 한국시의 새로운 장을 마련해준 것이라고 할 수 있다.

모더니즘 시의 공과와 그 시사적 의의에서는 1920년대의 시와 구분되는 시의 가치면에서, 앞 Ⅳ장에서 분석한 시의 특성을 중심으로 업적과 한계점을 지적하고, 시사적 의의를 밝힘으로써 모더니즘의 전통확립을 위한 기점과 한국 현대시에 나타나는 제특성에 대한 연원이 밝혀졌다.

이상으로 분석, 고찰한 결과를 종합할 때, 그 특성은 첫째 1930년대의 한국 모더니즘 시는 한국시의 전통에, 시대성에 맞는 현대적 특성을 부여함으로써 전통의 조정과 아울러 한국 모더니즘시의 기원이 되었다는 점이다. 둘째 서구의 20세기적 현대시의 제특성을 발판으로 하여 새로운 시도를 감행함으로써 한국시의 형태적 요소와 내면적 공간을 확대·개혁케 했다는 점이다. 셋째 이러한 특성이 1930년대 이후의 한국 현대시에 지속적으로 영향을 끼침으로써 전통시에 대한 한국적 문예사조의 한 흐름을 형성케 하는 모체가 되었다는 점이다. 이와 같은 점들은 서론에서 밝힌 바 있는 본 고찰의 의도인 한국적 모더니즘의 정립과 한국시 전통의 한 맥락을 형성케 하고, 나아가서 연원이 있는 한국적 모더니즘 시의 발전과 그 고찰을 가능케 하리라 믿는다.

끝으로 한국 모더니즘의 발생지가 서구이고, 또 日本을 경유하여 수입

된 것이기 때문에 이 삼자의 비교 고찰이 이루어져야만 한국 모더니즘의 실체를 파악하는 데 도움이 될 것이다. 본 고찰에서는 이 점을 아쉬워하면서도 그 영역이 다르기 때문에 논외로 했다. 앞으로 이 문제는 별도로 연구 보완할 예정이다.

제2부   1930년대 시문학 연구

I. 詩文學派 研究

- 시작품을 중심으로 -

1. 머리말

詩文學派가 1930년 한국 시단에 그들의 동인지 『詩文學』으로써 첫 선을 보인지 벌써 반세기가 지나고 있다. 그간 詩文學派에 대한 많은 연구와 논의는 지속되어 왔다. 그러나 그것들의 대부분이 詩文學派 개인이나 그들의 시작품을 대상으로 한 시인론과 작품론이거나 아니면, 문학사적인 관점에서 詩文學派의 일반적인 특성을 지적하고 있을 뿐, 한 유파로서의 詩文學派를 대상으로 한 비평적인 관점에서의 연구는 그렇게 많지 않다. 이러한 가운데서도 그 대표적인 경우는 金容稷의 「詩文學派 研究」가 있을 뿐이다. 그는 여기에서 詩文學派의 개념을 밝혔고 그들의 시작품이 지니는 현대시적 특성을 지적하고 있으며, 그들 개인의 영향관계까지를 고찰하고 있다. 이것은 종합적이고 본격적이라는 점에서 詩文學派에 대한 연구로서는 처음이 아닌가 생각된다. 그런데 그 반면에 정작 중요한 것으로 다루어졌어야 할 시작품의 분석면에서는 위에서 말한 현대시적 특성만을 지적하는데 그침으로써, 그들의 시작품이 지니는 종합적인 가치분석면에까지는 이르지 못한 감이 있다. 따라서 현금까지도 한 유파로서의 그들의 시작품에 대한 평가는 그들의 문학사적인 의의에 비해서 만족할 정도로 이루어지지 않고 있는 셈이다.

한 유파나 개인에 대한 문학 외적 연구도 중요하지만, 그러한 연구도 궁극적으로는 문학작품의 올바른 평가를 위한 것이라고 할 때, 무엇보다도 중요한 것은 그 작품에 대한 평가가 아닌가 생각한다. 詩文學派의 시작품이 지니고 있는 가치는 문학사적인 관점에서 밝히고 있는 '現代詩의 關門', '純粹文學 運動', '純粹詩의 自覺' 등만이 아니라,[1] 시적 기법이나 그 구조 등에서도 나타나고 있다. 이것은 당시의 시적 수준면에서도 현저한 일면이었을 뿐 아니라 한국 현대시의 고전적 일면 또는 한국 현대시를 성장할 수 있게 한 밑거름의 일면이었다. 이점이 시문학파 연구에서 간과될 때 시문학파는 물론 한국 현대시를 위해서도 불행한 일이 아닐 수 없다. 따라서 이와 같은 점은 앞으로의 詩文學派 연구에서 재고되어야 할 것이다.

詩文學派를 연구 대상으로 삼을 때, 우선 그들의 범위와 시작품의 한계가 밝혀져야 한다. 이러한 문제는 詩文學派를 어떻게 보느냐에 따라 달리 해석되어 왔고 또 달라질 수 있기 때문이다. 여기에서는 그들을 순수한 시전문 동인집단으로 보고 그들이 그들의 동인지인 『詩文學』지에 발표한 창작시만으로써 그 대상을 한정하고자 한다. 그 이유는 詩文學派가 그들의 동인지인 『詩文學』과 함께 시간성과 강한 동인의식을 보여주고 있고, 또 우리가 詩文學派라고 했을 때 그 중요성은 그들의 시에 대한 자각과 함께 주로 창작시에 주어지고 있기 때문이다.

본고에서는 먼저 『詩文學』지의 성격과 동인의 구성을 고찰하고자 한다. 이것은 본 연구의 영역을 확정하기 위한 작업이다. 그리고 이어서 이들의 시작품을 대상으로 시적 어법, 시적 이미저리, 시적 운율 등 시적 요소와 시적 구조로 나누어 분석적인 방법으로 그들이 지니는 가치와 특성을 고찰하고자 한다.

---

1) 白鐵, 『朝鮮新文學思潮史』 下卷, p.167에서는 '抒情詩運動'으로, 趙演鉉, 『韓國現代文學史』 p.48에서는 '純文學意識의 發展的 現代的 繼承'으로, 徐廷柱, 『韓國의 現代詩』, p.17에서는 '純粹詩의 自覺'으로, 趙芝薰, 『趙芝薰 全集』 3卷 文學篇, p.190에서는 '純文學運動의 深化'로 각각 그 특징을 지적하고 있다.

2. 『詩文學』지의 성격과 동인 구성

(1) 『詩文學』지의 성격

1929년에 발간하려고 하였던 『詩文學』은 1930년 3월 5일에 그 창간호가 40면으로 얇다랗게 발행되었다. 편집 겸 발행인은 朴龍喆이고, 발행소는 詩文學社이다. 창간호의 편집은 창작시 외에 번역시란을 설정하고 있다는 점에서 특이하다. 전반부에서는 창작시를, 후반부에서는 '外國詩集'이라는 명칭을 붙여 중국과 불란서, 독일 시인들의 작품을 번역한 번역시를 싣고 있다. 제2호는 1930년 5월 20일에 발행되었다. 면수는 48면이다. 편집 겸 발행인은 朴龍喆이고, 발행소는 詩文學社이다. 제2호의 발간은 제1호의 편집후기에서의 4월에 발행한다는 약속이 지켜지지 못한 채 일개월 늦어진 셈이다. 창간호와 마찬가지로 앞 부분에서는 창작시, 뒷 부분에서는 '外國詩集'이라는 명칭하에 번역시를 싣고 있다. 제3호는 1931년 10월 10일에 33면으로 발행되었다. 편집 겸 발행인은 朴龍喆이고, 발행소는 詩文學社에서 文藝月刊社로 바뀌고 있다. 제3호는 제1호의 편집후기에서 3호부터는 격월간으로 발행하겠다는 약속이 지켜지지 못한 채 제2호 발행 후 1년 5개월만에 발행되었다. 이러한 사정은 그들의 노력에도 불구하고 당시의 독자들의 시에 대한 관심도를 측정케 하고 있다. 여기에서도 창간호, 제2호와 마찬가지로 앞 부분에서는 창작시를, 뒷 부분에서는 '外國詩集'이라는 명칭하에 번역시를 싣고 있다. 그리고 끝에 「詩人의 말」이라는 글을 게재하고 있다. 편집후기에서는 제3호의 발행이 늦어진 변명과 격월간제를 연 4회(3, 6, 9, 12월)의 계간제로 변경한다는 예고, 美의 追求라는 그들의 목표, 동인중에서 異河潤과 朴龍喆 양인의 편집으로 11월부터 『文藝月刊』이라는 문예종합지를 발간한다는 내용 등이 실려 있다.

이상과 같은 『詩文學』지의 성격은 첫째 순수 시동인지라고 하는 점,

둘째 언어에 대한 자각과 미의 추구라는 점, 셋째 발행 계획과 실제 발간에 관한 점, 넷째 『文藝月刊』과 『文學』과의 관계 등으로 나누어 생각할 수 있다.

첫째, 詩文學지는 순수 시동인지다. 이것은 다른 동인지와는 달리 시작품만을 싣고 있다는 점에서이다. 창간호의 편집후기에서는 시론, 시조, 외국시인의 소개 등을 다룬다고 했음에도 불구하고 3호를 통해서 제3호의 「詩人의 말」이라는 글 이외에는 모두가 창작시와 번역시만을 싣고 있다. 이것은 다른 동인지와 구분되는 시문학지만의 특성이다.

둘째, 詩文學지가 의도한 점은 시적 언어에 대한 자각과 미의 추구이다. 창간호의 편집 후기에서 문학과 언어와의 관계 그리고 언어에 대한 자각을 통한 시문학의 본질적인 문제를 제기하고 있다. 이것은 언어에 관심을 표명했다는 점에서 현대 문학적인 성격의 일 분야이기도 하다. 그리고, 제3호의 편집후기에서 밝히고 있는 "우리의 감각에 녀릿녀릿한 깃븜을 이르키게하는 刺戟을 傳하는美, 우리의 心懷에 빈틈업시 폭 드러안기는 感傷, 우리가 이러한 詩를追求하는것은 現代에잇서 힌거품 몰려와 부듸치는 바회우의古城에 서잇는 感이 잇슴니다. 우리는 조용히 거러이나라를 차저볼가 함니다."라는 美의 追求에 대한 관심의 표명은 그들의 순서시적 경향을 짐작케 하는 요소라고 할 수 있다.

셋째, 詩文學지의 편집 겸 발행인인 朴龍喆에 의하면 '1929년에 발행할려고 계획했는데 제반 여건이 여의치 못하여 1930년에 발간하였다'고 하는데, 바로 이 점으로, 델리킷한 성격을 보여준다. 그것은 1929년이냐 1930년이냐 하는 점은 시간적으로는 1년 차이지만, 한국 시문학사의 현대적인 성격을 규명하는데 중요한 요건일 뿐만이 아니라, 문학사 기술의 연대 구분과 관계되는 것이기 때문이다. 더구나 한국 시문학의 경우, 1920년대 후반에 현대적인 성격이 싹트고 있었다는 사실을 감안할 때, 이 문제는 결코 소홀하게 지나칠 성질의 것이 아니라고 생각한다.

넷째, 『文藝月刊』, 『文學』 등과의 관계에서 나타나는 『詩文學』의 성격 문제이다. 이들 잡지의 편집 겸 발행인이 朴龍喆이었다는 점에서 『詩文學』의 자매지처럼 여겨 그 성격을 흐리게 하는가 하면, 海外文學派들과 관련지어 시문학파를 해석하는 경향이 그간의 문학사에서 나타나고 있었다. 그러나 詩文學派를 규정할 때에는 이들 잡지 및 잡지에 기고한 문학인들과는 구분해야 하지 않을까 생각한다. 이러한 점은 위의 첫째, 둘째의 성격을 중심으로 할 때 분명해진다.

(2) 동인 구성

『詩文學』의 동인은 창간 멤버와 추천 멤버로 구성된다. 창간호의 구성원은 金永郎, 鄭芝溶, 異河潤, 朴龍喆, 鄭寅普 등이다. 그런데 편집후기에서 "여러가지 어긋짐으로 樹州의 詩를 못시름은 遺憾이나 次號를 기약한다."라고 밝힌 바에 의하면 卞榮魯도 창간호의 구성원이었던 것 같다. 창작시는 金允植의 작품 13편, 鄭芝溶의 작품 4편, 異河潤의 작품 2편, 朴龍喆의 작품 5편 등이고 '外國詩集'란의 번역시는 鄭寅普역인 중국시가 1편, 異河潤역인 불란서 시 2편, 朴龍喆역인 독일시 2편 등이다. 동인중에서 유독 鄭寅普만은 창작시를 발표하지 않고 번역시만을 발표하고 있다. 제2호에 추천 시인으로 金炫鳩가 등장한다. 그리고 발표된 창작시는 鄭芝溶의 작품 7편, 창간호의 편집후기에서 유감표명으로 되었던 卞榮魯의 작품 1편, 金允植의 작품 9편, 朴龍喆의 작품 4편 그리고 추천된 金炫鳩의 작품 4편 등이다. 外國詩集란에는 鄭寅普 역인 古歌辭 二篇, 鄭芝溶 역인 영국의 윌렴·블레잌의 詩篇, 永郎 역인 영국의 예一ㅌ스의 詩篇, 異河潤역인 불란서의 알베一르·사맹 詩篇, 龍兒 역인 독일의 하인리히·하이네 詩篇 등이 실려있다. 제3호에는 許保와 辛夕汀이 추천 시인으로 등장한다. 발표된 창작시는 朴龍喆의 작품 7편, 金炫鳩의 작품 4편, 鄭芝溶의 작품 4편, 金永郎의 작품 7편, 추천된 許保의 작품 2편, 辛夕汀의 작품 1편 등이다. '外國詩集'란에는 異河潤 역인 쟈르와 구一르몽의 작품, 朴龍喆 역인 하이네 詩 十篇 등이 실려있다.

이상을 통해서 볼 때,『詩文學』의 동인은 창간 동인인 鄭芝溶, 金永郞, 異河潤, 朴龍喆, 鄭寅普, 卞榮魯 등과 추천 동인인 金炫鳩, 許保, 辛夕汀 등 도합 9명이다. 이들 동인의 성격은 다양하게 나타나고 있다. 첫째 기성과 신인들의 결합이라는 점이다. 鄭芝溶, 異河潤, 鄭寅普, 卞榮魯 등은 이미 1920년대에 작품을 발표한 기성들이고 金永郞, 朴龍喆, 金炫鳩, 許保 등은 처음으로 작품을 발표한 신인들이다. 그리고 辛夕汀은 등단은 되지 않았으되, 이미 1920년대 중반부터 작품을 발표하고 있었던 기성이다. 둘째 이들의 시의 경향은 金永郞, 朴龍喆, 異河潤, 金炫鳩, 辛夕汀 등의 운율 중심의 서정시적 경향과 鄭芝溶의 감각시와 許保의 문법을 무시한 이어쓰기로 된 관념시 등의 경향으로 나누어진다. 셋째는 창간호의 창작시인들(鄭寅普를 제외한) 모두가 외국 시작품의 번역에 참가하고 있다는 점이다. 이것은 여러 가지 점에서 시사하는 바가 크다. 그것은 우선 창작 시인들의 시적 능력을 과시한 것이라는 점과 이를 통한 독자들의 호응을 기대했다는 점, 외국시를 통한 한국시의 형식과 운율면에 대한 실험과 이를 통한 한국시의 수준을 높이려고 했다는 점 등이다. 그리고 이들의 공통점은 1920년대의 것과 다른 새로운 경향 즉 순수시적 경향과 현대시적 경향을 선보이며 실천했다는 점이라고 할 수 있다.

3. 시에 나타난 제특성

(1) 시적 어법(poetic diction)

한국에서 최초로 시의 언어에 관심을 표명하고 실천한 것은 詩文學派에서부터였다.『詩文學』지 창간호의 후기 가운데의

   한민족의 言語가 발달의 어느 정도에 이르면 口語로서의 존재에 만족하지

아니하고 文學의 형태를 요구한다. 그리고 그 文學의 成立은 그 民族의 言語를
完成시키는 길이다.[2]

와 같은 문학과 관련시켜 표명하고 있는 언어에 대한 관심은 그 좋은
예가 된다. '詩는 觀念이 아니라 言語로 쓰여진다'와 같은 말라르메(S.
Mallarmé)의 언급이나, '詩란 말로 또 말 가운데서 이룩되는(durch das
Wort und in Wort) 건설이다'와 같은 하이데거(M. Heidegger)의 언급[3]을 빌
릴 필요도 없이 이것은 당시 한국 시단에 있어서는 시는 언어의 예술이
라는 점을 자각한 획기적인 일이라고 할 수 있다. 이와 같은 이들의 표명
은 속에는 두 가지의 중요한 점이 있다. 하나는 언어를 통한 문학의 형태
에로의 접근이고, 다른 하나는 그러한 문학의 형태를 만족시킬 수 있는
언어에 관한 것이다. 이러한 점들은 그들의 시작품 속에 구체적으로 나
타나 있다. 그것은 심미적인 구조로서의 형태이고 '상상적이고 열렬한 시
의 본질을 표현하는 시적 언어(poetic word)이다.[4]

이와 같은 시적 언어의 구사, 즉 시적 어법(poetic diction)은 그들의 시
작품에서 다양하게 나타나고 있다.

> 내마음의 어뒨듯 한편에 끗업는 강물이 흐르내
> 도처오르는 아츰날빗이 빤질한 은결을 도도내
>   가슴엔듯 눈엔듯 또피ㅅ줄엔듯
>   마음이 도른도른 숨어있는곳
> 내마음의 어뒨듯 한편에 끗업는 강물이 흐르내
>   ─ 金永郎「동백닙에 빗나는 마음」전문

---

2) 『詩文學』, 창간호, p.39.
3) 全光珍 譯, 『하이데거의 詩論과 詩文』, p.20.
4) Alex Preminger, ed., *Princeton Encyclopedia of Poetry and Poetics*, p.628.
   "…while to others poetic diction means the specifically poetic words and phrases which
   express the imaginative and impassioned nature of poetry."

이 작품은 마음 속에 일고 있는 무형적인 정서의 한 가닥을 숲을 이루고 있는 동백나무들의 잎에서 반사되는 아침 햇빛으로 형상화하고 있다. 이의 효과를 위해서 시적 화자는 몇 개의 어휘를 준비하고 있다. 그 핵심적인 역할을 하고 있는 것은 2행의 '도처오르는'과 '짠질한 은결' 그리고 '도도내' 등의 어휘들과 4행의 '도른도른'이라는 의성어이다. '도처오르는'이라는 관형어는 조어로서 '문득 뛰어 오르는'의 의미를 지닌다. 다시 말하면, 점진적인 상태로서가 아니라, '튕겨 오르는'의 의미로서 아침 빛의 새로움을 강조하는 표현이다. 그리고 이것은 그 뒤에 온 '짠질한'이라는 관형어의 미감을 충족시키기 위한 장치가 된다. '짠질한'의 의미는 '반짝반짝 빛남의 결'로서 그 뒤의 은결과 자연스럽게 호응한다. 조어인 '도도내'는 평면적인 것이 아니라, 입체적인 표현으로서 동백잎에 비쳐 반사되는 빛의 폭을 나타내고 있다. 그리고 '마음이 도른도른 숨어있는곳'에서의 의성어 '도른도른'의 기능이 또 특이하다. 그것은 시각적인 상황에 청각적인 요소를 배합함으로써 표현 대상을 감각화시키고 있는 점이다. 이것은 그 행의 단조로움에 변화를 주어 아늑하고 화해로운 분위기를 느끼게 하고 있다. 이러한 어휘들의 특성은 시각적이고 함축적이다. 그리고 그 기능은 표현 대상의 적확성 뿐만이 아니라, 작품 전체의 심미감을 돋구게 하는 효과를 나타내고 있다. 이와 같은 시적 어법의 양상-감각적이고, 심미적이고, 함축적인-은 詩文學派 시인들의 시작품에서 두루 나타난다. 물론 이것들은 개별적이기도 하지만 둘 혹은 셋의 어휘들이 융합된 상태로 나타나는 경우도 많다.

　감각적인 언어구사와 표현도 퍽 다양하다. 시각, 후각, 미각, 촉각적인 것 등이 곧 그것이다.

　　　어둑한 골목골목에 수심은 쩟다 가란것다.

　　　　　　　　　　　　　　　　　　　　　　- 金永郎 「除夜」의 일절

　　빠알간 산ㅅ새색기가 물네ㅅ북 드나들듯
　　　　　　　　　　　　　－ 鄭芝溶 「일은봄아츰」의 일절

　　은ㅅ빛 아지랑이 깨어흐른 머언 산ㅅ둘레
　　　　　　　　　　　　　－ 金炫鳩 「님이어 강물이 몹시도 퍼럿습니다」의 일절

　　안개가치 물어린 눈에도 비최나니
　　　　　　　　　　　　　－ 朴龍喆 「떠나가는 배」의 일절

　　위의 인용에서 볼 수 있는 '쩟다 가란젓다', '물네ㅅ북 드나들 듯', '은ㅅ
빛 아지랑이 깨어흐른', '안개가치' 등의 표현은 모두 시각적인 것들로서
그들의 시작품 속에서 가장 많이 구사되고 있는 것들이다. 특히 '수심은
쩟다 가란젓다'는 수심이라고 하는 관념을 시각적으로 표현하고 있다는
점에서 현대적인 감각의 소산이 아닌가 본다.

　　수박냄새 품어오는 저녁 물ㅅ바람
　　오랑쥬 껍질 씹는 젊은 나그네의 시름
　　　　　　　　　　　　　－ 鄭芝溶 「京都鴨川」의 일절

등은 후각적이고 미각적인 것들이다. '물ㅅ바람' 속에서 '수박냄새'를 맡고
있는가 하면 '시름'을 '오랑쥬 껍질 씹는' 맛 즉 미각으로 표현하고 있다.

　　불피여오르듯하는 술
　　　　　　　　　　　　　－ 鄭芝溶 「저녁 햇살」의 일절

　　오리 모가지는
　　湖水를 감는다.
　　오리 모가지는
　　작고 간지러워
　　　　　　　　　　　　　－ 鄭芝溶 「湖水」의 일절

등은 시각적인 면과 촉각적인 면 등이 결합되어진 표현이다. 술기운이
몸에 퍼지는 감촉을 '불피어오르듯'으로 표현하고 있고 호면을 감는 듯한
오리 모가지의 움직이는 동작을 '간지러워'라는 촉각으로 표현하고 있다.
이와 같은 감각적인 언어구사와 그 표현은 표현대상들을 보다 적실하게
그리고 참신하게 전달해 주는 구실을 하고 있다. 이러한 점은 1920년대의
청각위주의 시적 어법과는 구분되는 것으로서 詩文學派들의 언어 구사
의 한 특성이기도 하다.

　심미적인 언어구사와 그 표현은 위의 감각적인 표현에서도 나타나고
있는 바와 같이, 감각적인 면과 융합되어 있는 경우가 대부분이다. 가령
'쌴질한 은결을 도도내'에서의 '쌴질한'의 미감과 '불타오르듯하는 술'에
서의 '불타오르듯'이 주는 촉감 등은 시각과 융합된 것들로서 심미감을
돋구고 있다.

　　　椿나무꽃 피배튼듯 붉게 타고

　　　　　　　　　　　　　　　　　　　　　－ 鄭芝溶 「紅椿」의 일절

에서의 '피배튼듯'이라는 시각적인 표현은 진한 색채감과 함께 관능적인
느낌마저를 주고 있다. 그런가 하면,

　　　한숨쉬면 써질듯한 조매로운 꿈길이여

　　　　　　　　　　　　　　　　　　　－ 金永郎 「님두고 가는길」의 일절

에서는 섬세한 미감을 느낄 수가 있다. '조매로운'이라는 단어는 '조마조
마하다'의 방언인 '조매조매하다'의 관형어로서 그 앞의 '한숨쉬면 써질듯
한'에서 느끼는 섬세함을 한층 더 심화시켜주고 있다.

　　　오—매 단풍 들것내

　　　　　　　　　　　　　　　　　　－ 金永郎 「누이의 마음아 나를 보아라」의 일절

에서 감탄적으로 쓰인 '어머니'의 방언인 '오—매'도 남도적인 향토색을 짙게 풍겨주면서 동시에 투박하면서도 구수한 미감을 느끼게 하고 있다. 이상과 같은 순수한 미적 표현은 의도적인 시도로서 그들의 시의 방향의 일면을 시사하고 있는 점이기도 하다.

  함축적인 언어구사와 그 표현은 감각적인 면이나 심미적인 면과는 대조적으로 의도적인 면이나 또는 실제 작품면에서 그렇게 많이 활용되지 않고 있다. 그러한 가운데서도 몇 개의 우수한 용례가 있다. 다음은 그러한 것들의 대표적인 예들이다.

> 히부얀 조이등불 수집은 거름거리
> 샘물 정히 써붓는 안쓰러운 마음결
>
> — 金永郎 「除夜」의 일절

에서의 '안쓰러운'은 '안슬프다'의 방언인 '안스(쓰)럽다'의 관형형이다. '안슬프다'의 사전적인 뜻은 '자기보다 약한 사람에게 도움을 받거나 폐를 끼치어 매우 미안하고 딱하다'이다. 사전적인 이 뜻 자체가 모호하긴 한데, 하여튼 이러한 뜻으로 '안쓰러운'에 접근했을 때, 그 문맥적인 의미는 선명하질 않다. 그 이유는 곧 이어서 정월 초하루 새벽에 정화수를 떠붓는 여인네의 마음이 왜 안쓰러워야 하느냐라는 의문이 따르기 때문이다. 이것은 통념으로서는 이해가 되지 않는다. 여기에는 '안쓰러운'이라는 단어가 함축하고 있는 시적 의미의 보충이 있어야 한다. 그것은 「除夜」라고 하는 작품이 간직하고 있는 의미 즉 섣달 그믐밤 자정까지 지켜보아도 이룩되지 않는 소망과 또 이루어지지 않을지도 모른다는 것을 오랜 경험을 통해서 알고 있으면서도 그렇다고 해서 그 소망을 차마 버릴 수도 없어 다시금 정월 초하루 첫새벽에 정화수를 떠붓는 젊은 여인네의 정성어린 마음결을 표현한 것이다. 그리고 이 안쓰러운 마음결은 젊은 여인네의 마음결만이 아니라, 그의 어머니, 할머니 나아가서 한국 여인네 모두의 마음결이기도 한 것이다. 이러한 의미를 보충했을 때 비로소 '안쓰러운'이라는 관형어가 함축하고 있는 의미를 이해할 수 있게 된다.

　　누리는 지금 빗나는서름에 저지워잇다.

　　　　　　　　　　　　　　　　　　　　　　－ 金炫鳩「寂滅」의 일절

에서의 '빗나는 서름'은 그 뜻이 상반되는 두 어휘를 연결해 놓은 것으로
서 그 사전적인 의미만으로서는 이해하기 어려운 그 무엇이 있다. 원 시
작품에서 표현하고 있는 '누리의 아름다운 모든 것 그빗난목숨 짧아야/
서러워하는사람 마음속에 기리 산다고'와 같은 행들이 그 의미의 방향을
밝히고 있듯이 그것은 '모든 아름다운 목숨은 짧아야 그것을 서러워하는
사람의 마음 속에서는 오래 간직된다'는 의미를 함축하고 있는 표현이다.
이와 같은 함축적인 표현은 시작품의 내적 깊이를 이루는 중요한 구실을
한다. 그런데도, 신시 이후 詩文學派에 이르기까지 몇 사람의 시인을 제
외하고는 이러한 면에 관심을 기울인 시인은 거의 없는 형편이다.

　詩文學派의 시작품에서 나타나고 있는 시적 어법은 이상에서 본 바와 같
이 감각적, 심미적, 함축적인 표현을 통해서 다양하게 구사되고 있음을 볼
수 있다. 이러한 그들의 시적 어법은 의도적인 것으로서, 표현하고자 하는
대상을 보다 的實하게 느껴지도록 했다는 점에서 성과를 거두었다고 할 수
있다. 그런가 하면 그것은 한국 시문학사상 1920년대의 서술적이고 청각적
인 어법에 비해서 시적 표현방법의 새로운 시도이었다는 점과 또 그것이
현대시적 성격을 띠고 있었다는 점에서 그 의의가 있다고 할 수 있다.

(2) 시적 이미지들(poetic images)

　한국시에 있어서 의식적으로 시적 이미저리에 관심을 표명한 시작태
도를 흔히 모더니스트들에게서 찾는다. 그러나 시적 이미저리에 대한 의
식이 그들보다 강하지는 않았다 할지라도 그 구사는 그 이전의 시작품에

서도 나타나고 있었다. 그것은 1925년 전후의 李章熙의 시작품에서 찾아
볼 수 있다. 그의 작품 「봄은 고양이로다」와 「夏日小景」에서 구사되고
있는 감각적 이미지는 그 좋은 예다. 그 후 1930년대에 접어들면서 언어
에 대한 자각과 함께 시적 이미저리를 시작품에 구사한 시인들은 詩文學
派였다. 그들의 시적 이미저리는 모더니스트들처럼 시각적인 이미저리에
만 전념한 것이 아니라 앞 절에서 살핀 그들의 시적 어법에서처럼 다양
하게 구사되고 있었다.

> 돌담에 소색이는 햇발가치
> 풀아래 우슴짓는 샘물가치
> 내마음 고요히 고흔봄 길우에
> 오날하로 하날을 우러르고십다.
>
> 새악시볼에 떠오는 붓그럼가치
> 詩의가슴을 살프시 젖는 물결가치
> 보드레한 에메랄드 얄게 흐르는
> 실비단 하날을 바라보고십다.
>
> — 金永郎 「내마음 고요히 고흔봄길우에」 전문

위 시작품의 시적 대상은 '하늘을 바라 보고싶은 마음'이다. 다시 말하
면 마음과 하늘과의 관계이다. 이 둘의 관계는 마음에서 하늘로 향하는
상승적 소망으로 맺어지고 있다. 이러한 시적 대상은 직유(simile)와 은유
(metaphor)의 방법을 사용하여 나타나는 이미저리의 조직으로 표현되고
있다. '고흔봄'을 배경으로 한 내 마음은 네 개의 직유로 표현되고 있는
이미지들로 구체적으로 형상화되고 있다. 그것들은 '햇발', '샘물', '붓그
럼', '물결' 등이다. 이 네 이미지들은 또 그 앞의 관형어구와 결합됨으로
써 형태, 성질 등의 세분화가 이루어지면서 표현의도를 섬세하게 그려내
고 있다. '햇발'은 관형어인 '소색이는'과 어울려 공감각적 이미지를 형성
하면서 속삭이는 듯한 다사한 체온을 느끼게 하고 있으며, '샘물'은 '풀아

래 우숩짓는'이라는 관형구를 동반하여 마음의 청신하고 명랑한 생동감
을 시각화하고 있다. '붓그럼'은 '새악시볼에 떠오르는'이라는 관형구의 수
식을 받음으로써 새악시 볼에 피는 홍조를 암시하고 있다. 이것은 시각
성을 전제로 한 이미지로서 대상적인 사랑을 의식하기 시작하는 심리적
인 한 자각증상의 표현이다. '물결'은 그 앞의 관형구와 결합되어 내면에
서 일고 있는 심미적인 시적 생명감을 표현하고 있는 공감각적인 이미지
를 형성하고 있다. 그리고 '하날'은 은유에 의해서 형성되는 이미지인 '실
비단 하날'의 '실비단'으로 표현되고 있다. 이 '실비단'은 시각적인 이미지
로서 다시 그 앞의 '보드레한 에메랄드 얇게 흐르는'이라는 관형구의 수
식을 받아 봄하늘의 원색에 접근되고 있는 섬세함과 심미감을 보여주고
있다. 이와 같은 시작품에서의 핵심적인 구실을 하고 있는 마음과 하늘
은 마음에서 하늘로 향하는 상승구조를 통해서 유기적인 통일을 이루게
된다. 이와 같은 시적 이미지는

　　詩的 이미지는, 그것의 文脈 속에서 약간의 人間 情緖의 차분한 어조를 가진,
　어느 정도의 隱喩的인 言語를 사용한 다소간의 感覺的 繪畵이다. 그러나 그것
　은 역시 독자에게 특수한 詩的 情緖와 熱情을 가득 채우고 풀어 놓은 것이다.[5]

와 같은 성질을 보여주고 있다.
　이와 같은 시적 이미지, 그 중에서도 특히 시각적인 이미지는 그들의
시작품 도처에서 찾아볼 수 있다. 앞 절에서 이미 인용한 '강물', '은결'의
이미지를 비롯하여 '어둑한 골목골목에 수심음 멫다 가란젓다'와 '한숨쉬
면 꺼질듯한 조매로운 꿈길이여'등은 金永郎의 시작품에 보이는 그러한
시적 이미지들의 일부다. 그 외에도

---

5) Cecil Day Lewis, *The Poetic Image*, p.22.
　"…the poetic image is more or less sensuos picture in words, to some degree
　metaphorical, with an undernote of some human emotion in it's context, but also charged
　with and releasing into the reader a special poetic emotion or passion…"

골잭이마다 발에 익은 뫼ㅅ부리모양
주름살도 눈에 익은 아—사랑하든 사람들.
                              — 朴龍喆 「떠나가는 배」의 일절

물결이 자개처럼 반자기든 날
                                   — 辛夕汀 「선물」의 일절

네 눈은 高慢스런 黑단초
                                  — 鄭芝溶 「저녁햇살」의 일절

고래가 이제 橫斷 한 뒤
海峽이 天幕처럼 퍼덕이오.
                                — 鄭芝溶 「바다1」의 일절

등에서 볼 수 있는 '뫼ㅅ부리모양', '자개', '黑단초', '天幕' 등과 같은 그들
의 시각적 이미지의 구사는 수없이 많다. 이와 같은 시각적 이미지의 유
형 외에도 청각적, 후각적, 미각적, 촉각적 이미지의 시도가 있다.

오? 비가 이리 쏠쏠쏠 나리는 날은
                              — 金永郞 「뷘포케트에 손찌르고」의 일절

새벽 잠ㅅ결에 언듯 들리여
내 무건머리 선듯 싯기우느니
黃金소반에 구슬이 굴렀다
오 그립고 향미론 소리야
                              — 金永郞 「시냇ㅅ물소리」의 일절

그끄제 밤에 늬가 참버리쳐럼 닝닝거리고 간 뒤로—
                              — 鄭芝溶 「벗나무열매」의 일절

등은 청각적인 유형의 이미지들의 구사를 보인 시작들이다. '쏠쏠쏠'은

의성어로서의 빗소리의 표현이고 '黃金소반에 구슬이 굴렀다'는 시각적
인 것에 청각적인 요소를 배치함으로써 미감을 돋구는 이미지로 승화시
킨 표현이다. 그리고 '참버리처럼 닝닝거리고'도 시각과 청각을 겸한 표
현이다.

> 수박냄새 품어오는 저녁 물ㅅ바람
> 오랑쥬 껍질 씹는 젊은 나그네의 시름
>
> — 鄭芝溶 「京都鴨川」의 일절

은 시적 어법에서도 살펴 본 바와 같이 후각적이고 미각적인 표현이다.
'수박냄새 품어오는 저녁 물ㅅ바람'에서의 '수박냄새'는 물ㅅ바람 속에 스
며있는 물냄새를 후각적으로 표현한 이미지이고 '오랑쥬 껍질 씹는 젊은
나그내의 시름'에서의 '오랑쥬 껍질 씹는'은 미각으로서 나그네의 시름을
표현한 이미지다. 그리고,

> 뻘은 가슴을 훤이 벗고
> 개풀 수지버 고개수기네
> 한낮에 배란놈이 저가슴 만젓고나
> 뻘건 맨발로는 나도 작고 간지럽고나
>
> — 金永郎 「뻘은 가슴을 훤이 벗고」 전문

> 透明한 녯생각, 새론 시름의 무지개여
> 金붕어처럼 어린 녀릿 녀릿한 늣김이여
>
> — 鄭芝溶 「石榴」의 일절

등은 촉각적인 이미지들의 예다. '한낮에 배란놈이 저가슴 만젓고나'는
배가 바닷가에 정박하는 상태를 의인화하여 촉각적인 이미지로 표현했
고, '뻘건 맨발로는 나도 작고 간지럽고나'라는 행은 '뻘'을 맨발로 밟는
촉각이라고 할 수도 있겠으나, 그보다는 '뻘'을 의인화한 상태에서 '저가

슴'과 관련을 맺고 있는 표현으로서의 촉각적인 이미지라고 할 수 있다. 그리고 '金붕어처럼 어린 녀릿 녀릿한 느낌이여'에서의 '녀릿 녀릿한'은 앞 행의 '透明한 녯생각'과 관련을 맺고 있는 촉각적인 이미지다.

이상과 같은 그들의 시적 이미지들 즉 시각적인 것을 중심으로 하여 청각, 후각, 미각, 촉각적인 것 등은 이미지 형성 단계로 볼 때, 바실라르 (G. Bachelard)가 말한 4단계 중 제일단계에 속하는 가장 초보적인 유형이 다.6) 이러한 유형은 이미 위에서 고찰한 바와 같이 표현대상에 보다 접근하여 그것들을 감각화함으로써 절실하게 표현하거나, 아니면 장식적 (decorative)으로 활용되는 이상의 기능을 발휘하지 못하고 있다. 따라서 자연 이러한 이미지들은 시의 내적인 깊이를 심화시키는 데는 크게 기여하지 못하는 결과를 초래하기 마련이다. 그러나 위에서 살핀 것과 같은 그들의 의도적인 시도는 한국 현대시의 표현 방법의 변화를 가져오게 함으로써 시적 표현의 새로운 면을 개척해 주고 있을 뿐만 아니라, 1920년대의 청각적인 운율 중심의 구사로부터 감각적인 이미저리 구사로 변환시킴으로써 시의 질적인 변화는 물론 한국시에 현대시적 성격을 부여해주었다는 점에서 그 의의는 크다고 아니할 수 없다.

(3) 시적 운율

詩文學派는 시작품에서의 운율에 대해서도 앞 절에서 살핀 시적 어법이나 시적 이미저리 못지 않게 의도적인 적극성을 보이고 있다. 그들이 구사하고 있는 시작품에서의 운율은 크게 네 유형으로 구분된다. 첫째는 음수율일고, 둘째는 음보율이고, 셋째는 음수율과 음보율에 대한 부정형이고, 넷째는 압운이다.

---

6) 郭光秀 · 김현, 『바슐라르 研究』, p.51.
"餘價作用의 第一段階 : 이미지의 표상적인 요소가 대상의 감각적인 요소에 의해 결정된다는 한 餘家作用은 그의 첫 活動에 있어서 이미지가 표상하는 대상의 感覺的 性質을 <誇張>하는 것으로 나타난다."

음수율은 1920년대의 대표적인 3·3조, 4·4조와 7·5조 등을 계승하여 변형한 3·3조, 4·4조와 그 변형, 3·4·5조(7·5조)와 그 변형 등이 중심을 이루고 있다.

음보율은 음보중심의 율격으로서 여러 가지의 형태가 있다. 그것은 3음보와 4음보, 5음보 그리고 3음보의 결합 내지는 혼합으로 이루어지고 있는 것 등인데 그 가운데서도 3음보와 4음보가 중심을 이루고 있다.

> 저녁째 저녁째 외로운마음
> 붓잡지 못하야 거러다님을
> 누구라 부러주신 바람이기로
> 눈물을 눈물을 쎄아서가오
>
> ─ 金永郎 「四行小曲」 중 1편

위의 시작품은 3·3·5조의 음수율과 1행 3음보, 4행 1련으로 짜여진 단련시다. 여기에서 주목되는 것은 문법적으로 응당 띄어 써져야 할 단어들이 붙여 쓰여지고 있는 점이다. 아마도 이것은 음보중심의 리듬을 위한 의도적인 배려가 아닌가 생각한다. 이러한 형태는 그들의 의도적인 시도로서 상당수의 작품에서 나타나고 있다.

> 님두시고 가는길의 애끈한 마음이여
> 한숨쉬면 써질듯한 조매로운 꿈길이여
> 이밤은 캄캄한 어느뉘 시골인가
> 이슬가치 고인눈물 손쯔트로 쌔치나니
>
> ─ 金永郎 「四行小曲」 중 1편

한 음보 4음절, 한 행 4음보, 4행 단련으로 구성된 이 작품은 4음절, 4음보, 4행이라고 하는 정형성을 보여 주고 있다. 이와 같은 4음보의 율격은 金永郎의 대표적인 음보율로서 시의 정형률 추구의 일환책으로 시도되어진 것이라고 할 수 있다. 여기에서 우리는 그의 음보율에 대한 의도

를 찾을 수 있게 된다. 그리고,

> 하날에 쇠북소리 맑고 향기롭게 굴니여가듯
> 비닭이 하얀털에 도글도글 밋글리는 저녁해ㅅ빛
>
> — 金炫鳩「寂滅」의 일절

는 5음보의 율격으로 구성되어 있다. 이 5음보의 율격은 한국시에서는 그렇게 흔하지 않는 것으로서 전혀 새로운 것이라고 해도 과언은 아닐 것이다. 그런가 하면 한 편의 시작품에서 3음보의 율격과 4음보의 율격이 혼합되어 있는 경우도 있다.

> 푸른 향물 흘러버린 어덕우에
> 내마음 하루살이 나래로다
> 보실 보실 가을눈이 나래를 치며
> 허공의 소색임을 드르라한다.
>
> — 金永郞「四行小曲」중 1편

는 4음보와 3음보의 혼합으로 되어 있는 예다. 이러한 형태로는 3음보와 4음보의 결합, 4음보와 3음보의 결합으로 된 것도 있다. 시문학파의 이와 같은 음보율에 대한 적극적인 시도는 운율면에서 빈약함을 면치 못하고 있는 한국시의 입장에서 볼 때, 운율면의 새로운 한 영역을 열어 주었다는 점에서 의의가 있는 것이라고 할 수 있다.

　부정형은 위의 음수율과 음보율에 대한 부정으로서 다시 두 형태로 구분된다. 하나는 해체의 형태이고, 다른 하나는 띄어쓰기를 무시한 붙여쓰기의 형태이다.

> 담배 도 못피우는, 수닭 가튼, 머언 사랑을
> 홀로 피우며 가노니, 늬긋 늬긋 흔들 흔들 니면서.
>
> — 鄭芝溶「船醉」의 일절

는 음수율이나 음보율에 대한 해체의 형태이다. 조사뿐만이 아니라 어미
까지도 띄어 씀으로써 정형율에 대한 부정 내지는 혁신처럼 느끼게 하고
있다. 이와 같은 형태는 그의 다른 작품에서도 시도되고 있는 것으로서
그들의 정형율에 대한 추구와 함께 자유율에 대한 강한 관심의 표명이라
고 할 수 있다.

> 치운겨울이다그어오는데
> 새봄을깨끗히마즈려는생각에
> 모든입을떠러버린나무
> 天空을우르러默禱를 올립니다.
>
> ― 許保「닙떠러진나무」의 일절

는 위에서 본 해체의 형태와는 대조를 이루고 있는 것으로서 띄어쓰기를
무시함으로써 문법적인 관례를 깨뜨리고 있는 것일 뿐만 아니라, 시의
정형률을 타파한 혁신적인 형태이다. 이러한 혁신적인 시도에는 그 의미
내용이 병행되어야 한다. 서구의 현대시에서 볼 수 있는 형식의 타파도
대부분이 그 의미 내용과 밀접한 관련하에서 비롯된 하나의 필연적인 결
과였다. 그런데 이 경우는 그렇지 못한 것 같다. 다시 말하면 형식의 혁
신에 따른 내용의 혁신이 이루어지지 않은 상태라는 의미다. 이와 같은
각 단어와 조사와 어미까지를 띄어 쓴 해체의 표현이나 또 이와 반대로
띄어쓰기를 전혀 무시하고 붙여쓰기를 한 표현 등은 그것들의 성공여부
는 고사하고라도, 종전까지의 시의 정형율에서 벗어나서 새로운 시형식
을 모색하려고 한 점과 시의 형식면에서 한국시에 현대시적 성격을 부여
했다는 점에서 그 의의가 있다고 할 수 있다.

  압운은 이전 1920년대의 시작품에서도 나타나고 있었지만, 역시 詩文
學派에 이르러서 의도적으로 실천되었다고 할 수 있다. 그들의 시작품에
서 고찰할 수 있는 압운은 각운을 중심으로 이루어지고 있으며 그 양상
은 동일음 배열의 형태로 나타나고 있다.

온전한 어둠가운데 사라져 버리는
　한낮 촛불이여.
이눈보라 속에 그대보내고 도라서 오는
　나의 가슴이여
쓰린듯 부인듯 한데 뿌리는 눈은
　드러 안겨서.
발마다 밋그러지기 쉬운 거름은
　자최 남겨서.
머지도 안은아피 그저 아득 하여라.
　　　　　　　－ 朴龍喆「밤기차에 그대를 보내고」의 1련

에서의 1행과 3행의 '는', 2행과 4행의 '여', 5행과 7행의 '은' 그리고 6행과
8행의 '서' 등은 격행 동일음 배열의 각운으로서 그 대표적인 예의 하나
라고 할 수 있다. 여기에서는 음보 중심으로 시행을 배열하고(1행 4음보,
3행 5음보, 5행 5음보, 7행 4음보, 9행 5음보로서 1행, 3행과 5행, 7행이 대
칭을 이루는 음보율을 갖추고 있음), 거기에 각각 의도한 운을 달고 잇는
세심함과 또 거기에서 나타나는 시의 형식미를 보여 주고 있다. 이와 같
은 시도는 각운의 운과 위치 배열은 약간씩 다르지만 朴龍喆의 여러 작
품에서 나타나고 있다. 이러한 그들의 시적 운율도 앞에서 살핀 그들의
음수율이나 음보율과 함께 정형률에 대한 강한 관심의 표명이라는 점과
한국 현대시의 정형적인 형식에 대한 모색 내지는 집념의 한 표현이라는
점에서 그 의의는 크다고 생각한다.
　지금까지 여기에서는 詩文學派의 시작품에서의 시적 운율면에 나타나
는 새롭거나 특이한 것들을 중심으로 고찰해 왔다. 그것들은 크게 두 양
상으로 구분되어 나타나고 있다. 하나는 정형률의 모색 내지는 추구이고,
다른 하나는 그것에 대한 부정 내지는 혁신이다. 이와 같은 양면성은 다
같이 실험적인 성격을 띄고 있긴 하지만, 운율면에서 새로운 면을 제공
해 줌으로써 한국시의 형식면에 세련미와 현대성을 부여했다는 점에서
그 중요성이 있다.

(4) 시적 구조

앞에서 시적 어법, 시적 이미저리, 시적 운율 등에 대해서 고찰했다. 이 것들은 모두 시적 구조를 위한 요소들이다. 이러한 요소들이 한 편의 시 작품의 구조 속에서 얼마만큼 유기적으로 조직되느냐에 따라 그 작품의 가치도 달라진다. 우리는 詩文學派의 시작품들에서 유기적으로 조직된 시적 구조를 발견하게 된다.

> 제운밤 촛불이 쩌르르 녹어버린다.
> 못견디게 묵어운 어느별이 쩌러지는가
>
> 어둑한 골목골목에 수심은 쩟다 가란것다.
> 제운맘 이한밤이 모질기도 하온가
>
> 히부얀 조이등불 수집은 거름거리
> 샘물 정히 쩌붓는 안쓰러운 마음결
>
> 한해라 기리운정을 못고 싸어 흰그릇에
> 그대는 이밤이라 맑으라 비사이다.
>
> — 金永郎 「除夜」 전문

이 작품은 4련 8행 4음보격으로 구성된 자유시다. 이 작품이 표현하고 있는 것은 표면적으로는 섣달 그믐밤에 한국의 시골에서 볼 수 있는 풍경이지만, 내면적으로는 한국 여인들이 오랜 동안 지녀왔던 전통적인 정서의 일면이다. 이 작품은 이 정서를 초점으로 하여 시적 제요소들의 유기적인 조직을 통해서 하나의 시적 구조를 이루고 있다.

1련에서의 '별'은 시골 여인들이 마음 속에 고이 간직하고 무엇인가가 이루어지기만을 남모르게 바라던 소망의 상징이다. '못견듸게 묵어운'은 인간의 의지가 그 한계를 초월한 어떤 힘의 작용에 의해서 꺾여버리게 되는 상태이고 '떠러지는가'라는 의문형 동사는 소망의 상징이었던 별에 대한 기대와 그 기대가 허물어지는 것에 대한 안타까움을 함축하고 있다. 따라서 1련은 촛불이 찌르르 녹아버리는 제운밤의 이슥한 시각에 보람도 없이 사라져버리는 그 간절했던 소망의 별에 대한 안타까움과 원망을 표현하고 있다.

2련의 '제운밤'은 1련의 상황하에서 섣달 그믐밤을 보내게 되는 마음이다. 1행은 수심을 '쎗다 가란젓다'로 시각화함으로써 어둑한 골목의 정황을 절실하게 그려내고 있으며 2행의 '이한밤'은 1년이라는 시간의 누적이자 한 해의 마지막 밤인 점을 강조하고 있고, '모질기도 하온가'는 허탈과 원망과 새해에 대한 기대를 함축하고 있다. 특히 '하온가'는 앞 연의 '떠러지는가'와 대응을 이루면서 의미의 여운을 보이고 있다. 2련은 섣달 그믐밤을 보내는 심적 상태, 즉 유일한 마음 속의 소망마저 사라져 버린 속에서의 한 해를 보내는 마지막 모질김을 표현하고 있다.

3련의 '안쓰러운 마음결'은 1련과 2련의 의미를 절실하게 의식하면서도, 그 소망들이 이루어지리라는 것을 믿으며 다시 새로운 마음으로 기원하는 관습처럼 내려온 여인네들의 마음가짐에 대한 표현이다. '수집은'은 젊은 여인의 섬세함을 표현하고 있는가 하면 '안쓰러운'을 더욱 절실하게 느껴지도록 꾸미는 구실을 하고 있다. 이러한 3련은 한국의 오랜 전통과 접맥되는 여인들의 한스러우면서도 깨끗하고 아름다운 마음결을 섬세하게 그려내고 있다.

4련은 3련의 정화수를 떠붓는 그 마음결의 구체적인 대상, 즉 기리운 정들이 다같이 맑아지도록 비는 조촐하면서도 소박한 소망을 표현하고 있다. 4련의 이러한 정서는 1년이라는 시간의 폭을 가지면서 다시 1련의 결과로 이어진다.

이상과 같은 분석을 통해서 볼 때, 이 작품의 핵심어구는 3련의 '안쓰러운 마음결'이다. 1련과 2련 그리고 4련은 3련의 이 '안쓰러운 마음결'을 초점으로 조직 통일되고 있다. 이 '안쓰러운 마음결', 그 중에서도 '안쓰러운' 이라는 관형어는 1련에서 사라져버린 소망, 그로 인해서 모질게 느껴지는 제운밤에 대한 2련의 제운맘 등을 의식하고 있고, 또 그 소망이 언제 어떻게 이루어지라는 보장이 없는데도 그것을 위해서 다시 온 정성을 다하여 정화수를 떠붓고, 거기에 4련에서의 기리운 정을 모아 기원하는 그런 마음의 상태에 대한 표현이다. 이것은 1년, 2년의 세월이 아닌 한 여인의 일생 동안 아니 이미 그 조상 때부터의 소망으로서, 이루어질 리가 없는데도 그렇게 함으로써 어쩌면 이루어질지도 모른다는 기대 속에서 살아가는 한국 여인들의 소박하면서도 정성어린 마음의 상태와 접맥되고 있다. 이와 같이 분석되는 이 작품의 구조는 섣달 그믐밤을 배경으로 한 1년이라고 하는 시간을 함축한 圓形構造로서 각 연의 유기적인 조직을 통해서 형상화됨으로써 시적 감동을 주고 있다.

이와 같은 시에 대한 의식은 다른 작품에서도 나타나고 있다.

> 내마음의 어딧된 한편에 끗업는 강물이 흐르네
> 도처오르는 아츰날빗이 쌘질한 은결을 도도네
> 가슴엔 듯 눈엔 듯 또피ㅅ줄엔 듯
> 마음이 도른도른 숨어잇는곳
> 내마음의 어딘 듯 한편에 끗업는 강물이 흐르내
>   — 金永郎 「동백닙에 빗나는 마음」 전문

앞에서 인용한 이 작품은 5행 단련으로 구성된 자유시다. 1행은 마음 속에서 흐르고 있는 정서를 강물로 비유하고, 2행은 강물의 흐르는 상태를 동백잎에서 아침 햇빛에 의해 반사되고 있는 빛의 물결로써 표현하고 있다. 흐르는 강물의 모습을 짙은 쪽빛의 동백잎에 돋아 오르는 아침의 햇빛이 비쳐 빤짝빤짝 반사되는 빛의 결로서 표현하고 있는 점은 그 비유의 과정이나 정서의 시각화라는 면에서 뛰어난 일면이 아닐 수 없다. 3행과 4행은 마음의 상태와 있는 곳을 구상화하고 있고, 5행은 다시 1행의 반복으로서 3·4행과 서로 상보하면서 마음 한 편에서 흐르는 강물의 유

유함을 그리고 있다. 이와 같은 이 작품의 구조는 비유, 열거, 반복 등의 기법과 시각적인 표현 등을 유기적으로 조직하여 전체적으로 통일시킨 圓形構造로서 끝없이 흐르는 강물과 조화시키고 있다. 이러한 원형구조는 마음 속에서 일렁이고 있는 정서를 객관적이 상관물, 즉 동백잎에서 반사되는 빛의 결과 조화를 이루어 하나의 원을 형성함으로써 끊임없이 마음 속에서 일렁이고 있는 정서의 표현이라는 시적 효과를 보여주고 있다.

이상과 같은 그들 특히 金永郎의 시작품에서 볼 수 있는 시적 구조는 시적 제요소를 유기적으로 조직하여 내적 정서의와 융합, 조화시켜 시적 통일을 이룩하고 있다는 점에서 1920년대의 한국시에서 볼 수 있는 내적 정서의 분출을 극복하고 있고 시의 질적 수준을 높이고 있을 뿐만 아니라, 시적 표현의 본질적인 면에 대한 탐구의 일면을 보여줌으로써 그 가치와 의의를 지니고 있다고 하겠다. 그러나 그들이 표현 기교에만 너무 집착한 나머지 시작품으로서의 무게를 저울질한다고 해도 과언이 아닌 시의 함축적인 내면의 깊이를 보여주지 못한 점은 애석한 일면인 동시에 그들의 시적 한계점으로 남게 된다.

4. 맺는말

이상으로 『詩文學』지의 성격과 동인 구성 그리고 詩文學派의 시작품에 나타나는 시적 제요소, 그 중에서도 특히 시적 어법, 시적 이미지들, 시적 운율 등과 함께 시적 구조를 분석, 고찰했다.

『詩文學』지의 성격은 다른 동인지와는 달리 시작품 즉 창작시와 번역시의 한 장르만으로 엮어졌다는 점과 '外國詩集'란을 설정하여 창작 시인들이 번역을 담당하였다는 점이 특징적인 것으로 나타나고 있다. 구성원들은 창간 동인 6명과 추천 동인 3명 도합 9명이었고, 이들의 성격은 다양했다. 그리고, 이들은 운율 중심의 서정시적 경향과 감각시와 이어쓰기

214 1930년대 한국 시문학 연구

로 된 관념시 경향으로 순수시적이고 현대시적 성격의 시를 쓰고 있었다.

시적 어법은 시각을 중심으로 한 청각, 후각, 미각, 촉각 등 다각적인 감각어의 구사와 적절한 조어와 방언을 사용하여 표현대상을 보다 적확하게 섬세하게 심미적으로 그려내는데 성공하고 있다. 시적 이미지들은 감각적인 이미저리, 그 중에서도 특히 시각적인 이미저리의 구사를 통해서 그들의 시작품에 참신성과 현대성을 부여하였고 또 이것은 한국시에 새로운 영역을 개척해 보여주고 있는 면이기도 하다. 시적 운율은 각종 운율에 대한 다각적인 실험을 보여주고 있는데, 특히 음보율 중심의 구사와 의도적인 압운에 대한 시도는 그들의 정형율에 대한 지대한 관심과 시형의 정형성을 보여주고 있는 반면에, 종전의 정형적인 운율에 대한 파괴 내지는 부정적인 시도는 운율의 또 다른 성격의 일면, 즉 시의 현대적 성격에로의 접근을 시사해 주고 있다. 시의 구조는 시적 제요소의 유기적인 결합을 통해서 한 편의 시작품을 통일, 조화시키고 있는 점에서 시적 차원을 한층 높여주는 일면을 보여주고 있다.

이상 그들의 시적 요소와 시적 구조를 통해서 나타나는 특징을 종합할 때, 첫째 시적 의식과 태도면에서 나타나는 특징으로서는 전통지향적이든 서구지향적이든 간에 다 같이 시의 본질에 대한 탐구로서의 적극적이고 의도적인 노력을 보여준 점이다. 이러한 점은 그 이전의 시인들에게서도 없었던 바는 아니지만, 시 전반에 대한 한 유파로서의 이러한 시도는 詩文學派의 경우가 처음이 아닌가 생각한다. 뿐만 아니라 이러한 노력의 결과는 한국시의 질적인 변화를 가져왔다는 점에서 그 의의는 충분히 인정되리라 생각한다.

둘째, 시의 구조면에서 나타나는 특징으로서는 시적 제요소의 유기적인 통합으로 그 내적 정서를 통일성 있고 조화롭게 표현함으로써 시적 가치와 그 수준을 향상시키고 있는 점이다. 1920년대의 시작품에서 흔히 볼 수 있는 감정을 격정적으로 표현함으로써 시작품으로서의 통일성이나 조화를 갖추지 못했던 경우와 대비할 때 이러한 점은 그들의 업적의 일면이라고 할 수 있다. 그리고 이들의 작품들이 시의 구조상 그 원리의 일면을 시사해 주고 있다는 점에서 한국시의 발전에 기여했다고 할 수 있다.

셋째, 시의 경향면에서 나타나는 특징으로서는 언어의 예술이라는 자각과 함께 표현면과 형태면을 중심으로 시의 순수성과 현대성을 추구함으로써, 그들은 물론 당시의 한국시에 새로운 영역과 방향을 제시해 주었다는 점이다. 이러한 점은 구체적으로 당시 한국 시단의 일 경향, 즉 카프파의 편내용적인 목적주의시에 대한 자각과 함께 현대시적 방향, 즉 전통지향적인 면과 서구지향적인 방향을 제시해 주었다는 점에서 그 의의가 있다고 하겠다.

그러나 앞에서 살핀 바와 같이 이와 같은 그들의 특징들이 주로 시의 표현면과 형태면만을 중심으로 이루어진데 비해서, 또 다른 중요한 일면인 시의 내면적인 깊이의 표현과 그러한 면에 대한 탐구 내지는 시도가 소홀히 된 점은 그들의 시의 한계점으로 나타나고 있다. 특히 이러한 면은 비단 詩文學派의 작품에서 뿐만이 아니라, 그 이전부터 현재까지의 한국시의 하나의 추세로 시급히 시정 보완되어야 할 성질의 것이 아닌가 생각한다.

Ⅱ. 李箱의 시에 관한 연구

1. 머리말

李箱의 시에 대한 연구는 현대문학 연구의 관문처럼 느껴질 정도로 발표된 무렵부터 현금까지 계속되고 있다. 그 양상도 퍽 다양해서 거의 언급이 안 된 부분이 없을 정도로 논의되었다. 그것은 전기적인 측면[1], 시의 형태적인 측면[2], 정신사(의식)적인 측면[3], 내용의 의미 추구[4] 등이다. 그런데도 가장 기초적인 분야라고 할 수 있는 그의 문학, 특히 시가 지니고 있는 난해성과 그 특성 등이 아직도 밝혀지지 않은 채 상존되고 있다. 그것은 그의 시문학의 근원의 모호성, 시세계의 이질성, 당시 문단의 흐름 속에서의 그의 위치의 특이성 등에서도 찾아지겠지만, 그것보다도 보다 중요한 것은 그의 시에 대한 연구자들의 접근 방법의 형식성에서 오는 것이 아닌가 생각한다. 다시 말하면 그의 시문학을 위한 적절한 연구 방법에 대한 착안이 없었다는 점이다.

---

1) 高銀, 『李箱評傳』, 민음사, 1978을 비롯해서 전기적인 측면을 다루고 있는 것은 많이 있다.
2) 金春洙, 『韓國現代詩形態論』, 海東文化社, 1958. 중에서 비롯되고 金烈圭의 「현대의 언어적 教濟와 이상 문학」도 이 부류에 든다.
3) 鄭明煥의 「否定과 生成」이 대표적이다.
4) 李甫永의 「秩序에의 意慾」, 金容稷의 「이상 현대열과 작품의 실제」, 金允植의 「이상론」 등이 대표적이다.

李箱의 시세계는 전통성을 부정한 이질적이고 전위적인 방법으로 구성되었다. 따라서 그의 시세계에의 접근 방법도 고려되었어야 했을 것이다. 1910년대와 1920년대의 전위적인 경향하에서 그 이전의 시 전통을 부정, 파괴하고 새로운 것에로만 치닫던 서양의 시에 대한 접근 방법도 종래의 방법에서 벗어나 새로이 고안되었다는 점은 이를 암시하고 있다. 프리드리히 위고(H. Friedrich)가 제시하고 있는 바와 같이 이들의 접근 방법은 양식의 통일성으로서의 유형의 탐구5)로부터 비롯된다. 이것은 종래의 통일된 양상에 의해 표현되어졌던 시와는 달리 개별적이고 또 혁명적인 성격마저 지니고 있는 시에의 접근은 그것들이 지니고 있는 공통성을 묶어 유형화시킴으로써 가능하다는 의미이다. 성격은 다르지만 李箱의 시의 경우에도 이러한 방법은 가능하지 않을까 생각한다. 그것은 李箱의 시세계도 몇 개의 유형으로 구성되어 있기 때문이다.

李箱의 시세계에 대한 고찰은 문학 외적인 측면과 구조적인 측면의 이 대 영역을 대상으로 했다. 문학의 외적 측면에 대한 고찰은 전기적인 측면에서가 아니라, 그의 시세계의 열쇠 구실을 할 수 있다고 보이는 문학적 생애만을 대상으로 했고, 구조적인 측면에서의 고찰은 구조주의적인 관점에서가 아니라 시 의식의 구성상의 구조를 중심으로 했다.

고찰 대상으로 삼은 텍스트로는 林鐘國 편『李箱全集』3권을 참고로 하고, 李御寧 교주『李箱全作集』5권을 중심으로 했다.

2. 문학의 외적 조감도

李箱이 작품 활동을 한 기간은 약 6, 7년이 된다. 이 기간 동안에 그가 발표한 작품은 시 분야를 비롯해서 소설 분야와 수필 분야 등에 걸쳐 상당수에 이르고 있다. 비교적 짧은 작품 활동 기간에 이와 같은 작품을 발

---

5) 全光珍 역,『近代詩文學論』, 乙酉文化社, 1975, p.198.

표한 이상의 경우는 몇 가지 점에서 여느 문학인과는 다른 특이한 점을
보여주고 있다.

李箱이 경성고등공업학교를 졸업하고 건축기수직에 취직하여 근무했
다는 사실, 그런 가운데서도 미술 및 문학 분야에 관심을 쏟고 있었다는
사실 등은 이미 알려진 일이다. 그런데 여기에서 문제가 되는 것은 고등
공업학교 건축과를 졸업하고 또 그 분야에 취직해서 4년간이나 근무한
전문인으로서의 직업을 버리고 문학 분야를 택해 그의 남은 생애를 송두
리째 바쳤다는 점이다. 이것은 李箱의 타고난 기질과 관계되는 것으로서
그가 문학을 하게 된 동기를 파악케 하는 관건이 되고 있다. 다시 말하면
이것은 李箱이 문학을 하게 된 동기가 표면적이고 물리적인 이유에서 온
것인가 아니면, 내면적이고 필연적인 이유에서 온 것인가라는 문제를 해
결할 수 있는 열쇠가 된다는 점이다. 그런가 하면 이 문제의 해결은 문학
에 대한 그의 태도를 능동적이고 적극적인 것으로 보느냐라는 문제와 관
계되고, 또 이를 통해서 문학의 건강 상태를 진단할 수도 있게 된다.

그는 선천적으로 예술적인 기질을 타고난 재사였었다. 그가 건축기수
직에서 물러나 문학에 심혈을 기울인 점에 대해서 흔히 건강의 이상 신
호를 이유로 내세우고 있지만, 실은 그의 건강에 이상 신호가 나타나기
이전부터 이미 그는 미술과 문학에 열을 올리고 있었으며, 또 상당한 수
준에 이른 것으로 평가되고 있다. 미술 분야, 즉 화가가 되겠다는 집념과
그에 대한 열의는 대단했던 것으로 1930년에 조선건축회에서 실시한 잡
지 표지 현상 도안 모집에서 1등과 3등으로 당선된 점과 1931년 '鮮展' 10
회에서 그의 작품 「自畵像」이 입선되었다는 점 등은 이를 입증하고 있는
셈이다. 이것은 곧 화가 지망생으로서의 일차적인 관문을 통과한 화가로
서의 발돋움이라고 할 수 있다. 이와 같은 화가로서의 상당한 수준에 올
랐으면서도 그는 미술 분야만으로써는 만족할 수 없었던 듯하다. 그래서
그는 다시 문학으로 방향을 바꾸어 열의를 보여주고 있었다.[6] 이러한 점

---

6) 李御寧 교주, 『李箱詩全作集』, 甲寅出版社, 1978, p.282.

은 1930년 『朝鮮』지에 「12月 12日」이라는 장편소설과 1931년 『朝鮮と建築』지에 「異常한 可逆反應」을 위시해서 수 편의 시작품을 발표했다는 사실7) 등으로 미루어 쉽게 납득된다.

선천적인 기질과 후천적인 삶의 방편으로서의 직업의식과의 관계는 공식화해서 단정할 수 있는 성질의 것은 아니다. 그것은 그 개인의 적성과 그가 소속되고 있는 상황과의 관계 설정 여하에 따라 얼마든지 가변적일 수 있기 때문이다. 李箱은 이 양자의 병립관계 중에서 끝내는 문학의 길을 선택하고야 말았다. 이것은 직업의식에 앞서 선천적인 기질의 우세를 의미하는 것이기도 하다. 따라서 李箱은 의도적으로 문학을 선택했고, 그의 문학 유산은 그러한 의도의 소산이라고 할 수 있다. 그렇게 볼 때 우리는 여기에서 李箱의 문학적 의식과 문학에 대한 태도를 간파할 수 있게 된다. 흔히들 말하고 있듯이 李箱은 건강의 이상 신호 때문에 어쩔 수 없이 문학을 하게 되었고, 그의 남은 생을 유지하기 위한 유일한 수단으로 삼았던 것이 아니라, 그는 당시 한국의 문학적 상황을 인식하고 적극적인 자세로 그것에 관여하는 일환책으로서 문학에로의 뜻을 굳혔고 그 방향을 모색, 실험했던 것이라고 할 수 있다. 2,000점에서 30점을 골라서 발표하려고 시도했다가 15편에서 중단되고, 빗발치는 당시의 문단, 독자층의 항의에 대해서 "왜 미쳤다고들 그러는지, 대체 우리는 남보다 수십년씩 떨어져도 마음놓고 지낼 작정이냐"8)라고 투덜거린 유명한 이야기에서 우리는 그러한 사실을 쉽게 이해할 수 있게 된다.

李箱은 그의 문학의 방향을 당시의 한국의 문단 상황에서 벗어나 독자적으로 세계문예사조의 흐름에서 구하고 있었다. 이러한 점은 문학하기 이전에 그가 화가를 지망했다는 사실과도 무관하지 않다. 화단과 문단과의 관계는 그 이전에도 밀접하게 맺어져 내려오고 있었지만, 특히 20세기

"스무살(1929)에 접어들자 상은 입버릇처럼 말하기 시작했다. '나는 문학을 해야 할까봐.'"와 같은 증언 참고.

7) 金容稷 편저, 『李箱』, 文學과知性社, 1979, pp.220-224. 연보 및 작품 연보 참조.

8) 李御寧 교주, 『李箱隨筆全作集』, 甲寅出版社, 1978, p.230.

문단의 한 특징처럼 되어 있었다. 그 양자 사이에는 동조 아니면 상호 영향이라는 관계하에서 예술의 새로운 방향을 함께 모색, 실험하고 있었다. 현대 영미의 문예운동의 선구자 내지는 관여자의 한 사람인 파운드(E. L. Pound)는 보르티시즘(Vorticism)을 제창하여 새로운 미술운동 및 새로운 시운동을 전개했는가 하면, 아뽈리네르(G. Apollinaire)는 프랑스 현대시의 전위적인 선구자의 한 사람으로서 큐비즘(Cubism)에 관여하면서 이론적으로 큐비즘의 지도자 역할을 했다.9) 다다이즘(Dadaism)은 문인 화가들이 모인 집단으로서 1920년을 전후해서 전위적인 예술운동을 펴고 있었다.10) 이상이 회화로부터 출발해서 문학을 하게 되었다는 사실은 어찌 보면 이미 그가 이러한 문예사조에서 어떤 힌트를 받았는지도 모른다. 이와 같은 점은 화가 지망 때 다다이즘이라는 용어를 사용했고, 문학에도 그러한 운동이 있었다는 사실에 대한 그의 언급에서 찾아볼 수 있다.11) 여기에서 우리는 현대적이면서 전위적인 李箱 문학의 방향과 그 출발점을 이해할 수 있게 된다.

　문학적 생활은 「12月 12日」이라는 장편소설을 1930년에 발표한 이래 1931년, 1932년, 1933년에 日文으로 쓴 시작품 28편을 『朝鮮と建築』지에 발표함으로써 시작된다. 그런데 여기에서 문제가 되는 것은 李箱이 왜 하필 日文으로 시작품을 써서 발표했는가라는 점이다. 이 점은 李箱 문학의 진원지를 밝히는데 중요한 전거가 된다. 다시 말하면 李箱 문학의 발상지가 日本이었다는 점을 암시하고 있다는 의미이다. 이렇게 될 수밖에 없었던 점은 그가 의욕하고 있는 문학적 경향이 당시 한국 문단에서는 아직 시도조차 없었는데 반해서 日本 문단에서는 탐구, 시도되고 있었기 때문이라고 할 수 있다.12) 따라서 그가 日文으로 시작을 시도한 것

9) R. M. Albérès, L'Aventure Intellectuelle DuXXᵉ Siécle, Albin Michel, Paris, 1969, p.111.
10) C. W. E. Bigsby, Dada and Surrealism, 1972, p.9.
11) 李御寧 교주, 『李箱詩全作集』, 甲寅出版社, 1978, p.295.
　"1930년 봄 어느 날 상은 그림 이야기를 하다가 문득 '다다이즘은 문학에도 있는 거야.'하고 말하였는데……"의 구절 참고.

은 습작의 절차상 불가피한 일이었을 것으로 생각한다. 「烏瞰圖」 시 15편 중 4호와 5호는 그가 발표한 일문 시작품 「診斷 0:1」과 「二十二年」을 한 국어로 개작해서 발표한 점으로 미루어 볼 때, 우리는 그의 그러한 시도 상의 의도를 이해할 수 있게 된다. 그리고 「烏瞰圖」 시 15편이 발표되자 문단과 독자층에서 물의가 일어나게 된 것은 곧 그의 문학의 경향이 이 질적이고 혁신적이었다는 점을 단적으로 입증하고 있을 뿐만 아니라, 한 국문학의 전위적인 경향 내지는 그가 외롭게 시도한 그의 문학적 의욕의 일 성공이라고 할 수 있다.

李箱 문학의 이와 같은 성격에도 불구하고, 그가 문단에서 고립되지 않고 활동할 수 있었다는 사실은 그의 문학적 재질 내지는 태도를 이해 케 하는 점으로서 또한 문제점으로 지적되지 않을 수 없다. 현대 상황에 대한 이질적이고 전위적인 성격으로서의 선구적인 위치는 어느 시대에 도 그에 못지 않게 시대적으로 고립을 면하지 못하는 것이 통상적인 하 나의 흐름으로 되어 왔다. 이러한 예는 문예사적인 입장에서 볼 때, 어느 시대에고 있어 온 것으로 프랑스의 비용(F. Vilon)의 경우, 영국의 형이상 시인으로 알려진 던(J. Donne)의 경우, 미국의 근대시인 휘트먼(W. Whitman) 등은 그 대표적이라 할 수 있다. 李箱의 경우가 이들의 경우와 꼭 일치된다고는 할 수 없어도 그 성격상 유사성을 지닌다. 그런데도 李 箱은 이들과는 달리 그 당시의 문단에 수용되어졌고, 긍정적이든 부정적 이든 간에 평가의 대상이 되었다. 그가 친목단체이긴 하지만 당시 문단 의 구심점을 이룬 유파 중 하나인 九人會에 가입, 활동하면서 그 기관지 『詩와 小說』을 편집, 주관했던 점과 실명소설을 쓸 수 있을 정도로 친밀 했던 九人會 멤버들과의 교유관계 등만으로도 그의 문단적 수용은 입증 되는 셈이다. 이와 같은 점은 『三四文學』과의 관계에서도 엿보인다.

---

12) 일본에서 1928년에 『詩と詩論』을 발간하여 포멀리즘, 슈르레알리즘, 시네 포엠 등의 영향하에서 산문시 운동을 전개하고 있었음. 그리고 이 점은 비교문학적인 관점에서 이상의 시를 규명할 수 있는 자료의 하나이기도 함.

三四文學 同人들이 이곳에 여럿 있오. 그러나 그들은 어디까지든지 學生들이
오. 그들과 어우러지지 못하는 것을 보면 우리는 인제 그만 하고 늙었나 보이
다. 三四文學에 原稿 좀 주어 주오. 그리고 씩씩하게 成長하는 새 世紀의 英雄
들을 위하여…… 三四文學의 同人이 되어 줄 意思는 없는지 이곳 靑年들의 渴
望입니다. 어떻소?13)

이것은 李箱이 日本에 가서 片石村에게 보낸 편지의 일절이다. 이 기
록을 통해서 볼 때, 『三四文學』파와의 관계 내지는 그 이상의 것을 짐작
할 수 있게 된다. 그리고 1934년에 朝鮮中央日報에 발표되다가 중단되는
사태를 빚은 그의 「烏瞰圖」 시에 대한 문단과 독자층의 반응과 그에 따
른 에피소드는 그의 시에 대한 최초의 평가의 하나가 된다. 이후에도 그
의 문학에 대한 긍정적인 반응과 부정적인 반응은 계속되어진다.14) 이상
과 같이 李箱문학이 발표되면서부터 문단적 수용과 평가의 대상이 된 점
은 곧 그의 인간성 내지는 문학성과 관계된다. 다시 말하면 그것은 그의
인간으로서의 활동성과 태도, 문학적인 재질과 그것에 대한 집념 등과
상관관계에 있다는 의미이다.

李箱의 인간성 내지는 문학성의 바탕이 되는 지표는 정직이다.15) 그의
정직은 인간적인 순수성으로부터 비롯되고 있으며 그의 삶을 유지시킨
지주이기도 하다. 그런데 그가 이 정직을 정직으로서 수용하기엔 당시의
그를 둘러싸고 있는 상황, 즉 시대적, 가정적, 신체적인 상황의 비중이 너
무나 커져 있었다. 여기에서 인간으로서 또는 문학인으로서의 그의 비극
이 싹튼다. 그의 정직이 그를 둘러싸고 있는 상황의 중압에 의해서 왜소
화되어질 때, 그는 절망과 불안을 의식해야만 했고, 또 객혈이라는 신체
상의 이상신호로 말미암아 생명이 위협당할 때, 그는 죽음을 의식해야만

13) 李御寧 교주, 『李箱隨筆全作集』, 甲寅出版社, 1978, p.217.
14) 崔載瑞, 『崔載瑞評論集』, 靑雲出版社, 1961, pp.312-323.
    金文輯, 『批評文學』, 靑色紙社, 1938, pp.37-41.
15) 李御寧 교주, 『李箱隨筆全作集』, 甲寅出版社, 1978, p.228.

했다. 이와 같은 그의 생의 갈등, 또 이 갈등의 극복이 곧 그의 문학의 궤적으로 나타난다. 다시 말하면 생의 리듬의 파격 또 이것의 극복이 곧 그의 문학 구조의 골격을 이루고 있다는 의미이다. 이것은 다다이즘의 주창자인 짜라(T. Zara)의 경우와 비교될 수 있는 성질의 것으로서 그의 문학의 특성을 이루게 한 핵심적인 요소이기도 하다.[16]

3. 시세계의 조감도

(1) 시형태의 실험성

李箱의 시작품을 대할 때, 우리는 먼저 그의 시형태의 혁명성에 접하게 된다. 그의 시작품은 그 이전의 한국시의 전통적인 시형태와는 다른 실험적인 시형태로 구성되어 있다. 시의 표기 방법으로부터 행, 연의 배열에 이르기까지 기성의 한국시에서 구사해온 모든 방법을 부정하고 이질적이고 전위적인 방법을 활용하고 있다. 이와 같은 정신과 방법 내지 그 운동은 이미 1910년대, 1920년대에 서양에서 시도된 것들이다. 미래파, 표현주의, 다다이즘, 초현실주의 등은 이러한 시운동의 대표적인 이즘들이다.[17] 따라서 李箱이 1930년대에 와서 이러한 시형태의 실험을 시도해 보여주었다는 것은 새삼스러운 바 아니지만, 그러한 시운동과는 먼 거리에 있었던 한국의 시문학사적인 입장에서 보면, 전위적이고 실험적인 것이 아닐 수 없었다. 그가 시도한 실험적인 시형태의 모색은 첫째, 띄어쓰기를 무시하고 붙여쓰기를 시도한 점, 둘째 숫자 및 수식을 도입, 배열하고 있는 점, 셋째 도형을 사용하고 있는 점, 넷째 호수가 다른 활자를 배열하고 있는 점, 다섯째 행과 연을 구분하지 않고 산문식으로 쓰고 있는 점 등 다섯 가지로 구분되고 있다.[18]

---

16) 「シュルレアリスムの詩」(シュルレアリスム讀本), 思潮社, 1981, p.190.
17) M. Bradbury and J. Mcfarlane, ed., *Modernism*, 1978, pp.228-292 참조.

가. 붙여쓰기의 시도

한국어의 표기법은 갑오경장을 경계선으로 하여 그 이전과 이후가 구분되고 있다. 그 이전의 표기는 띄어쓰지 않고 붙여쓰고 있다. 수필류는 말할 것도 없고 율문으로 쓰여진 시조, 가사까지도 붙여쓰여져 있다. 이러한 현상은 그들 작품의 전달 방법에서 오는 독자들과의 관계, 인쇄술의 미발달, 표기법에 대한 인식 내지는 독서법의 원시성 등에서 온 것이 아닌가 본다. 갑오경장 이후 이러한 현상들은 차츰 변화를 보이기 시작하여 띄어쓰기가 시도되었고, 언문일치의 경향으로 변모, 발전되었다. 이 결과 1933년에는 마침내 「한글맞춤법통일안」이 작성, 공포되기에 이르렀고 또 표기법은 시대적으로 적응과 호응을 불러일으키고 있었던 것이다. 그런데 李箱은 이러한 시대적 흐름에 역행, 나아가서는 오히려 이러한 표기법을 부정, 파괴하고 있다. 그것은 표면적으로 볼 때 갑오경장 이전에로의 단순한 복귀현상인 것처럼 보이나, 실은 의식적이고 의도적이라는 점과 시의 형태면에서 당시까지의 기성적인 것에 대한 부정, 나아가 새로운 시형태의 실험이라는 점에서 갑오경장 이전의 표기와는 구분되고 있다.

이와 같은 기성적인 시의 표기에 대하여 부정적인 시도를 보인 경우는 李箱 이전에 이미 실험된 바 있다. 그것은 『詩文學』지 제3호에서의 許保의 시작품 「거문밤」, 「닙떠러진나무」 등에서 나타난다.

> 거문밤이도라와
> 念慮업시넘든山을거닐든뜰을
> 다시한번조심스럽게더드머거러갑니다
>
> — 「거문밤」 일절

---

18) 金春洙, 앞의 책, p.95.
   여기에서는 네 가지 유형으로 묶고 있는데, 그것은 ① 띄어쓰기와 구두점을 무시한 것 ② 삽입구를 가진 것 ③ 수식으로 된 것(혹은 수식을 삽입한 것) ④ 도표를 삽입한 것 등이다.

이와 같은 띄어쓰기의 무시는 아마도 한국 근대시에서는 처음으로 시도된 것이다. 그러나 이 작품에서 나타나고 있는 것은 의식상의 관념으로서 자동기술법적인 시도와는 거리감이 나타난다. 이것은 표면적으로는 붙여쓰기의 선구적 구실을 하고 있긴 하지만 내면의식과의 관계라는 점에서는 역시 李箱의 붙여쓰기와 구분되고 있다. 다시 말하면 許保의 붙여쓰기는 한국어 표기법에 대한 표면적이고 형식적인 면에서의 혁신이었을 뿐 내면의식의 표출로써의 필연적인 표기 방법, 즉 자동기술법적인 방법까지에는 미치지 못했다는 의미이다. 따라서 한국에서 내면의식의 표출이라는 관점에서 그 표기 방법을 의도적으로 추구해서 실험한 최초의 경우는 李箱에게서 비롯된 셈이다. 李箱은 그의 시작품「無題」와「無題」중의「明鏡」외 몇 작품을 제외한 시작품 전부를 붙여쓰기의 방법으로 일관해서 표기하고 있다.

> 거울속에는소리가없소
> 저렇게까지조용한세상은참없을것이오
>
> ─「거울」의 일절

그의 시작품 중 형태면에서 한국의 근대적인 형태와 비교적 유사하다고 하는 시작품「거울」중 제1련이다. 그러나 행과 연을 구분해서 표현하고 있는 점 외에는 李箱 이전의 한국 근대시의 어느 시작품과도 다른 방법으로 구성되어 있음을 보게 된다. 우선 그 표기가 붙여 쓰여 있는 점, 구두점을 사용하지 않고 있는 점에서 시작품의 대상이 과거의 의식상에서만 추구되어졌던 시적 대상, 즉 의식면에서 비친 事象이 아니라 그것과는 대립되고 있는 내면의식에 비친 심층세계가 등장되고 있다는 점에서 또 다른 일면을 제시하고 있다. 이것은 許保의 시형태에서 본 단순한 표기라는 점에서의 형식상의 변혁이 아니라, 시적 대상이 달라짐에 따라 필연적으로 추구되어진 표기의 혁신이라고 할 수 있다. 다시 말하면 시

적 대상이 내면의식이기 때문에 그것을 효과적으로 표현할 수 있는 표기
상의 방법으로서 붙여쓰기와 구두점을 무시한 방법 등이 의도적으로 추
구, 실험되었다는 의미이다. 이와 같은 시도는 당시 한국 기성 문장법에
대한 하나의 도전이요, 나아가 그것의 부정, 파괴라는 의미를 지닌다. 이
러한 방법은 이미 서양의 전위적인 시의 유파들에 의해서 시도된 것으로
서 그 영향관계가 규명되어야 할 것이긴 하지만, 하여튼 한국의 시문학
사에서는 최초로 추구, 실험되었다는 점에서 그 의의가 있다고 하겠다.

나. 숫자와 수식의 도입

이상은 그의 시작품에 숫자와 수식을 도입하여 활용함으로써 종래의
문장법에 대한 또 하나의 도전을 감행했다. 그것은 서수의 활용, 숫자의
뒤집어 쓰기, 숫자의 대칭적 배열, 수식의 조합, 수학 공식류의 활용 등으
로 구분할 수 있을 정도로 다양하게 구사되고 있다.

서수의 활용은 「烏瞰圖: 詩第一號」에서의 '第一, 第二' 등이고, 숫자의
뒤집어 쓰기는 「烏瞰圖: 詩第四號」에서 볼 수 있다. 그리고 대칭적 배열
은 「三次角 設計圖, 線에 關한 覺書 1」과 「線에 關한 覺書 3」에서 구사되
고 있다.

```
0 9 8 7 6 5 4 3 2 1
· · · · · · · · · 1
· · · · · · · · · 2
· · · · · · · · · 3
· · · · · · · · · 4
· · · · · · · · · 5
· · · · · · · · · 6
· · · · · · · · · 7
· · · · · · · · · 8
· · · · · · · · · 9
```

· · · · · · · · · · 0

— 「線에 關한 覺書 1」

```
3 2 1      1 2 3
· · ·1     1· · ·
· · ·2     2· · ·
· · ·3     3· · ·
```

— 「線에 關한 覺書 3」

수식의 조합은 「線에 關한 覺書 2」에서 나타난다.

```
1 3 3 1 1 3 3 1
+ + + + + + +
3 1 1 3 3 1 1 3
    3 1 3 1
    + + + +
    1 3 1 3
```

— 「線에 關한 覺書 2」

수학류의 공식은 「線에 關한 覺書 3」에서 구사되고 있는 '∴ nPn= n(n-1)(n-2)……(n-h+1)'와 같은 것이다.

시가 언어를 매체로 한 예술이라고 할 때, 이와 같은 수학과 수식의 도입, 활용은 분명히 시에 대한 도전이고 또 이단임에 틀림없다. 그러나 이러한 표현들이 어떤 의미를 함축하고 표현면에서 시적 효과를 시사한다고 할 때, 오히려 이러한 시도는 실험적이기는 하나 시형태의 다변화라는 점에서 긍정적인 것으로 수용되어야 할 것이다. 이러한 점을 검토하기 위해서는 먼저 언어와 그 표현수단인 문자와 이와 같은 기호와의 관계가 밝혀져야 할 것이다. 의미 전달의 수단으로서 완벽하다고 할 수 있는 것은 언어임에 틀림없다. 언어가 문자화되었을 때 그것은 더욱 뚜렷해진다. 그러나 우리들의 생활 영역에서 살필 때 불완전하기는 하지만 의미 전달의 수단으로서 사용되고 있는 것은 언어 이외에도 동작, 음향, 암호 등이 있다. 그 중에서 이미 시에 활용됨으로써 효과를 거두고 있는 것은 음향이다. 가령 朴斗鎭의 시작품 「墓地頌」에서의 '삐이 삐이 배, 뱃종! 뱃종!'과 같은 새소리의 표현은 그 좋은 예이다. 이와 같은 관점에서 볼 때 李箱의 시작품에서 사용되고 있는 숫자나 수식의 활용도 비언어적인 것의 구사로서 그 표현상 특이할 뿐, 그 방법상에 있어서는 음향 대신 숫자나 수식의 도입이라는 점에서 우선 이해되어야 할 것이다. 그러나 그것들 사이에는 전자가 객관적인 대상의 구체적인 모방이라면, 후자는 내면의식의 표출로서의 상징적인 기호체계라는 점에서 그 활용상의 차이점은 물론 시작품의 형상화에 있어서 그것들이 가지는 시적 전달 내용의 폭과 깊이면에서 또한 그 상이점이 나타나고 있다. 따라서 시에서의 숫자나 수식의 활용은 시의 정감이나 열정의 표현이라기보다는 의미 내용에 관계되는 것으로서 지적이고 시각적인 표현이라는 점에서 그 의의가 주어진다고 할 수 있다.

다. 도형의 도입

李箱의 시작품에서 또 하나의 특이한 점은 몇 가지의 도형을 활용하고 있는 점이다. 그것은 그의 시작품 「破片의 景致」와 「▽의 遊戱」에서의 '△'과 '▽', 「三次角 設計圖, 線에 關한 覺書 7」에서의 'ㅁ', 「烏瞰圖: 詩第五號」에서의 ''다. 이와 같은 도형들의 활용은 이미 서양에서는 다다이스트들에 의해서 시도된 것이긴 하지만, 한국에서는 李箱의 경우가 그 효시를 이루고 있다. 이것 역시 숫자와 수식의 경우와 같이 한국시사상 시형태의 혁명이라고 할 수 있다. 그러나 이러한 시도를 단순한 형식상의 형태적인 변혁만으로 취급하기에는 그 이상의 무엇이 있는 것 같다. 그 이유는 시작품에 구사된 모든 요소는 그 작품의 구성요소로서의 의미를 지니면서 그 구실을 다해야 하기 때문이다. 만일 그렇지 못할 때 아무리 혁명적인 의의를 지닌 것이라 할 지라도 그것은 시작품의 구성요소로서 논의의 대상이 될 수 없을 것이다. 그렇다면 이상의 시작품에서 구사된 도형들에 대한 시적 구성요소로서의 가치가 고찰되어야 한다.

도형도 숫자와 수식처럼 비언어적인 요소이다. 그러나 李箱의 시작품에서 구사된 숫자 및 수식과 도형과는 그 성질상 차이가 있어 보인다. 숫자와 수식이 의미 전달의 부분적인 요소라면 도형은 숫자 및 수식과는 달리 상징성을 띨 수 있게 된다. 언어체계에 있어서의 도형과 상징과의 관계는 새삼스러운 것이 아니다. 문자 발달의 초기 단계, 즉 상형문자는 이러한 관계하에서 출발되었기 때문이다. 李箱의 시작품에서 구사된 도형은 그러한 관점에서 이해됨으로써 그 시도의 의의가 부여되는 셈이다. 아울러 그것이 시각적인 표현 효과를 겸한다고 할 때, 시 구성요소로서 표기법상의 혁명적인 의미도 지니게 된다.

라. 호수가 다른 활자의 배열

산문에서 왕왕 그 의미를 강조하기 위해서 통상 활자보다 호수가 큰 활자를 문장 가운데에 배열하여 사용하는 경우가 있었다. 그런데 이러한 방법이 시작품에 도입되어 시도되고 있다. 이러한 경향 역시 이상의 시작품에서 비롯된다. 그것은 그의 시작품 「烏瞰圖: 詩第五號」, 「出版法」, 「且8氏의 出發」 등에서 구사되고 있다.

輪不輾地
展開된 地球儀를 앞에 두고서는 說問一題
棍棒은 사람에게 地面을 떠나는 아크로바티를
가리키는데 사람은 解得하는 것은 不可能한가
地球를 掘鑿하라

同時에
生理作用이 가져오는 常識을 拋棄하라
－「且8氏의 出發」 중 일절

서양에서는 이미 20세기에 접어들면서 전위적인 시의 유파들에 의해서 字體가 다른 활자가 시작품에서 활용되어 왔다. 그것의 출발은 미래파로부터이다. 그들은 대상의 진실을 그려내기 위해서 기성의 표기법을 부정하고 거기에서 이탈한 다양한 새로운 표기법의 시도를 보여주었다.19) 이상이 시도한 이와 같은 방법도 이들의 영향하에서 온 것이 아닌가 생각한다.

그러나 미래파들이 대상을 가식없이 적나라하게 문자화해서 그 진실을 극명하게 표현하려고 했다면, 이상은 내향의식 속에 비친 대상의 농도를 생생하게 그려내려고 시도했다는 점에서 차이점이 나타난다. 그렇다면 우리는 여기에서 또 다른 이상의 시형태의 실험을 보게 되는 셈이다. 뿐만 아니라 李箱의 시에 대한 집념 내지는 자기가 의도하고 있는 시적 대상의 표현 방법에 대한 탐색 태도를 엿볼 수 있게 된다.

마. 행과 연의 구분을 없앤 점

이상과 같은 시의 형태에 대한 실험 외에도 산문적인 방법을 도입함으로써 시의 행과 연을 구분하지 않고 이어 쓰고 있는 면이 있다. 이 점은 (가)항의 붙여쓰기의 시도와 밀접한 관련을 맺고 있는 것이기도 하다. 행과 연을 구분하지 않고 산문적인 방법으로 쓴 시작품 중에도 몇 가지의 다른 유형이 나타나고 있다. 쉼표와 마침표를 사용한 것, 마침표만 사용하고 있는 것, 문장과 문장 사이에 벌임표를 사용해서 연결하고 있는 것, 몇 개의 문장의 연결로 이루어진 것이 있는가 하면, 하나의 문장으로 마

---

19) "manifesto fecnico della letteratura futurista" 11 maggio, 1912. 참조.

침표와 쉼표를 사용하지 않은 것도 있다. 붙여쓰기의 시도로부터 비롯된 시형태의 혁신은 하나의 문장으로 행과 연을 구분하지 않고, 구두점을 사용하지 않은 시작품의 유형에서 그 절정을 이루게 된다.

> 나의아버지가나의곁에서조을적에나는나의아버지
> 가되고또나는나의아버지의아버지가되고그런데도나
> 의아버지는나의아버지대로나의아버지인데어쩌자고
> 나는나의아버지의아버지의아버지의………아버지가
> 되니나는왜나의아버지를껑충뛰어넘어야하는지나는
> 왜드디어나와나의아버지와나의아버지의아버지와나
> 의아버지의아버지의아버지노릇을한꺼번에하면서살
> 아야하는것이냐
>
> — 「烏瞰圖: 詩第二號」 전문

이러한 시도도 앞에서 언급한 바와 같이, 미래파들에 의해서 실험된 이래 전위적인 시의 유파들에 의해서 이어져왔다. 李箱의 이러한 시형태의 실험은 방법면에 있어서 미래파적인 방법, 즉 '미래파 선언' 제6항의 "구두점 역시 철폐되어야 한다. 만약 형용사, 부사, 접속사가 제거된다면 코머나 피리어드에 의한 아둔한 중단도 없고 문장 자체가 자동적으로 스스로를 창조해가는 생생한 문체의 다양한 변화에 의해서 구두법은 자연히 소멸된다."[20]에서 보는 바와 같은 정신에서 그 근원적인 일면을 찾을 수도 있긴 하지만, 그가 의도하고 있는 시적 대상 즉 내면의식 속에 비친 대상을 표현하기 위한 수단이라는 관점에서 보면 초현실주의적인 방법 곧 자동기술법적인 면에 더 치중된 감이 있다.

---

20) 앞 사항 참조.

(2) 시의식의 구조

앞 절에서 李箱 시의 형태면에서 나타난 혁신성 내지 실험성을 고찰한
바 있다. 그러나 그러한 형태의 변혁은 그것만으로서 독자적으로 의도된
것이 아니라, 그러한 실험이 필연적으로 따라야 했던 또 다른 영역을 전
제하고 있다. 그것은 곧 의식세계에 대한 내면의식세계를 가리킨다. 의식
세계는 시간과 공간의 질서를 생명으로 삼고 있지만 내면의식세계는 그
것을 초월한다. 따라서 시적 표현의 대상이 의식세계에서 내면의식세계
로 바뀌었을 때 필연적으로 그것에 알맞는 새로운 시형태의 탐색은 그
당위성을 지니게 된다. 李箱의 시작품들이 내면의식세계에 뿌리를 내리
고 있다는 견해는 이미 보편화되어진 감이 있다. 그러나, 그러한 내면의
식이 시작품 내에서 어떻게 구조화되었는지에 대해서는 언급되고 있지
않다. 지금까지의 李箱의 시세계가 그 본질적인 면에서라기보다 표현적
인 탐색이 될 수밖에 없었고 밝혀질 것 같으면서도 밝혀지지 못한 이유
가 바로 여기에 있지 않나 생각한다. 그렇다면 李箱의 시세계에의 본질
적인 접근은 이러한 내면의식의 구조 탐색으로부터 출발되어야 하지 않
을까.

李箱의 시작품들은 대부분 단일 구성이 아니라 이중 구성으로 되어 있
다. 그리고 그 구성의 층은 세 개의 차원으로 나누어진다. 하나의 층은
의식세계의 현실을 표현한 층이고, 다른 하나는 의식세계의 이상을 표현
한 층이고 또다른 하나는 이것들과 대조를 이루고 있는 내면의식세계에
비친 현실 재현의 층이다. 이 중에서 구성의 핵을 이루는 층은 의식세계
의 이상을 표현한 층이고, 그 이상의 실체는 '문학의 외적 조감도'란에서
이미 언급한 바 있는 '정직'이다. 이 정직은 그의 가치관의 중핵을 이루는
요소로서 생, 그 자체의 진실을 내포한다. 그리고 그의 지향점은 자유이
다. 그런데, 이러한 그의 가치관에 도전하는 것이 곧 의식세계의 현실이
다. 여기에서 생의 비극인 갈등이 탄생한다. 이 갈등에서 현실에 대한 부

정, 모멸, 파라독스, 회의 등이 나타난다. 이 점은 곧 다다이즘적인 성격
곧 문명 그 자체에 대한 일체의 부정 또 그것에 유도되는 조직적이고 격
렬한 회의주의 등과 유사하다.21) 그러나 李箱의 시작품에 나타나는 시세
계는 이와는 다르다. 그것은 이러한 요소들이 다시 내면의식이라는 프리
즘을 통하여 내비치는 모습, 즉 제3의 층을 대상으로 하고 있기 때문이
다. 쉬르레알리스트들이 잠재의식세계에서 "꿈의 파도, 완전한 시에의 욕
구, 존재하는 것에 대한 증오, 정신의 전체적인 자유에의 열망"22) 등을
추구했다면, 李箱은 의식세계의 갈등이 내면의식이라는 프리즘을 통해서
재현되는 것을 대상으로 하고 있다는 점에서이다. 다시 말하면 '쉬르레알
리스트들이 잠재의식세계를 대상으로 한데 비해서, 이상은 의식 세계의
참모습을 추구하기 위한 수단으로 내면의식을 활용했다는 의미이다.

> 때묻은빨래조각이한뭉텡이空中으로날라떨어진다
> 그것은흰비둘기의떼다. 이손바닥만한한조각하늘저
> 편에戰爭이끝나고平和가왔다는宣傳이다. 한무더기
> 비둘기의떼가깃에묻은때를씻는다. 이손바닥만한하
> 늘이편에방망이로흰비둘기의떼를때려죽이는不潔한
> 戰爭이始作된다. 空氣에숯검정이가지저분하게묻으
> 면흰비둘기의떼는또한번이손바닥만한하늘저편으로
> 날아간다.
>
> —「烏瞰圖: 詩第十二號」 전문

이 작품에서의 전쟁과 평화는 의식세계의 제일층과 제이층이다. 그리고
제삼층은 전쟁과 평화라는 갈등이 내면의식의 프리즘을 통해서 '손바닥만
한한조각하늘'이라는 공간 속에서 '흰비둘기떼'의 수난으로 형상화되고 있
다. 이와 같은 층의 요소들은 李箱 시세계의 골격을 이루고 있다. 따라서

---

21) 平井照敏 역, 『ボードレールからシールレアリスムまで』, 思潮社, 1974, p.309.
22) 平井照敏 역, 위의 책, p.326.

그의 시세계는 의식 세계의 현실적인 요소와 내면의식이라는 프리즘을 통해서 비치는 모습과의 융합으로 이루어졌다고 할 때, 다다이즘적 방법과 쉬르레알리즘적 방법의 결합으로써 이루어진 것이라고 할 수 있다. 여기에서 우리는 그의 시세계의 독자성 내지는 특이성을 발견하게 된다.

시 구성의 세 요소, 즉 세 개의 층의 관계는 다시 대립구조로서 나타난다. 대립구조란 곧 극적 구조로서 대립이 되는 두 개의 상황을 한 작품 내에 설정, 배치하여 그것들의 관계를 적나라하게 추구, 표현하고 있는 구조를 의미한다. 시에서의 이러한 대립구조는 단순 구조로서만 형상화되어진 한국시에 대한 하나의 변혁이자 실험으로서의 시도라고 할 수 있으며, 또한 李箱 시의 대종을 이루고 있는 구조이다.

十三人의兒孩가道路로疾走하오.
(길은막다른골목이適當하오.)

第一의兒孩가무섭다고그리오.
第二의兒孩도무섭다고그리오.
第三의兒孩도무섭다고그리오.
第四의兒孩도무섭다고그리오.
第五의兒孩도무섭다고그리오.
第六의兒孩도무섭다고그리오.
第七의兒孩도무섭다고그리오.
第八의兒孩도무섭다고그리오.
第九의兒孩도무섭다고그리오.
第十의兒孩도무섭다고그리오.

第十一의兒孩가무섭다고그리오.
第十二의兒孩도무섭다고그리오.
第十三의兒孩도무섭다고그리오.
十三人의兒孩는무서운兒孩와무서워하는兒孩와그렇게뿐이모였오.
(다른事情은없는것이차라리나았오.)

그中에一人의兒孩가무서운兒孩라도좋소.
그中에二人의兒孩가무서운兒孩라도좋소.
그中에二人의兒孩가무서워하는兒孩라도좋소.
그中에一人의兒孩가무서워하는兒孩라도좋소.

(길은뚫린골목이라도適當하오.)
十三人의兒孩가道路를疾走하지아니하여도좋소.

　　　　　　　　　　　　　　　—「烏瞰圖: 詩第一號」전문

　이 작품에서 일차적으로 의식되는 것은 상이한 요소끼리의 대립의 양상이다. 1련과 5련의 대립, '무서운兒孩'와 '무서워하는兒孩'의 대립이 그것이다. '무서운兒孩'와 '무서워하는兒孩'의 대립은 공포감을 조성하고 또 그것은 1련으로부터 비롯되어 2련에서 시각적으로 고조되고, 3련에서 그 절정을 이루게 된다. 그리고 3련 끝행의 괄호 속의 표현, 즉 '무서운兒孩'와 '무서워하는兒孩'와의 사이에 다른 사정을 개입시키지 않으려고 한 표현은 곧 이 공포감의 성질을 단적으로 암시하고 있다. 그것은 생과 사의 틈바구니에서 형성되는 근원적인 것으로서 그의 죽음의식과 관계되는 것이다. 이러한 그의 공포감은 내면의식이라는 프리즘을 통과함으로써 4련과 5련으로 형상화되어 재현되고 있는데, 그것은 1, 2, 3련에서의 공포감과는 달리 그것으로부터의 해방, 곧 탈출을 의미하기도 한다. 이상에서 본 바와 같이 이 시작품은 1, 2, 3련의 공포감의 조성 및 고조와 4, 5련의 해소라는 대립구조를 이루어 극적 형식으로 구성되어 있다.

　李箱의 시세계의 중축이라고도 할 수 있는 이와 같은 시 구성상의 대립구조는 그 구조를 이루는 대상에 따라 몇 개의 유형으로 구분되고 있다. 이러한 유형의 발상은 "생물적 구성은 생명의 현상 상태이며, 모든 인간적 및 우주적 전개의 원칙이다."[23]라는 의식 구조에서 나온다. 이것은 그의 시세계의 원관념으로서 인간적인 것과 우주적인 것으로 나누어

---

23) 李御寧 교주, 『李箱隨筆全作集』, p.251.

지고 다시 인간적인 것은 죽음의식을 대상으로 하는 유형, 성적 의식을
대상으로 하는 유형, 우주적인 것으로는 영원의식을 대상으로 하는 유형
으로 나타나고 있다.

가. 죽음의식

죽음의식은 그의 전통의식과 性의식의 모체가 되는 것으로 그의 시
내지는 문학의 근원이 되는 의식이다. 이것은 그의 객혈로 말미암아 위
협당하는 생명에 대한 공포, 초조, 회의 등으로 나타난다. 이와 같은 기
록은 그의 수필 작품 여러 곳에서 발견되고 있다. "그 동안 수개월 그는
극도의 절망 속에서 살아왔다.(이런 말이 있을 수 있다면, 그는 '죽어왔
다'는 것이 더 적확하겠다.) 급기야 그가 병상에 쓰러지지 아니 하면 아
니 되었을 순간 그는 '죽음은 과연 자연적으로 왔다.'를 느꼈다."랄지
"제2차의 객혈이 있은 후 나는 어슴푸레하게나마 내 수명에 대한 개념
을 파악하였다고 스스로 믿고 있다." 등에서 그 죽음의 발원지를 찾을
수 있고, 또 "내 죽음은 서리와 같이 내려 있다."와 "그저께는 그끄저께
보다 여위고, 어저께는 그저께보다 여위고, 오늘은 어저께보다 여위고,
내일은 오늘보다 여월 터이고, 나는 그럼 마지막에는 보숭보숭한 해골
이 되고 말 것이다." 등에서 생명에 대한 그의 의식을 엿볼 수 있다. 이
러한 죽음의식은 그의 시세계에서는 초월 내지는 절대의 의지로 표현되
어진다.

患者의 容態에 關한 問題
1234567890.
123456789.0
12345678.90
1234567.890
123456.7890

12345.67890
1234.567890
123.4567890
12.34567890
1.234567890
　　謬斷 0, 1

　　　26. 10. 1931.
　　以上 責任醫師 李 箱
　　　　　　　　　　　　－「烏瞰圖: 詩第四號」전문

　李箱의 시작품에서 숫자 내지는 수식을 사용한 예 중에서도 「烏瞰圖: 詩第四號」는 특이한 면을 보여주고 있다. 보는 바와 같이 그것은 숫자를 뒤집어 나열하고 있는 점이다. 이러한 점은 시 형태 고찰에서도 언급한 바 있지만, 여기에서의 문제는 그가 사용한 수의 개념에 관한 것이다. 여기에서는 '0'과 '1'이 구조상 대립을 이루고 있으며, 그 핵심을 이루고 있다. 환자와 관련시켰을 때의 '0'의 의미는 죽음이고, '1'은 생 그 자체이다. 인간이 어차피 죽음을 면하지 못한다고 할 때, 우리 인간 모두는 환자이고 또 환자의 생을 표현한 숫자는 죽음의 의미인 '0'으로 수렴될 수밖에 없을 것이다. 따라서 위 작품은 이러한 의식이 내면세계의 프리즘을 통해서 나타날 때 위와 같이 숫자를 뒤집어 놓은 형태로 배열, 표현된 것이라고 할 수 있다. 그리고 이 경우 '0'은 생의 수렴치로서의 죽음을 의미하는 절대성을 지닌다. 이러한 의미는 "人間일 것. (의 사이)이것은 限定된 整數의 數學의 헐어빠진 慣習을 0의 整數倍의 役割로 重複하는 일이 아닐까?"[24]에서도 찾아진다.
　죽음의식의 또 다른 양상은 초월 내지는 재생으로서 그것으로부터 해방되고자 하는 의지이다.

───────────
24) 李御寧 교주, 위의 책, p.221.

     찢어진壁紙에죽어가는나비를본다. 그것은幽界에
絡繹되는秘密한 通話口다. 어느날거울가운데의頹髮
에죽어가는나비를본다. 날개축처어진나비는입김에
어리는가난한이슬을먹는다. 通話口를손바닥으로꼭
막으면서내가죽으면앉았다일어서드키나비도날라가
리라. 이런말이決코밖으로새어나가지는않게한다.

                        —「烏瞰圖: 詩第十號 나비」 전문

   '나비'와 '나'와의 대립으로 이루어진 작품이다. 나비의 죽음과 나의 죽
음을 대립시키고 내가 죽으면 나비가 날라가리라는 의식 구조이다. 그런
데 여기서의 문제는 죽음과 나비와의 관련이다. 정신분석학에서의 나비
의 이미지는 재생(rebirth)으로 설명되고 있다. 이것은 우연일지 모르지만
위의 시작품의 시 구조와 일치되고 있다. 따라서 이 작품은 재생을 통해
서 죽음의식에서의 탈피를 시도하는 것이라 할 수 있다.

   나. 전통의식

   전통의식은 그의 생활에서 형성된 것으로서 家系的인 것, 역사적인 것,
對사회적인 것 등으로 구분되고 있다. 가계에 대한 그의 의식은 가계적
전통에 대한 부정이다.

     나의아버지가나의곁에서조을적에나는나의아버지
가되고또나는나의아버지의아버지가되고그런데도나
의아버지는나의아버지대로나의아버지인데어쩌자고
나는자꾸나의아버지의아버지의아버지의……아버지
가되니나는왜나의아버지를껑충뛰어넘어야하는지나
는왜드디어나와나의아버지와나의아버지의아버지와
나의아버지의아버지의아버지노릇을한꺼번에하면서
살아야하는것이냐

                          —「烏瞰圖: 詩第二號」

아버지와 나와의 대립으로 구성된 이 작품은 씨족적 전통에 대한 의구심을 표현하고 있다. 이러한 그의 의구심은 그의 생활 능력과 밀접하게 관련되고 있다. 「詩第七號」에서의 "謫居의地를貫流하는一封家信·나는 僅僅히遮載하였더라"와 같은 표현과 「얼굴」에서의 "墳塚에게신白骨까지 가내게血淸의原價償還을强請하고있다"와 같은 표현은 그의 생활상을 입증하고 있다. 「家庭」의 "壽命을헐어서典當잡히나보다"와 같은 표현은 가장 처절한 생활의 일면을 보여주고 있다. 이렇게 표현되는 그의 생활상의 무능력과 가정으로부터 오는 전통적인 억압은 하나의 갈등으로서 그를 탈진케 했을 것이고, 또 이러한 관계에서 家系的인 전통에 대한 회의 내지는 부정의식은 역사와 사회적인 영역으로까지 확대되어 나타난다.

> 古城앞풀밭이있고풀밭위에나는내帽子를벗어놓았
> 다. 城위에서나는내記憶에게무거운돌을매어달아서
> 는내힘과距離껏팔매질쳤다. 抛物線을逆行하는歷史
> 의슬픈울음소리. 문득城밑내帽子곁에한사람의乞人
> 이장승과같이서있는것을내려다보았다. 乞人은城밑
> 에서오히려내위에있다. 惑은綜合된歷史의亡靈인가.
> 空中을向하여놓인내帽子의깊이는切迫한하늘을부른
> 다. 별안간乞人은漂漂한風采를허리굽혀한개의돌을
> 내帽子속으로치뜨려넣는다. 나는벌써氣絶하였다. 心
> 臟이頭蓋骨속으로옮겨가는地圖가보인다. 싸늘한손
> 이내이마에닿는다. 내이마에는싸늘한손자국이烙印
> 되어언제까지지어지지않는다.

                                    ―「烏瞰圖: 詩第十四號」 전문

이 작품은 나, 나의 돌과 걸인, 걸인의 돌과의 대립으로 구성되었다. '나'의 층에 속하는 것은 고성, 기억과 모자 그리고 역사의 슬픈 울음소리이고 '乞人'의 층에 속하는 것은 역사의 종합된 망령, '내위에있다'와 '치뜨려넣다'와 같은 표현을 통해서 나타나는 위협 내지는 공포의 대상이다.

이 두 층의 관계는 모자를 통해서 융합된다. 따라서 모자가 가지는 의미는 이 작품의 열쇠 구실을 한다. 모자는 아마도 '나'의 현존재가 아닌가 생각된다. 다시 말하면, '나'의 총체로서의 현존재라는 의미이다. 그 근거는 '帽子의깊이'로써 확인된다. 모자를 바탕으로 역사의식에 도전함으로써 현존재를 확인하고 그것으로부터 탈출하려고 시도했으나, 오히려 그것은 모자를 위협하고 마침내는 '나'를 기절케 함으로써 그러한 시도를 이루지 못하게 한다. 뿐만 아니라 역사의식은 '나'에게 하나의 운명처럼 낙인되어 나타난다. 이것은 "암만해도 나는 19世紀와 20世紀의 틈바구니에 끼여 卒倒하려는 無賴漢인 모양이오. 완전히 20世紀 사람이 되기에는 내 血管에는 너무도 많은 19世紀의 엄숙한 道德性의 피가 위협하듯이 흐르고 있소 그려."[25]와 같은 표현에서도 찾아볼 수 있는 것으로서, 우리는 여기서 다다이즘이나 초현실주의적인 것 같으면서도 그 의식 혁명에까지 이르지 못한 이상의 시 의식을 읽을 수 있게 된다.

李箱의 對사회의식은 이와 같은 그의 역사의식보다는 부정적인 면에서 보다 철저하게 나타난다.

基督은襤褸한行色하고說敎를시작했다.
아아르 · 카아보네는橄欖山을山채로拉撮해갔다.
            ×
1930年以後의일—.
네온싸인으로裝飾된어느敎會문깐에서는뚱뚱보카아보네가볼의傷痕을伸縮시켜가면서入場券을팔고있었다.
                    1931, 8, 2
                        —「烏瞰圖: 二人…1…」 전문

기독과 알 · 카포네(Capone, Alphonso: 통칭 Al. Capone)-미국의 유명한 갱 조직의 두목이다. 그는 금주법을 어기고 밀주 제조로 많은 돈을 벌었

---

25) 위의 책, p.271.

을 뿐만이 아니라, 흉악 범죄를 자행한 흉악범이다.―를 대립시키고 있다. 1련에서는 남루한 행색으로 설교를 하는 기독으로, 예수가 자주 기도를 올렸다는 감람산을 山채로 납취해간 알·카포네와 대립시킴으로써 알 카포네의 위세를 표현하고 있고, 2련에서는 1930년대의 교회를 알·카포네가 장악하여 상품화시킴으로써 이러한 대립을 해소시키고 있다. 여기에서 시적 화자는 두 개의 의미를 준비하고 있는 듯하다. 하나는 황금 만능에 휘말리고 있는 교회의 부패상이고 다른 하나는 카포네로 상징되는 사회의 비리와 부정이다.

이와 같은 그의 대사회의식은 「烏瞰圖: 詩第五號」에서도 보인다. 신과 我를 대립시키고 있는 이 작품은 신을 '胖矮'라고 수식함으로써 희화화시키고 있고, 臟腑를 축사와 비교함으로써 인간의 허위에 대해 조소하고 있다. 이와 같은 조소는 '紙碑'의 이미지로 되어 있는 "無事한 世上이 病院이고 꼭 治療를 기다리는 無病이 끝끝내 있다"에서도 나타난다.

다. 性的 의식

李箱의 성적 의식은 「紙碑」나 「雙脚」에서 보이는 그의 생활의 파탄 내지는 건강의 이상신호로 말미암아 건전한 것이 되지 못하고, 오히려 그의 의식에서 도피가 아니면 야유나 조소로서 나타나고 있다. 「烏瞰圖: 詩第六號」에서의 앵무로서 은유되어 표현되고 있는 그의 성적 의식은 "勿論 나는 追放당하였느니라. 追放당할 것까지도 없이 自退하였느니라. 나의 身軀는 中軸을 喪失하고 또 相當히 蹌踉하여 그랬던지 나는 微微하게 涕泣하였느니라."와 같이 그의 건강으로 말미암은 도피의식을 나타내고 있다.

△은 나의AMOUREUSE이다.
▽이여 씨름에서이겨본經驗은몇번이나되느냐.

　　▽이여 보아하니外套속에파묻힌등덜미밖엔없고나.
　　▽이여 나는呼吸에부서진樂器로다.
　　나에게如何한孤獨은찾아올지라도나는××하지
　　아니할 것이다. 오직그러함으로써만, 나의生涯
　　는原色과 같아여豊富하도다.
　　그런데나는캐라반이라고.
　　그런데나는캐라반이라고.

　　　　　　　　　　　　　－「神經質的으로肥滿한三角形」 전문

　　이 작품은 △와 ▽의 대립 그리고 △와 시적 화자인 나와의 대립으로
구성되고 있다. "△은 나의 AMOUREUSE이다."에서의 △의 의미는 의식
상 또는 정신상의 애인이고, 그것에 대한 ▽은 현실적이고 관능적인 의
미로서의 여인의 이미지이다. 1, 2행에서는 여인의 참상, 3행에서는 '나'의
건강상의 이상신호, 5, 6행은 원색과 같은 생애를 유지하기 위한 도피 그
리고 7, 8행은 그러한 이유로 해서 나타나는 애정의 방황 등으로 표현되
고 있다. 이와 같은 방황은 「▽의遊戲」와 「破片의景致」 등에서는 ▽의
추적으로 나타나고, 이것은 다시 「紙碑1, 2」에서의 안해에 대한 의구심으
로 이어지고 「紙碑3」에서의 '나'의 출타로 끝난다. 이러한 그의 의식은 일
종의 도피이다.

　라. 영원에 대한 의식

　　죽음의식에서 벗어나기 위해서 그는 삼차각 설계도를 꾸민다. 「三次角
設計圖」는 「線에關한覺書 1」에서 7까지로 구성된다. 삼차각 설계도의 출
발은 시각이다. 이 시각의 특징은 "視覺이란 사람과같이永遠히살아야하
는數字的인어떤一點이다. 視覺의이름은運動하지아니하면서 運動의코오
스를가질뿐이다."에서 보는 바와 같이 일점이고 또 운동하지 않는다. 따
라서 그는 시각에 통로를 설치하고 최대의 속도를 부여한다. 「線에關한

覺書7」,「線에關한覺書6」에서의 "數式은光線과光線보다도빠르게달아나는사람에의하여 運算될것"과 "사람은별－天體－별때문에犧牲을아끼는것은無意味하다. 별과별과의引力圈과引力圈과의相殺에의한加速度函數의變化의調査를爲先作成할것"과 같은 계획에 의해서 삼차각은 설계되고 있다. 이러한 설게에 의해서 인간은 광선보다도 빠르게 달아날 수 있고, 數兆年의 태고의 사실을 볼 수 있게 된다. 따라서 인간이 영겁을 살 수 있는 것은 광선이라는 결론에 도달한다.「線에關한覺書1」그리고「線에關한覺書2」에서 태초의 僥倖을 밝히고,「線에關한覺書5」에서는 인간이 광선보다 빠르게 달아남으로서 나타나는 결과를 측정한다. "사람은달아난다. 빠르게달아나서永遠에살고過去를愛撫하고過去로부터다시過去에산다."와 같이 그는 광선보다 빠른 속도를 통해 미래, 과거를 함께 하는 영원을 기대함으로써 죽음의식으로부터 해방 내지는 탈출을 시도하고 있다.

그런데 그는 이러한 기하학적 설계를 통한 기대에도 불구하고 끝내는 다른 탈출구를 모색하지 않으면 안되었다. 그것은「거울」과「烏瞰圖: 詩第15號」에서 나타난다.「거울」에서는 거울을 경계선으로 하여 '나'와 '또 다른 나'와의 대립구조를 설정하고, '나'가 외로된 사업에 골몰하고 있는 '거울 속의 나'를 진찰할 수 없어 섭섭해 하는 상황을 표현하고 있다. 외로된 사업에 골몰한다는 의미는「烏瞰圖: 詩第15號」에서 보다 구체적으로 표현되고 있다. 그것은 1련에서의 '무서워하며떨고있는', '나를어떻게하려는陰謀를하는' 등이다. 시적 화자는 이러한 이유로 해서 여기에서 벗어날려고 시도해도 끝에 벗어나지 못하는 '내가그때문에囹圄되어있드키그도나때문에囹圄되어떨고있는'라는 상황 때문에 '나'가 '거울 속의 나'를 향하여 자살을 권유한다. 그러나 '거울 속의 나'는 불사조에 가까운 존재이다. 이러한 상황 속에서 시적 화자는

模型心臟에서붉은잉크가엎질러졌다. 내가遲刻한내꿈에서나는極刑을받았다.

내꿈을支配하는者는내가아니다. 握手할수조차없는두사람을封鎖한巨大한罪가있
다.

ー「烏瞰圖 詩第15號」6련

에서 볼 수 있는 '握手할수조차없는두사람을封鎖한巨大한罪'를 인정한다.
이것은 영원에 대한 탈출구로서의 인정할 수밖에 없는 체념이라는 역설
이 아닌가 생각된다.

4. 맺는말

李箱의 시세계를 밝히기 위해 두 측면에서 접근, 시도했다. 하나는 문
학 외적인 면이고, 다른 하나는 시세계의 구조면이다.

李箱이 문학에 관심을 갖기 시작한 이후 그의 생활은 곧 그의 문학이
었고, 또 그의 문학은 그대로의 그의 생활의 표현이었다. 미술로부터 출
발하여 문학에 관심을 쏟기 시작하면서부터 그의 건강과 생활의 리듬에
파격이 나타났으며, 또 이것은 그로 하여금 정직하게 살려고 한 정상인
으로서의 생활을 차압하고 말았다. 여기에서 그의 생의 비극인 갈등이
나타나게 되고, 또 이것은 그의 문학의 일차적인 골격으로서 나타난다.
이것은 그가 이미 용어의 의미를 터득하고 있었던 다다이즘적 성격의 일
환이 된다. 그리고 이러한 갈등 속에서도 진실하게 살려고 의도한 그에
게 허위와 가식으로 둘러쌓여 있는 의식계는 혐오의 대상으로 부각된다.
이러한 의식계에 대한 부정, 파괴를 감행할 수 있었던 세계가 그의 시의
이차적인 골격을 이루는 내면의식세계이다. 이것은 그의 시의 쉬르레알
리즘적 성격의 일환이 된다. 이와 같은 의식계와 내면의식계와의 관계는
곧 그의 생활이자, 문학의 성격을 결정케 하는 요소가 된다.

시세계의 구조면은 성격상 형태면과 시 의식면으로 구분하여 고찰했
다. 그의 시형태는 한국 근대시형태의 전통에 대한 부정, 파괴로서 전위

적이고 실험적인 성격을 지닌다. 붙여쓰기의 시도, 숫자 및 수식의 도입, 각종 도형의 도입, 호수가 다른 활자의 배열, 행과 연의 구분을 하지 않은 점과 구두점의 무시 등은 표면적인 모방 시위로서가 아니라, 본질적인 필연성으로서 그의 시의 표현수단으로 고안, 구사되었다. 그리고 이와 같은 실험적인 시도는 한국 근대시형태의 저변을 확대했을 뿐만 아니라, 나아가 그것에 전위적인 현대성을 부여했다는 점에서 그 의의가 평가된다.

시의식면은 시작품의 구조의 유형 파악으로부터 접근, 고찰했다. 그의 시작품은 세 층의 유형으로 구성되어 있다. 그것은 의식계의 갈등에서 나타나는 현실적인 층과 진실하게 살려고 한 층과 이러한 갈등의 내면의식이라는 프리즘을 통과해서 내면의식 속에서 재현되는 층 등이다. 이 세 층의 유형은 한 작품에서 대립되는가 하면 융합된다. 여기에서 그의 시세계의 특이한 측면, 즉 다다이즘적 성격과 쉬르레알리즘적인 성격의 융합이 이루어진다. 이 점은 "다다이즘적이다." 혹은 "쉬르레알리즘적이다."라고 한 종전의 그의 시세계의 평가에 대한 새로운 해석이다.

그리고 세 층의 유형은 다시 대립구조를 이룬다. 한 작품에서의 대립을 이루는 대상은 곧 그 작품의 핵을 이루는 요소가 될 뿐만 아니라, 그의 시의식의 유형을 이루는 요소가 되기도 한다.

대립 구조를 통해서 나타나는 그의 시의식의 유형은 인간적인 면에서의 죽음의식, 전통의식, 성에 대한 의식과 우주적인 면에서의 영원에 대한 의식 등이다. 이러한 의식의 유형은 그의 생활을 구심점으로 하여 형성된다. 따라서 그의 생활이 비정상적이었던 만큼 이러한 의식의 유형들도 부정과 파괴가 아니면 도피, 혐오 등의 성격을 지닌다.

이상과 같이 문학의 외적 측면과 시세계의 구조면에서 李箱의 시세계를 고찰했지만 아직도 해결되어야 할 점들이 나타나고 있다. 그것은 비교문학적인 관점에서 李箱문학의 발원지에 대한 고찰, 시적 어법의 비교 고찰 등에 관한 문제이다.

Ⅲ. 形態의 思想性과 限界

– 모더니스트 金光均의 시작품을 중심으로 –

1. 머리말

金光均(1914-1993)은 30년대 한국 모더니스트 시인이다. 그는 한국시의 개혁을 주장하고 시도했다. 그 결과 한국시의 현대화에 박차를 가하게 하는 한편, 시적 어법, 이미저리, 조형성 등에서 당시로서는 성공적이라고 해도 과언이 아닐 업적을 남겼다. 그런가 하면, 다른 한편으로 그는 이러한 그의 업적을 심화시켜 더욱 큰 것으로 승화시켰어야 했을 터인데도 그렇지 못했다. 바로 여기에서 그의 시의 한계성이 드러나게 된다. 이러한 점은 지금까지의 김광균 및 그의 시에 대한 연구에서 언급되었고 지적된 바 있다. 그런데, 이러한 결과에 대한 본질적인 원인 규명은 아직까지 없었던 것으로 생각한다. 이러한 원인 규명과 그것을 토대로 한 업적과 한계점을 고찰하고자 하는 바가 바로 본고의 관점이다.

金光均은 그의 시작품이나, 시의 실험성에 비해서 시론은 발표하지 않았다고 해도 과언이 아니다. 그런 가운데에서도 1940년에 『人文評論』지에 발표한 「抒情詩의 問題-나의 詩論」은 그의 시론을 명료하게 표명하고 있다는 점에서 주목된다. 여기에서 제시하고 있는 중요한 관점의 하나는 '形態의 思想性'이다. 바로 이것은 그의 시론 및 시작품 구성 방법의 중추적인 요소의 하나가 된다. 그 이유는 그가 시도한 실험성도 여기에 기인하고 있고 한계성 역시 여기에서 비롯된 것이라고 할 수 있기 때문이다.

따라서 본고에서는 이 '形態의 思想性'의 개념을 밝히고 그것을 기본으로 하여 시도한 시의 실험성—시적 어법, 이미저리, 시의 조형성과 의미 구조 등에 나타나는—과 한계성을 분석하고자 한다. 이것은 지금까지 작품상으로만 분석한 평가와는 달리 金光均의 시작상의 의도적인 시도로부터 비롯되는 시작품상의 실험성과 그 특징, 그리고 한계성의 원인까지를 체계적으로 밝힐 수 있게 되리라 본다. 뿐만 아니라 이 분석은 여기에서 끝나는 것이 아니라, 한국시의 단계적인 발전과 계통을 이룩할 수 있게 하는 시작 방법상의 문제까지도 고려할 수 있는 계기를 마련하게 될 것으로 생각한다.

그리고 분석을 위한 대상으로서의 시작품으로는 주로 1930년대의 작품을 중심으로 삼으려고 한다. 그 이유는 그의 시에 대한 실험성이 명료하게 부각되었다고 볼 수 있는 작품들의 대부분이 1930년대에 발표된 것들이기 때문이다. 그리고 분석대상의 시집으로는 『瓦斯燈—金光均 詩全集—』을 선정했다.

2. 형태의 思想性의 개념

金光均은 1940년 『人文評論』 2월호 「나의 詩論」 특집란을 통해 「抒情詩의 問題」라는 제목으로 시론을 발표하고 있다. 이것은 당시까지 그가 써온 시에 대한 주장임과 동시에 한국시의 새로운 방향모색을 위한 시도에 대한 이론이었다. 그는 여기에서 한국시단의 시 경향을 분석, 비판하고 그 대안으로서 몇 가지의 관점을 제시하고 있다.

① 자연발생적인 시의 지향에서 벗어나야 한다고 주장한다. 그 이유로서 "詩에 있어서의 對象(現實)이 있는 以上 이 對象에 根本的인 變化가 있을 때, 이 對象을 담는 容器(詩) 역시 變化해야 할 것은 그리 思考를 要할 바가 못된다"라는 이론을 바탕으로 20세기 이전과 그 이후의 사회가

변화되었기 때문에 시 그 자체도 변화되어야 한다는 점을 들고 있다.

19世紀는 19世紀가 끝나는 마즈막날의 한 장의 「카렌더」로 없어져 歷史上의 存在가 되었고 20世紀에 存在해 있는 우리는 20世紀의 精神과 感情과 感覺을 노래할 뿐이다.[1]

② 형태의 혁명을 주장하고 있다. 이것은 정신의 혁명을 위한 전단계로서 형태의 혁명이 이루어져야 한다는 이론이다. 이 이론을 그는 형태의 사상성이라 하고 "精神의 革命은 거기 適合한 生産工程을 通하여 반드시 形態의 革命에 나타날 것은 疑心할 餘地가 없을 것이다"[2]라고 설명한다. 그리고 이어서 李箱과『三四文學』동인의 산문표현의 실험을 높이 평가하고 있다.

③ 시가 현실에 대한 비판정신을 기를 것을 "現代의 精神과 生活 속에서 詩는 새로 洗濯받고 몸소 그것을 代辯하는 重要한 發聲管이어야 할 것이다"라고 주장하고 있다. 그리고, 새로운 시에 사용될 형태로서 음악적인 것보다 조형적인 것이어야 한다는 점을 미래파, 입체파, 초현실주의파의 시운동과 관련시켜 강조하고 있다.

새로운 詩가 自然의 風景에서 노래할 것을 發見치 못하고 精神의 風景 속에서 對象을 구했고 거기 使用된 言語도 牧歌的인 古典에 속한 것보다는 都市生活에 關聯된 言語인 것도 事實이다. 오늘 와서 現代詩의 形態가 造型으로 나타나고 發達된다는 事實은……「形態의 思想性」을 통하여 造型 그 물건이 一種 思想을 代辯하고 나아가 그 文學에도 어느 정도의 變化를 이르키는 데까지 갈 것도 생각할 수 있다.[3]

이상의 세 관점을 통해서 우리는 金光均이 시도한 시의 의도와 방향을

---

1)『人文評論』 1940. 2월호, pp.74-75.
2) Ibid, p.76.
3) Ibid, p.77.

짐작할 수 있게 된다. 그는 시대성의 변화 즉 19세기에서 20세기로 옮아옴에 따라 정신면의 변화가 이루어졌기 때문에 그 변화된 정신에 알맞는 형태의 변혁도 이루어져야 한다고 보고 그 형태의 변혁으로서 도시어와 조형성을 시에 도입하려고 한 것처럼 보인다. 그는 이것을 형태의 사상성이라고 하는 구절로 집약시킨 듯 하다. 그리고, 그 근거로서 20세기 전위파들의 예를 들고 있다. 이와 같은 시에 대한 그의 견해는 단편적이라면 단편적이라고 할 수 있긴 하지만, 그의 시작품에 대한 이론적인 배경으로서는 주목되는 것이라고 할 수 있다.

그런데 여기에서 중요한 문제가 발생하게 된다. 그것은 형태의 사상성에 기인한다. 형태의 사상성이란 문예 내지는 문화 전반에 걸쳐 있는 본질적인 문제의 하나라고 할 수 있기 때문에 쉽게 언급될 수 있는 성질의 것은 아니다. 뿐만 아니라, 이 문제는 문예 내지는 문화의 형성, 발전단계를 통해 수없이 논의되어 온 것이기도 하다. 더 구체적으로 살펴보면, 이것은 형식과 내용이라는 이원성의 문제로서 문예 내지는 문화의 형성, 발전 및 양상의 규명에 관련되어 온 것이다. 문예사조적인 면에서 볼 수 있는 고전주의 시대의 형식 우위, 낭만주의 시대의 형식타파는 곧 그 좋은 예의 하나라고 할 수 있다. 그러나 궁극적인 면에서 볼 때, 이 두 요소는 사물이라고 하는 하나의 완성체 그 자체 속에 융합되어 있는 것이지 확연하게 구분되어 나타나 있는 것은 아니다. 변화, 발전이라고 하는 측면에서 볼 때도 이 두 요소의 융합(분해할 수 없는)에서만 가능한 것이지 이 두 요소를 나누어서 생각할 수는 없는 것이다.

그런데 金光均의 경우는 먼저 20세기적인 새로운 정신에 알맞는 새로운 형태의 모색을 주장하고 있다. 이 이론은 당시의 시대적인 상황(서구적인)에서 볼 때, 한국 시단에서 주장될 수 있는 일면을 지녔다고 할 수 있긴 하지만, 그것도 한국적인 상황에서는 관념적인 성질의 것이 아니었나 생각된다. 그 이유는 1930년대 한국 시단에서는 서구에서와 같은 시대적인 극심한 변화도 없었을 뿐만 아니라 한국적인 상황 그 자체 속에서

도 통일된 이념으로서의 정신적인 이슈가 형성되어 있었다고는 볼 수 없
는 그런 속에서 새로운 정신을 찾았고 그것에 알맞다고 생각되는 형태를
모색했기 때문이다. 다시 말하면 19세기와 다른 20세기만을 서구적인 관
념으로써 의식했을 뿐 그 구체적인 정신적 내용을 스스로 마련하지 못한
채 새로운 형태만을 모색, 시도했다는 의미이다. 때문에 그 결과 그는 새
로운 형태의 모색 그 자체 속에서 새로운 정신적 내용을 찾으려고 했을
뿐, 내용과 형식의 융합된 것으로서의 새로운 양상을 추구하지 못한 결
과를 낳지 않았나 생각한다. 바로 이 점이 그의 시론이 한계점에 이르지
않으면 안 될 필연적인 원인으로 나타날 수밖에 없는 요소가 되었다고
할 수 있다. 이와 같은 이론적인 한계점은 그의 시론으로서만 끝난 것이
아니라, 시작품에도 영향을 미치게 한 것이다. 바꾸어 말하면 그의 시작
품상에 나타나는 한계점은 곧 이러한 그의 시론의 바탕 위에서 귀결된
것이라고 할 수 있다.

3. 시작품의 실험성과 특징

위에서 밝힌 "形態의 思想性"이라고 하는 그의 시론의 실험은 다음에
서 분석할 시적 어법과 이미저리 그리고 시의 조형성에서 시도되고 있
다.

(1) 시적 어법과 이미저리

가. 시적 어법

金光均의 시작품의 배경은 한국에서의 종전의 시작품의 배경과는 다
르다. 종전의 시의 배경이 자연적인 상태, 전원, 목가적인 풍경인데 비해
金光均의 경우는 문명적인 상태, 도시, 이국적인 풍경 등이 중심을 이루

고 있다. 따라서 그의 시적 어법의 구사도 자연적인 상태, 전원, 목가적인
풍경을 중심으로 한 언어가 아니라 문명적인 상태, 도시, 이국적인 풍경
을 표현할 수 있는 언어가 중심을 이루게 된다.

> 카아네이션이 흩어진 石壁 안에선
> 개를 부르는 女人의 목소리가 날카롭다.
>
> 동리는 발 밑에 누워
> 먼지 낀 揷畵같이 고독한 얼굴을 하고
> 露臺가 바라다 보이는 洋舘의 지붕 위엔
> 가벼운 바람이 旗幅처럼 나부낀다.
>
> 한낮이 겨운 하늘에서 聖堂의 낮 종이 굴러내리자
> 붉은 노우트를 낀 少女 서넛이
> 새파란 꽃다발을 떨어뜨리며
> 햇빛이 퍼붓는 돈대 밑으로 사라지고
> 어디서 날라온 피아노의 졸린 餘韻이
> 고요한 물방울이 되어 푸른 하늘에 스러진다.
>
> 牛乳車의 방울소리가 하-얀 午後를 싣고
> 언덕 넘어 사라진 뒤에
> 수풀 저쪽 코오트 쪽에서
> 샴펜이 터지는 소리가 서너 번 들려 오고
> 겨우 물이 오른 白樺나무 가지엔
> 코스모스의 꽃잎 같이
> 해맑은 흰 구름이 쳐다보인다.
>
> ─「山上町」 전문

위 작품의 배경은 이국적 생활의 풍경이다. 거기에 구사된 언어 역시
이국풍경의 표현에 적합한 것들을 선택하고 있다. 가령 카아네이션, 노우
트, 피아노, 코오트, 샴펜, 코스모스 등의 외래어, 石壁, 露臺, 洋舘, 聖堂,

돈대, 牛乳車 등 이국적인 풍경의 명칭인 언어들이 그 좋은 예의 하나이다. 이와 같은 언어들의 유형의 선택은 종전의 한국시에서는 볼 수 없었던 새로운 것임과 동시에 종전의 한국시에서 구사된 언어들의 유형의 성격에 대한 일종의 혁신이라고 할 수 있다.

그리고 이들 언어들을 중심으로 구사된 표현은 정감적인 것이라기보다는 감각적인 것이라고 할 수 있다. 그것은 우선 1련의 "카아네이션이 흩어진 石壁 안에선/개를 부르는 女人의 목소리가 날카롭다"의 표현에서도 발견할 수 있게 된다. "카아네이션이 흩어진 石壁 안"은 시각화를 위한 언어구사이고 "개를 부르는 女人의 목소리가 날카롭다"는 청각화를 위한 언어구사이다. 이러한 표현은 표현대상을 주관적으로 정감화시킨 종래의 표현방법과는 달리 표현 대상을 객관적으로 충실하게 묘사하여 감각화시키고 있다. 이와 같은 시적 어법은 「山上町」의 각 연에서 사용되어지고 있다. 뿐만 아니라 이와 같은 시적 어법은 그의 대부분의 시작품에서 실험되고 있다.

> 슬픈 都市엔 日沒이 오고
> 時計店 지붕 위에 靑銅비둘기
> 바람이 부는 날은 구구 울었다.
>
> 늘어선 高層 위에 서걱이는 갈대밭
> 열없는 標木되어 조으는 街燈
> 소리도 없이 暮色에 젖어
>
> ─「廣場」 중에서

도시를 배경으로 한 「廣場」의 일부이다. '都市', '時計店', '靑銅비둘기', '高層', '街燈' 등 어휘는 도시를 대상으로 한 언어들이다. 그리고, 이들 언어들은 정감적인 표현으로써의 주관적인 면을 나타내기보다는 도시의 한 요소인 풍물들의 명칭으로써 그 자체들이 객관적인 면을 보여 주고 있다.

그런가 하면 이들 언어들이 결합해서 이루어진 행, 연의 표현 역시 주관적인 정감의 표현이 아니라 도시의 객관적인 현상을 시각화, 청각화 내지는 공감각화(늘어선 고층 위에 서걱이는 갈대밭)시켜 묘사화하고 있다.

이와 같은 시적 어법의 특징으로는 종래의 자연적인 상태, 전원, 목가적인 풍경을 배경으로 한 정감의 표현을 도시적인 상황, 문명, 이국적인 풍경을 배경으로 한 감각적인 표현으로 변화시켰다는 점 이외에도 표현의 선명도를 들 수 있다.

> 나즉이 물결치는 밤비 속으로
> 모자를 눌러 쓰고 舖道를 가면
> 바람에 지는 진달래같이
> 자취도 없는 고운 꿈을 뿌리고
> 눈부신 은실이 흩어집니다.
>
> — 「밤비」 중에서

도시에 나리는 밤비를 표현하고 있는 연이다. "나즉이 물결치는 밤비"를 "바람에 지는 진달래"와 "눈부신 은실"로 비유해서 시각화시킴으로써 그 대상을 선명하게 미화시키고 있다. 이 점은 "비가 옵니다. 뜰우에 창밖에 지붕에/남 모를 기쁜 소식을/나의 가슴에 전하는 비가 옵니다"(朱耀翰의 「빗소리」 중에서)와 대비시킬 때 더욱 명확해진다. 朱耀翰의 「빗소리」의 경우는 '비'를 '남 모를 기쁜 소식을 나의 가슴에 전하는'의 대상으로 媒體化시켜 주관화시킴으로써 표현대상인 '비' 그 자체가 내면적인 비로 변화되고 있다. 따라서, '비' 그 자체로서의 표현의 선명도는 그만큼 약화되어진다. 이에 비해서 金光均의 '밤비'는 위에서 지적한 바와 같이 비유를 통해 시각화됨으로써 '비' 그 자체가 객관적으로 표현되어지고 있다. '자취도 없는 고운 꿈을 뿌리고'의 행에서 볼 수 있는 '고운 꿈'이라는 내면적인 요소가 있긴 하지만 그것도 '뿌리고'로 표면화시킴으로써 시각화되고 있는 점이 朱耀翰의 경우와는 다르다.

金光均이 이와 같은 시표현의 선명도에 관심을 가지고 실험하게 된 것은 아마도 이미지즘의 영향이 아닌가 생각된다. 이미 당시 한국의 시단에는 이미지즘 이론이 崔載瑞에 의해서 도입되어 있었고 또 金起林에 의해서 주장, 실천된 바 있다. 그리고 金光均 역시 이 경향하에서 시작활동을 하고 있었다. 때문에 그가 이미지즘적 영향하에서 새로운 시작품을 쓰려고 시도했으리라는 가능성은 충분하다. 특히 1915년에 발간된 이미지스트들의 둘째번 앤소로지의 서문에 실려 있는 여섯 항목의 강령 중 다섯째 항인 "조각같이 확연하고 눈에 명백히 보이는 시를 지을 것, 멍하고 흐릿하고 막연한 시를 쓰지 말 것"4)과 같은 내용에 비교할 때, 그가 시도한 시의 표현의 방법이 유사하다는 점에서 더욱 그렇게 느껴진다.

金光均이 이미지즘적 영향하에서 시도한 시적 어법은 위에서 지적한 바와 같이 일차적으로는 성공한 것처럼 보인다. 그러나, 뒤에서 구체적으로 지적하겠지만, 시 그 자체가 내면적인 정감이나 정서 내지는 정서화된 사상 등을 표현한다면 문제는 표현 그 자체에도 있겠지만 그것보다 더 큰 것은 그 표현대상의 폭과 깊이에 있지 않나 생각한다. 그것은 그가 시의 선명도를 위해서 감각적 특히 시각적인 표현만을 시도한 결과, 표현내용 그 자체마저도 표면적인 것 특히 시각적인, 감각적인 것만을 중점적으로 선택하여 표현함으로써 그 폭과 깊이를 담지 못하고 있기 때문이다.

이 과정 속에서 약간의 내면적인 것의 표현이 시도되어 있는 것도 있긴 하지만 그것의 영역도 극히 제한되어진 범위를 벗어나지 못하고 있다. 다시 말하면, 그것은 현대성에 부딪쳐 발생되는 내면적인 문제나 인간적인 문제, 그 자체에서 우러나오는 것이라기보다는 거의 대부분이 고독, 비애 등 감상적인 범위를 넘어서지 못했다는 의미이다. 따라서 그의 시적 어법은 내면적이기보다는 표현적(감각적 특히 시각적)이고 다양한 것이라기보다는 획일적인 인상을 강하게 주게 된다. 바로 여기에 시적 어법면에서의 그의 한계성이 드러나게 된다.

---

4) 金在根, 『이미지즘 研究』, p.27.

나. 이미저리

金光均은 시적 이미저리를 시의 요소 중에서 가장 역점적으로 다루고 있다. 이것은 앞에서 살펴 본 시적 어법과 함께 그의 시론 가운데서 새로운 시의 형태로서 주장한 조형성을 위한 필연적인 결과라고 할 수 있다. 이러한 그의 시적 이미저리는 시 그 자체라기 보다도 시의 구성요소로서 더 많이 표출되고 있다.5) 그 가운데에서도 특히 돋보이는 것은 시각적 이미지이다. 양적인 면이나 질적인 면에서도 그의 시각적 이미지는 그가 구사한 다른 형의 이미지들보다 풍성하고 우수한 편이다.

> 1
> 香料를 뿌린 듯 곱—다란 노을 위에
> 電信柱 하나 하나 기울어지고
>
> 먼—高架線 우에 밤이 켜진다.
>
> 2
> 구름은
> 보랏빛 色紙 우에
> 마구 칠한 한다발 薔薇.
>
> 牧場의 깃발도 능금나무도
> 부을면 꺼질 듯이 외로운 들길.
>
> —「뎃상」 전문

이 작품은 언어로 그려진 한 폭의 소품을 연상케 한다. 그만큼 시각적 요소가 표현대상으로 선정되어 있다. 곱다란 노을, 電信柱, 高架線, 구름,

---

5) R. Wellek and A. Warren, *Theory of Literature*, p.211.
  "Like metre, imagery is one component of a poem."

보랏빛 色紙, 薔薇, 牧場, 능금나무, 들길 등이 그것이다. 이 중에서도 시
각적인 면을 돋보이게 하는 것은 "구름은/보랏빛 色紙 우에/마구 칠한
한 다발 薔薇"에서 볼 수 있는 시각적 이미지다. 그것은 구름과 장미와의
관계에서 나타난다. 비유법으로서 얽혀진 이 두 요소는 다 같이 외형을
갖춘 사물들로서 외형의 相似性에 의해 관계를 맺고 있다. 이 관계는 보
랏빛 색지와 마구 칠한 한 다발이라는 보조적인 표현에 의해서 더욱 선
명해진다. 그리고, 이러한 관계를 통해서 느껴지는 것은 시각적이고 장식
적인 성질이다. 이와 같은 이미지 표출 방법은 초보적인 단계의 것이긴
하지만, 이 경우 참신성을 느끼게 한다. 그것은 표현 그 자체에서도 느껴
지지만 특히 시각성과 장식성에 의해서이다.

　장식적인 성질을 띠는 시각적 이미지는 그의 시작품의 여러 곳에서 표
출되고 있다.

　　　　구름은 한 떼의 비둘기
　　　　꽃다발같이 아련 ─ 하고나.

　　　　　　　　　　　　　　　　　　　─「新村서」 중에서

　　　　밝은 햇빛은 花粉인 양 내려 퍼붓고
　　　　거리는 함박꽃같이 숨을 죽였다.

　　　　　　　　　　　　　　　　　　　─「街路樹, A」 중에서

등은 그러한 예의 일부이다. 이들 모두는 외형적인 형체의 相似性에 의
해서 유추되어 형성된 이미지군들이다.

　　　　落葉은 폴 ─ 란드 亡命政府의 紙幣
　　　　砲火에 이즈러진
　　　　도룬市의 가을 하늘을 생각케 한다.

　　　　　　　　　　　　　　　　　　　─「秋日抒情」 중에서

落葉과 亡命政府의 紙幣, 도룬市의 가을 하늘과의 관계는 은유다. 이두 요소 즉 원관념과 보조관념 역시 외형을 갖춘 사물들로서 서로 얽히고 있다. 그런데, 여기에서 주목해야 할 점은 그 사물들의 외형적인 형체의 상사성에 의해서 관계된 것이 아니라, 그 형체들이 지니는 성질의 상사성에 의해서 이루어지고 있다는 데 있다. 다시 말하면, 낙엽의 모습과 같은 것이 아니라, 낙엽의 성질과 같은 것과의 관계라는 의미다. 여기에는 단순한 시각적인 것에 의해서가 아니라 시인의 상상력이 작용되어야만 한다. 물론, 외형적인 모습의 상사성에 의한 것이라 할지라도 상상력의 작용 없이는 불가능한 것이기는 하지만. 그리고 이 표현에서 또 하나주목되는 것은 시대적인 감각성이다. "폴−란드 亡命政府의 紙幣", "砲火에 이즈러진/도룬시의 가을 하늘" 등은 당시의 전쟁이라고 하는 시대적양상의 하나를 낙엽의 비유로 이미지화하여 시작품에 도입함으로써 문명적이고 시대적인 감각성 내지는 현실성에 대한 관심을 표명한 것이라할 수 있다. 시와 시대성 내지는 문명과의 관련을 표명한 것은 한국의 경우 이 보다 앞서 金起林의 시론 및 시작품에서 논의되고 표현된 바이기도 하다.6) 시와 시대성, 시와 문명과의 관계는 시의 현대성을 위한 당시의 하나의 흐름이자 과제였던 것처럼 보여진다.7) 이것은 金起林의『氣象圖』의 표현과 金光均의 시작품에서의 시도 속에서도 그 일면이 입증된다고 할 수 있다.

> 긴-여름해 황망히 나래를 접고
> 늘어선 高層 창백한 墓石같이 황혼에 젖어
> 찬란한 夜景 무성한 雜草인 양 헝클어진 채
> 思念 벙어리되어 입을 다물다
>
> —「瓦斯燈」중에서

---

6) 片石村,『詩論』, p.169.
7) Ibid, pp.121-122.

1행에서는 태양과 나래를 연결시켜 무생물인 태양을 생물화시키고 있다. 그것은 태양을 주체화시켜 비상의 의미를 지닌다. 그런데, 그 비상이 하강의 형태를 이루고 있어 발랄한 느낌보다는 침몰적인 느낌을 주고 있다. 이러한 의미는 2행과 3행으로 이어져 표현된다. 2행은 高層이 墓石으로 3행은 夜景이 雜草로 비유되어 있다. 여기에서도 원관념, 보조관념 모두가 사물(夜景은 사물의 조합으로 이루어진 것임)들로서 시각성을 띄고 있다. 그런데도 위에서 살핀 것과는 다른 일면이 나타나고 있다. 우선 늘어선 고층과 찬란한 야경은 문명의 소산임에 틀림없다. 그런데 이 고층과 야경이 묘석과 잡초로 비유된 것은 상사성에 의한 것이라고 하기에는 좀 거리가 있는 것처럼 느껴진다. 그렇다면 그것들의 관계는 무엇에 의해서 맺어진 것일까. 그것은 이 시작품의 화자의 내면의식이 아닌가 본다. 이것은 화자의 문명관이라고도 할 수 있다. 그것도 긍정적인 것이라고 하기보다는 부정적인 것이다. 여기에서 우리는 두 가지 면을 발견하게 된다. 하나는 사물들의 상사성에 의한 것이 아니라, 화자의 내면의식에 의해서 두 사물의 관계를 맺게 하는 이미지 표출 방법이다.[8] 다시 말하면 내면의식의 시각적 이미지화라는 의미다. 다른 하나는 문명에 대한 비판의식이다. 그런데 이것은 객관적인 것이라기보다는 극히 주관적이라는 점에서 화자의 문명에 대한 비판의식의 한계점을 느끼게 한다. 이것은 4행에서 더욱 뚜렷해진다. "思念 벙어리되어 입을 다물다"와 같이 그는 부정에 대한 대안을 제시하지 못한 채 思念마저 함몰하는 극한을 보여 주고 있기 때문이다. 여하튼 이 4개 행은 시각적인 이미지들로 하나의 통일을 이룸으로써, 비상으로부터 함몰되어 하강의 극한에 다다르게 하는 함축성과 함께 전율감마저 느끼게 한다.[9]

이상과 같은 시각적 이미지 이외에도 그의 시작품에는 다른 유형의 이

---

8) 白鐵, 『新文學思潮史』, p.307.
   "그리하여, 김광균은 황혼과 노래 소리와 심지어 사람의 의식까지도 하나의 유형적인 것으로 개조해서 본다."라고 지적한 바 있다.
9) 郭光秀·김현, 『바슐라르 硏究』, p.92, 이미지의 구조 중 하강구조 참조.

미저리가 구사되고 있어 주목된다. 그것들은 청각적 이미지, 동적 이미지, 공감각적 이미지, 관념적 이미지 등이다.

金光均의 청각적 이미지는 시각적 이미지보다 양적으로나 질적으로 그렇게 성공을 거둔 것처럼 보이지는 않는다. 그러나 종래의 청각적 이미지와 대비할 때는 그 구조면에서 상당한 변화를 보이고 있어 주목된다. 종래의 경우는 대부분 표현대상의 소리를 모방하는 의성법에 의존하고 있었다. 그런데 그의 경우는 단순한 의성법적 모방이 아니라, 소리를 낼 수 없는 대상 혹은 관념 등이 청각화되어 이미지로 표출되고 있다. 이것은 이미지의 구조면에서 나타나는 하나의 변모라고 할 수 있다.

> 흰 거품을 물고 밀려드는 파도의 발자취가
> 눈보라에 얼어붙은 季節의 창밖에
> 나즉이 조각난 노래를 웅얼거린다.
>
> ─「午後의 構圖」 중에서

'파도'는 시각적인 면과 청각적인 면을 다 지니고 있다. '파도의 발자취'는 대상 즉 파도의 시각화임과 동시에 의인화된 표현이기도 하다. 이것이 다시 '나즉이 조각난 노래를 웅얼거린다'로 표현됨으로써 '발자취'의 시각적인 면이 청각화되고 있다. 다시 말하면, 이것은 '파도'가 의인화됨으로써 일차적으로 시각적인 이미지 '발자취'로 표현되었고, 이차적으로 청각적인 이미지 '나즉이 조각난 노래를 웅얼거린다'로 표현되었다. 이러한 표현은 두 가지의 성질을 띠게 된다. 하나는 공감각적(후술되어 있음) 성질이고 다른 하나는 무생물인 파도를 의인화시켜 정감을 가진 주체로 만들고 있는 점이다. 그런데 그 정감은 다정하고 온화한 것이 아니라, 피동적인 상태에서의 춥고 거칠은 불안감이다. 그것은 '흰 거품을 물고 밀려드는'에서의 '물고'라는 표현과 2행 그리고 3행의 '조각난'이라는 관형어 등에 의해서이다.

하이얀 입김 절로 가슴이 메어
마음 허공에 등불을 켜고
내홀로 밤깊어 뜰에 내리면
머언 곳에 女人의 옷벗는 소리

－「雪夜」중에서

여기에서의 주목되는 표현은 "女人의 옷벗는 소리"다. 이것은 분명 청각적 이미지인데 원관념이 나타나 있지 않아 무엇을 표현한 이미지인지는 불분명하다. 눈오는 밤에 보여진 먼 곳의 정경의 청각화일 수도 있고 먼 기억 속에서 재생된 상상으로서의 청각화일 수도 있다. 그러나 이 작품의 상황으로 미루어 볼 때, 또 다른 것으로도 볼 수 있다. 그것은 소리를 통해 눈오는 밤에 의식될 수 있는 것, 즉 눈이 내려 쌓이는 소리의 또다른 청각화라고도 할 수 있다. 다시 말하면 "먼 곳에 여인의 옷벗는 소리"는 눈이 내려 쌓이는 소리의 은유로서의 청각적 이미지라는 의미다. 이렇게 볼 때, 이 두 요소의 관계는 소리라는 면에서의 상사성은 있긴 하지만, 그 대상들의 동작이 아주 이질적이라는 점에서 흥미롭다. 이질적인 이 두 요소의 결합은 대상과 대상과의 관계이긴 하지만 시인의 고도의 상상력이 작용되었다는 점과 예민한 관찰력에 의해서 이루어졌다는 점 등에서 그 효과가 돋보이고 있다.

이와 같은 청각적 이미지 이외에 그의 시작품에서 원형화되어 나타나고 있는 이미지군은 동적 이미지이다.

벌떼처럼 초록별 날아오던 초가지붕 밑

－「吹笛벌」중에서

'초록별'은 정적 표현대상이다. 이를 '벌떼'에 비유함으로써 일차적으로 동적 힘을 자아내게 한다. 이를 다시 '날아오던'이라는 직접적인 표현을 통해서 '초록별'은 비상하는 운동으로 변화되어 생동감을 동반하게 된다.

여기에서의 비상은 상승으로써가 아니라, 하강구조로 되어 있긴 하지만 초록별이 벌떼처럼 날아와서 감싸던 초가지붕의 정경은 생동감에서 그치지 않고 원초적인 심미감마저 돋구어 내고 있다. 이와 같은 표현은 金光均에게서 비롯된 것은 아니다. 이미 이 이전에 鄭芝溶의 시작품에서 시도된 바 있다.10)

> 어제도 오늘고 고달픈 記憶이
> 슬픈 행렬을 짓고 창밖을 지나가고
>
> ―「紙燈」중「窓」중에서

기억은 관념이다. 이것을 의인화시켜 시각화시켰고 동시에 동작으로 변화시키고 있다. 따라서 관념인 기억이 생명체로서 구상화되어 정적 상태에서 벗어나 슬픈 행렬을 짓고 창밖을 지나는 동작의 주체 구실을 하게 된다. 그런데 이 표현은 '고달픈', '슬픈' 등의 관형어로 말미암아 생동감을 주기 보다는 초라한 느낌을 주고 있다. 이것은 시작품의 현실감을 살리기위한 의도적인 시도에 따른 것이 아닌가 본다. 이와 같은 점은 그가 그의 시작품에서 즐겨 구사한 듯이 보이는 시각적인 언어의 성질에서도 엿보인다.11)

> 褪色한 聖敎堂의 지붕 위에선
> 噴水처럼 흩어지는 푸른 종소리
>
> ―「外人村」중에서

여기에서의 '噴水처럼 흩어지는 푸른 종소리'는 그간 많이 金光均의 시적 이미저리를 거론할 때, 인용된 행이기도 하다. 그런데 그 대부분은 시

---

10) 鄭芝溶의 「바다2」와 「發熱」 등 작품 참조.
11) 金光均의 시작품에는 현실감을 나타내기 위해서 구사한 듯한 언어선택이 보인다. "하이얀, 하―얀, 창백히, 해맑은, 파리한, 어두운" 등 많이 있다.

각과 청각이 이어진 공감각적 이미지로 분석하고 있다. 그러나, 좀 더 세
밀하게 고찰하면 공감각적 이미지 그 이상의 무엇이 작용하고 있음을 느
끼게 한다. 이 행의 원관념은 '종소리'이다. 그 앞에 '푸른'이라는 관형어
를 배열함으로써 청각적인 종소리가 일차적으로 시각화되고 있다. 동시
에 그것은 색채어로서의 장식적인 구실을 한다. 그리고 여기에 다시 '분
수처럼 흩어지는'이라는 표현으로 이차적인 시각화를 시도하고 있다. 그
런데 이 행의 이미지는 이와 같은 시각과 청각이 어우러져 결합되는 감
각성 이외에 힘이 작용하고 있음을 느끼게 된다. 직유로서의 보조관념
구절인 '噴水처럼 흩어지는'이라는 표현이 바로 그것이다. 이 표현은 사
라져가는 느낌을 주고 있긴 하지만 분수의 비상으로서의 상승적인 힘의
작용을 느끼게 하고 있다. 우리는 이 표현을 통해서 당시로서의 金光均
의 이미지 표출의 한 수준을 볼 수 있음과 동시에 한국 시단의 표현의
한 수준도 보게 되는 셈이 된다.

  金光均의 시작품에는 또 다른 이미지군의 원형을 볼 수 있게 된다. 그
것은 표현대상을 하나의 감각으로서가 아니라, 그 이상의 감각으로 표현
하고 있는 예이다. 다시 말하면 표현대상을 하나의 감각에서 다른 감각
으로 이행시키면서 표현하는 공감각적 이미지를 의미한다.[12]

> 天井에 걸린 시계는 새로 두 시
> 하-얀 汽笛 소리를 남기고
> 고독한 나의 午後의 疑視 속에 잠기어 가는
> 北洋航路의 깃발이
> 지금 눈부신 弧線을 긋고 海岸 위에 아물거린다.
>
> — 「午後의 構圖」 중에서

---

12) R. Wellek and A. Warren, op, cit, p.83 참조. 그리고 이에 대한 지적은 金允植, 『韓
  國現代詩論批判』, p.249. "특히 김광균에 있어서의 이미지는 청각적인 것조차 시
  각화시키는 공감각을 처음으로 보여 주었다"에서 나타나고 있다.

이 연에서의 주된 표현의 대상은 北洋航路의 깃발이다. 이 깃발이 '하 -얀 汽笛 소리를 남기고'로 표현되고 있다. '하-얀'은 시각적인 색채이 고 '汽笛 소리'는 청각적인 음향이다. 이 두 요소는 깃발을 주축으로 시각 에서 청각으로 이행됨으로써 공감각적 이미지를 형성하고 있다. 그 함축 된 의미는 단순하게 깃발의 색채와 뱃고동의 음향이 융합된 것으로 해석 할 수도 있긴 하지만, 그러한 면보다는 어떤 내면적인 정감의 표백으로 서 느껴진다. 그것은 이별의 애수와 같은 정감의 표현이 아닌가 한다.

　　　어디서 날라온 피아노의 졸린 餘韻이
　　　고요한 물방울이 되어 푸른 하늘에 스러진다.
　　　　　　　　　　　　　　　　　　　　　　－「山上町」 중에서

'피아노의 졸린 餘韻이/…물방울이 되어 푸른 하늘에 사라진다'는 청 각이 시각으로 이행된 공감각적인 이미지의 표현이다. 이미 이에 앞서 1 행에서의 '어디서 날라온'이라는 관형구가 시각적인 요소이기 때문에 그 뒤에 오는 청각적인 요소와 결합되어짐으로써 일차적으로 공감각적인 이미지가 형성된 셈이다. 따라서 이 연에는 두 개의 공감각적 이미지가 있게 된다. 그런데 흥미로운 것은 단순히 시각에서 청각으로, 다시 청각 에서 시각으로 이행된 데 있는 것이 아니라, 피아노 소리의 변형에 있다. '어디서 날라온'의 표현은 갑작스러운 피아노의 소리가 하강구조를 이루 면서 졸린 여운으로 변화된다. 그 소리의 힘이 점점 약해져 감을 느끼게 한다. 그런데 이 여운이 여운으로서 끝나는 것이 아니라 다시 변화를 일 으켜 비상하게 된다. "고요한 물방울이 되어 푸른 하늘에 스러진다"가 곧 그것이다. 우리는 이러한 이 연의 공감각적 이미지를 통해서 피아노 소 리의 여운의 조화를 시각적으로 보게 된다. 이와 같은 金光均의 시작품 에 구사된 공감각적인 이미지는 이미 앞에서 설명한 바 있는 '噴水처럼 흩어지는 푸른 종소리'의 표현에서 그 수준의 정상을 보게 된다.

　　이상의 네 종류의 이미지들과는 또다른 성격을 지니는 이미저리가 그
의 시작품에 구사되고 있다. 그것은 지금까지 보아 온 이미저리와는 다
른 방법으로 형성되어 있다. 지금까지 고찰한 네 종류의 이미저리 형성
이 모두 다 표현대상의 구상화, 감각화였다면 이 경우는 이들과 반대되
는 것으로써 표현대상의 추상화, 관념화라고 할 수 있다. 이러한 형태의
이미저리를 본고에서는 관념적 이미지(가칭)로 명명하고 분석했다.

> 조그만 등불이 걸려 있는 물결 위으로
> 季節의 亡靈같이
> 검푸른 돛을 단 작은 요트가
> 노을을 향하여 흘러내리고
>
> 　　　　　　　　　　　　　　　－「紙燈」 중 「湖畔의 印象」 중에서

　　이 연에서 문제가 되는 것은 직유의 방법으로 표현된 "계절의 亡靈같
이 검푸른 돛을 단 작은 요트"의 두 행이다. 여기에서의 원관념은 '요트'
이고 보조관념은 '망령'이다. 바로 이 점이 문제가 된다. 시에서의 표현의
경우 일반적인 것은 관념의 구상화 내지는 형상화라고 할 수 있다. 그런
데, 위의 경우는 이러한 통념과는 반대로 되어 있다. 다시 말하면, 원관념
이 관념으로 되어 있고 보조관념이 구상으로 되어 있어야 할 일반적인
경우와는 달리 원관념이 구상(요트)으로 되어 있고 보조관념이 관념(亡
靈)으로 되어 있다는 의미이다.

> 솜 뜯는 할머니의 머리카락이
> 아득－한 神話같이 밝은 빛을 하였다.
>
> 　　　　　　　　　　　　　　　－「少年思慕 B」 중에서

　　이 연의 표현도 위의 경우와 같다. 원관념이 구상인 '머리카락'으로 되
어 있고 보조관념이 관념인 '신화'로 되어 있는 점이 그렇다.

이와 같은 종류의 이미저리의 효과와 성격은 어떤 것일까. 우선 긍정적인 면을 전제로 하고 효과적인 면을 고찰할 때 자연스러운 느낌을 받게 된다. 그것은 아마도 귀납에 의한 관념화라는 과학적인 방법과는 달리, 위의 두 경우의 모두가 상상을 통해서 그 대상을 주관화 내지는 내면화시키고 있기 때문이라고 할 수 있다. '요트'가 망령으로, '머리카락'이 '신화'로 표현된 것은 그 표현대상의 상황, 즉 '검푸른 돛을 단'과 '밝은 빛을 하였다'에서 상상력이 작용되어 관념인 '망령'이나 '신화'에로까지 확대될 수 있었고 또 그 결과는 '요트'나 '머리카락'을 '망령'이나 '신화'적인 요소로 느끼게끔 변용시키고 있다고 할 수 있다.

그러면 여기에서 시적 효과라는 면에서의 논의의 대상은 '상상력의 작용'과 '표현의 변용'이라고 할 수 있는데 그 중에서도 특히 문제가 되는 것은 '표현의 변용'이라고 할 수 있다. '요트'가 '망령'으로, '머리카락'이 '신화'로 비유된 표현은 그 자체로서는 쉽게 이해되지 않는다. 그것은 '요트', '머리카락'과 '망령', '신화'와의 범주의 차이 때문이다. 그러나, 그것들을 역으로 해서 망령적, 신화적 요소로서 '요트'나 '머리카락'이라고 했을 때는 자연스럽게 이해된다. 그렇다면 이들 즉 '요트'가 '망령'으로, '머리카락'이 '신화'로의 비유는 그 역으로 변용되어 이해되지 않으면 안될 성질의 표현이 되는 셈이다. 이와 같은 점에서 볼 때 관념적 이미지도 시적 표현으로서의 효과를 지니는 것이라고는 할 수 있다. 그러나 표현 그 자체로서의 모호성은 그대로 남게 된다. 그렇다면 여기에서의 관념적 이미지 그 자체의 성격은 어떤 것일까. 그것은 비유적 이미저리의 단계에서 상징적 이미저리 단계 사이에서 나타날 수 있는 표현의 과도적 형태라고 할 수 있다. 「紙燈」 중 「湖畔의 印象」 중에서 우선 '季節의 亡靈같이'라는 보조관념의 행을 생략했을 때 나머지의 표현은 그대로 시각적 성격을 띠게 된다. 그러나 '季節의 亡靈같이'라는 보조관념이 다시 삽입될 때 그 표현은 시각성이 변화되어 관념적 의미영역으로 추상화된다. 이 경우 추상화된 의미 영역은 이 표현 전체에 함축성을 띠게 한다. 그리고 이러한 보조관념의 성질(관념적인 성격을 띤)을 표현으로써가 아니라 표현대상 그 자체가 함축하도록 할 때, 그 표현대상은 상징성을 띨 수 있게 된다. 따라서 구상의 관념화 즉 관념적 이미지는 비유적인 단계의 성격을 지니면서 함축적인 의미영역을 형성하는가 하면, 아직 상징적인 단계로까지는 올라서지 못한 그 이전의 단계로써의 과도적인 성격을 지니게 된다. 이것은 "이미지의 새로운 발굴, 시각적인 이미지의 표출과 함께 과거의 詠歎的인 리듬 그리고 관습적 관념의 테두리에서 탈출하려는 노력은 韓國 詩의 近代化를 위한 값진 노력"13)에도 불구하고 金光均 시인이 극복했어야 할 단계로서 그것을 극복하지 못했기 때문에 부딪치게 된 시적 한계점의 하나이기도 하다.

(2) 시의 조형성

시의 조형성은 전장의 "형태의 사상성의 개념"에서 살핀 바 있는 새로운 시를 위한 그의 시론 중 중심을 이루고 있는 이론의 하나이다. 이것은 한국시의 근간을 이루고 있었던 종래의 시의 음악성에 대한 새로운 시의 방법으로서 주장되었고 또 실천되었다.14) 1939년에 발간된 그의 시집 『瓦斯燈』에 실려 있는 작품의 대부분은 이러한 방법을 실험한 것이라고 해도 과언이 아닐 정도로 조형성을 위한 시의 시각성이 두드러지게 나타나고 있다. 그런가 하면 시의 선명도나 시각성이 중시된 그의 시적 어법이나 시적 이미저리도 이를 위한 전단계적 시도이자 구체적인 방법의 하나이다.

앞에서 인용한 작품 「뎃상」의 경우, 이 작품은 제목에서 암시를 받고 있는 것처럼 노을을 배경으로 한 들을 언어로 스케치한 한 폭의 회화를 연상케 한다. 그는 이것을 시도하기 위해서 구체적인 대상을 선정했고

---

13) 朴喆熙, 『韓國詩史硏究』, p.218
14) 片石村, op, cit, p.121. "시의 발전의 대세는 항상 회화성을 동경하면서 있는 것은 사실이다."와 같이 이미 시의 회화성이 주장되고 있었다.

또 감각적인 언어 특히 시각적인 언어를 선택하고 있다. '香料', '노을', '電信柱', '高架線', '밤', '구름', '보랏빛', '色紙', '薔薇', '牧場', '깃발', '능금나무', '들길' 등은 모두가 구체적인 대상물이다. 그리고, '뿌린 듯', '곱 — 다란', '기울어지고', '켜진다', '칠한', '꺼질듯이' 등은 시각적인 표현을 위한 언어들이다. 이와 같은 구체적인 대상물과 시각적인 언어들을 구사해서 표현하고 있는 이 작품은 종래의 한국 시단에서는 볼 수 없었던 언어로 그린 한 폭의 수채화임에 틀림없다. 이것은 한국시사상 새로운 시도요, 시 방법상의 분명한 하나의 개혁이었다. 이와 같은 시도는 30년대에 발표된 그의 대부분의 시작품에서 나타나고 있다. 그 중에서도 특히 회화성이 짙은 작품은 「外人村」이다.

> 하이얀 暮色 속에 피어 있는
> 山峽村의 고독한 그림 속으로
> 파 — 란 驛燈을 달은 馬車가 한대 잠기어 가고
> 바다를 향한 산마룻길에
> 우두커니 서 있는 電信柱 위엔
> 지나가던 구름이 하나 새빨간 노을에 젖어 있었다.
>
> 바람에 불리우는 작은 집들이 창을 내리고
> 갈대밭에 묻히인 돌다리 아래선
> 작은 시내가 물방울을 굴리고
>
> 안개 자욱 — 한 花園地의 벤치 위엔
> 한낮에 少女들이 남기고 간
> 가벼운 웃음과 시들은 꽃다발이 흩어져 있다.
>
> 外人墓地의 어두운 수풀 뒤엔
> 밤새도록 가느다란 별빛이 내리고.
>
> 空白한 하늘에 걸려 있는 村落의 時計가

　　여윈 손길을 저어 열 시를 가리키면
　　날카로운 古塔같이 언덕 위에 솟아 있는
　　褪色한 聖敎堂의 지붕 위에선
　　噴水처럼 흩어지는 푸른 종소리.
　　　　　　　　　　　　　　　－「外人村」전문

　이 작품은 제목이 암시하고 있는 것처럼 이국적인 풍경을 대상으로 한 한 폭의 그림을 연상시키고 있다. 그것은 우선 표현 대상이 이국적인 풍경으로 되어 있고, 그것을 표현하고 있는 시적 어법이 표면적이고 구상적인 대상물을 지시하는 언어들과 시각성을 부각시키는 언어들로 선택, 구사되고 있는가 하면, 시적 이미저리도 시각적 이미지 중심으로 구성되어 시의 조형성을 부각시키고 있는 점에서 그렇다. 1련은 외인촌의 입구를 노을을 배경으로 시각화시켜 한 폭의 언어로 된 그림을 보여 주고 있다. 2련과 3련은 외인촌의 생활상을 그리고 있다. 4련과 5련은 외인촌의 묘지와 성당을 밤을 배경으로 시각화시켜 보여 주고 있다. 이렇게 볼 때 이 작품은 시각적인 어법이나 시각적 이미지를 의도적으로 구사시켜 일차적으로 각 연의 조형성을 부각시키고 있다. 그리고 이들을 다시 조합시켜 두 폭의 언어로 그린 회화로 구분시키고 있다. 그것은 1련, 2련, 3련을 융합시킬 때 구성되는 한 폭의 회화와 4련, 5련을 융합시킨 한 폭의 회화 등이다. 이것은 표현 대상을 중심으로 할 때, 즉 외인촌을 대상으로 할 때는 그렇게 보이지 않을는지 모른다. 그러나 시간적인 관점에서 볼 때, 그것은 완연히 구분되어 나타난다. 그 이유는 공간성을 중시하는 회화는 시간성을 내포할 수 없는 데도 이 작품에서는 노을을 배경으로 한 석양 무렵의 시간과 밤을 배경으로 한 시간(밤 열 시)을 동시에 표현하려고 하고 있기 때문이다. 따라서 이 작품은 언어로 그린 두 폭의 회화가 융합되어 한 편의 시작품을 이루고 있는 셈이 된다.
　이러한 시작품들을 통해서 볼 때, 그가 주장하고 있는 한국시 개혁의 방법적인 일면을 구체적으로 볼 수 있게 된다. 그리고 그와 같은 방법과 시도는 위 작품들을 통해서 볼 수 있는 바와 같이 어느 정도까지는 실천 되었다고 할 수 있다. 그것은 시적 어법이나 시적 이미저리를 통해서 시 작품을 시각화시켰고 이를 바탕으로 시의 조형성을 시도함으로써 한국 시의 방법이나 성격에 변화를 주었을 뿐만 아니라, 새로운 시의 영역을 개척, 극대화시키고 있다는 점에서이다.

그런데 이와 같은 그의 한국시의 개혁에 대한 시도나 성과는 당시의 한국시의 방법이나 성격에 대한 상대적인 것이라고 할 수 있다. 다시 말 하면 당시의 한국시의 방법이나 성격에 대한 새로운 일면을 개척함으로 써 당시의 시단에 참신한 면을 주었을 뿐, 그 자체 즉 시의 조형성이라는 면에서는 구체적인 방법론을 제시하지 못했고, 또 그로 인해 시작품에서 의 완전한 시도도 이룩하지 못했다는 의미다. 그러한 점은 두 가지 점에 서 나타나고 있다. 하나는 내면적인 정감의 처리에 대한 점이고, 다른 하 나는 시간성을 극복하지 못했다는 점이다.

첫째, 그는 시의 조형화를 위해서 일차적으로 시각화할 수 있는 대상 을 선정했고 또 그것을 시각적 어법과 시각적 이미저리로 처리하고는 있 으나 시에서 중요한 일면을 차지하고 있는 내면적인 정감을 시각적으로 처리하지는 못하고 있다. 그것은 시의 조형화라는 면에서는 결정적인 한 계점의 하나로 나타나고 있다. 그러한 점은 위에서 고찰한 「뎃상」의 경 우 "牧場의 깃발도 능금나무도/부을면 꺼질 듯이 외로운 들길"에서 나타 난다. 여기에서의 '외로운'이라는 관형어는 내면적인 정감을 표현하는 단 어이다. 이 '외로운'이라는 정감표현의 단어가 그대로 시작품의 표면에 나타남으로써 시작품의 조형성은 깨지고 있다. 그는 이 정감표현의 단어 마저를 정서화시켜 시각화했어야 했다. 그리고 또 하나 여기에서 지적할 수 있는 것은 작품의 통일성이다. 「뎃상2」의 경우, 1련 "구름은/보랏빛 色紙우에/마구 칠한 한 다발 薔薇"와 2련 "牧場의 깃발도 능금나무도/부 을면 꺼질 듯이 외로운 들길"과는 그 이미지들이 각각 상반되고 있어 전 체적인 통일이 이루어지지 않고 있다. 이와 같은 점들은 비교적 시의 조형화를 이루었다는 이 작품에서 뿐만이 아니라, 그의 대부분의 시작품에서 나타나고 있다.

둘째, 시에서의 시간성은 근본적인 문제의 하나이다. 문학 내지는 언어로써 기술된다는 그 자체가 이미 시간성과 관계되고 있기 때문이다. 공간예술인 회화의 방법을 도입해서 언어표현 그 자체가 지니고 있는 시간성을 극복한다고 하는 것은 쉬운 문제가 아니다. 20세기 초의 전위파들의 시 표현에서의 시간성 극복을 위한 시도가 있긴 했다. 그러나 그들의 표현은 언어로써의 표현이 아니라 기호화에 그치고 말았다. 언어가 기호화될 때 이미 그것은 언어 자체로서의 생명을 잃은 상태의 것이다. 그리고 그들의 이러한 시도는 1910년대에 성황을 이루었을 뿐이다. 그런데 그 20여년 이후에 이러한 방법에 대한 구체적인 검토나 연구 없이 이러한 시도가 행해진다고 할 때 무리는 따르기 마련이다. 바로 이러한 어려움과 문제점들이 金光均의 경우 부딪쳐야 하는 한계점들이었다.

위에서 살핀 조형적인 면에서 그의 대표작의 하나라고 할 수 있는 「外人村」의 경우를 예로 살펴보면, 그 시간성은 석양 무렵부터 밤 10시까지로 나타난다. 1, 2, 3련은 석양을 배경으로 하고 있다. 4, 5련은 밤 10시 내지는 연속되는 시간을 배경으로 하고 있다. 따라서 이 작품은 위에서도 지적한 바와 같이 하나의 제목 밑에 두 편의 회화가 그려져 있는 인상을 주고 있다.

여기에서 우리는 이 시작품이 지니는 구조적인 성격 하나를 찾아 볼 수 있게 된다. 그것은 그가 언어로써 한 폭의 회화를 그리듯이 한 편의 시를 쓸려고 했지만 시구성의 중요한 요소의 하나인 시간성을 완전히 배제하지 못함으로써 통일된 한 편의 회화로서의 시작품을 창작하지 못했다는 점이다. 다시 말하면 초점을 고정시켜 놓지 못한 채 시간의 변화에 따라 이동됨으로써, 공간성에 시간성을 겸한 마치 영화 필름에 의한 이동되는 영상과 같은 특이한 회화를 그려 놓았다는 의미다. 이와 같은 점은 시작품 속에서 감정 그 자체를 완전히 색채화시키지 못한 점과 함께 그의 시 작품이 공통적으로 지니고 있는 경향 중 하나이다.

시의 조형성을 주장하면서도 그가 완전한 한 편으로서의 회화를 그려
내지 못한 이유는 어디 있을까. 그것은 아마도 그가 회화의 수단인 선,
색채와는 다른 언어의 특성을 완전히 극복하지 못한 데 있지 않나 생각
한다. 언어는 본래 시간적인 특성을 지니고 있을 뿐만 아니라, 그러한 언
어의 배열로써 이루어지는 문장 그 자체 역시 시간적인 구조를 지니고
있는 것이다. 그것은 아무리 고정된 상태를 묘사한 것이라 할지라도 묘
사 그 자체가 시간성을 배제할 수 없는 것이고, 또 독자에게는 공간성에
의해서가 아니라 시간성에 의해서 전달되어지기 때문이다. 이와 같은 언
어가 지니는 특성을 그가 극복하지 못했을 때, 그에 따라 나타나는 결과
로서의 시작품의 구조가 완전히 공간적일 수 없다는 점은 어떻게 보면
자연스러운 귀결이었는지도 모른다.

이와 같은 점은 "金光均의 現代 모더니즘의 時間意識과 空間意識을 把
握하고 있었는지는 의문이다"[15]랄지 "그의 회화적 방법은 내용의 뒷받침
을 받지 못하고 그것대로 따로 도는 외부적인 도구 이상의 기능을 못한
다"[16]랄지 "표상과 대상간의 부족한 거리 조정 때문에 그의 회화성은 실
향성과 관련된 감정의 풍경으로 나타날 수밖에 없다"[17] 등의 지적과 함
께 그의 시 개혁으로서의 조형성에 대한 결정적인 한계점의 요인이 되고
있다.

4. 의미구조와 한계점

전장에서 시작품의 실험성과 특징을 중심으로 그 형태구조를 살폈다.
그러한 형태구조 속에 그가 전개시킨 시세계의 폭과 깊이는 어느 정도이

---

15) 文德守, 『韓國 모더니즘詩 研究』, p.278.
16) 金鍾哲, 『詩와 歷史的 想像力』, p.23.
17) 朴喆熙, op.cit., p.228.

고 그 함축적인 의미는 무엇인가. 이러한 문제점들은 시의 의미구조의 분석으로써 가능해진다.

그의 시세계는 낮 특히 새로 두 시와 석양 그리고 밤으로 이어지는 시간성과 낮의 정경, 황혼과 노을의 정경, 밤의 정경 등의 공간성을 배경으로 하고 그 가운데에 등불을 핵으로 한 회고, 동경, 떠남 등의 정서로 구성된다.

바다 가까운 露臺 위에
아네모네의 고요한 꽃방울이 바람에 졸고
흰 거품을 물고 밀려드는 파도의 발자취가
눈보라에 얼어 붙은 季節의 창 밖에
나즉이 조각난 노래를 웅얼거린다.

天井에 걸린 시계는 새로 두시
하-얀 汽笛 소리를 남기고
고독한 나의 午後의 凝視 속에 잠기어가는
北洋航路의 깃발이
지금 눈부신 弧線을 긋고 먼 海岸 위에 아물거린다.

기인 뱃길에 한 배 가득히 薔薇를 싣고
黃昏에 돌아온 작은 汽船이 부두에 닻을 내리고
蒼白한 感傷에 녹슬은 돛대 위에
떠도는 갈매기의 날개가 그리는
한 줄기 譜表는 적막하려니

바람이 올 적마다
어두운 카-텐을 새어 오는 햇빛에 가슴이 메어
여윈 두 손을 들어 창을 내리면
하이얀 追憶의 벽 위엔 별빛이 하나
눈을 감으면 내 가슴엔 처량한 파도 소리 뿐.

— 「午後의 構圖」 전문

이 작품의 배경으로서의 시간성은 작품에 명시되어 있는 바와 같이 오후 새로 두 시에서부터 석양으로 이어지고 있고, 공간성은 시간에 따라 변화되는 바다의 정경이다. 1련은 바닷가의 풍경 속에 "눈보라에 얼어붙은 계절의 창 밖에/나즉이 조각난 노래를 웅얼거린다"라는 내적 정서와 융합되어 표현되고 있다. 2련은 새로 두 시에 고독한 나의 오후의 의견 속에 잠기어 가는 북양항로의 깃발을 표현하고 있다. 3련은 항구에 돌아온 기선의 정경과 적막의 정서를 융합하고 있다. 4련은 방안의 정경과 추억과 처량한 파도소리로 표현된 내적 정서가 융합되어 표현되고 있다. 이와 같이 분석해 볼 때, 우리는 객관적인 대상을 내면적으로 주관화시켜 표현하고 있음을 발견하게 된다. 다시 말하면 새로 두 시의 바닷가, 떠나는 기선, 항구에 돌아온 기선 등의 배경 속에 내적 정서 즉 적막하고 처량한 고독을 융합시켜 오후의 구도로서의 통일을 이룩하고 있다는 의미다. 이와 같은 구성으로 형상화된 「午後의 構圖」는 이 작품만의 구도로서가 아니라 전체 작품에서 중추적인 유형을 이루는 구도이기도 하다.

이러한 구도로써 이루어진 그의 시작품에는 여러 가지의 의식이 형상화되어 표현되고 있다. 그 중에서도 유형을 이루고 있는 것으로서는 이국적인 풍경에의 동경을 우선 들 수 있다. 「山上町」을 비롯해서 「外人村」, 「都心地帶」, 「No. 1 湖畔에서」 등은 그러한 경향을 나타내고 있는 작품들이다. 「山上町」(시의 본문은 3장의 '시적 어법란'에 있음)의 경우 이 작품은 이국인들의 생활의 정경 몇 개를 모아 그것을 대상으로 표현하고 있다. 개를 부르는 여인의 목소리, 노대가 보이는 양관의 풍경, 붉은 노우트를 낀 소녀, 피아노의 졸린 여운, 샴펜이 터지는 소리 등이 그것이다. 이러한 몇 개의 이국적인 동경들은 오후의 시간 속에 안배되어 발랄하고 화려한 느낌을 주기보다는 고조된 정점으로부터 하강하는 듯한 기분을 느끼게 한다. 그러한 것은 「山上町」 속에 구사된 몇 개의 관형어, 즉 '흩어진', '고독한', '졸린', '해맑은'등과 서술어, 즉 '굴러내리자', '떨어뜨리다', '사라지고', '스러진다' 등에서 나타난다. 이와 같은 일련의 표현 경향은 이국적인 풍경에의 동경이라는 관점과는 대조를 이루고 있는 것처럼 보인다. 여기에 金光均의 이국관에 대한 문제가 제기된다. 다시 말하면 이국적인 풍경을 대상으로 표현하면서도 애조띤 색채로 발전시키고 있다는 점이다. 그렇다면 그가 구태여 이러한 문제점을 안으면서까지 이국적인 풍경을 표현의 대상으로 선정한 의도는 무엇인가. 이 해답은 시 표현의 감각이라는 면에서 찾아져야 할 것이다. 시에 '현대감각의 부여'라는 경향은 30년대 한국시단의 대표적인 흐름의 하나로 나타난다. 시문학파의 언어의 자각으로부터 비롯되는 시적 어법의 구사, 모더니스트들의 청각화로부터 시각화에로의 전환과 어법과 파괴행위 등은 그 경향의 대표적인 표현들이었다. 이와 같은 당시의 경향의 주변에 金光均의 시가 위치한다. 따라서 그에게도 시의 참신성이라는 문제는 중요한 관심사의 하나였다고 할 수 있다. 이렇게 볼 때 이국적인 풍경에의 동경은 그에게는 자연스러운 것으로 받아들여졌을 법하다. 그런데도 그가 이국적인 풍경을 선정하여 시에 참신성을 부여하려고 했으면서도, 왜 애조로써 색채화했어야만 했던가라는 의문은 가시지 않는다. 이 의문에 대한 해답은 표현대상과 수용자와의 거리라는 측면에서 상상해 볼 수 있다.

둘째, 유형으로서는 고향에의 회귀의식을 들 수 있다. 「향수」를 비롯하여 「碑」, 「은수저」, 「대낮」, 「水鐵里」, 「汽笛」, 「뻐꾹새」, 「吹笛벌」, 「思鄕圖」, 「對話」, 「고향」 등이 곧 그것이다. 이 외에도 구절로서의 고향에 대한 표현은 여러 곳에서 찾아진다. 이들 작품에 표현되고 있는 고향에 대한 회귀의식은 기억 내지는 추억의 장치를 통해 할머니, 아버지, 어머니, 누이동생, 친구들, 애기, 마을 등 다양하게 형상화되어 나타난다.

저무러오는 陸橋우에
한줄기 황망한 기적을뿌리고
초록색 램프를달은 貨物車가지나간다

어두운 밀물우에 갈매기떼 우짖는

바다 가까이
停車場도 주막집도 헐어진나무다리도
온—겨울 눈속에파무쳐 잠드는고향

산도 마을도 포폴라나무도 고개 숙인채
호젓한 낮과밤을 맞이하고
그곳에
언제 꺼질지모르는
조그만 生活의 초ㅅ불을 애워싸고
해마다 가난해가는 고향사람들

낡은 비오롱 처럼
바람이부는날은 서러운고향.
고향사람들의 한줌희망도
진달내빛 노을과함께
한번가고는 다시못오기

저무는 都市의옥상에 기대여서서
내생각하고 눈물지움도
한떨기 들국화처럼 차고 서글프다

                        —「鄕愁」 전문

　도시의 옥상에서 기억을 통해 떠오르는 고향의 이모저모를 그리고 있
다. 고향, 고향 사람들, 고향 사람들의 희망 등이 그 대상으로 되어 있다.
그런데 그가 그리고 있는 고향은 밝고, 명랑하고, 풍성하고, 희망찬 것이
아니라, 어둡고, 우울하고, 가난하고, 한 줌 희망조차 바랄 수 없는 암담
한 것으로 표현되고 있다. 그리고 이러한 것들을 안고 있는 배경 역시 시
간적으로 저문 때이다.
　그의 시작품의 경우 고향에로의 회귀의식은 두 양상으로 나누어 생각
할 수 있다. 하나는 그리웁기 때문에 생각되는 고향의식이고, 다른 하나

는 잊혀지지 않아 생각되는 고향의식이다. 위에 인용된 「鄕愁」는 전자라기보다 후자에 가깝다. 후자적 양상은 애절할 수밖에 없는 것이 그 특징인지도 모른다. "온-겨울 눈 속에 파묻혀 잠드는 고향", "언제 꺼질지모르는/조그만 生活의 초ㅅ불을 애워싸고/해마다 가난해가는 고향사람들" "고향사람들의 한줌히망도/진달내빛 노을과함께/한번 가고는 다시못오기" 등은 고향에 대한 그리움이라기보다는 잊혀지지 않아 생각혀지는, 그렇기 때문에 애절해지는 정서의 표현 바로 그것이다.

이와 같은 서럽고 애절한 고향에로의 회귀의식과 함께 아버지, 어머니, 누이동생 등 육친에 대한 의식은 죽음과 관련되어 나타난다.

> 동생의 가슴 우엔 비가 내리고 눈이 쌓이고 적막한 황혼이면 별들은 이마 우에서 무엇을 속삭였는지 한줌 흙을 헤치고 나즉-이 부르면 함박꽃처럼 눈 뜰것만 같아 서러운 생각이 옷소매에 스몄다.
>
> ―「水鐵里」 중에서

「水鐵里」는 金光均의 시작품 중 유일하게 산문적 스타일로 된 작품이다. 그 표현 대상은 죽은 누이동생에 대한 회상이다. 그런데 그것은 생시에 누이동생과 나와의 관계에서 얻어진 정 내지는 누이동생의 생시의 모습 등에 대한 회상이 아니라 묘지, 즉 공간적인 상태에 대한 화자의 일방적인 회상이다. 이러한 상황을 통해서 표현되는 정서는 역시 그리움이다. "한 줌 흙을 헤치고 나즉-이 부르면 함박꽃처럼 눈 뜰 것만 같아"라는 표현은 그러한 느낌을 입증해 준다. 이와 같은 정서는 "어머님의 다정한 모습 두 눈에 어려/ 온-몸이 젖는다./황홀히 눈을 감는다."(「碑」 중에서), "애기 앉던 방석에 한 쌍의 은수저/은수저 끝에 눈물이 고인다."(「은수저」 중에서)에서도 찾아진다. 이러한 표현을 통해서 그리움의 유형은 위에서 분류한 그리웁기 때문에 생각나는 고향에 대한 회귀의식이라고 할 수 있다. 여기에 인용된 작품의 시간적인 배경 역시 오후와 밤의 시간이다.

이와 같은 고향에 대한 회귀의식은 어떠한 의미를 지니는 것일까. 우선 현실 도피처로서 생각해 볼 수 있다. 그러나 현실 도피처로서는 너무나도 황량하고 처절하다. 안주처로서도 너무나 가난하고 서럽다. 그러면서도 그는 고향을 줄기차게 찾는다. 아마도 그것은 그가 고향을 시세계에서의 하나의 목표로서 추구한 것이라기보다는 시적 정서 발굴의 현장으로 여겼기 때문이 아닌가 생각한다. 그러한 이유는 위에서도 잠깐 살핀 바와 같이 정으로서의 고향이 아니라, 현실 감각적인 측면에서 고향을 기억하거나 추억하는 시표현의 방법에서 찾을 수 있다. 이 경우 대부분의 그의 시작품에서 형상화된 정서는 애절함이거나 아니면 비애, 슬픔 등이다. 다시 말하면 그는 애절함, 슬픔, 비애 등의 정서를 시각적으로 표현하기 위해서 그러한 정서들의 본 고장이라 할 수 있는 고향을 기억이나 추억의 장치를 통해서 탐색하여 그것들이 잘 조명될 수 있는 오후나 석양, 밤을 배경으로 표출했다는 의미다. 그렇다면 여기에서 새로이 등장되는 문제점은 비애의 정서가 지니는 의미 내지는 성격이다.

세 번째의 유형은 등불 의식이다. 金光均의 시작품 중 상당수는 밤의 정경을 감각화하고 있다. 그런데 밤의 정경 속에 반드시 등불을 켜 놓고 있는 점이 특이하다. 이것은 아마도 그의 시의식 내지는 시세계의 목표이자 하나의 핵이 아닌가 생각한다. 그것은 그가 그의 처녀시집의 題號를 『瓦斯燈』으로 선정했다는 데에서도 엿볼 수 있고, 또 20년 후의 회고 속에서 "瓦斯燈에 처음 불이 켜진 것은 이십년 전 일이다. 떠나온 지 오랜 내 시의 산하 저 쪽 일이다. 지금도 등불이 살아 있는지, 이미 꺼진지 오래인지 알 길이 없다."라고 술회하고 있는 점은 이를 뒷받침하는 것이라고 할 수 있다. 이와 같은 그의 등불은 시각적인 표현으로서의 성격으로부터 상징적인 의미를 지니는 것에까지 다양하게 구사되고 있다. "조그마한 등불이 걸려 있는 물결 위로"(「湖畔의 印象」 중에서)랄지, "파—란 驛燈을 달은 마차가 한 대 잠기어 가고"(「外人村」 중에서) 등 외에도 상당수의 등불들은 그대로 단순하게 시각화하기 위한 표현으로 나타난다.

그러나 그의 시작품 가운데에는 이와 같은 시각화하기 위한 표현으로서의 등불보다는 함축적인 의미를 지니는 등불이 있다. 다시 말하면 그것은 단순한 표현으로서의 등불이 아니라, 의도적인 표현으로서의 등불이라는 의미이다.

> 하이얀 입김 절로 가슴이 메어
> 마음 허공에 등불을 켜고
> 내 홀로 밤 깊어 뜰에 내리면
> 머언 곳에 女人의 옷벗는 소리.
>
> —「雪夜」 중에서

이 작품의 배경은 눈이 내리는 밤이다. 화자는 내적 갈등을 눈이 내리는 밤의 상황을 통해 그리움, 추억, 슬픔의 정서로 표현하고 있다. 이러한 시적 상황 속에서 화자는 마음 허공에 등불을 켠다. 이 등불은 위에서 살핀 것과는 다른 면을 지닌다. 그것은 현상적인 단순한 표현으로서의 것이 아니라 내면 속에 켠 등불이라는 점과 화자가 대상으로서가 아니라, 직접 켠 등불이라는 점 등에서이다. 여기에서 우리는 등불에 대한 金光均의 의도적인 면을 보게 된다. 그렇다면 이렇게 켜지기 시작한 그의 등불은 어떠한 의미를 지니는 것이며, 어떠한 구실을 하는가.

30년대 중엽이라는 한국적 시대상황 속에서 그가 켠 등불은 우선 그가 켜놓았다 라는 점에서 볼 때, 자의적인 것이고 또 의도적인 것이다. 그러나 그 반면에 그 등불은 金光均 스스로를 비치면서 통제하고 구속하는 기능을 동시에 가진다. 그러한 등불은 일차적으로 신호로서 나타난다.

> 차단—한 등불이하나 비인하늘에 걸녀있다
> 내 호을로 어델가라는 슬픈信號 냐
>
> 긴-여름해 황망히 날애를접고
> 늘어선高層 창백한墓石같이 황혼에젖어

찬란한夜景 무성한雜草인양 헝클어진채
思念 벙어리되어 입을담을다.

皮膚의 바까테 숨이는 어둠
낫서른 거리의 아우성소래
까닭도 없이 눈물겹고나

空虛한群衆의 행렬에석기여
내어듸서 그리무거운 悲哀를 지고왓기에
길—게느린 그림자 이다지어두어

내 어듸로 어떠케 가라는슬픈信號기
차단—한 등불이하나 비인하늘에걸니여잇다

— 「瓦斯燈」 전문

마음 허공에 켠 등불은 "信號", "信號기"로 구체화되어 나타난다. 이
신호와 신호기는 화자에게 방향지시의 주체와 그 장치로써의 기능을 가
지게 된다. 뿐만 아니라, 그것은 절박한 것으로 받아들이도록 촉구한다.
이 경우의 화자는 능동적이기보다는 수동적인 입장에 서 있는 셈이고,
또 거기다 헤쳐 나가야 할 방향이 마련되어 있지 못할 때, 답답하고 당황
해질 수밖에 없게 된다. 그는 이러한 심정의 정서를 슬픔으로 표현한다.
따라서 신호가 슬픈 신호로 표현되지 않았나 생각된다.

그렇다면 이와 같은 표현된 신호 내지는 신호기가 지니는 구체적인 의
미는 무엇일까. 그것은 작품의 화자가 처했던 절박하고 슬픈 상황의 분
석으로부터 추구되어야 한다. 그러한 상황은 그의 시작품의 여러 곳에
나타나고 있다. 우선 「瓦斯燈」 속에서의 늘어선 고층이 창백한 묘석으로,
찬란한 야경이 무성한 잡초로의 표현은 그대로 절망에 가까운 정서의 표
출이다. 이와 같은 정서의 표출은 그의 내적 갈등에서 비롯된다. 그것은
「瓦斯燈」 중의 낯설은 거리, 공허한 군중의 행렬 속에서 느끼는 소외감

내지는 무거운 비애의 원천을 자탄하는 표현이라든가, "아-내 하나의 信賴할 現實도 없이/무수한 年齡을 落葉같이 띄워 보내여/茂盛한 追悔에 그림자마저 갈갈이 찢겨"(「空地」 중에서)와 같은 표현 속에서 밝혀진다. 이와 같은 소외감, 비애감의 정서와 그림자마저 갈갈이 찢겨야 하는 시적 현실은 그가 직면해서 살아야 했던 시대적 상황과 관계된다. 30년대 일제의 군국체제하의 식민지라고 하는 상황 속에서 식민지인으로서의 한 지성인이 살아야 한다고 할 때, 그에게 부딪치는 무수한 역경과 그 누적은 곧 심각한 내적 갈등으로 심화될 수밖에 없었을 것으로 본다. 이를 극복하기 위한 수단으로는 여러 가지가 있을 수 있다. 金光均은 밤이라는 상황을 설정하고 그 가운데에 하나의 등불을 켜고 그 등불에 스스로가 예속됨으로써 이의 극복을 시도한 것 같다. 이 때, 등불은 신호로서의 구실을 할 수 있게 된다.

그러나 신호로서의 등불은 시적 대상으로써 표현되고 있긴 하지만 실은 객관적인 성격의 것이 아니라 주관적인 성격의 것이다. 다시 말하면 절대적인 존재로서가 아니라, 신념으로서의 등불이라는 의미다.

> 魯迅이여
> 이런 밤이면 그대가 생각난다.
> 온-세계가 눈물에 젖어 있는 밤
> 上海 胡馬路 어느 뒷골목에서
> 쓸쓸히 앉아 지키던 등불
> 등불이 나에게 속삭어린다.
> 여기 하나의 傷心한 사람이 있다.
> 여기 하나의 굳세게 살아온 인생이 있다.
>
> -「魯迅」 중에서

이 작품은 해방 후에 발표되었다. 金光均에게 있어서의 해방은 여러 가지 의미로 표현된다. 그 중에서도 시에 대한 회의는 심각한 것이었고,

또 이 회의는 생활의 방향을 바꾸어 놓기에 이른다. "시를 믿고 어떻게
살어가나"(「魯迅」 중에서) "시를 쓴다는 것이 이미 부질없고나"(「시를 쓴
다는 것이 이미 부질없고나」) 등의 표현은 이를 입증한다. 이와 같은 시
에 대한 회의가 魯迅을 찾게 한다. 화자는 魯迅을 통해서 20여년간의 시
적 생애를 반성하고 스스로의 그 본체를 발견하게 된다. 그는 이를 등불
로 표현한다. 이 등불은 새로운 등불이 아니라 그가 이미 마음 허공에 켰
던 등불, 신호로서의 등불과 같은 것이다. 다시 말하면 20여년간의 그의
시적 생애를 통해서 한결같이 지켜 왔다고 할 수 있는 등불이라는 뜻이
다. 이와 같은 성격을 지니는 등불이기에 "온—세계가 눈물에 젖어 있는
밤 上海 胡馬路 뒷골목에서 쓸쓸히 앉아 지키던" 魯迅의 등불과 대비시
킬 수 있었다고 본다. 그 결과 金光均은 등불의 속삭임을 통해 굳세게 살
아온 인생에 대한 상심한 사람으로서의 스스로를 발견하게 된다. 여기에
서 비로소 등불이 함축하는 의미가 선명해진다. 그것은 인생에 대한 신
념, 문학에 대한 신념으로서의 등불이었다고 할 수 있다. 그런데 신념으
로서의 그의 등불은 자기를 지키고 유지하기에 급급한 나머지 그 한계를
극복하지 못함으로써 끝끝내 다음 단계를 예비하지 못한 채 상심한 사람
으로 굳게 했고 끝내는 더 이상의 빛을 내지 못한 채 꺼지고 만다.

　이상과 같은 그의 시작품이 지니고 있는 의미구조의 성격은 무엇일까.
그가 의도한 대로 시의 개혁, 그 중에서도 정신적인 개혁을 위한 시도로
써 얼마만큼의 성과를 올렸다고 할 수 있을까. 이러한 의문점이 제기된
다. 시작품에서 연역되는 의미영역, 내면적인 정신영역은 이국적인 것에
로의 동경이 있다고 하더라도 20년대 한국시단의 정신적인 풍토에서 그
렇게 선명하게 벗어난 것이라고는 할 수 없다. 아니 오히려 그것은 그것
의 연장선상에 있는 것이 아닌가 생각된다.[18] 현실적인 상황에서의 비애,

---

18) Ibid, p.218.
　"그것은 시인의 대부분의 詩題와 같이 전대의 감상의 잔영을 탈피하지 못한 리
　리시즘의 시라 하여도 무방할 것이다."에서도 지적되어 있다.

고향이나 과거에로의 추억이나 기억을 통한 회귀의식, 떠남의 정서, 등불 의식에서 나타나는 신념 내지는 미래지향성의 결여,[19] 그리고 시간적인 배경으로서의 오후와 밤, 공간적인 배경으로서 도시적인 것이 있긴 하지만 그것이 모두 노을과 밤의 정경에 융합된 것 등은 이를 잘 입증해 주고 있다.

이와 같은 성격은 시개혁이라고 하는 그의 의도면에서 볼 때, 결코 만족스러운 것이라고는 할 수 없다. 그 이유는 그가 시도해서 이룩한 형태적인 성과에도 불구하고 그의 시작품이 지니는 내용, 즉 정신적인 상황은 20세기적인 것이라기보다는 19세기적인 것으로 의식되기 때문이다. 다시 말하면 형태적인 면과 내용적인 면이 조화된 시개혁이 이루어지지 않았다는 의미다. 여기에서 우리는 그의 시작품이 지니는 실험성으로서의 결정적인 한계점을 발견할 수 있게 된다.

이와 같은 한계점에 이르게 된 원인은 어디 있을까. 그것은 두 면에서 규명할 수가 있다. 하나는 형태의 사상성이라고 하는 그의 시의 방법에서이고, 다른 하나는 당시의 한국적인 문화상황이라는 면에서이다.

형태의 사상성에 대해서는 2장의 개념란에서 이미 밝힌 바와 같이 형태의 개혁이 곧 정신의 개혁이라고 하는 방법론이다. 이미 앞에서 구체적으로 분석한 것처럼 그는 이 방법론에 입각해서 창작활동을 전개했다. 시개혁이라고 하는 입장에서 볼 때, 그 결과는 형태는 형태대로, 내용은 내용대로 유리된 상태를 초래하고 있다. 형태와 내용은 작품 그 자체를 대상으로 할 때, 분리될 수 없다고 하는 것은 이미 널리 알려진 사실이다. 그럼에도 불구하고 그는 형태와 내용을 분리해서 생각했고, 또 거기에다 형태가 개혁되면 자연 그 내용도 개혁된다고 생각한 듯 하다. 이러한 그의 생각은 구체적인 새로운 내용을 준비하지 않은 채 형태적인 개

---

19) 文德守, op.cit., p.288.
　　"金光均은 현대시의 문명비판적 성격은 알고 있으면서 문명의 재생에 대한 신념은 가지지 못했던 것 같다"에서의 신념은 그의 미래지향성에 대한 신념의 성격과도 같다고 할 수 있다.

혁에만 먼저 시도하게끔 하는 결과를 가져오게 되었다. 따라서 그의 시작품은 20년대의 연장선상에 있는 비애나 추억 등을 그가 받아들인 새로운 시의 형태에 융합시킨 듯한 인상을 주고 있다. 이것은 그가 의도한 시의 개혁이라고 하는 입장에서 주장하고 있는 형태의 사상성 그 자체가 이미 시행착오적인 요인을 안고 있었다는 셈이 된다. 다시 말하면 그는 새로운 시의 개혁을 위해서 새로운 형태의 모색과 함께 스스로의 새로운 정신적 풍토를 마련했어야 했다는 의미다.

또 다른 하나는 위의 요인과 관계되는 것이지만 당시의 한국적인 문화풍토의 상황을 들지 않을 수 없다. 개인이 시대상황에서 벗어날 수 없다는 점에서 볼 때, 金光均이 새로운 정신적인 영역을 마련하지 못한 것은 그 자신에게서 뿐만이 아니라, 당시의 시대적인 상황과 밀접한 관련이 있다고 생각할 수 있기 때문이다. 이러한 관점에서 우선 30년대 한국의 문화풍토를 서양을 중심으로 한 세계적인 문화조류에 대비시킬 때, 현대성을 가지고 있었느냐는 문제를 생각하지 않을 수 없게 된다. 좀 더 구체적으로 말하면 작게는 시·공적인 상황에서 개인이 시대성, 즉 현대성(일제의 군국주의에 따른 식민정책의 강화 등)에 부딪쳐 자기를 세우고 주장할 수가 있었느냐는 문제이고, 크게는 문화계가 당시 독일, 이태리 등의 군국주의에 의한 재무장에 따른 자유세계의 자유옹호, 지성옹호 등의 세계적이라고 할 수 있는 조류에 입각한 의식과 주장을 할 수가 있었느냐는 문제 등이다. 당시의 상황은 이 두 가지가 모두 한국적인 시대상황 즉 문화상황으로서 받아들여진 것 같지는 않다. 따라서 문화 그 자체가 현대성 내지는 시대성에 입각한 새로운 것으로 형성되어 있지 않았을 뿐만 아니라, 새로운 방향의 제시조차도 할 수 없는 암담한 상태에 있었던 것으로 보여진다. 이러한 상황 가운데에 金光均이 섰을 때, 그 귀결은 그의 시작품에서 나타난 것과 같은 정신적인 영역의 한계를 벗어날 수가 없었을 것으로 보여진다.

5. 맺는말

30년대 한국의 모더니스트의 한 사람이었던 金光均의 시작품을 그가 의도한 시 개혁의 실험성을 중심으로 고찰했다. 그가 의도한 시 개혁의 시도는 19세기에서 벗어나 20세기적인 새로운 시의 모색에 그 중심을 두고 있다. 이를 위한 구체적인 방법으로서 그는 형태의 사상성을 제시하고 그 방법에 의해서 시작활동을 전개했다. 그것은 시작품에서의 시적 어법면과 시적 이미저리 그리고 시의 조형성을 중심으로 하는 시의 형태면에서 특히 시도되고 있다.

시적 어법면에서는 우선 종전까지의 한국시에서 구사했던 전원적, 목가적, 정감적인 언어선택을 지양하고 도시적, 현대적, 문명적인 언어를 선택하고 있다. 그리고 청각적인 언어표현보다는 시각적인 언어표현으로 일관하고 있다. 그와 같은 언어표현은 당시로서는 새로운 것으로서 시작품을 참신하게 하는 요소가 되었을 뿐만 아니라 그의 시도의 일부로서 성과를 거두고 있었다.

시적 이미저리면에서도 시각적 이미지, 청각적 이미지, 동적 이미지, 공감각적 이미지, 관념적 이미지 등이 구사되고 있었지만 그 중에서도 시각적 이미지가 중심을 이루고 있다. 그 폭은 현상적인 대상의 시각화에서부터 내면적인 정감의 일부까지를 시각적으로 이미지화하고 있다. 이 점은 그의 시작품에서 시작품의 개혁의 시도로서 중요한 기능을 하고 있을 뿐만 아니라, 비교적 큰 성과를 거두고 있는 부분이기도 하다. 그런데, 그가 구사한 이미지들 중, 동적 이미지와 공감각적 이미지는 그 표현도로 보아 시각성이 두드러진다는 점에서 그렇게 문제가 되지 않지만, 청각적 이미지와 관념적 이미지는 그가 시 개혁을 위해서 의도한 바와는 다르다는 점에서 문제가 된다. 뿐만 아니라 이 점은 그의 방법론인 형태의 사상성이 이미 안고 있었던 한계점의 하나이기도 하다.

시의 조형성은 그가 의도한 시 개혁의 핵이 된다. 시적 어법과 시적 이미저리의 요소도 결국은 시의 조형성을 위한 것이었다. 이 조형성은 한 편의 시작품을 연별로 나누어 고찰할 때, 뛰어난 면을 보여 주고 있다. 또 그런 점에서는 그가 의도한 시의 조형성은 성과를 거둔 것이라고 해도 과언이 아니다. 그러나 한 편의 시작품은 통일되어야 한다는 입장에서 볼 때, 그것은 문제점으로 나타난다. 그의 시작품의 경우 대부분이 이러한 문제점을 안고 있다. 이것은 주로 정감의 조형적 처리와 시간성의 공간적인 처리 등에서 나타나는 것으로 그가 부딪쳐야 했던 또 하나의 한계점이기도 하다.

그리고 의미구조면에서 분석되는 것은 대부분의 시작품이 지니는 내용의 요소로서 이국적인 생활상, 추억과 기억의 장치를 통한 고향과 과거에로의 회귀의식, 만남보다는 떠남의 의식, 현실에서의 고독과 비애 등이 중심을 이룬다. 그리고 이러한 요소들은 시작품의 배경으로 선택하고 있는 오후와 밤, 노을과 밤의 정경, 등불 등과 융합되어 형태적인 개혁의 도식에도 불구하고, 현대성을 획득케 하는 것이라기보다는 오히려 회고적이고, 향수적이고, 비애감이 감도는 시적 분위기를 조성함으로써 19세기적인 느낌 아니면 그 연장선에서 크게 벗어나지 못하고 있다. 이것은 그가 의도한 시 개혁이라고 하는 입장에서 볼 때, 결정적인 한계점임과 동시에 방법론이었던 형태의 사상성 자체가 지니고 있었던 문제점이기도 하다.

따라서 金光均은 한국시의 현대화라는 시 개혁의 의도 아래 형태의 사상성이라고 하는 방법론을 가지고 시작활동을 했지만, 시작품 그 자체가 지니는 이상과 같은 한계점으로 말미암아 한국시를 개혁했다고는 할 수 없다. 그렇지만 한국시의 현대화에로의 길을 그 이전의 모더니스트들과 함께 열어 놓았고, 또 당시로서는 한국시단에 현대성적인 감각으로 참신성을 불어넣었다는 점에서 그의 시작품이 지니는 가치는 한국시사상 선구적인 한 위치를 점하게 된다.

Ⅳ. 陸史 시의 이미저리와 구성

1. 머리말

시작품 속에서 독자들은 무엇을 보고 또 무엇을 얻고 있는가? 이 문제는 시작품을 어떻게 읽을 것인가라는 문제와 관련된다. 물론 이 문제는 독자가 지니고 있는 시작품의 수용능력이나 기호도에 따라 다양하게 이야기될 수 있다. 가령 시작품을 읽음으로써 교훈을 얻을 수 있다고 하는 경우, 또는 삶에 대한 어떤 새로운 체험을 할 수 있다고 하는 경우라든가, 아니면 시작품을 읽으면 그저 재미있다라고 하는 경우 등을 들 수 있다. 이와 같은 점은 시의 기능이나 효용에 관계되는 것으로, 플라톤의 '시인추방론' 이후 오랜 기간 동안 많이 논의되어 오고 있다는 점은 이미 널리 알려져 있는 사실이다.

이러한 논의 가운데서 특히 시작품을 읽으면 '그저 재미있다'라고 하는 경우, 그 시작품의 어떤 면이 독자들에게 재미를 주고 있는가라는 질문에 대한 해답은 시를 이해하는데 있어서나 시작품을 감상하는데 있어서 퍽 중요한 의미가 있다고 생각한다. 그것은 어떤 하나의 근원적인 점에 관계되고 있기 때문이다. 그런데 시작품 속에서 이러한 재미를 주고 있는 점, 즉 감동적인 요소를 찾아 분석한다는 일은 용이한 문제가 아니다. 그것은 마치 일개의 인간이 가지고 있는 좋은 점을 찾아 분석해내려고 했을 때 부딪치는 어려움과 같은 것이 아닐까 생각한다. 현대에 있어서

문학 내지 시에 대한 많은 이론과 각기 다른 관점들이 제시되고 있는 것
도 바로 이러한 문제의 해결에 부심하고 있기 때문은 아닐까?

그러나 이러한 많은 이론과 관점들이 제시되고 있음에도 불구하고, 시
작품은 많은 독자들과 더불어 존재하고 있다. 그것은 그 시작품의 가치
를 독자들이 이해하고 또 공감하고 있기 때문일 것이다. 따라서 시작품
을 분석하는 경우도 그 출발은 시작품과 독자와의 사이에서 그와 같은
시작품의 가치를 분석하고 공감대를 형성해주는 데서부터 비롯되어야
하리라고 생각한다. 다시 말하면 많은 독자들에게 애송될 수 있고, 또 되
고 있는 시작품으로서의 조건, 즉 많은 독자들이 공통적으로 느낄 수 있
는 점, 재미있는 점을 찾아 그 점을 분서하고 평가하는 데서부터 비롯되
어야 하지 않을까라는 의미다. 이러한 관점에서 본고에서는 陸史의 시작
품을 대상으로 그 분석을 시도코저 한다.

李陸史(1904-1944)는 그의 연보1)에 의하면 30세 때부터 시작품을 쓰기
시작해서 약 10년 동안 34편의 시작품을 남기고 있다. 이것은 陸史가 시
인으로서보다는 시를 즐기는 편에서, 생활하면서 그때 그때 느끼는 절실
함을 한 편 한 편의 시로 읊은 시인이었다는 점을 암시한다. 그런데도,
지금 남아서 전해지고 있는 그의 시작품은 많은 독자들에게 애송되고 있
다. 이렇게 애송되고 있는 시작품으로서의 특징은 어디에 있는가?

이러한 점을 규명하기 위해서 많은 비평가와 연구자들이 陸史의 시작
품을 분석하고 있다. 그것은 독립투사라는 선입관을 강하게 부각시켜 시
작품을 연역하고 있는 경향2), 분석적(신비평적)인 방법으로 시작품을 분
석하고 있는 경향3), 인간적인 면에서 선비적인 기질과 풍류적인 멋을 중
심으로 시작품을 분석하는 경향4) 등으로 나누어 볼 수 있다. 이러한 경
향 등에서 발표되고 있는 비평과 논문들은 다각적인 면으로부터 육사의

---

1) 金澤東,「李陸史의 文學活動」,『나라사랑』제16집, p.95.
2) 洪起三,「李陸史의 抵抗活動」,『나라사랑』제16집, p.88.
3) 鄭漢模,「陸史詩의 特質과 詩史的 意義」,『나라사랑』제16집, p.47.
4) 金宗吉,「陸史의 詩」,『나라사랑』제16집, p.70.

시작품에 접근하여 시의 특징과 시정신 그리고 시사적 의의 등을 깊이 있게 분석하고 있다. 그러나, 시작품이 독자들에게 재미, 즉 감동을 주고 잇는 면은 어디에 있으며 그 특징은 무엇인가라는 질문에 대한 만족스러운 해답은 아직도 요구되어지고 있다.

본고에서는 이러한 점을 고려하고 앞에서 밝힌 관점에 의거해서 육사의 시작품에 구사된 이미저리와 시작품의 구성을 분석하고, 그 이미지들이 주는 효과와 구성이 가지는 특징과 이 두 요소를 종합함으로써 나타나는 시의 특징을 밝혀보고자 한다. 그리고 여기에서 분석 대상으로 하는 시작품은 『나라사랑』 제16집에 게재되어 있는 시작품이 중심이 되고 있다.[5]

2. 시적 이미저리

(1) 밀폐, 단절의 공간

陸史의 시작품에서 시적 정서의 표현의 중심을 이루고 있는 어휘들 중에서 먼저 고찰의 대상으로 할 수 있는 것은 밀폐나 단절의 공간을 표현하는 어휘들이다.

마침내 가슴은 洞窟보다 어두워 설레인고녀   ―「日蝕」

光明을 背反한 아득한 洞窟에서   ―「蝙蝠」

내 골ㅅ방의 커―텐을 걷고   ―「黃昏」

내 五月의 골ㅅ방이 아늑도 하니   ―「黃昏」

---

5) 그 외에 李源綠, 『李陸史全集』을 참고하였음.

　내 古城엔 밤이 무겁게 깁허가는데　　　　　　　　　　　－「海潮詞」

　내 孤島의 城郭을 깨트려다오!　　　　　　　　　　　　　－「海潮詞」

　產室을 새여나는 妗娓의 큰 괴로움　　　　　　　　　　　－「海潮詞」

　때론 너를 불러 꿈마다 눈덮인 내 섬속 玲瓏으로 세운 집안에 머리 푼 알몸
을 黃金 項鎖 足鎖로 매여두고　　　　　　　　　　　　　－「邂逅」

　위의 인용에서 보이는 ‘洞窟’, ‘골ㅅ방’, ‘古城’, ‘孤島’, ‘섬’, ‘產室’ 등 어
휘는 밀폐되어 있거나, 아니면 외부와 단절된 공간의 어휘들이다. 동굴의
이미지는 어둠, 즉 암흑의 공간은 광명의 세계와는 다른 생태적 특성을
가지고 있다. 그리고, 밀폐, 단절의 원형적 의미를 함축하고 있다. 그의
시의 발상은 이러한 동굴의 이미지로부터 비롯되어 상승적인 구조를 이
룬다.6)
　골ㅅ방의 이미지는 동굴의 이미지로부터 일단계 상승된 차원의 것으
로 벽의 공간이라고 할 수 있다. 여기에서는 생태적인 현상이 동굴의 그
것과는 다를 뿐만 아니라 창을 통해 빛과도 접할 수 있다. 그러나 차단된
공간이라는 점에서는 동굴과 동질적인 의미를 가진다.
　섬, 고도의 이미지는 골방의 이미지에서 한층 더 상승된 것으로 한정
된 공간이다. 후선 표면적으로는 눈에 보이는 벽이 없다. 그리고 보다 밝
은 공간이다. 뿐만 아니라 여기에서는 탈출할 수 있는 가능성도 내포되
어 있다. 그러나 역시 바다라고 하는 한계가 있어 외부와 단절되어 있는
상황은 골ㅅ방의 그것과 거의 비슷하다.
　산실의 이미지는 골ㅅ방과 같은 벽을 의식하게 하지만 산실이 함축하
는 의미는 골ㅅ방과는 아주 다르다. 오히려 이것은 단계적으로 고도의
이미지, 즉 탈출의 가능성과 접맥되고 거기에서 한층 상승된 단계를 나

---

6) 郭光秀・김현, 『바슐라르硏究』, 民音社, 1976, p.93.

타내고 있다. 이것은 변환으로서의 재생의 단계이다. 그러나 산실도 한정된 공간이라는 점에서는 고도와 같은 한계성에서 벗어나지 못한다.

동굴로서 대표되는 이러한 이미지들은 공간적으로 한계상황을 나타내고 있다. 이 한계상황은 두 측면에서 분석되어진다. 하나는 내적인 인간 개체로써 의식하는 상황이고, 다른 하나는 외적인 사회현상으로써 의식하는 상황이다. 인간은 출생과 함께 한계상황을 숙명으로써 짊어지게 된다. 그것은 영원한 시간에 대한 것이고, 무한한 공간에 대한 것이다. 그런가 하면 또 개체로써가 아니라 사회의 일원으로서 살아가게 되어 있다. 이 경우 개체는 그 사회를 한계상황으로 의식하지 않을 수 없게 된다. 1930년대 후반을 살아야 했던 지성인으로서의 陸史의 한계상황은 현실적으로 전자보다는 후자에 더 가까웠을 것으로 생각한다. 그러나 시작품에 구사된 동굴류의 이미지는 이 두 요소를 함축하고 있다. 바로 이점은 현실적으로 의식한 시대상황, 즉 한계상황을 그 자체로써보다는 인간 개체로써의 한계상황을 함축시켜 표현함으로써 그의 시적 가치를 보다 심화시키는 구실을 하고 있다.

그런가 하면 이 동굴류 이미지는 또 다른 면에서 육사의 시의 특질의 하나를 표현하고 있다. 그것은 이 동굴류 이미지가 1920년대 초 일부 시작품에서처럼 내향적으로 칩거나 절망에로의 하강구조7)로써가 아니라, 그 자체를 그 자체로써 주시하면서 상승구조로 표현하고 있는 점을 볼 수 있다. 즉 동굴에서 골ㅅ방으로, 골ㅅ방에서 고도로, 고도에서 산실로의 상승구조는 인고하면서 의욕하는 의지적인 자세를 보여준다. 이것은 인간 누구나의 바람으로써의 공감각적인 것이다. 이러한 상승구조적인 이미지들 가운데서도 특히 산실의 이미지는 미묘한 느낌을 준다. 상승구조로써의 정점은 대부분 비상으로 표현되는 경우가 많기 때문이다. 뿐만 아니라 이 산실의 이미지는 동굴의 원형 이미지와 관련되면서, 육사의 시작품 속에서 중요한 이미지의 하나인 광야의 이미지를 가능케 한 것이

---

7) 앞의 책, pp.92-93.

라는 점에서도 독특한 의미를 지닌다. 그리고 당시(1930년대 후반)의 시
대상황, 즉 한계상황이라는 점에서 볼 때도 이 산실의 이미지는 중요한
의미를 띠고 있다. 그것은 당시의 한계상황에 대처하는 한국인의 자세,
즉 절망이 아니면 타협일 수밖에 없게 하는 극한적인 강요 속에서 새로
움의 탄생을 위한 인고를 선택하고 있다는 점에서이다. 이것은 1930년대
후반 한국의 지성인들이 선택했어야 할 자세 중 하나를 시사한 것이 아
닌가 생각한다.

(2) 해방, 초연의 공간

'砂漠', '平原', '高原', '曠野' 등의 어휘는 동굴류의 이미지, 즉 밀폐, 단
절의 공간과 대조를 이루는 해방, 초연의 공간 이미지들이다. 이들 이미
지들도 동굴류 이미지들과 함께 육사의 시작품 가운데서 중요한 요소로
써의 역할을 하는 이미지들 중 하나이다.

> 고비沙漠을 걸어가는 駱駝탄 行商隊에서나　　　　　　　　　－「黃昏」

> 푸른 샘을 그리는 고달픈 沙漠의 行商隊도 마음을 축여라.
> 　　　　　　　　　　　　　　　　　　　－「한 개의 별을 노래하자」

> 너는 무삼 일로　沙漠의 公主같아 臙脂 찍은 붉은 입술을 내 근심의 漂白된
> 돛대에 거느뇨오－ 안타까운新月　　　　　　　　　－「邂逅」

> 江건너 하늘 끝에 沙漠도 다은 곳　　　　　　　－「江 건너 간 노래」

> 沙漠은 끝없이 푸른 하늘이 덮여　　　　　　　－「江 건너 간 노래」

> 「코－가사스」平原을 달리는 말굽소리보다　　　　　　　　－「海潮詞」

하늘도 그만 지쳐 끝난 高原   —「絶頂」

이 曠野에서 목 놓아 부르게 하리라   —「曠野」

　사막의 이미지는 두 가지의 의미를 가진다. 하나는 생명의 고갈, 불모
지로써의 의미이다. '고비沙漠을 걸어가는 駱駝탄 行商隊'와 '푸른 샘을
그리는 고달픈 沙漠의 行商隊'에서의 사막의 이미지가 그렇다. 다른 하나
는 광활한 무한성으로써의 의미이다. 그것은 '江건너 하늘 끝에 沙漠도
다은 곳'과 '沙漠은 끝없이 하늘이 덮여'에서의 沙漠이 하늘과 접맥되고
있는 점에서 찾을 수 있다. 전자의 경우는 앞에서 살핀 동굴류 이미지의
상황의 계열이고, 후자의 경우는 그 계열에서 벗어나 공간적인 무한성으
로 내닫는 바의 것이다.
　평원의 이미지는 그 광대한 점에 있어서는 사막과 비슷하다. 그러나
그 상황은 대조를 이룬다. 그것은 그 상황 속에서의 동적인 활력에 의해
서이다. 즉 '고비沙漠을 걸어가는 駱駝탄 行商隊'나 '고달픈 沙漠의 行商
隊'에서 보이는 '걸어가는', '고달픈', '駱駝' 등이 표현하는 의미와 '코-카
사스 平原을 달리는 말굽소리'에서 보이는 '달리는'과 '말굽'이 표현하는
의미에 의한 대조이다.
　고원의 이미지는 그 무한성에 있어서 사막의 이미지와 연결된다. 그러
나 구체적으로는 그 표현에 있어서 상당한 차이를 느낀다. '하늘 끝에 沙
漠도 다은 곳'이나 '沙漠은 끝없이 하늘이 덮여'에서의 사막과 하늘과의
관계는 그저 하늘의 무한성에 관련시켜 사막의 광대함을 표현하고 있는
점에 비해서 '하늘도 그만 지쳐 끝난 高原'에서는 고원의 광대함의 극을
표현하고 있다. 그것은 '그만 지쳐 끝난'의 표현에 잘 나타나고 있다. 이
것은 고원의 광대함의 표현으로써 하나의 극치일 뿐만 아니라 아스라한
긴장감이기도 하다.
　광야의 이미지는 위에서 살핀 사막이나 평원, 고원 등의 이미지에 연

결되면서도 또 다른 일면을 보여준다. 그것은 사막, 평원, 고원 등 모두가 공간적인데 비해서 광야는 공간적임과 동시에 시간적이라는 점에 있다. 이러한 점은 「曠野」라는 시작품 1, 2, 3련에 표현되어 있다. 시간성은 "까 마득한 날에/하늘이 처음 알리고"(1련)에서의 표현인 천지창조에까지 거 슬러 올라간다. 따라서 그 시간성은 영원과 같은 성질의 것이다. 공간성 은 산맥은 볼 수조차 없고(2련) 큰 강줄기만이 유유한(3련) 허허벌판과 같 은 것이다. 이와 같은 광야의 이미지는 초연의 공간으로써 사막, 평원, 고 원 등의 이미지를 함축한다.

  이와 같은 분석을 통해서 볼 때, 이 광야류의 이미지들은 陸史의 시작 품에서 두 가지의 특성을 지닌다. 하나는 전절에서 살핀 동굴류의 이미 지들에 대비되는 것이다. 동굴류 이미지들의 상승구조는 일단 산실의 이 미지에서 멈춘다. 산실의 변환으로써의 재생이라고 하는 과정을 거쳐 광 야류의 이미지들이 형성된다. 그러나 이 둘의 관계는 연속적인 것이 아 니라, 대비적인 성격을 지닌다. 그것은 동굴류 이미지들의 밀폐, 단절의 공간이라는 점에 대한 하늘과 연결되는 것과 같은 해방, 광대의 공간이 라는 점에서이다. 다른 하나는 광야류 이미지들도 동굴류 이미지들과 마 찬가지로 점층적인 단계를 이루고 있다는 점이다. 그것은 사막에서 평원 으로, 평원에서 하나는 고원(공간성)으로, 다른 하나는 광야(공간성)로의 점층적인 단계이다. 육사의 시작품에서의 이러한 이미지의 점층적인 표 현은 독자들에게 관념으로써가 아닌 실감을 느끼게 하는 역할을 할 뿐만 아니라, 그 표현이 아스라한 지경에 이르게 될 때 고도의 긴장감을 주게 된다.

  (3) 박쥐, 황혼, 해조의 이미지들

  밀폐·단절의 공간, 해방·초연의 공간 속에서 육사는 어떤 대상을 선 택하고 있는가, 그리고 그 선택된 대상은 그 공간 속에서 어떤 구실을 하고 있는가. 우선 그러한 대상으로서 그 이미지가 선명한 것은 박쥐, 황혼, 海潮 등이다. 그리고 이 대상은 시작품의 제목임과 동시에 각 작품 속에서 중심적인 역할을 하고 있다.

> 가엽슨 빡쥐여! 어둠에 王者여!
>
> 가엽슨 빡쥐여! 孤獨한 幽靈이여!
>
> 가엽슨 빡쥐여! 永遠한 「보헤미안」의 넉시여!
>
> 가엽슨 빡쥐여! 滅亡하는 겨레여!
>
> 가엽슨 빡쥐여! 검은 化石의 妖精이여!
>
> — 「蝙蝠」 중에서

> 박쥐같은 날개가 펴면
> 아주 흐린 날 그림자 속에
> 떠서는 날잖는 사복이 됨세.
>
> — 「獨白」 중에서

위의 인용에서 볼 수 있는 박쥐는 동굴의 공간과 밀접한 관계를 맺고 있다. 그것은 동굴이라고 하는 하나의 상황과 그 속에서 주어진 조건을 숙명으로써 받아들일 수밖에 없는 박쥐와의 관계이다. 그리고 이 관계는 화자에 의해서 박쥐의 정황을 표현하는 형식으로 나타나고 있다. 시작품 「蝙蝠」 1련에서는 "光明을 背反한 아득한 洞窟에서/…너 홀로 도라단이는", "비닭이 같은 사랑을 한번도 속삭여보지 못한" 가엾은 박쥐로 표현되고 있다. 2련에서는 "種族과 횃(塒)을 일허도 갈곳조차 없는" 가엾은 박쥐로, 3련에서는 "이제는 「아이누」의 家系와도 같이 서러"운 가엾은 박쥐로, 그리고 4련에서는 "한토막 꿈조차 못꾸고 다시 洞窟로 도락가"야

하는 가없은 박쥐로 표현되고 있다. 이러한 표현을 통해서 볼 때, 박쥐의
이미지는 가없은 존재로 나타난다. 그것은 첫째, 선천적으로 주어진 조건
으로서, 둘째 현실의 생활상의 여건으로서, 셋째는 미래성이 없는 것으로
서의 가없음이다. 이와 같은 박쥐의 이미지는 미래지향성이 강한 陸史의
시정신면에서 볼 때, 이질적인 성격이라고 생각된다.

그러나 박쥐의 이미지는 그 표현의 강렬함으로써 시적 흥미를 나타내
고 있다. 그것은 박쥐의 가없음을 초점으로 하여 '어둠에 王者', '孤獨한
幽靈', '永遠한「보헤미안」의 넋', '滅亡하는 겨레', '검은 化石의 妖精' 등
으로 표현하고 있는 점이다. 이렇게 연속적으로 다양하게 표출되는 이미
지는 시인의 시적 정열과 관계되는 것이다. 다시 말하면 한 시작품 속에
서 하나의 표현 대상을 다양한 이미지로써 연속적으로 표출할 수 있는
것은 그 시인의 상상력의 발랄함과 관계되고, 또 그것을 끈질기게 추구
해서 표현한다는 것은 그 시인의 시적 정열8)과 관계된다는 것이다. 박쥐
에 대한 다양한 이미지 표출은 그의 시적 정열을 측정할 수 있게 한다.

정성된 마음으로 黃昏을 맞아드리노니,

黃昏아 네 부드러운 손을 힘껏 내밀라.

黃昏아 네 부드러운 품안에 안기는 동안이라도

黃昏아 來日도 또 저 - 푸른 커-텐을 걷게 하겠지.
                                    -「黃昏」중에서

위의 인용에서 볼 수 있는 황혼은 '골ㅅ방'이라고 하는 상황과 관계된
다. 그러나 그것은 상황 속에서의 존재로써가 아니라, 상황 밖의 존재로

---

8) T. S. 엘리옷, 李昌培 역,『엘리옷選集』, p.378에서 볼 수 있는 '적극적 정서'와 관계
   가 있다고 할 수 있다.

써 화자를 통해 간접적으로 맺어지고 있는 관계이다. 다시 말하면 '골ㅅ 방'이라고 하는 상황 속에 갇혀 있는 화자 대 황혼이라는 관계인 것이다. 이러한 관계 속에서의 황혼의 이미지는 단순한 석양의 장식물로써가 아니라, 화자가 애원할 수 있는 대상으로서의 존재로 표출되고 있다. 시작품 「黃昏」의 2련의 '나의 입술을 보내게 해다오'와 4련의 '地球의 半쪽만을 나의 타는 입술에 맡겨다오'에서의 '보내게 해다오'와 '맡겨다오' 등의 염원의 표현이 그렇다. 그리고 이러한 표현 속에는 매체, 즉 메신저로서의 의미도 포함되고 있다. 전달의 대상은 시작품 「黃昏」에 나오는 '네 품안에 안긴 모든 것', '별들', '修女', '囚人', '行商隊', '土人' 등이다. 그리고 이들 대상의 공통성은 화자의 것과 함께 외로움이다. 황혼을 통한 화자와 이들 대상과의 관계는 화자가 이들의 구원자인 것처럼 생각될 수도 있다. 그러나 화자와 이들과의 관계는 황혼을 매체로 해서 화자의 타는 입술을 이들 대상들에게 전달함으로써, 오히려 화자 자신의 외로움 속에서의 구원의 시도가 아닌가 보여진다.

이러한 구원을 가능케 할 수 있는 메신저로서의 황혼의 이미지는 그 구성면에서 독특한 성격을 지닌다. 지금까지의 황혼의 관념은 해가 지고 어둑어둑할 때의 하루 중 마지막 빛이다. 따라서 한창인 고비를 지나 쇠퇴하여 종말에 이를 때, 즉 종말 또는 종말을 전제로 하는 마지막 한때의 황홀함으로 표현되어 왔다. 그런데 「黃昏」이라는 시작품 속에서는 그러한 표현과는 달리 구원의 메신저로서 표현되고 있다. 황혼과 메신저는 그 기능면에서 전혀 다른 의미 영역을 가진다. 그런데도 황혼과 메신저가 이어져 하나의 이미지로 무리없이 표출되고 있는 점은 그 빛의 성질을 이용하고 있기 때문이다. 다시 말하면 황혼의 빛, 즉 타는 듯한 석양의 놀 속에서 전파의 구실을 감지했을 때 이 황혼의 이미지는 가능하게 된다는 것이다. 이렇게 볼 때 황혼의 메신저로서의 이미지는 시인의 탁월한 상상력과 예민한 관찰력에 관계되며, 그 자체가 이미 하나의 긴장감을 가지는 이미지로써 성공하고 있는 셈이 된다. 뿐만 아니라 이것은

한국시 표현에 있어서 황혼의 의미를 전혀 새로운 면으로 확대시키고 있
다는 점에서도 평가되어진다.

　　海潮의 소리는 네모진 내 들창을 열다.

　　海潮는 가을을 불러 내 가슴을 어르만지며
　　잠드는 넋을 부르다. 오— 海潮! 海潮의 소리!

　　　　　　　　　　　　　　　　　　　　　— 「海潮詞」 중에서

　위의 인용에서 볼 수 있는 해조는 孤島와 관계되고 있다. 그것은 고도
라는 공간, 즉 상황 속에서 화자가 의식하는 해조와의 관계이다. 이러한
관계 속에서의 해조의 이미지는 시작품 「海潮詞」 전편을 통해서 표출되
고 있다. 그것은 화자와 해조와의 대결의 양상으로부터 비롯되어 타협,
호소의 대상 그리고 구원의 합주 등 다양하게 나타나고 있다.
　화자와 해조와의 대결의 양상은 「海潮詞」 1, 2, 3련 중에서 "조심스러
이 거러오는 고이한 소리", "…서—ㅁ 밤을/싸고 오는 소리! 고이한 略奪
者여!" 등의 구절의 표현에서 잘 나타나고 있다. 즉 섬 밤의 영주인 화자
와 침략자, 약탈자로서의 해조와의 대결의 형태이다. 그리고 이 상황은
공포스러운 분위기를 자아내게 하고 있다.
　다음으로 4, 5, 6련에서 표현되는 해조의 이미지는 타협의 형태이다.
"오— 그것은 나에게 호소하는 말못할 鬱憤인가?", "먼동이 트기 전 또다
시 속삭여 보렴인가?", "시드렀든 내 亢奮도 海潮처럼 부푸러 오르는 이
밤에" 등의 표현은 1, 2, 3련의 대결의 양상과는 전연 다르다. '呼訴하는',
'속삭여' 등의 동사가 의미하는 것은 화자의 대결의 상태에서 한걸음 나
아가서 그러한 고이한 해조의 소리를 수용할 수 있다는 가능성, 즉 타협
의 실마리를 여는 심적인 자세라고 할 수 있다. 그리고 "시드렀든 내 亢
奮도 海潮처럼 부푸러 오르는"의 표현에서는 화자가 해조를 수용하는 면
으로 볼 수 있다.

7련에서의 해조의 이미지는 위의 수용 내지는 타협과는 달리, 화자의 호소의 대상으로 나타난다. "오 소리는 莊嚴한 네 生涯의 마즈막 咆哮!/ 내 孤島의 매태낀 城郭을 깨트려 다오!"에서의 '깨트려다오'의 염원은 앞의 황혼의 이미지와도 비슷한 성격을 지니는 것 같으나, 황혼이 메신저와 같은 매체로써의 성격을 보이고 있는데 비해, 여기에서의 해조에의 염원은 화자의 직접적인 호소라는 점에서 구별된다. 그런가 하면, 이 7련에서의 해조의 이미지는 화자에게 있어서 자기의 염원을 호소할 수 있는 것으로서의 최종적인 의미를 함축하고 있다. 따라서 화자에게도 그 염원의 호소는 최종적인 것일 수밖에 없게 된다. 이러한 상황은 일종의 극한상황이기도 하다.

이러한 극한상황 속에서의 해조의 이미지는 8련의 '産室을 새여나는 妫娠의 큰 괴로움!', '소리! 고이한 소리!'로 급변한다. 이것은 7련의 호소인 매태낀 성곽을 깨트려주는 대신 새로운 존재를 탄생시키는 형태로 그 극한상황을 극복케 하고 있다. '소리! 고이한 소리!'의 표현은 화자 자신으로서도 미처 예측치 못한 그러한 상황의 급변을 암시한다. 이것은 일종의 계시와도 같은 성격을 지닌다. 이어서 이 해조의 이미지는 최종연의 "巨人의 誕生을 祝福하는 노래의 合奏!", "하날에 사모치는 거룩한 깃븜의 소리!"로 표출함으로써 그 극한상황을 해소시킴과 동시에 화자도 구원을 얻게 된다. "海潮는 가을을 불너 내 가슴을 어르만지며/잠드는 넋을 부르다. 오 – 海潮! 海潮의 소리!"의 표현에서는 화자의 구원임과 동시에 재생을 암시하고 있다.

해조는 이와 같이 다양한 이미지로 표출되고 있다. 이러한 해조의 이미지의 특징은 두 가지로 나누어 생각할 수 있다. 하나는 박쥐의 이미지와 같은 성격의 것으로 하나의 대상을 다양한 이미지로 지속적으로 표출함으로써 시인의 시적 정열을 보이고 있는 점이다. 다른 하나는 공포스러운 침략자, 은밀한 협의자, 강력한 파괴자, 축복을 노래하는 자 등의 이미지로 표출되고 있는 것도 그 이미지의 형성면에서 긴장감을 자아내게

하고 있지만, 특히 '고이한 소리'로 표현되는 해조의 의미 또 그 소리, 즉 파도소리의 뜻이다. 그리고 그 표현은 파괴력이거나 아니면 분노로 나타나고 있다. 그런데도 여기에서의 해조의 이미지는 그것과는 다른 계시로 표출되고 있다. 해조음과 계시의 소리는 소리라는 점에서는 같은 성질의 것이긴 하지만, 그 의미하는 영역은 전연 다르다. 이것은 황혼의 이미지에서 보는 것과 같은 성격의 것으로 陸史시에서는 물론 한국시에서도 독특한 참신성을 보여주고 있는 것일 뿐만 아니라, 해조의 의미 확대라는 면에서도 중요한 의미를 지니게 된다.

(4) 초인 이미지

황혼의 메신저나 해조의 계시 또는 구원자로서의 이미지 등과 연결되면서 그것들보다 더 구체적으로 형상화된 어휘들, 즉 손님, 거인, 초인 등은 陸史시의 특질을 이루는 또다른 하나의 요소라는 점에서 중요한 의미를 띠고 있다.

> 내가 바라는 손님은 고달픈 몸으로
> 青葡萄를 입고 찾아온다고 했으니　　　　　　　　　　　－「青葡萄」

> 한밤에 찾아올 귀여운 손님을 마지하자　　　　　　　　　－「海潮詞」

> 巨人의 誕生을 祝福하는 노래의 合奏　　　　　　　　　　－「海潮詞」

> 다시 千古의 뒤에
> 白馬타고 오는 超人이 있어
> 이 曠野에서 목놓아 부르게 하리라　　　　　　　　　　　－「曠野」

위의 인용에서 볼 수 있는 어휘로 우선 '손님'은 '푸른 바다'와 '흰 돛단배'와 '青袍'라고 하는 배경 속의 존재이다. 그 배경은 마치 한 폭의 그림과 같은 아름다운 느낌을 준다. 이러한 배경 가운데에서의 손님은 哲人과 같은 성격의 것이 아닌가 생각한다. 그것도 서양적으로 분석적인 성격의 철인이 아니라, 동양적으로 달관적인 성격을 가진 철인이다. 그리고 이 손님은 주체에 대한 객체로서 주체가 찾아온다는 것을 믿고 맞이할 준비를 서두르고 있는 미래적인 존재이다. 인간에게 있어서의 미래는 곧 희망이요 소망이다. 따라서 미래적인 존재는 그 희망과 소망을 성취시켜 줄 수 있는 대상일 수 있다. 이러한 손님의 이미지는 화자(주체)에 대한 객체라는 점에서 볼 때는 인간적인 속성을 가지고 있는 존재이면서도 달관적인 성격을 가진 철인으로서의 미래적인 존재라는 점에서는 인간적인 것 이상의 능력을 소유하고 있는 존재로 볼 수 있다.

'귀여운 손님', 즉 '巨人'은 '한밤'이라고 하는 상황과 '고이한 소리', '하날에 사모치는 거룩한 깃븜의 소리'라고 하는 해조음을 배경으로 하고 있다. '한밤'이라고 하는 상황은 모든 것을 잠들게 할 수 있는 반면, 생명체를 탄생시킬 수 있는 신비로운 시간이요 공간이다. 그리고 인간이 우주와도 통할 수 있고, 그와 반대로 어떤 계시도 받을 수 있게 하는 時空인 것이다. '고이한 소리'의 이미지나 '하날에 사모치는 거룩한 깃븜의 소리'의 이미지도 바로 이러한 시공을 배경으로 했을 때 그 형상화가 가능하게 되는 것이 아닌가 생각한다. 그러나 '고이한 소리'와 '깃븜의 소리'는 그 의미 영역이 다르다. 전자는 하강으로써의 계시이고, 후자는 상승으로써의 축복이다. 이러한 분석을 통해서 볼 때, 거인의 이미지는 위의 손님의 이미지의 단계적인 상승으로써의 계시이면서 하늘에까지 사무치는 축복을 받을 수 있는 존재라고 할 수 있다. 그러면서도 '産室', '妖娩', '誕生'이라고 하는 속성에서는 벗어날 수 없는 존재이다.

'超人'은 '千古'와 '白馬' 그리고 '曠野'를 배경으로 하고 있다. 천고는 무궁한 시간, 즉 영원한 시간 개념이고, 광야는 무한한 공간 개념이다. 백마는 이러한 시간과 공간을 배경으로 하고 있다. 따라서 백마는 현실적인 동물로서의 의미 영역을 벗어난 개념으로 파악된다. 그것은 곧 신성시될 수 있는 동물로서의 개념이다. 영원한 시간과 무한한 공간을 배경으로 이러한 백마를 타고 오는 초인의 이미지는 인간적인 상황을 초극한 어떤 존재로서 화자의 '가난한 노래의 씨'를 영원한 시간과 무한한 공간 속에 재생시킬 수 있는 능력의 소유자이다.

이러한 손님, 거인, 초인의 이미지 등은 각기 독립된 것으로써가 아니라 연관되어 잇는 것으로써 파악된다. 우선 초인의 이미지는 초인이라고 하는 개념 그 자체로써가 아니라 이미 손님이나 거인이라고 하는 인간적인 속성을 전제로 해서 형성되었을 것이라는 점이다. 다시 말하면 초인의 이미지 발상은 단순히 초인이라는 개념 그 자체에서 우러나온 것이 아니라 손님의 이미지로부터 비롯된 것이 아닌가라는 의미이다. 그것은 첫째 손님 이미지의 배경의 구성과 초인 이미지의 배경의 구성이 같은 성격을 지니고 있다는 점에서이다. 손님의 '푸른 바다'에 대한 초인의 '曠野', 손님의 '흰 돛단배'에 대한 초인의 '白馬' 등의 대비를 통해서 볼 때 바다와 광야, 배와 말이라는 의미의 차이는 있지만, 그 구성은 공통적인 성격을 가지게 된다. 둘째는 시간적인 차원에서이다. 손님의 시간과 초인의 시간 사이에는 한정과 영원이라는 차이가 있긴 하지만, 다같이 미래적이라는 점에서 공통성을 지닌다. 셋째는 손님, 거인, 초인의 형상화가 점층적인 단계를 이루고 있다는 점에서이다. 손님의 인간적인 속성이 계시와 '하날에 사모치는 깃븜'의 '하날'에까지 그 공간 영역이 확대됨으로써 거인이 탄생된다. 하늘에까지 공간 영역이 확대된 거인의 이미지가 다시 '千古'로 그 시간 영역이 확대됨으로써 초인의 형상화는 가능하게 된다. 이와 같은 관점에서 볼 때 손님 이미지와 초인 이미지와의 관계가 확연해진다. 공간적, 시간적인 동질성과 점층적인 확대 과정은 초인 이미지가 손님의 이미지로부터 발상되어 확대된 것이라는 점을 시사해주고 있는 것이다. 이것은 이미 널리 알려져 있는 陸史시의 초인 이미지의 해석상 중요한 의미를 띤다.

그리고 시적 이미지의 관점에서 볼 때 손님, 거인 등의 이미지와 관련되고 있는 초인의 이미지는 상징적인 성격을 지닌다. 그것은 초인 이미지가 일시적인 충동이나 어떤 영감에 의해서 형상화된 것이 아니라, 손님이나 거인, 초인 등 표현은 각기 다르지만 미래에의 시간 설정이라는 점과 그 속에서 인간적인 상황을 초극한 존재라고 하는 공통된 바탕에 근원을 둔 의도적인 표현이라는 의미이다. 시에서의 상징적인 이미지는 이미지의 성격상 상위의 이미지에 속한다. 뿐만 아니라 그것이 의도적인 것일 때 한 시인의 시적 표현의 중심적인 구실을 하게 됨은 물론 시적인 수준을 평가케 하는 기준이 된다.

그런가 하면 이 상징적인 초인의 이미지는 화자의 분신으로서, 화자의 극한상황을 해결하거나 염원을 성취시켜주는 대상으로서, 화자 또는 인류의 구원자로서의 초인이 아니라 자기를 확인케 해주는, 자기를 끊임없이 깨우치고 이끌어주는 동반자적인 성격을 지닌다. 따라서 이러한 성격은 신적인 입장에서가 아니라 인간적인 입장에서의 초인으로서 거리감을 느끼게 하기보다는 친근감을 주고 있다. 이것은 陸史의 시가 패배나 절망감에로의 하강구조로써가 아니라 미래지향적인 시간성과 광활한 공간성에로의 상승구조를 이루게 한 원동력이 되게 하고 있다. 뿐만 아니라 이것은 서양적인 의미에서의 초인의 개념으로써라기보다는 도교의 仙的 사상이나 불교의 禪的인 사상에 보다 접근하고 있는 초인임을 이해할 수 있게 한다. 이 점은 그의 시적 사상의 근원이 동양적인 전통에 뿌리를 내리고 있음을 의미하는 것이라고 할 수 있다.

3. 시의 구성

시작품이 독자들에게 긴장감을 준다고 했을 때, 그 긴장감은 시작품의 구성과 관계된다. 시작품의 구성에는 여러 가지가 있을 수 있다. 그 중에서도 특히 많이 사용되고 있는 구성 방식은 우선 한시 절구의 기·승·전·결식을 들 수 있다. 이것은 한국시의 전통적인 구성 방식이라고 해도 과언이 아닐 정도로 시조에서나 근대시에서 많이 사용되어 왔다. 그리고, 다른 하나는 圓型的인 구성 방식이다. 이것은 첫 연 또는 그 첫 구의 표현이 끝 연 또는 그 끝 구에서 반복되고 있는 형태이다. 그런가 하면 이러한 구성 방식과는 다른 형태의 것으로써 이미지의 나열에 의한 구성 방식이 있다. 이것은 표면적으로는 관련이 없는 것처럼 보이는 각 연의 표현이 각 연의 이미지로 연결되어 통일을 이루는 방식이다. 이와 같은 구성 방식은 보다 현대적인 성격을 지닌다.

그러나 긴장감을 주고 있는 시작품의 경우는 위에 열거한 방식과는 다른 구성방식을 보이고 있다. 그것은 1련에서 이미 상황을 설정하고 2련, 3련…으로 이어지면서 그 상황이 점층적으로 극한상황에 이르게 함으로써 고도의 긴장감을 느끼게 하는 형태이다. 이러한 구성 방식을 본고에서는 극적 구성9)이라고 부르고자 한다. 그 이유는 이 구성방식이 극작품에서의 전개 방식과도 같은 성격을 지니기 때문이다. 陸史의 시작품들 가운데서 이와 같은 구성 방식에 의해서 쓰인 작품들이 보인다. 물론 이러한 시도는 육사의 시작품들에서 비롯된 것은 아니다. 陸史와 같은 시기(1930년대)이긴 하지만 그보다 먼저 이 방식을 시도한 시인이 있다. 그 시인은 李箱이다.

> 十三人의兒孩가道路로疾走하오.
> (길은막다른골목이適當하오)
>
> 第一의兒孩가무섭다고그리오.
> 第二의兒孩도무섭다고그리오.
> 第三의兒孩도무섭다고그리오.
> 第四의兒孩도무섭다고그리오.

---

9) 졸고, 「李箱의 詩에 관한 硏究」, 전북대학교 교육대학원, 『敎育論叢』 제1집, 1981, p.9. Cleanth Brooks and Robert Penn Warren, *Understanding Poetry*, Holt, Rinehart and Winston, p.20. Dramatic aspect of poetry 조 참조.

第五의兒孩도무섭다고그리오.
第六의兒孩도무섭다고그리오.
第七의兒孩도무섭다고그리오.
第八의兒孩도무섭다고그리오.
第九의兒孩도무섭다고그리오.
第十의兒孩도무섭다고그리오.

第十一의兒孩가무섭다고그리오.
第十二의兒孩도무섭다고그리오.
第十三의兒孩도무섭다고그리오.
十三人의兒孩는무서운兒孩와무서워하는兒孩와그렇게뿐이모였오.
(다른事情은없는것이차라리나았오)

그中에一人의兒孩가무서운兒孩라도좋소.
그中에二人의兒孩가무서운兒孩라도좋소.
그中에二人의兒孩가무서워하는兒孩라도좋소.
그中에一人의兒孩가무서워하는兒孩라도좋소.

(길은뚫린골목이라도適當하오)
十三人의兒孩가道路를疾走하지아니하여도좋소.

　　　　　　　　　　　　　　　　　－「烏瞰圖: 詩第一號」전문

위에 인용한 「烏瞰圖: 詩第一號」는 5련으로 짜여져 있다. 1련 1행의 '十
三人의 兒孩가 道路로 疾走하오'에 2행 '(길은막다른골목이適當하오)'의
배치는 발단으로서의 갈등 구조이다. 여기에서 시적 화자는 일종의 위기
감을 설정하고 있다. 2련은 1행에서의 주격 조사 '가'가 2행에서부터 '도'
라는 특수 조사로 바뀌어 10행까지 반복 표현하고 있다. 그리고 제일의
아해로부터 제십의 아해에 이르기까지 '무섭다'라고 하는 것이 그 표현의
주된 내용이다. 이 표현은 그대로 1련에서의 위기의식이 무서움이라고
하는 구체적인 내용으로 바뀌면서 그 위기의식, 즉 무서움이 점층적으로

고조되고 있음을 보여준다. 뿐만 아니라, 제일의 아해로부터 제십의 아해까지가 하나의 초점, 즉 무서움으로 집중되어 표현되고 있다는 점은 표현의 강렬함과 무서움의 심도를 나타내고 있다. 3련은 2련에 이어 제십일의 아해로부터 제십삼의 아해까지 무섭다고 하는 내용을 고조시켜 표현하고 있다. 그리고 십삼인의 아해를 '무서움'과 '무서워하는'이라고 하는 대립의 형태로 나누고 일체의 사정을 차단해버림으로써 2련에서의 고조된 위기의식, 즉 무서움의 극한상황으로서의 공포 분위기를 보여주고 있다. 다시 말하면, 1련의 갈등인 위기의식으로서의 상황이 2련에서 점층적으로 고조되어 3련에서는 그 극한상황으로 표현되고 있다는 의미이다. 이러한 1련, 2련, 3련의 표현 과정은 독자들에게 고도의 긴박감으로써의 긴장감을 느끼게 하고 있다. 4련은 이 작품의 형태상(1,2 : 2,1의 대칭 배열)으로 절정을 표현하고 있는 연으로서 시적 화자는 '무서운 아해'와 '무서워하는 아해'로 나누고, 1인에서 2인으로 한정시켜 그 어느 쪽도 좋다고 표함으로써 3련에서의 극한상황을 해소시켜 주고 있다. 5련은 4련에 이어서 1련의 상황과 정반대되는 상황, 즉 '막다른 골목'을 '뚫린 골목'으로, '疾走하오'를 '疾走하지아니하여도좋소'로 표현함으로써 1련에서의 상황을 해소시킴과 동시에 이 작품 전체의 위기감을 해소시켜 주고 있다. 다시 말하면 1련의 위기의식으로써의 상황이 2련을 거쳐 조성된 3련의 극한상황, 즉 공포 분위기로부터 해방시켜 주고 있다는 의미이다. 독자들은 여기에서 안도의 숨을 쉴 수 있게 된다.

　시작품에서의 이와 같은 극적 구성 방식은 그 작품의 내용으로써보다도, 그 형식이 가지는 긴박감 그리고 그 긴박감이 주는 긴장으로써 그 표현 효과를 나타내고 있는 것이다. 이러한 극적 구성 방식에 의한 시작품이 陸史의 시작품 속에서도 찾아지고 있다.

　　매운 季節의 채쭉에 갈겨
　　마츰내 北方으로 휩쓸려오다.

하늘도 그만 지쳐 끝난 高原
서리빨 칼날진 그 우에 서다.

어데다 무릎을 꿇어야 하나
한발 재겨 디딜곳조차 없다.

이러매 눈감아 생각해 볼밖에
겨울은 강철로 된 무지갠가 보다.

　　　　　　　　　　　　　　　　　－「絶頂」전문

　이 작품은 구절의 표현으로부터 연의 구성에 이르기까지 모두가 점층
적으로 표현되고 있다. 제1런의 1행 '매운 季節의 채쭉에 갈겨'는 발단으
로서 갈등을 표현하고 있다. '매운 季節의 채쭉'은 그 속에 이것과 반대
되는 요소의 의미를 함축하고 있기 때문이다. 그리고 2행 '마츰내 北方
으로 휩쓸려오다'의 '마츰내'라는 부사어와 '휩쓸려오다'라는 동사의 의
미는 그 이전에 계속된 동작을 암시하면서 단적으로 그 이전의 동작을
차단시키고 있다. 따라서, 이 행의 표현은 1행의 갈등이 원인이 되어 그
이전에 비해 그 이후가 점층화되어 있음을 알 수 있다. 이와 같은 1런의
표현은 계절의 채쭉과 북방이라고 하는 상황을 설정하여 긴박감을 예비
하고 있다.

　제2런의 1행 '하늘도 그만 지쳐 끝난 高原'에서는 고원의 끝없는 아스
라함을 보이고 있다. 그리고 1런의 북방의 공간을 고원으로 한정, 구체화
시킴으로써 1런의 상황을 점층화시키고 있다. 2행 '서리빨 칼날진 그 우
에 서다'는 '서리빨→칼날진→그 우' 등 단계적으로 첨예화되고 있다.
이것은 1런의 1행과 연결됨으로써 쫓김의 정서의 점층적인 고조화를 보
이고 있다.

　제3런의 1행 '어데다 무릎을 꿇어야 하나'는 의문문으로써 무릎을 꿇어
야 할 곳이 없음을 강조하고 있다. 그 중에서도 '어데'는 2행의 한 발 재

겨 디딜 곳조차 없는 상황에 대한 의문사로써 북방, 고원에 이어지는 극한적인 표현이다. 2행 '한 발 재겨 디딜 곳조차 없다'도 1행의 '어데'와 이어져 극한상황으로 나타난다. 이와 같은 3련의 표현은 1련의 갈등이 2련에서 점층적으로 첨예화되는 단계를 거쳐 이 작품의 절정(극한상황)을 이룬다. 이 극한상황은 1련의 쫓김의 정서가 숨 쉴 틈을 주지 않은 채, 첨예화되면서 긴박해지는 고도의 긴장감을 보여준다.

4련은 3련에서 형성된 극한상황의 해소이다. '이러매 눈감아 생각해 볼밖에'는 극한상황에 갇힌 화자의 선택으로 투쟁이나 탈출이 아닌 사색으로서의 체념이다. 이어 '겨울은 강철로 된 무지갠가 보다'에서는 기다리고 있는데도 쉽게 와주지 않는 것에 대한 안타까움의 정서를 표현하고 있다. 행동으로 직결될 수밖에 없는 극한상황 속에서 체념이나 안타까움의 정서로 표현하고 있는 안일성을 지적할 수도 있다. 그러나 이것은 극한상황 속에서 그 상황을 극복하고자 하는 동양적인 전통에 접맥된 표현인 것이다. 극한상황에 처했을 때 그 상황에 대처하는 것으로서, 동양적인 체념이나 안타까움 속에서 참고 기다리는 의지는 때로는 직접적인 행동 그 자체보다도 보다 큰 의미를 지니게 되는 경우가 있기 때문이다.

이러한 분석을 통해서 볼 때 「絶頂」이라고 하는 시작품이 독자들에게 주는 감동적인 요처가 어디에 있는가를 알게 된다. 시작품과 독자를 맺어주는 감동적인 요소는 다각도에서 검토될 수 있다. 그러나 보다 절실하고 보다 강렬한 감동적인 요소는 바로 위에서 본 바와 같은 극적인 구성을 통해서 형성되는 극한상황, 그리고 그 극한상황이 주는 절박감 속에서 우러나는 긴장감에 있지 않나 생각한다.

4. 맺는말

陸史의 시작품에서 공감대를 이룬다고 할 수 있는 것 중 특히 시작품에 구사된 어휘, 그 중에서도 시작품에서는 물론 시세계에서 중추적인

구실을 하고 잇는 것으로 보이는 이미저리와 시작품의 구성을 중심으로
분석하였다.

시적 이미저리면에서 나타나는 특징은 첫째, 표면적인 현상에만 한정
되지 않고 내면적인 심층에까지 심화되어 있는 점이다. 陸史의 시작 활
동의 중심이 된 시기는 1930년대 후반이다. 이 때는 민족적인 위기라고
해도 과언이 아닐 정도로 일제의 탄압이 심한 시기였다. 그러한 시기에
쓰여진 시작품의 시적 이미저리 특히 동굴류 이미지는 이와 같은 시대
상황적인 의미를 함축함은 물론이다. 그러나 그의 동굴류 이미지는 거기
에 한정되지 않고 인간의 조건을 시간적으로 그리고 내면적으로 추구함
으로써 그 근원적인 면에까지 심화시키고 있다. 이것은 동굴류 이미지의
의미 공간의 확대 내지는 심화이고 동시에 그 시적 이미지가 감동을 주
게 하는 면이기도 하다.

둘째는 시적 이미저리 표출의 다양성이다. 박쥐나 해조의 이미지 분석
에서 나타나 있는 것처럼, 시간적인 관점에서 하나의 대상을 다각적으로
관찰하여 다양하게 표출시키고 있는 점은 강렬한 힘을 느끼게 하고 있
다. 이것은 시적 공감도의 밀도를 측정케 하는 키(key)라고도 할 수 있다.
뿐만 아니라 그것은 서정적인 면으로서보다는 서사적인 면으로서 남성
적인 豪宕不羈한 성격을 보여주고 있다. 이것은 그의 시의 하나의 기질
적인 것으로써 분방한 느낌을 주는 요소가 되기도 한다. 그리고 하나의
대상을 끈질기게 추구해서 다양하게 표출시키고 있는 점은 시인의 시적
정열과도 관계된다고 할 수 있다. 이것은 시인으로서의 陸史의 한 단면
을 파악케 하는 요소가 된다.

셋째는 초인류의 이미지 분석에서 나타나 있는 상징적인 이미지이다.
그것도 의도적으로 시도된 것으로서의 상징적인 이미지라는 점에서 주
목의 대상이 된다. 의도적으로 표출된 상징적인 이미지는 시인의 시세계
구축의 중요한 요소의 하나가 된다. 뿐만 아니라, 그것은 한 시인의 시세
계의 심도를 보여주는 것이기도 하다. 그리고 이것은 당시까지의 한국의

시에서는 드물게 나타난 것으로써 詩史的인 면에서의 하나의 큰 수확으로 평가되어야 할 성질의 것이다.

이와 같은 이미지들이 중심이 되어 이루고 있는 시세계의 특징은 두 가지 면으로 나타나고 있다. 하나는 시간적인 면이고, 다른 하나는 공간적인 면이다. 시간적인 면에서는 미래지향적인 점이다. 이것은 시적 이미지로서의 염원, 기대, 마중 등의 의미에서 잘 나타나고 있다. 미래지향적인 성격은 과거 회귀의식과는 달리, 현재의 상황을 극복하려는 강렬한 의지나 신념을 느끼게 함으로써 독자들의 기대감을 충족시켜주는 구실을 한다고 할 수 있다. 그리고 공간적으로는 상승적인 구조를 이루고 있는 점이다. 이것은 시간적인 미래지향성과 밀접한 관계를 맺고 있는 것으로서 어두운 면보다는 밝은 면, 축소지향보다는 확대지향적인 면을 보여주는 구실을 한다. 이와 같은 미래지향성이나 상승 구조적인 면은 1930년대 후반이라고 하는 시대 상황에서 볼 때 당시의 시단의 시적 표현의 흐름과는 다른 陸史 시의 특질의 일면을 이루게 된다.

시작품의 구성면에서 나타나는 특징은 극적 구성이라고 하는 시 형태면에서의 새로운 시도이다. 시작품의 극적 구성은 시적 정서를 극적으로 구성함으로써 영화 작품이나 극 작품에서 볼 수 있는 것과 같은 효과를 거두는 방식이다. 이 경우 시적 공감도는 시적 정서의 내용에서보다도 그것을 구성하는 과정, 즉 점층적으로 긴축감을 조성시키고 그 긴축감을 극한으로 고조시킴으로써 느끼게 하는 고도의 긴장감에서 더 강하게 나타나게 된다. 이와 같은 극적 구성의 시도는 앞 장에서 분석한 작품 이외에도 그의 시작품 「黃昏」, 「海潮詞」, 「曠野」 등에서도 보여지고 있다. 이러한 극적 구성은 공감의 하나의 요처가 되고 있다는 점, 그리고 한국시의 형태면에서 李箱에 이은 시적 구성의 새로운 시도라고 하는 점에서 그 의의를 찾을 수 있다.

V. 金顯承論
─ 스타일과 시적 사상을 중심으로 ─

1. 머리말

茶兄 金顯承은 21세 되던 1934년에 東亞日報에 「쓸쓸한 겨울 저녁이 올 때 당신들은」이라는 작품을 발표한 이래 1975년 별세할 때까지, 시집 5권 (그것들을 모아 엮은 시전집 1권)을 펴냈고, 200여 편의 시작품을 발표했다.[1] '사는 것을 알기 위하여 노래한다기보다는 노래를 하면서 사는 길이 조금씩 알아지는 것도 같다'[2]라고 그가 말하고 있는 바와 같이, 이 작품들은 그의 '인생'을 위해서 쓰여진 것이라고 볼 수 있다. 다시 말하면, 그의 시는 '새로운 삶의 원리'를 찾아 '탐구의 정신'[3]으로 일관되어 있다. 이것은 곧 시에 대한 그의 기본 태도이며, 또 그것은 그의 새로운 시적 방법과 색다른 시의 영역을 가능케 했던 것이다. 그리고, 그의 이러한 점은 한국시단의 일면이며, 또 그의 시가 한국시단에 이바지한 일면이기도 하다.

그의 시에 대한 연구로는 金宗吉의 「堅固에의 執念」[4]이라는 스타일 중심의 평론과 張伯逸의 「原罪를 끌고 가는 孤獨」[5]이라는 내용 중심의

---

1) 최근 그의 유고를 모아 『마지막 地上에서』(창작과비평사, 1975.12)가 출판되었다.
2) 金顯承, 『金顯承詩全集』, 關東出版社, 1974, p.518.
3) 金顯承, 「문학사상의 20세기적 특질」, 『現代文學』 통권 제180호, 1969, p.283.
4) 金宗吉, 『眞實과 言語』, 일지사, 1974, p.127.
5) 張伯逸, 「原罪를 끌고 가는 孤獨」, 『現代文學』 통권 제173호, 1969, p.254.

평론 이외에도 단평 정도는 상당히 있다. 그런데 이 평론들은 거개가 그의 작품의 스타일과 내용 중 어느 일면만을 대상으로 각각 다루고 있다. 따라서, 이러한 경향은 시 그 자체를 이해해야 한다는 입장에서는 결코 바람직할 수는 없다. 어느 일면만을 다루는 방법이 한 편의 시작품이나 한 시인의 시세계를 평가하려 할 때, 부득이 할 지 모른다. 그러나 우리가 목표하는 것이 시나 시세계 전체를 대상으로 하는 것이라면, 그것들은 웰렉(R. Wellek)이 말하고 있는 바와 같이, 궁극적인 통일이 부여될 때까지 그저 한 단계로서 분리되어 있는 것이어야만 할 것이다.[6] 왜냐하면 그 중 일면만으로는 한 편의 시작품이 창작될 수 없을 뿐만 아니라, 한 편의 시작품을 통일성있게 이해할 수도 없기 때문이다.

본고에서 시작품의 스타일과 시적 사상으로 구분하고 있는 것은 물론 이러한 종합적인 고찰을 위한 단계로서 시도한 것이다. 그리고 그 시작품들은 그의 시적 성장에 따라 두 개의 층으로 구분했다. 즉 그의 초기 작품들을 중심으로 하는 하나의 층과 그 이후의 작품을 중심으로 하는 층이 그것이다. 초기의 층에서는 그의 시세계의 형성 과정을, 그 이후의 층에서는 그의 시세계의 특이하고 색다른 면을 각각 분석 고찰하려고 한다.

2. 시적 스타일

(1) 초기 작품의 스타일

초기 작품이란 그의 시전집에 '새벽 교실'이라는 타이틀을 붙여 엮은 15편의 작품들을 뜻한다. 그가 시전집 서문에서 '거울삼기 위해서'라고

---

6) R. Wellek and A. Warren, *Theory of Literature*, New York, 1956, p.174.
"It now seems clear that process work, form and content, expression and style, must be kept apart, provisionally and in precarious suspense, till the final unity: only thus are possible the whole translation and rationalization which constitute the process of criticism."

밝히고 있는 바를 통해서 볼 때, 이 작품들은 그의 시의 연원과 형성 과
정의 출발점을 알리기 위한 것이 아닌가 생각된다. 따라서 이들 작품을
분석함으로써 우리는 그의 초기 시의 스타일의 특성과 영향관계를 파악
할 수 있을 것이다.

> 아침해의 祝福과 사랑을 받지 못하는 크고 작은 琉璃窓들이
> 瞬間의 榮光답게 最後의 燦爛답게 빛이 어리었음은
> 저기 저 찬 하늘과 추운 地平線 위에 붉은 해가 피를 뿌리고 있읍니다.
> 날이 저물어 그들의 恍惚한 심사가 바라보이는
> 廣闊한 하늘과 大地와 더불어 黃昏의 默想을 모으는 곳에서
> 해는 날마다 그의 마지막 情熱만을 세상에 붓는다 합니다.
> 여보세요. 저렇게 붉은 情熱만은 아마 식을 날이 없겠지요.
> 아니 우랄山 골짜기에 쏟아뜨린 젊은 사내들의 피를 모으면 저만 할까?
> 그렇지요. 東方으로 귀양간 젊은이들의 情熱의 會合이 있는 날
> 아! 저 하늘을 바라보세요.
> 黃金窓을 단 검은 汽車가
> 어둡고 두려운 밤을 피하여 黎明의 나라로 화살같이 달아납니다.
> 그늘진 山을 넘어와 曠野의 詩人—검은 까마귀가 城邑을 지나간 후
> 어두움이 大地에 스며들기 전에
> 列車는 安全地帶의 휘황한 메트로 폴리스를 향하여
> 黑暗이 切迫한 北部의 雪原을 脫出한다 하였읍니다.
> 그러면 여보! 이 날 저녁에도 또한 밤을 피하지 못하는 사람들이 있지 않습
> 니까?
>
> —「쓸쓸한 겨울 저녁이 올 때 당신들은」의 전반부

위 시작품에서 구사된 '琉璃窓·우랄山·城邑·열차·安全地帶·메트
로 폴리스' 등 어휘들은 당시의 한국 현실에 비추어 볼 때, 시대 감각적
이라 할 수 있다. 또 '燦爛답게·찬 하늘·추운 지평선·恍惚한 심사·廣
闊한 하늘·黃金窓·화살같이·曠野의 詩人—검은 까마귀·輝煌한 雪原
(방점—필자, 이하 같음)은 감각적이고 촉각적이다. 그리고 그 상징체계

는 첫째, 표현면에서 볼 때 황혼을 피로, 광야의 시인은 검은 까마귀, 좀 평범하기는 하지만 해를 정열, 밤을 두려움으로 각각 비유하고 있는 점은 자의적인 이미지들이다. 둘째, 언어 상호간의 관계에서 볼 때 '크고 작은 琉璃窓에, 瞬間의 榮光답게, 最後의 燦爛답게, 붉은 피를 뿌리고, 마지막 情熱, 曠野의 詩人―검은 까마귀, 黑暗이 切迫한' 등은 긴장도가 높은 이미지들이다. 그리고 시형이 비교적 길고, 표현이 서술적이며, 문장이 半산문적이라는 점을 쉽게 이해할 수 있다. 이상 보아 온 바를 통해서 이 작품의 스타일에 나타난 특징은 ① 감각적인 어법 ② 자의적인 이미지 및 감각적인 이미지의 사용 ③ 구문의 반산문성과 서술성 등으로 요약할 수 있다.

그리고 그의 초기에 쓰여진 대부분의 시작품은 대개 이런 특징들을 지니고 있다. 그런데, 이런 스타일상의 특징들은 당시 한국시단에서 이미 각광을 받고있던 시인들의 영향이 아닌가 생각된다. 그는 우선 鄭芝溶의 영향을 받은 듯하다.

> 琉璃에 차고 슬픈 것이 어린거린다.
> 열없이 붙어서서 입김을 흐리우나니
> 길들인 양 언 날개를 파다거린다.
> 지우고 보고 지우고 보아도
> 새까만 밤이 밀려 나가고 밀려와 부딪치고
> 물먹은 별이, 반짝, 寶石처럼 백힌다.
> 밤에 홀로 琉璃를 닦는 것은
> 외로운 恍惚한 심사이어니,
> 고흔 肺血管이 찢어진 채로
> 아아, 늬는 山ㅅ새처럼 날라갔구나!
>
> ― 鄭芝溶 「琉璃窓」 전문

金顯承의 어법이나 이미저리를 위의 작품의 것과 대비시키면, 유사 내지는 일치점이 많이 발견된다. 金顯承의 '琉璃窓'과 '恍惚한 심사'는 그대

로 위 작품의 '밤에 홀로 琉璃를 닦는 것은/외로운 恍惚한 심사이어니'와
유사하다. 또 '肺血管', '寶石' 등도 金顯承의 다음과 같은 구절들에서 발
견된다.

> 琉璃窓— 金빛 太陽이 물결치는 빌딩의 아침 海峽을 열고
> 젊은 肺血管은 書齊의 炭酸가스와 새벽을 우주로부터 바꿉니다.
>
> ─「새벽 敎室」에서

> 내가 사랑하는 寶石은 眞珠와 落葉보다 눈물이다.
>
> ─「떠남」에서

　여기에서 우리의 관심을 끄는 것은 특히 '琉璃窓'과 '肺血管'이다. 위에
서 살핀 것─'琉璃窓과 恍惚한 심사─과 함께 둘 사이의 영향관계를 단
적으로 시사해주는 어법이기 때문이다. 또 鄭芝溶의 '홀로 琉璃를 닦는
것은'이라는 구절은 좀 뒤의 작품이긴 하지만, 金顯承의 '窓을 닦는 時間
은'(「窓」에서)과 어법뿐 아니라, 구문까지도 비슷함을 볼 수 있다. 그리고
그의 자의적이고 감각적인 이미지는 白鐵이 "그의 視覺的 표현과 言語
驅使에 큰 注目을 끌게 될 것이다"[7]라고 지적하고 있는 바와 같이, 당시
이미 문단에서 인정을 받고 있었던 鄭芝溶의 감각적 이미지 수법의 영향
을 받은 것이라고 할 수 있다. 그것은 곧 위에서 본 金顯承의 이미지가
鄭芝溶의 '길들은 양 언 날개를 파다거린다', '물먹은 별이 반짝, 寶石처럼
백힌다'에서 볼 수 있는 바와 같은 감각적인 이미지와 유사하기 때문이
다. 이 외에도 金顯承의 「너와 나」와 鄭芝溶의 「蘭草」와를 대비하면, 그
반복법의 비슷함을 알 수 있다. 이와 같은 점으로 미루어 볼 때, 金顯承
의 초기 작품은 당시의 한국의 모더니스트들 가운데서도 특히 鄭芝溶의
영향이 컸던 것으로 생각된다. 이러한 영향관계에 대해서는 이미 金宗吉
이 그의 평론 「堅固에의 執念」에서 "표현 대상에 대한 시적 접근"이라는

---

7) 李秉岐·白鐵,『國文學全史』, 新丘文化社, 1959, p.397.

관점으로 밝힌 바 있다.[8] 그러나 그는 이들의 영향관계의 구체적인 근거를 제시하지 않고, 다만 성장 배경과 시작활동을 시작할 무렵의 문단적인 여건에 근거를 두고 비교, 고찰하고 있을 따름이다. 金顯承의 초기 시에서 나타나는 이러한 경향은 鄭芝溶 뿐만이 아니라, 辛夕汀에게서도 영향을 받은 듯하다.

어머니
당신은 그 먼 나라를 알으십니까?
깊은 산림지대를 끼고 돌면
고요한 호수에 흰물새 날고
좁은 들길에 野薔薇 열매 붉어
멀리 노루새끼 마음 놓고 뛰어 다니는
아무도 살지 않는 그 먼 나를 알으십니까?

그 나라에 가실 때에는 부디 잊지 마셔요.
나와 같이 그 나라에 가서 비둘기를 키웁시다.
              — 辛夕汀 「그 먼 나라를 아십니까」 중에서

金顯承의 반산문적·서설적인 비교적 긴 구문도 위에 인용한 辛夕汀의 작품에서 그 예를 찾아 볼 수 있다. 그리고, '바라보세요', '달아납니다', '하였읍니다', '잊지 않습니까?' 등과 辛夕汀 작품의 '잊지 마셔요', '키웁시다', '아십니까?' 등 서술형 존칭 어미의 활용에서 보이는 유사점, 호칭 다음에 의문형으로 끝맺는 구문 즉 '그러면 여보! ~있지 않습니까?'와 辛夕汀의 '어머니 ~아십니까?' 등과의 일치점 등이 나타나고 있다. 이러한 예는 위에서 인용한 金顯承의 작품 이외에도 그의 초기 작품들 「어린 새벽은 우리를 찾아온다」, 「새벽은 당신을 부르고 있읍니다」, 「黃昏」, 「아침과 黃昏을 데리고 갈 수 있다면」, 「엄마, 밤」, 「새벽 敎室」 등에서도 보인다.

---

8) 金宗吉, op.cit., p.134.

그리고 金顯承의 시작품에서 '새벽・아침과 黃昏・저녁' 등의 이미저리가 많이 사용되고 있는데, 이것 역시 辛夕汀의 '새벽・아침과 어둠・저녁' 등의 이미저리와 유사하다. 이런 점을 통해서 볼 때, 金顯承의 초기 작품의 스타일의 일부는 辛夕汀의 초기 작품에서 영향 받은 것이 아닌가 생각된다.

그는 이와 같은 영향관계 속에서 형성된 초기 작품의 잡다하고 산만한 스타일에서 벗어나 서서히 독자적인 스타일을 개발해 갔던 것이다.

(2) 독자적인 스타일

초기 작품의 스타일에서 벗어나, 그의 독자적인 스타일이 나타나기 시작한 것은 시집 『擁護者의 노래』,『堅固한 孤獨』에서부터이다.

> 詩人들이 노래한 一月의 어느 言語보다도
> 零下 五度가 더 차고 깨끗하다.
> 메아리도 한 마정이나 더 멀리 흐르는 듯……
> 五月의 썰매들이여,
> 감초인 마음들을 未知의 散亂한 言語들을
> 가장 鮮明한 音響으로 번역하여 주는
> 出發의 긴 汽笛들이여,
> 잠든 森林들을
> 이 맑은 공기 속에 더욱 빨리 일깨우라!
> 무엇이 슬프랴,
> 무엇이 荒凉하랴,
> 歷史들 썩어 가슴에 흙을 쌓으면 希望은 묻혀 새로운 種子가 되는
> 지금은 樹木들의 體溫도 뿌리에서 뿌리로 흐른다.
> － 金顯承 「新雪」의 전문

여기에서 구사된 어휘 '詩人・一日・言語・零下・五度・歷史・種子・

體溫' 등은 지적이다. 때문에 작품의 리듬이라는 측면에서 보면 몹시 딱딱한 편이다. 그러나 그 성격은 퍽 간결하고 평정한 느낌을 준다. 그리고 이미저리도 대상인 '新雪'을 '零下 五度가 더 차고 깨끗하다', '메아리도 한 마정이나 더 멀리 흐르는 듯……' 등으로 그 현상을 표현하는 것이 아니라, 그 내면적인 분위기를 표현하고 있으며, '썰매', '鮮明한 音響으로 번역하여 주는 出發의 汽笛' 등은 그 분위기 속에서 대상의 성격을 연역해 내고 있다. 그리고 위 인용 부분의 끝 연에서는 대상의 심층에서 숨쉬고 있는 생명을 발굴, 표현하고 있다. 다시 말하면 대상의 형상이 아니라, 대상의 내면성을 분석하고 그 대상의 깊이를 찾고 그 속에서 그것들과 시인의 정서를 결합시켜 생명을 표현하고 있다는 의미다. 구문(syntax)에 있어서도 위 작품을 통해서 볼 때, 초기의 산만했던 결구(texture)에서 벗어나 대상의 표현에 집중하여 응결시키고 있는 비교적 세련된 매무새로 나아가고 있음을 볼 수 있다. 그리고 이러한 스타일은 그의 시작품의 스타일의 근간을 이루고 있는 것이기도 하다.

더러는
沃土에 떨어지는 작은 生命이고저……

흠도 티도
금가지 않는
나의 全體는 오직 이뿐!

더욱 값진 것으로
드리라 하올 제,

나의 가장 나중 지니인 것도 오직 이뿐!

아름다운 나무의 꽃이 시듦을 보시고
열매를 맺게 하신 당신은,

　　　나의 웃음을 만드신 후에
　　　새로이 나의 눈물을 지어 주시다.

　　　　　　　　　　　　　　　　　　－ 金顯承 「눈물」 중에서

　여기에서의 표현 대상은 눈물이다. 그런데 그 눈물은 현상적인 것이
아니라, 본질적인 근원을 표현하고 있는 것이다. 그것은 '생명', '나의 全
體', '나의 가장 나중 지니인 것' 등의 의미를 통해서 집중적으로 암시되
고 있다. 그리고, 생명인 이 눈물은 마지막 두 연에서, 만들어진 근원인
'당신'을 설정함으로써, '나'의 입장에서는 피동적인, 절대적인 성격을 지
닌다. 이러한 표현 대상의 현상이 아니라, 그 내면적인 본질을 표현하는
그의 스타일은 차츰 구상화되어 「波濤」 등에서는 그 절정을 이룬다.

　　　아, 여기 누가
　　　술 위에 술을 부었나,
　　　이빨로 깨무는
　　　흰 거품 부글부글 넘치는
　　　춤추는 땅—바다의 글라스여.

　　　아, 여기 누가
　　　가슴들을 뿌렸나,
　　　言語는 船舶처럼 출렁이면서
　　　생각에 꿈틀거리는 배암의 잔등으로부터
　　　영원히 잠들 수 없는,
　　　아, 여기 누가 가슴을 뿌렸나.

　　　아, 여기 누가
　　　性보다 깨끗한 짐승들을 몰고 오나.
　　　저무는 都市와
　　　병든 땅엔
　　　머언 水平線을 그어 두고,
　　　오오오오 기쁨에 사나운 짐승들을

누가 이리로 몰고 오나.

아, 여기 누가
죽음 위에 우리의 꽃들을 피게 하나,
얼음과 불꽃 사이,
영원과 깜짝할 사이
죽음의 깊은 이랑을 따라
물에 젖은 라일락의 향기—
저 波濤의 꽃떨기를 七月의 한때
누가 피게 하나.

　　　　　　　　　　　　　　－ 金顯承 「波濤」 전문

　여기에서도 그는 파도의 현상적인 것이 아니라, 그 근원적인 것을 추구하여 표현하고 있다. 1련에서는 생명즙인 '술'로 형상화하여 생기 발랄하게 활성화시키고 있다. 2련에서는 '가슴'으로 표현하고 있다. 그것은 다시 인간의 특성인 언어와 사고로 충만된 생명감을 담고 있다. 그리고, 파도를 배암의 잔등으로 표현하고 있는 점은 金起林의 영향인 듯하다. 3련에서는 원시성인 '性보다 깨끗한 짐승들'로 이미지화하고 있다. 그것은 현대 문명의 상징이라고 할 수 있는 都市와 병든 땅과는 구분되는 것이다. 4련에서는 죽음 위에 피는 우리의 꽃들로 형상화하여 재생의 감격을 미적으로 표현하고 있다. 표현 대상의 현상으로써가 아니라, 내면으로의 추구는 위에서 분석한 「눈물」의 단일한 것에의 집중화보다는 다양화되고 있다는 점에서 이 작품의 특징을 찾을 수 있다. 그리고 다양화라고 하는 점 이외에도 여기에서는 상상력의 심오함과 그 표현의 세련함을 발견하게 된다.
　이와 같은 그의 스타일은 한국시단의 모더니즘적인 경향과 통하면서도 한국적 모더니스트들의 스타일과 다른 면에서 그 독자성을 보이고 있다. 白鐵이

「모던이즘」이 우리 詩의 過去에 對한 特質은 過去의 것이 聽覺의 詩였라면 「모더니즘」은 視覺의 詩였다. 視覺的인 것, 이것은 「모던이즘詩」의 表現的인 本質이다. 따라서 그들은 表現에 있어서, 모든 것에 形態를 주어서 表現하게 된다.[9]

라고 말한 모더니즘적 표현의 방법, 즉 시각적인 이미지화의 수법을 그는 극복하고 있다. 1934년 무렵의 한국시단의 모더니스트로서 片石村, 鄭芝溶, 金光均, 張萬榮, 張瑞彦, 趙靈出, 朴載崙, 李揆元 등을 들 수 있는데, 그 중에서도 특히 시각적 이미지의 이론에 따라 작품 활동을 한 金光均의 작품 「湖畔의 印象」

언덕 위엔
병든 소를 이끌은 少年이 있고
갈대잎이 고요한 水面 위에는
저녁 안개가 고운 花紋을 그리고 있다.

조그만 등불이 걸려있는 물결 위으로
季節의 亡靈같이
검푸른 돛을 단 작은 욧트가
노을을 향하여 흘러내리고
나는 雜草에 덮인 언덕길에 기대어 서서
풀잎 사이로 새어오는
해맑은 별빛을 줍고 있다.

과 견주어 보면, 그 독자적인 스타일의 특질을 쉽게 이해할 수 있을 것이다. 이 작품은 한 폭의 그림을 방불케 한다. 선이나 색채를 언어로 대신했을 뿐이다. 호반을 대상으로 하고 있으면서도 전원적인 이미지 대신 산뜻한 시각적 이미지를 구사함으로써 대상을 신선하게 표현하고 있다.

---

9) 李秉岐·白鐵 공저, 『國文學全史』 新丘文化社, 1959. p.396.

金光均의 이러한 수법이 대상의 외면을 시각적으로 그린(묘사) 평면적인 것이라면, 金顯承의 수법은 대상의 내면을 분석해서 그 대상의 심도를 구상화하는 수직적인 것이라 할 수 있다. 이와 같은 金顯承의 시적 이미저리는 헨리 웰스(H. Wells)가 「시적 이미저리(Poetic Imagery)」라는 논문에서 이미지의 7유형을 밝히고 있는 바, 그 가운데서 침잠적 이미지(The sunken image)에 해당하는 것이다.10) 이것의 단점은 명상적인 문장을 만들기 쉬운데 있다. 그러나, 金顯承의 경우는 명상적이라기보다 오히려 하나의 전율을 느끼게 한다. 생수와 같이 淸洌한 전율이다. 이것은 지적인 언어와 분석의 방법을 사용했기 때문이라고 볼 수 있다. 아무튼 이러한 그의 스타일은 독창적인 것이며, 한국시단에 새로운 일면을 기여해준 것이라 할 만하다. 왜냐하면 문학에서 독특한 가치를 체험한다는 것은 가치의 본질을 문제로 삼는 모든 이론에게는 가장 기본적이기 때문이다.

3. 시적 사상

앞 장에서 金顯承의 시작품의 스타일을 고찰해 보았다. 그러나 한 편의 작품이나 한 시인의 시세계를 이해하고 평가하려면 스타일만으로는 부족하다. 작품의 스타일에 담겨진 내용을 정확히 이해해야 한다. 다시 말하면 시적 사상(poetic thought)을 파악해야 한다는 의미이다. 여기에서의 사상이란 철학적으로 체계화되어진 개념으로서의 것이 아니라, 한 인간이 가지는 사물에 관한 개념, 심적인 습관, 신념, 기질이나 감성의 성질, 알고 있긴 하나 행하지는 않는 태도 등등을 말한다.11) 그리고 이러한

---

10) R. Wellek and A. Warren, op.cit., p.191
   "The sunken image, not to be compounded with the faded or trite, keeps 'below full visibility', suggests the sensuous concrete without definitely projecting and cleaning it.
11) N. Friedman and C. Mclaughlin, *Poetry, An Introduction to its Form and Art*, Harfer and Row, 1963, p.50.

사상이 시적인 것으로 되기 위해서는 시의 구조를 통해서 나타내는 정서
와 감각적 지각과가 결합되어진 것이어야 한다.12)

　金顯承의 시적 사상은 휴우머니즘에 기초를 두고 출발된다.

　　　　1 懷疑
　　人生의 언덕위에 뿌리박은
　　나는 생각하는 갈대다.

　　　　2 삶
　　사람들은 철이 들자
　　가파로운 절벽을 올라가더라.

　　　　3 默想
　　비는 흩어지고
　　골목은 전등불을 켰다.
　　사람들은 박쥐 날개를 쓰고,
　　말없이 걸어간다.

　　　　4 왜
　　나는 왜 생각하고 헤아리나
　　그리고 왜 괴롭히고 괴로워 하나.

　　　　5 運命
　　삶의 屈曲을 들어 運命을 짜(網)는
　　人生은 바다의 사람……
　　人生은 세상의 넓은 바닷가에 그물을 던진다.

"Thought refers to his conception of things, his habits of mind, his beliefs, the qualities
of his temperament and sensibility, what he knows or dosen't how, his attitudes and so
on."

12) H. Coombes, *Literature and Criticism*, Pelican Books, 1965, p.64.
　　"……to indicate that what we understand by poetic thought, at its finest, is fused with
feeling and sensuous perceptiveness."

人生은 세상의 넓은 바닷가에 運命의 그물을 던진다.
　　　　　　　　　　　－「洞窟의 詩篇 (其一)」의 전문

위 작품들은 그의 초기 작품들 중 하나이다. 삶의 체험에서 얻어지는 여러 가지의 양상을 정의하듯 시로서 형상화하고 있다.「懷疑」에서는 생각하는 갈대,「삶」에서는 가파로운 절벽을 올라가는 상황을,「默想」에서는 박쥐 날개를 쓰고 말없이 걸어가는 인간군을,「왜」에서는 생각하고 헤아리고 괴롭히고 괴로워하는 이유를,「運命」에서는 세상을 바다로 비유하고 바다에 그물을 던지는 것을 인간에게 지워진 운명 등으로 표현하고 있다. 여기에서 우리는 그이 초기시의 시적 사상을 발견하게 된다. 그리고 이것은 이후 그의 시적 사상의 근원을 이루게 된다.

그의 초기 작품에 나타난 인생에 근원을 둔 휴머니즘을 기초로 한 그의 시적 사상은 자기의 현실의 지리멸렬한 상황－'체념이라는 것', '바람' 등－을 극복하는 다양한 갈래로 나타난다. 張伯逸은 그의 시세계에 대한 생성적 변천 과정으로서의 시세계를

　　"① 自然遍歷에서 얻은 감각과 印象의 表白 ② 個性이 소유한 自我의 內的 苦惱의 暴露 ③ 現實的 文明・社會・民族에 대한 詩人으로서의 態度와 主張과 信念 ④ 詩人 자신이 체득한 진실대로 생명의 내부를 言語로 승화시켜보려는 것"13)

등으로 구분하고 있다. 그리고 그는 "시종일관 신을 전제로 하고, 신의 구원을 추구하는 자아의 내적 고뇌의 몸부림"이라고 주장을 덧붙인다.

김현도 金顯承의 시의 특징을

　　"① 金顯承은 프로테스탄티즘의 경건에 의지하여 科學主義・相對主義의 한계를 쉽게 벗어난다. ②그의 자연은 인간의 유한성과 그것을 벗어나려는 초월

13) 張伯逸, op.cit., p.256.

에의 욕구를 보여주는 자연이며, 그런 의미에서 인간만을 위한 자연이다. ③ 그의 시는 프로테스탄티즘의 자기 고뇌—각성을 주제로 하고 있다."(필자가 원문에 의거해서 발췌한 것임)

라고 구분해서 설명하고 있다. 그들은 다 같이 金顯承의 시에서 프로테스탄티즘을 전제로 하고 그의 자연관, 인생관, 사회관, 시적 방법, 과학주의, 상대주의 등을 주장하고 있다. 아마도 이것은 기독교 가정에서 태어났고 기독교 계통의 학교에서 수학했다는 金顯承의 성장 배경을 중심으로 한 선입관을 배경으로 한 것이 아닌가 생각한다. 물론 성장 배경이 아니라고 하더라도 시집 『絶對孤獨』 이후의 시작품까지를 총망라했을 때, 이러한 주장은 가능하리라 본다. 그러나 시집 『絶對孤獨』까지의 시세계의 시적 사상은 휴우머니즘 즉 살아간다라고 하는 삶에 더 무게가 있었던 것이 아닌가 생각한다. 金顯承의 작품들을 토대로 한 시적 사상의 분포는 새로운 세계(신을 대상으로 하지 않는다)에 대한 동경, 사랑에의 염원과 갈구, 인생의 근원에로의 천착 등으로 분류할 수 있기 때문이다. 그리고 그는 그 중에서도 특히 '인생의 근원에로의 천착'을 초기 작품에서부터 일관성있게 추구하고 있으며, 또 그 속에서 그의 시적 사상의 특성도 보여주고 있다.

> 슬픔은 나를
> 어리게 한다.
>
> 슬픔은
> 罪를 모른다,
> 사랑하는 시간보다도 오히려
>
> 슬픔은 내가
> 나를 안는다,
> 아무도 介入할 수 없다.

슬픔은 나를
목욕시켜 준다,
나를 다시 한 번 깨끗케 하여 준다.

슬픈 눈에는
그 영혼이 비추인다.
고요한 밤에는
먼 나라의 말소리도 들리듯이.

슬픔 안에 있으면
나는 바르다!

信仰이 무엇인가 나는 아직 모르지만,
슬픔이 오고 나면
풀밭과 같이 부푸는
어딘가 나의 영혼……

— 「슬픔」의 전문

이 작품은 '슬픔'을 대상으로 표현하고 있다. '슬픔'이라는 말을 반복함으로써 그 정서의 농도까지를 함축하고 있다. 그런데 여기에서의 슬픔의 의미는 기쁨의 반대인 "뜻 밖의 일에 낙심하여 눈물이 나거나 한숨이 나오며 마음이 아프고 괴로움"이라는 사전의 설명과는 다르다. 슬픔의 이미지는 이러한 사전적인 의미와는 관계없이 나에게 미치는 역할로서 투시되고 있다. 슬픔은 곧 나를 어리게 하고, 죄를 모르게 하고, 내가 나를 안게 하고, 나를 목욕시켜 다시 한번 깨끗하게 해주는 수동적인 역할과 슬픔을 통해서 내가 발견할 수 있는 능동적인 역할 즉 나에게 비추이는 영혼의 모습, 나를 바르게 하는 힘, 신앙을 통해서 느낄 수 있는 것과는 다른, 슬픔이 오고 나면 풀밭과 같이 부푸는 나의 영혼 등을 표현하고 있다. 다시 말하면 슬픔의 외형적인 것이 아니라, 슬픔을 겪고 난 후 변화되는 나의 내적인 것, 즉 새롭게 성장되는 영혼의 모습을 투시하고 있다는 의미이다. 이러한 '슬픔'의 정서는 「가시리」 이후 면면히 전통적으로 내려오고 있는 한국 고유의 한의 정서와는 다른 것이다. 작품 「諦念이라는 것」에서 '羞恥의 道德―우울한 東洋이여!'라는 표현은 이를 입증한다. 그는 슬픔의 정서를 지성으로 분석해서 그 속에서 반짝이고 있는 인간적인 것, 가장 순수한 생명적인 것을 연역해내고 있다. 이러한 경향은 작품 「눈물」에서 더욱 선명하게 표현되고 있다.

　　인간의 근원적인 것, 즉 생명의 순수성을 추구함에 있어서 그는 그 표상인 '슬픔'이나 '눈물'로써 만족하지 못하고, 그 원형적인 것을 찾기 위해서 고독의 세계를 두드린다.

　　　　나로 하여금
　　　　세상의 모든 책을 덮게 한 고독이여!
　　　　비록 우리에게 가브리엘의 星座와 사탄의 모든 抵抗을 준다 한들
　　　　만들어진 것들은 고독할 뿐이다!
　　　　人間은 만들어졌다!
　　　　무엇하나 이 우리들의 意志 아닌,

　　　　이 간곡한 姿勢―이 絶望과 이 救援의 두 팔을
　　　　어느 곳을 우러러 오늘은 벌려야 할 것인가!
　　　　　　　　　　　　　　　―「人間은 孤獨하다」의 끝 두 연

　　이 작품은 비교적 긴 시형으로 되어 있다. 그가 다른 작품들에서는 그렇게 인색했던 감탄부호를 이 聯들에서만은 유난히 많이 사용하고 있다. 이로 미루어 볼 때, 위 두 연에서 그의 시세계에 어떤 중요한 의미를 부여하고 있음을 암시한 것이라고 볼 수도 있다. 또 '세상의 모든 책을 덮게 한 고독'이라는 구절에서의 고독은 이 작품의 앞 부분에서 표현하고 있는 '最後의 智慧', '最後의 言語'로서의 고독이다. 불교에서 말하는 참선의 한 경지를 느끼게 하는 이러한 고독은 그가 발견한 인간 순수성의 최후의 한 영역인 것이다. 그런데도 그는 여기에 안주할 수 없는 또다른 비

극적인 상황에 부디치게 된다. 그것은 어떠한 힘으로도 어떻게 할 수 없는 '만들어진 인간'에게 주어진 '만들어진 고독'이라는 점이다. 더욱 비극적인 것은 '무엇하나 이 우리들의 意志 아닌,'으로 표현하고 있는 점이다. 이것은 인간의 순수성은 인간에 의해서 만들어진 것이고, 이 순수성은 인간의 근원적인 속성으로서 모든 인간적인 것을 해결할 수 있는 것이어야 한다는, 이러한 의식 속에서 그가 최후로 찾아낸 것임에도 불구하고, 그것이 그와 같은 구실을 할 수 없는 타의에 의해서 만들어졌고, 타의에 의해서 조종된다는 사실을 발견했을 때, 거기에서 오는 허탈감, 절망감 같은 것을 의미한다. '이 간곡한 姿勢'란, 이러한 갈등—의지적인 것과 타의적인 것—으로부터의 탈출을 시도하는 자세이다. 그리고 '絶望'이란, 타의적인 상황을 의식한 데서 온 것이고, '救援'은 이 절망의 요인인 타의적인 것으로부터의 탈출을 의미한다. 따라서 절망과 구원은 동일한 곳에 근원을 두고 있는 셈이다. 다시 말하면 인간의 순수성을 위한 절망이고, 인간의 순수성을 위한 구원이라는 의미이다. 이것은 '두 팔'이라는 표현으로써 입증된다.

그런데 여기에서 문제되는 것은 구원의 실체이다. '무엇이 누구에 의해서'라고 구체화시켰을 때, 그 문제의 핵심은 '누구'이다. 張伯逸은 그의 평론에서

> "그는 原罪를 짊어진 인간적 고독 속에서 '죽음보다 强한 것/우리는 사랑을 求한다'고 하듯, 이렇게 神의 救援을 渴求하고 있다."[14]

라고 위 작품의 구원에 대하여 '누구'를 신으로 대치시켜 기독교적인 구원으로 말하고 있다. 그러나 그 구원은 신의 구원이 아니다. 그 이유는 그가 '깊은 信仰은 우리를 더욱 고독 속으로 이끌뿐', '오오, 너의 이름은 모든 愛情과 信仰을 떠나'(「人間은 孤獨하다」에서)라고 말하고 있을 뿐만

---

14) 張伯逸, op.cit., p.260.

이 아니라, 특히 인용 시의 맨 끝행 '어느 곳을 우러러 오늘은 벌려야 할 것인가'에서 '어느 곳', '오늘'이라는 두 요소가 공간적, 시간적으로 영원성과는 먼 선택적이고 한정적인 시·공을 의미한다는 점에서 신적인 구원이 아니라, 인간적인, 인간 스스로의 구원이라는 것을 의미하고 있기 때문이다.

이와 같은 金顯承의 고독은 생활화되고, 다시 그것을 통해서 고독 그 자체의 본질적인 세계를 추구한다.

> 우리의 마음들은 벌써 幌馬車가 되어버린다.
> 우리의 마음들은 벌서 구름처럼
> 地平線가에 몰려 선다.
> 에메랄드빛 하늘이 멀어지는 가을이 오면……
>
> 海邊에선
> 別莊들의 덧문을 닫고,
> 사람마다 사람마다
> 찬란턴 마음의 샨데리아를 졸이고,
> 저녁에 우는 쓰르라미가 되는
> 지금은 閉會와 歸路의 時間……
>
> 우리의 마음들은 벌서 落葉이 진다.
> 우리의 마음들은 남긴 것 없음을
> 이제는 서러워 한다.
> 지금은 먼 길을 예비할 때—
> 집없는 사람들 돌아와 집을 세우는
> 지금은 릴케의 詩와 自身에
> 입맞추는 時間……
>
> — 「가을이 오는 時間」의 전문

위의 작품의 구조는 가을의 현상과 그것을 통해서 자신을 충만시킬 수 있도록 예비하는 자세로 되어 있다. 1련은 가을을 끝으로서가 아니라, 출발을 표현하고 있다. 그것은 '幌馬車'와 '地平線'을 통해서 암시되고 있다. 2련은 가을이 오는 시간의 생활 현상을, 3련은 가을을 맞는 내면의 서러운 정서와 그것으로부터의 탈출을 예비하는 자세를 표현하고 있다. 이러한 가을 이미지는 金顯承에게 있어서 고독의 새로운 면인 것이다. 그것은 가을 통한 고독의 생활화라는 의미에서다. 이것은 「人間은 고독하다」라는 작품에서 볼 수 있는 것과는 그 시적 구성이 다르다. 인간과 고독이라는 것에 대한 집중적인 표현과는 달리, 삶 속에서 고독을 느끼고 그 의미를 추구하고 있다는 점에서이다. 따라서, 위의 작품에서는 고독 추구의 긴장감보다는 여유로움을 느낄 수 있다. 우선 표현의 템포가 그렇고 작품에서 느낄 수 있는 호흡이 그렇다. 뿐만 아니라, '지금은 릴케의 詩와 自身에/입맞추는 時間…'이라는 행에서의 표현이 릴케가 그의 시 「가을날」에서 표현하고 있는 고독을 연상시키게 하는 것도 그렇다.15) 가을을 대상으로 한 그의 시작품들의 대부분은 삶 속에서 발견할 수 있는 고독들이다. 이렇게 볼 때 그는 고독을 생활화했고, 또 그 속에서 인간의 순수성으로서의 고독의 근원을 추구한 것이 아닌가 생각된다.

> 껍질을 더 벗길 수도 없이
> 단단하게 마른
> 흰 얼굴.
>
> 그늘에 빚지지 않고
> 어느 햇볕에도 기대지 않는
> 단 하나의 손발.
>
> 모든 神들의 巨大한 正義 앞엔
> 이 가느다란 창끝으로 거슬리고,

---

15) 金宗吉, op.cit., p.131.

　　생각하던 사람들 굶주려 돌아오면,
　　이 마른 떡을 하룻밤
　　네 살과 같이 떼어 주며,

　　結晶된 빛의 눈물,
　　그 이슬과 사랑에도 녹슬지 않는
　　堅固한 칼날—발 딛지 않는 피와 살.

　　뜨거운 햇빛 오랜 時間의 懷柔에도 더 휘지 않는
　　마를 대로 마른 木管樂器의 가을
　　그 높은 언덕에 떨어지는,
　　굳은 열매

　　쌉쓸한 滋養
　　에 스며 드는
　　에 스며 드는
　　네 生命의 마지막 남은 맛!

　　　　　　　　　　　　　　　　　　　　－「堅固한 孤獨」 전문

　　가을을 통해서 고독을 생활한 그는 차원 높은 고독의 경지를 발견한다.
위 시작품은 그러한 경지를 형상화하여 보여주고 있다. 그 핵은 5련의 '마
를 대로 마른 木管樂器의 가을/그 높은 언덕에 떨어지는,/굳은 열매'이다.
이 열매는 그 동안, 그가 고독을 추구하면서 체험한 모든 요소들로부터
승화된 것이다. 그 요소들은 '껍질을 더 벗길 수도 없이/단단하게 마른/흰
얼굴', '그늘'과 '햇볕'으로부터 해방된 '단 하나의 손발', '모든 神들의 巨大
한 正義'와 맞설 수 있고, 고독에 굶주린 이웃들에게 나누어줄 수 있는 '마
른 떡', '눈물'과 '사랑'에도 녹슬지 않는 '堅固한 칼날' 등이다. 그리고 그는
다시 굳은 열매를 '네 生命의 마지막 남은 맛!'으로 표현한다. 여기에서 우
리는 그가 추구했던 고독의 원형적인 근원과 만나게 된다.

하물며 몸에 묻은 사랑이나
짭쫄한 볼의 눈물이야.

神도 없는 한 세상
믿음도 떠나,
내 고독을 純金처럼 지니고 살아 왔기에
흙 속에 묻힌 뒤에도 그 뒤에도
내 고독은 또한 純金처럼 썩지 않으련가.

그러나 모르리라.
흙 속에 별처럼 묻혀 있기 너무도 아득하여
영원의 머리는 꼬리를 붙잡고
영원의 꼬리는 또 그 머리를 붙잡으며
돌면서 돌면서 다시금 태어난다면,

그제 내 고독은 더욱 굳은 순금이 되어
누군가의 손에서 千年이고 萬年이고
은밀한 약속을 지켜주든지

그렇지도 않으면
안개 낀 밤바다의 寶石이 되어
뽀야다란 밤고동 소리를 들으며
어디론가 더욱 먼 곳을 향해 떠나가고 있을지도……
                              ─「고독의 純金」 전문

　위의 작품은 견고한 고독을 하나의 존재로 승화시켜 그것이 영원하기
를 염원하는 구조로 되어 있다. 그 구조의 핵은 순금 이미지이다. 이것은
썩지 않는 영원의 의미를 함축한다. 시적 화자는 사랑과 눈물을 거쳐 신
의 세계와 대비될 수 있는 고독의 세계를 발견하고, 이 고독의 세계가 신
의 세계와 대치될 수 있기를 염원한다. 다시 말하면 고독의 세계가 신을
중심으로 하는 신앙과 같은 세계이기를 염원한다는 의미이다. 그것은 시

적 화자가 자기가 발견한 고독의 세계를 통해서 인간의 유한성을 극복하고자 하는 치열한 몸짓 속에서 발견된다. 위의 작품 4련 그것을 함축하고 있다. "내 고독은 더욱 굳은 순금이 되어"라는 구절에서의 순금은 2련 "흙 속에 묻친 뒤에도 그 뒤에도/내 고독은 또한 純金처럼 썩지 않으련가."와 3련 "영원의 머리는 꼬리를 붙잡고/영원의 꼬리는 또 그 머리를 붙잡으며/돌면서 돌면서 다시금 태어난다면" 등의 표현에서 보는 바와 같이 輪廻를 통한 영원을 함축하고 있고, 또 그렇게 되기를 염원하는 이미지이다. "누군가의 손에서 千년이고 萬년이고/은밀한 약속을 지켜주든지,"에서의 은밀한 약속은 위의 고독의 순금이 신앙 세계로 승화되기를 염원하는 표현이다. 그런데, 2련 "썩지 않으련가."의 의문과 3련 "다시금 태어난다면,"의 조건과 4련 "지켜 주든지,"의 선택적인 조건은 하나의 염원일 뿐, 완전한 신앙 세계로 승화되지 못했다는 점을 암시하고 있을 뿐만이 아니라, 이후 지속적인 그의 고독을 통한 성지 순례를 시사해주고 있다. 그것은 5련 마지막 행 "어디론지 더욱 먼 곳을 향해 떠나가고 있을지도……"에서 극명하게 표현된다.

　고독을 통한 그의 성지 순례는 절대 고독의 세계로 나아간다.

　　　　나는 이제야 내가 생각하던
　　　　영원의 먼 끝을 만지게 되었다.

　　　　그 끝에서 나는 눈을 비비고
　　　　비로소 나의 오랜 잠을 깬다.

　　　　내가 만지는 손끝에서
　　　　영원의 별들은 흩어져 빛을 잃지만,
　　　　내가 만지는 손끝에서
　　　　나는 내게로 오히려 더 가까이 다가오는
　　　　따뜻한 체온을 새로이 느낀다.
　　　　이 體溫으로 나는 내게서 끝나는

나의 영원을 외로이 내 가슴에 품어준다.

그리고 꿈으로 고이 안을 받친
내 言語의 날개들을
내 손끝에서 이제는 티끌처럼 날려 보내고 만다.

나는 내게서 끝나는
아름다운 영원을
내 주름 잡힌 손으로 어루만지며 어루만지며
더 나아갈 수도 없는 나의 손끝에서
드디어 입을 다문다-나의 詩와 함께.

―「絶代 고독」의 전문

　위 작품은 절대 고독의 세계로서의 그 끝을 표현하고 있다. 그 끝에서
시적 화자는 오랜 잠에서 깨어나게 된다. 이것은 일종의 開眼이라고 할
수 있다. 이 개안의 경지에서 "내가 만지는 손끝에서/영원의 별들은 흩
어져 빛을 잃지만", "그리고 꿈으로 고이 안을 받친/내 言語의 날개들을/
내 손끝에서 이제는 티끌처럼 날려 보내고 만다.", "더 나아갈 수도 없는
나의 손끝에서/드디어 입을 다문다―나의 詩와 함께" 등의 표현에서 보
는 바와 같은 고독의 세계에서 발견하였던 것들을 시적 화자는 홀 홀 털
어버릴 수 있게 된다. 그리고 그는 여기에서 새로운 것으로서의 체온을
느끼게 된다. 이 체온은 생명의 세계를 의식하게 하는 이미지다. 이것은
초기의 시적 대상이었던 집착으로서의 것이 아니라, 그것으로부터 초월
할 수 있는 여유로움과 자유로움을 수반한 성격의 것이다. 때문에 그는
"이 體溫으로 나는 내게서 끝나는/나의 영원을 외로이 내 가슴에 품어
준다.", "나는 내게서 끝나는/아름다운 영원을/내 주름잡힌 손으로 어루
만지며 어루만지며" 등의 활동을 할 수 있게 된다.

거기서
나는
옷을 벗는다.

모든 황혼이 다시는
나를 물들이지 않는
곳에서.

나는 끝나면서
나의 처음까지도 알게 된다.

神은 무한히 넘치어
내 작은 눈에는 들일 수 없고,
나는 너무 잘아서
神의 눈엔 끝내 보이지 않았다.

무덤에 잠깐 들렀다가,

내게 숨막혀
바람도 따르지 않는
곳으로 떠나면서,

내가 할 일은
거시서 영혼의 옷마져 벗어 버린다.

　　　　　　　　　　　　　－「고독의 끝」 전문

　더 나아갈 수도 없는 고독의 끝에서 개안을 통해, 체온과 주름잡힌 손 등의 이미지로 대변되는 생명의 세계를 되찾은 그는 위의 작품에서 그 유한성을 의식하고 그것으로부터 초월할 수 있는 영원한 자유를 추구한 다. 이 자유는 신의 세계에서만 가능한 것인데도, "神은 무한히 넘치어/ 내 작은 눈에는 들일 수 없고,/나는 너무 잘아서/神의 눈엔 끝내 보이지 않았다."처럼 그는 끝내 신의 세계에 들지 않고, 인간으로서의 생명의 세계에 머물면서 추구한 영원의 자유였던 것이다. 그것은 "내가 할 일은/ 거기서 영혼의 옷마저 벗어 버린다."의 표현에서 찾아진다. 이러한 그의 시적 사상은 신의 세계를 대상으로 할 때, 허무의식으로 오해될 수도 있다. 그러나 이 세계는 그가 시집 『絶代 孤獨』 서문에서

>　"고독 속에 파묻히는 것은 감상이나 위축이 아니다. 고독을 추구하는 것은 허무의식과도 그 색채가 다르다."

와 같이 밝히고 있는 것처럼 서양에서 말하는 허무의식은 아니다. 오히려 이것은 동양의 無의 세계와 관련이 있는 듯이 보인다. 동양에서의 無의 세계는 불교에서나, 老·莊 사상에서 이야기하는 것처럼 영원한 자유 그 자체이기 때문이다. 그가 의식적으로 이 세계를 추구했든 아니했든 간에, 그의 치열하고도 끊임없이 추구하였던 생명의 순수성의 근원 찾기는 결과적으로 여기에 이르게 된 것이 아닌가 생각된다.

이상과 같은 그의 시적 사상으로 표현된 슬픔·눈물·고독 등은 金顯承 이전에도 한국문학의 전통의 일면인 정한의 정서로서 다루어져 왔다. 「가시리」 이후 金素月의 「진달래꽃」에서 볼 수 있는 이별의 정한 등은 그 대표적인 예들이다. 그리고, 모더니즘 계통에서 시각적인 이미지를 애써 발굴해 온 金光均의 시작품에서조차도 이런 표현 방법에서 벗어나지 못했다. 이러한 시적 정서의 표현은 슬픔·눈물·고독 그 자체에 초점이 맞추어져 왔다. 그러나 金顯承의 슬픔·눈물·고독 등의 표현은 다르다. 휴머니즘에 근거를 둔 그는 인간의 내면성 중에서 가장 본질적인 생명의 순수성의 표상으로서 추구되었기 때문이다. 바꾸어 말하면 그는 슬픔이나 눈물, 고독 등을 한이나, 비애의 정서로서가 아니라, 그것들의 내면에 있는 본질적인 속성을 추구하였고, 그것들의 속성을 생명의 순수성으로 체계화하여 표현했다는 의미다. 이와 같이 그는 한평생 인간의 생명의

순수성을 슬픔·눈물·고독 등을 통해서 추구했으며, 생활했으며, 또한 시작품으로 형상화했던 것이다. 이러한 점에서 그의 시적 사상은 한국시단에서는 독자적인 것이며, 독특한 위치를 차지하게 되는 것이다.

4. 맺는말

金顯承의 시세계를 그의 스타일과 시적 사상의 측면에서 고찰했다. 그는 일평생을 두고 추구한 인간 생명의 순수성으로서의 슬픔·눈물·고독 등을 지적이고 감각적인 언어를 구사하여 침체적인 이미지로써, 그의 시세계를 구조화시켜 표현했다.

인간 정서의 본질적인 요소를 이루고 있는 슬픔·눈물·고독 등은 한국의 근대 및 현대시단에서 많이 작품화되어 있지만, 대부분은 한국의 전통에 접맥된 한이나 비애에서 멀리 벗어나지는 못했었다. 그러한 슬픔·눈물·고독 등이 金顯承에 의해서 비로소 새로운 의미를 부여받게 된 것이다. 즉 슬픔·눈물·고독 등이 그 자체의 본질에서 분석되고 그 가치가 새롭게 발굴되어 오묘하게 지각화되었던 것이다. 그리고 그의 스타일에 나타난 여러 특징은 1934년 무렵 한국의 모더니즘 계통에서 영향을 받았고 그것을 근거로 하여 독자적인 것으로 발전시켰던 것이다. 시적 대상을 표면으로서가 아니라 침잠적인 이미지 수법을 사용해서 내면의 깊이를 표현함으로써, 그 내면성의 바탕이 새로운 전율로서 느껴지도록 한 점 같은 것은 분명 그의 독특한 스타일이 갖는 매력의 하나이다. 이러한 요소로써 구조화된 그의 시세계는 한국시단에서는 독자적인 것으로 높이 평가되어야 마땅할 것이다.

그러나 그는 그의 시에서 언어미 그 자체를 소홀히 한 듯한 흠이 있다. 이것은 리듬과 관계되는 것으로, 그는 그의 새로운 시적 방법에 걸맞는 새로운 리듬도 개발했어야 했다. 그의 시가 '견고하다', '딱딱하다'하는 평을 듣는 것도 필경 이와 같은 이유에서 일 것이다.

　그리고 문제점으로 남는 것은 '고독'의 연원을 밝히지 못한 점이다. 가을을 대상으로 한 시작품들 가운데서 릴케(R. M. Rilke)의 시를 연상케 하는 것들이 있다. 따라서 金顯承의 릴케로부터의 영양을 밝히고 또 이것을 근거로 하여 그의 고독의 연원도 분석했어야 했다. 이 점은 비교문학적 입장에서 다시 검토되어야 할 것이다.

Ⅵ. 尹東柱론

1. 머리말

尹東柱는 1948년에 발간된 『하늘과 바람과 별과 詩』라는 유고집으로 세상에 알려진 시인이다. 한국 현대시사를 통해서 유고집으로 알려진 시인으로서는 최초가 아닌가 생각한다. 여기에서 우리는 시인으로서의 그의 수난을 보게 된다.

지금까지 알려진 바로는 그가 맨 처음의 시를 쓴 해는 1934년이고, 마지막 시를 쓴 해는 1942년이다. 그가 시작 생활을 한 햇수는 약 9년간이다. 이 동안에 쓴 시작품 111편(동시 35편 포함)과 산문 5편을 그는 남기고 있다.[1] 그리고 이 중 그가 생전에 발표한 작품수는 동시 6편과 산문 1편, 모두 7편 뿐이다. 1941년 자선시집 『하늘과 바람과 별과 詩』를 출판하려다가 뜻을 이루지 못했다고 한다. 이상은 그의 생전의 시작 생활의 전모라고 할 수 있다. 한마디로 '기구한 운명의 시인이었구나'하는 느낌을 갖게 한다.

그러나 이러한 생전의 사정과는 달리 유고집이 출판된 이후 尹東柱와 그의 시에 대한 연구는 활발했다고 할 수 있다. 그에 대한 연구 자료는 대소 92편이나 되고, 그 중 본격적인 것만도 40여 편이 넘는다.[2] 생전에

---

1) 尹東柱, 『하늘과 바람과 별과 詩』, 正音社, 1977, pp.295-299.
2) 위의 책, pp.300-306.

시단에 데뷔한 바도 없고, 계속해서 시작품도 넉넉하게 발표하지 못한
시인과 그의 시작품에 대한 評界와 硏究界의 이와 같은 관심은 지대한
것이라고 할 수 있다. 여기에는 여러 가지 이유가 있을 것으로 생각한다.
하나는 그의 시작품들이 지니고 있는 순수성과 절실함 그리고 시적 기교
의 우수성 때문일 것이다. 다른 하나는 그의 옥사와 함께 그의 이러한 작
품이 광복 후에야 알려짐으로써 많은 사람들에게 경이감과 공명을 불러
일으킬 수 있었기 때문일 것이다. 또 다른 하나는 1940년 이후 일제 말기
의 한국의 혹심한 암흑기를 당하여 당시 한국 시인들과는 달리 시작 활
동을 계속함으로써 한국 시단의 공백기를 메꾸고 있었다는 그의 한국시
사에 있어서의 위치 때문일 것이다. 이러한 이유로 해서 尹東柱와 그의
시작품에 대한 연구는 질적인 면에서도 비교적 소상히 이루어진 것으로
보여진다. 이러한 연구 결과는 두 경향으로 나타나고 있다. 하나는 일제
말기 한국적 상황 속에서 시를 썼다는 점을 강조함으로써 그를 저항시인
으로 보는 경우이다.[3] 다른 하나는 시작품을 중심으로 고찰함으로써 그
를 저항시인으로 보기에는 많은 무리가 따르고 있다라고 하는 경우이
다.[4] 그러나 이러한 연구 결과에도 불구하고 그의 시작품을 대할 때 많
은 의문점이 나타나고 있다. 이것은 연구 내지는 비평하는 사람들의 대
부분이 어떤 관점을 강조하려는 데서 온 문제점이 아닌가 생각한다. 그
러나, 문제는 작품의 올바른 이해를 위한 관점이 되어야 한다는데 있다.
이것은 방법론의 문제이다.

尹東柱의 경우 그의 시작품을 올바르게 이해하기 위해서는 창작 연대

---

3) 이 경우의 대표적인 논의로는 다음을 참조.
   白鐵, 「암흑기 하늘의 별」, 『나라사랑』 제23집.
   金容稷, 「尹東柱 詩의 文學史的 意義」, 『나라사랑』 제23집.
   김현, 「尹東柱 혹은 순결한 젊음」, 金允植 · 김현, 『韓國文學史』, 民音社, p.207.
   金宇鍾, 「암흑기 최후의 별」, 『文學思想』, 1976년 4월호.
   洪起三, 「詩와 詩人의 生涯」, 『心象』, 1975년 2월호.
4) 吳世榮, 「尹東柱의 시는 저항시인가?」, 『文學思想』 1976년 4월호.

순으로 고찰하는 방법이 있지 않을까.5) 이것은 그의 시작품의 성장 과정
은 물론 시적 의식의 변천 과정에 대한 파악이 선행되어야 할 것이기 때
문이다. 다행히도 그의 시작품에는 대부분 창작 연, 월, 일이 명시되어 있
다. 그의 시작품을 창작 연, 월, 일순으로 고찰할 때 세 차례의 변화기가
있음을 확인할 수 있다. 편의를 위해서 이것을 3기, 즉 초기, 변화기, 중기
로 나누어 설명하고자 한다.6) 1934년 12월 24일에 쓴 「삶과 죽음」에서부
터 1936년 6월 26일에 쓴 「山林」까지가 초기이고, 1936년 7월 24일에 쓴
「가슴 2」에서부터 1937년 10월 24일에 쓴 「遺言」까지가 변화기이다. 그리
고 중기는 1938년 5월 10일에 쓴 「새로운 길」에서부터 마지막 작품으로
알려져 있는 「쉽게 쓰여진 詩」가 쓰여진 1942년 6월 23일까지이다. 이러
한 시기 구분은 異論이 따를 지도 모른다. 그러나 작품에 나타나는 시적
의식의 변화와 이러한 변화의 요인을 뒷받침하고 있는 사건을 중심으로
고찰할 때, 그러한 문제는 쉽게 해결되리라 생각한다.

　본 소고는 위에서 구분한 각 시기에 따라 시작품을 중심으로 분석하
고, 그 결과를 종합해서 그의 시의 특징과 시적 의식을 고찰하고자 한다.

2. 尹東柱의 시세계

(1) 초기의 시

　이 시기는 그의 소년기로서 중학교 재학 시절에 해당된다. 그가 남긴
작품은 모두 19편이다. 여기에서는 소년다운 순수한 체험적 요소가 그 주

---

5) 金允植, 『韓國現代詩論批判』, p.87 참조.
　　"바로 尹東柱의 정신적 내면 풍경 해명의 가능성을 이 정확한 날짜의 검토와 병행
　　할 때 비로소 확실해질 수 있다."
6) 金興圭, 「尹東柱론」, pp.641-655에서 그는 尹東柱 시의 시기 구분을 '초기시: 1934-
　　1936', '동시: 1936년 후반', '습작기: 1937-1940' '『하늘과 바람과 별과 詩』: 1941, 1942'
　　등으로 구분하고 있다.

류를 이루고 있다. 그것은 그의 삶 자체의 연원으로부터 비롯되는 것이다. 이러한 그의 시적 의식은 초기시에서는 물론 그 이후의 시작품에서도 중핵적인 구실을 하게 된다. 여기에 그 고찰의 중요성이 있는 것이다.

그의 시의 연보에 나타나는 최초의 작품은 「삶과 죽음」이다.

삶은 오늘도 죽음의 序曲을 노래하였다.
이 노래가 언제나 끝나랴.

세상 사람은—
뼈를 녹여내는 듯한 삶의 노래에 춤을 춘다.
사람들은 해가 넘어가기 전
이 노래 끝의 恐怖를
생각할 사이가 없었다.

하늘 복판에 알새기듯이
이 노래를 부른 者가 누구뇨.

그리고 소낙비 그친 뒤같이도
이 노래를 그친 者가 누구뇨.

죽고 뼈만 남은
죽음의 勝利者 偉人들!

이 작품은 성공한 작품으로서보다도 시적 의식을 살피는데 더 중요하다. 이 시작품을 통해서 점검되는 시적 의식은 '삶'에 대한 것이다. 1련에서는 삶에 죽음을 결부시켜 삶을 죽음의 서곡으로 표현하고, 또 그 노래의 끝남을 염원하고 있다. 이 염원은 이 시작품의 초점이 된다. 2련에서는 세상 사람들의 삶의 과정을 표현하고 있다. 여기서 사람들은 범상인이며 5련의 위인과 구별되는 자들이다. 때문에 그들은 뼈를 녹여내는 듯한 삶의 노래에 춤을 출 수가 있고, 노래 끝의 공포(죽음)를 생각할 수가 없는 것이다. 따라서, 이들에게는 노래의 끝남을 기대할 수가 없다. 3련과 4련에서는 이러한 삶을 자각하고 삶의 뒤에 오는 죽음의 공포에서 벗어나게 한 자를 찾고 있다. 5련에서는 그러한 위인들을 불러 보았으나 회의적인 위인들일 뿐이다. 이것은 5련에서의 "죽고 뼈만 남은 죽음의 勝利者"라는 표현과 1련에서의 "오늘도"라는 시구에서 찾아볼 수 있다. 그렇다면 3련과 4련의 해답은 이 작품에는 나타나 있지 않다. 다만 하나의 염원으로 끝나고 있다. 이와 같은 이 작품의 핵심적인 요소는 삶과 죽음에 관한 문제이다. 尹東柱는 이러한 인간의 근원적인 문제로부터 삶의 지난함과 공포를 의식하고, 그것으로부터 벗어날 수 있는 길을 모색한다. 그의 시는 이러한 삶의 문제와 그 모색으로부터 출발하고 있다.

> 초 한 대—
> 내 방에 풍긴 향내를 맞는다.
>
> 光明의 祭壇이 무너지기 전
> 나는 깨끗한 祭物을 보았다.
>
> 염소의 갈비뼈 같은 그의 몸,
> 그의 生命인 心志까지
> 白玉같은 눈물과 피를 흘려
> 불살라버린다.
>
> 그리고도 책상머리에 아롱거리며
> 선녀처럼 촛불은 춤을 춘다.
>
> 매를 본 꿩이 도망하듯이
> 暗黑이 창구멍으로 도망한
> 나의 방에 풍긴
> 祭物의 偉大한 香내를 맛보노라.
>
> —「초 한 대」 1934. 12. 24

언어 구사, 리듬의 배려, 형상화 등에 미흡한 점이 있긴 하나 그가 쓴 초기 작품으로서는 비교적 성공한 것이라고 할 수 있다. 이 작품은 표면적인 촛불을 노래한 것이 아니다.[7] 불(광명)이 있게 되기까지의 과정을 표현하고 있다. 1련에서 3련까지는 초 한 대가 광명을 위해서 제물이 되는 구체적이고도 처절한 과정을 나타내고 있다. 4련에서는 제물의 보람을 표현하려고 한 것 같은데, 의미상 그 맥락과 통하지 않는다. 그것은 '그리고도'라는 접속부사가 가지는 의미 때문이다. 5련에서는 제물이 된 초 한 대의 대가를 나타내고 있다. 그것은 암흑을 낸 광명 속에서 맛볼 수 있는 '香내'로 표현되어 있다. 향내는 이 작품의 초점이기도 하다. 또한 이 작품이 성공할 수 있었던 점도 바로 이 향내의 창조에 있다고 할 수 있다. 이 향내는 광명과 희생정신이 융합되어 표현된 후각적인 이미지이다. 이 작품을 통해서 살필 수 있는 시적 의식은 암흑을 전제로 한 광명에의 희생정신이다. 이것은 「삶과 죽음」에서 나타나는 염원에 대한 구체적인 한 방법의 제시라고 할 수 있다. 암흑은 뼈를 녹여내는 듯한 삶과 그 뒤에 오는 죽음에 대한 공포이고, 광명은 암흑에 대한 것으로서 염원의 지향점이고, 희생정신은 광명에 도달하기 위한 구체적인 방법의 하나인 것이다. 이와 같은 그의 시적 의식, 즉 암흑과 광명에 대한 의식은 「거리에서」에서도 나타난다. 광풍·북국·괴롬·회색빛 등에 대한 푸른 공상이 그것이다. 아울러 "都市의 眞珠/電燈 밑을 헤엄치는/조그만 人魚나"는 "狂風이 휘날리는/北國의 거리"에 이어지는 표현답지 않게 자신을 관조하는 여유마저 보여주고 있다. 이러한 표현은 소년다운 밝은 정서에서만 우러나올 수 있는 것이다. 이것은 암흑보다도 광명을 긍정적으로 받아들이고자 하는 소년의 정서이다.

---

7) 金興圭, 위의 논문, p.643.
　"聖夜 前夜에 씌여진 이 작품은 발상의 근저에 예수의 수난이라는 종교적 연상을 내포한 것으로 보인다."

제비는 두 나래를 가지었다.
시산한 가을날―

어머니 젖가슴이 그리운
서리 내린 저녁
어린 靈은 쪽나래의 鄕愁를 타고
남쪽 하늘에 떠돌 뿐―

　　　　　　　　　　―「南쪽 하늘」 1935. 10. 平壤에서

　　이 작품은 짧긴 하지만 초기 시작품으로서는 상당히 성공한 것 중의
하나이다. 가을철의 제비를 통해서 어머니에 대한 그리움의 정서를 절실
하게 형상화하고 있는 점이 그렇다. 그리고 "어린 靈은 쪽나래의 鄕愁를
타고"라는 표현의 참신성과 제비의 향수를 융합시킴으로써 시적 통일을
시도한 그 기교도 훌륭하다. 뿐만 아니라 향수라는 흔히 감상에 젖기 쉬
운 정서를 '南쪽 하늘에 떠돌뿐―'이라는 여운있는 표현으로 차원높게 처
리한 점도 좋다. 여기의 향수는 고향의식이자 과거에 대한 동경이기도
하다. 과거에 대한 그리움으로써 현실의 외로움을 위로하고자 한다. 그런
가 하면

푸드른 어린 마음이 理想에 타고
그의 憧憬의 날 가을에
凋落의 눈물을 비웃다.

　　　　　　　　　　―「蒼空」에서 1935. 10. 20 평양에서

와 같이 조락의 눈물에 대한 비웃음이 있다. 조락의 눈물은 현실에 대처
하는 자신의 나약성이다. 「南쪽 하늘」에서의 어머니에 대한 그리움의 감
정도 일종의 이러한 나약성의 표현이리라. 이것에 대한 비웃음은 '理想'
에 대한 강한 동경의 재확인에서 오는 것이라고 할 수 있다.

> 텐트같은 하늘이 무너져
> 이 거리를 덮을까 궁금하면서
> 좀 더 높은데로 올라가고 싶다.
>
> — 「山上」에서 1936. 5.

에서는 불안의식이 나타나고 있다. 이것은 그의 이상에 대한 강한 집념에서 오는 것이 아닌가 생각된다. 이러한 그의 시적 의식은 「山林」에서 구체적으로 표현되고 있다.

> 時計가 자근자근 가슴을 때려
> 不安한 마음을 山林이 부른다.
>
> 千年 오래인 年輪에 찌들은 幽暗한 山林이
> 고달픈 몸을 抱擁할 因緣을 가졌나 보다.
>
> 山林의 검은 波動 위로부터
> 어둠은 어린 가슴을 짓밟고
>
> 이파리를 흔드는 저녁 바람이
> 쏴— 恐怖에 떨게 한다.
>
> 멀리 첫여름의 개고리 재질댐에
> 흘러간 마을의 過去는 아질타.
>
> 나무 틈으로 반짝이는 별만이
> 새날의 희망으로 나를 이끈다.
>
> — 「山林」 1936. 6. 26

　평양에서의 시대 상황을 의식하면서 쓴 작품이 아닌가 한다. 그것은 2련과 5련의 표현과 그의 숭실중학교 재학이라는 점에서 그렇게 볼 수 있지 않을까. 불안·좌절·공포와 같은 어두운 정서가 나타나긴 하나, 그러한 속에서도 새 희망으로 '별'을 찾는 표현은 초기의 의식에서 비롯되는 것이라고 할 수 있다.

그의 초기시에서 나타난 시적 의식은 삶을 근원하는 암흑-불안, 공포와 광명-이상(별) 등으로 요약된다. 그리고 암흑에서 광명으로 향하는 과정에서 과거에의 회귀의식과 미래에의 지향의식이 나타나고 있다. 이와 같은 그의 의식 구조는 이후의 그의 시작품에서 중요한 시적 의식의 바탕을 이루게 된다.

(2) 변화기의 시

이 시기의 시란 1936년 7월 24일에 쓴 「가슴 2」부터 1937년 10월 24일에 쓴 「遺言」까지의 작품들을 가리킨다. 모두 20편이다. 이 시기를 변화기로 보아야 하는 이유를 구명하기 위해서는 먼저 이 시기의 그의 시작 상황을 살필 필요가 있다. 그의 시의 연보에 따르면 1936년 7월 24일에 「가슴 2」, 1936년 7월 26일 「그 女子」, 1936년 7월 27일에 「꿈은 깨어지고」, 1936년 여름에 「谷間」 등 시작품 4편을 썼고, 그 후 1937년까지 약 4개월간은 동시를 쓴 것으로 되어 있다. 그는 이 시기에(이 기간의 것으로 추정하는 것까지 포함한다면) 18편의 동시를 썼다. 물론 이전에도, 이후에도 동시를 쓰긴 했지만, 이렇게 시기가 확연히 구분된 때는 없었다. 이러한 점은 그의 시적 의식에 변화가 일어나고 있었음을 암시하고 있는 것이 아닌가 생각한다. 또 하나의 이유로서는 시작품에 나타나는 시적 의식의 급격한 변화를 들 수 있다. 그것은 이 이전의 시에서는 볼 수 없었던 좌절, 공포, 우울이 나타나고 있는 점이다. 이것은 초기시에 나타난 광명, 즉 꿈·이상 그것의 상징인 별에의 추구에 비한다면 큰 변화가 아닐 수 없다.

> 꿈은 눈을 떴다
> 그윽한 幽霧 속에서.

노래하는 종달이
도망쳐 달아나고

지난날 봄타령하던
금잔디밭은 아니다.

塔은 무너졌다.
붉은 마음의 塔이―

손톱으로 새긴 大理石塔이―
하루저녁 暴風에 餘地없이도.

오오 荒廢의 쑥밭,
눈물과 목메임이여!

꿈은 깨어졌다
塔은 무너졌다.

― 「꿈은 깨어지고」 1936. 7. 27

이 작품은 심한 충격에 의한 좌절감의 표현이다. 마치 높은 산 위에서 수십 길이나 되는 절벽 아래로 떨어지는 듯한 절규라고나 할까. 1련은 현실에 대한 자각 상태의 표현이다. 幽霧는 자각 이전의 꿈의 상태이다. 이것은 2련과 3련에서 구체화도어 표현되고 있다. 그것은 지난날의 그윽한 유무 속에서 마음 속에 간직하고 있었던 정서이다. 4련과 5련은 하루 저녁 폭풍에 여지없이도 무너져버린 탑에 대한 절규이다. 그 탑은 붉은 마음의 탑이고, 손톱으로 새긴 대리석탑이다. 이것은 꿈의 실현을 위한 열정과 그 노력의 대가일 것이다. 여기에서의 문제점은 하루 저녁의 폭풍이 구체적으로 무엇을 의미하고 있느냐이다. 붉은 마음의 탑, 손톱으로 새긴 대리석탑을 하루 저녁에 무너뜨린 폭풍이 무엇인지는 이 작품으로서는 해결할 수 없다. 다만 그의 연보에 따르면 그것을 뒷받침할 만한 사건이 있음을 확인할 수 있다. 그것은 평양의 숭실중학교가 관에 의해 접수케 된 사건이다. 그는 1935년 평양 숭실중학교에 전입학함으로써 고국에 유학하게 된다. 1935년에 신사참배 문제로 그가 다니던 학교가 관에 의해 접수케 됨으로써 모처럼의 유학이 결실을 맺지 못한 채 고향으로 돌아가야만 했던 사건이 발생했다. 그리고 이 작품이 쓰였던 해도 1936년 이다. 이러한 점으로 미루어 볼 때, 폭풍은 곧 이 사건과 관계된 충격적인 체험의 표현이 아닌가 생각한다. 이러한 점은 6련의 표현에서도 엿볼 수 있지 않을까. 우리는 이 작품을 통해서 尹東柱의 시적 의식의 변화를 확인하게 된다. 그것은 체험의 장이 개인적인 상황에서 사회적인 상황으로 바뀌어짐에 따라 나타나는 의식의 변화이다. 이 작품에 표현된 좌절감은 그 좋은 한 예이다.

> 불꺼진 火독을
> 안고 도는 겨울밤은 깊었다.
>
> 재(灰)만 남은 가슴이
> 문풍지 소리에 떤다.
>
> — 「가슴 2」 1936. 7. 24

이 작품에서 느낄 수 있는 것은 공포의 이미지이다. 피부에 스며드는 살벌한 분위기마저 느끼게 한다. 1련에서는 불꺼진 화독을 안고 돌아야 하는 겨울밤의 지난함이 표현되고 있다. 2련은 허탈과 공포의 표현이다. 그렇다면 이러한 허탈과 공포를 자아내게 하는 대상은 무엇일까. 역시 당시의 시대 상황과 결부시켜 생각할 수밖에 없다. 그 이유는 이 작품의 창작일자가 앞에서 살핀 「꿈은 깨어지고」보다 3일 먼저 쓰여진 것으로 되어 있기 때문이다. 다시 말하면, 허탈과 공포는 좌절감과 동질의 시적 체험에서 우러나온 것으로 볼 수 있다는 의미이다.

허탈·공포·좌절 등은 그의 변화기에 있어서의 시의 주류를 이루는 시적 의식의 요소들이다. 이와 같은 시적 의식은 같은 무렵에 쓰여진 것으로 볼 수 있는 「谷間」에서도 나타나고 있다.

> 三年만에 故鄕에 찾아드는
> 산골 나그네의 발걸음이
> 타박타박 땅을 고눈다.
> 벌거숭이 두루미 다리같이……
>
> 헌 신짝이 지팡이 끝에
> 모가지를 매달아 늘어지고,
> 까치가 새끼의 날발을 태우며 날 뿐,
> 골짝은 나그네의 마음처럼 고요하다.
>
> — 「谷間」에서 1936. 여름

이 작품이 쓰여진 1936년 여름부터 1936년말까지 약 4개월간은 위에서 밝혔듯이 시작품의 공백기이다. 이 공백기를 메꾸고 있는 것으로 그의 동시가 있다. 이 기간에 그는 그의 동시 중 반 이상이 되는 18편의 동시를 썼다.(여기에 구태여 시와 동시를 구분하려고 하는 것은 그의 시작품 고찰의 편의를 위한 것이다.) 그래서 이 기간의 시적 의식의 고찰을 위해서는 동시에 대한 연구가 불가피하다. 뿐만 아니라 이 동시적 의식이 그의 중기 시의 구조의 한 요소로 되어 있다는 점에서도 중요한 의의를 갖는다.

이 기간에 쓰여진 尹東柱의 동시에 대해서 언급하기 전에 기왕의 견해를 살펴볼 필요가 있다. 그것들은 서로 다른 견해로서 관심을 끌고 있기 때문이다. 金烈圭는 尹東柱의 시작품 「별헤는 밤」에서 유아기 세계의 유희 공간을 추출하고, 이러한 유희 공간은 퇴행의식에서 비롯되는 것이라고 하면서 동시에 대해서도 언급하고 있다.

"그는 한때 그의 이름을 '童舟'라고 썼고, 童話를 즐겼고, 그의 詩集 속에는 꽤 많은 量의 童詩가 있다.

心理的 에너지가 後退했을 때에 個我는 '오티즘'의 世界를 構造하고, 現實과의 客觀的 紐帶를 斷切한 채 그 思考가 <象徵的>에로 기울어지듯이 幼兒期에로 退行하기도 하는 것이다.

人間의 生에 있어 가장 保護받았던 存在이던 幼兒期에의 退行은 그만큼 現實生活의 破綻을 意味하게 된다."[8]

에서 동시적 의식은 유아기에의 퇴행을 의미하고, 그것은 현실 생활의 파탄에서 오는 것이라고 지적하고 있는 점은 尹東柱가 처하고 있었던 이 시기의 상황을 참고할 때 일리가 있는 견해라고 할 수 있다. 이러한 견해와는 달리 金興圭는 동시에서는 시인과 화자가 구분되어야 한다는 관점으로 다음과 같이 말하고 있다.

"우리는 많은 작품에서 詩人이 어떤 특정 상황에 던져진 가공적 인물의 시선을 통해 삶의 모습을 인식·형상화하는 예를 볼 수 있다. 尹東柱의 童詩 또한 이러한 각도에서 이해되어야 온당하리라고 생각된다. 어린이 話者의 시각을 그가 선택한 시적 의미는 단순히 현실생활의 파탄에서 온 퇴행 욕구라기보다 세계의 모습을 여러 位相에서 밝히려는 탐구활동의 일부라고 보아야 할 것이다."[9]

동시 그 자체만을 중요시할 때 위와 같은 견해는 타당한 일면을 갖는다고 본다. 그러나 이러한 견해는 위에서 살폈듯이 변화기 시에서 나타나고 있던 시적 의식─허탈·좌절·공포─과의 단절을 보이면서까지 그가 동시를 썼다는 점을 고려했어야 할 것이라고 생각한다. 다시 말하면 1936년 여름에 쓴 「谷間」 이후부터 1937년 1월에 쓴 「黃昏이 바다가 되어」라는 시작품 이전까지 시 한 편을 쓰지 못했던 그가 동시를 써야만 했던 점을 감안할 때 '세계의 모습을 여러 위상에서 밝히려는 탐구 활동의 일부'라고만은 할 수 없다는 의미이다. 당시 尹東柱의 내면세계는 이처럼

---

8) 金烈圭, 「尹東柱론」, p.106.
9) 金興圭, 앞의 논문, p.649.

여유작작하지는 못했을 것이기 때문이다. 그렇다면 尹東柱가 이 기간에 특히 동시를 썼다는 의미는 다른 각도에서 고찰되어야 하지 않을까.

尹東柱는 당시 일종의 피해의식에 사로잡혀 있었지 않았나 생각한다. 이 점은 두 가지면에서 찾아볼 수 있다. 첫째는 그의 시적 의식에서이다. 변화기에 있어서 갑작스러운 변화를 보였던 그의 시적 의식은 순수한 그의 내면세계에서라기보다 외적 상황에 의해서 나타난 것으로 볼 수 있기 때문이다. 이것은 위에서 살핀 이 무렵의 시작품이 입증하고 있다. 둘째는 그의 연보에 타나나는 당시의 시대적 여건에서이다. 그가 다니던 숭실중학교가 신사참배 문제로 관에 접수되었던 사건은 그에게 큰 충격을 주었을 뿐만 아니라, 그 사건의 여파가 자신에게 미칠 지도 모른다는 불안의식을 가지게 했을 것이다. 이것은 그가 당시 상급학년의 학생이었다는 점, 기독교 가정에서 자랐다는 점, 간도에서 유학한 한국인이었다는 점 등으로 미루어 볼 때 가능하리라 생각한다. 당시 청소년이었던 그로서는 이러한 피해의식을 감당하기에는 어려웠을 것이다. 따라서 그는 여기에서의 탈출을 시도해야 했고, 그 탈출구로서 선택한 것이 그의 동시의 세계가 아니었던가 한다.

이 기간에 쓰여진 그의 동시의 대부분은 소년적인 관점을 통해서 포착될 수 있는 외적 대상에 대한 표현이다. 「개」, 「호주머니」, 「오줌싸개 지도」, 「기왓장 내외」, 「편지」, 「햇비」, 「빗자루」, 「비행기」, 「봄」, 「버선본」, 「눈」 등의 제목부터가 그렇다.

산골짜기 오막살이 낮은 굴뚝엔
몽기몽기 웨인 연기 대낮에 솟나,

감자를 굽는게지 총각애들이
깜박깜박 검음 눈이 모여앉아서
입술에 꺼멓게 숯을 바르고
옛이야기 한자리에 감자 하나씩,

> 산골짜기 오막살이 낮은 굴뚝엔
> 살랑살랑 솟아나네 감자 굽는 내.
>
> ―「굴뚝」 1936. 가을

위의 작품은 그의 동시 중에서는 비교적 우수한 작품이다. 4·4·5조의 리듬으로 구성되어 있는 이 작품은 정형미를 보여주고 있다. 1련 2행, 2련 4행, 3련 2행의 배려도 그렇다. 이러한 정형성은 그의 다른 동시 작품에서는 거의 찾아볼 수 없다. 그리고 이 작품은 산골 오막살이에서 감자를 구워먹고 있는 총각애들의 행동을 소박하게 그림으로써, 산골 오막살이의 정취를 돋구게 하고 있다. 총각애들의 천진스러움과 그들이 만끽하고 있는 평화스러운 분위기마저 느끼게 한다. 이와 같이 그는 소년적인 관점으로 대상을 관찰하고 그것을 성실하게 그려내고 있다. 이와 같은 점은 다른 작품에서도 나타난다. 우리는 여기에서 그의 동시에서 나타나는 의식의 일면을 살필 수 있다. 그것은 동심의 세계로 회귀하고자 하는 의식이다. 다시 말하면 이것은 천진난만하고, 평화스럽고, 밝고, 명랑한 동심에로 돌아가고자 하는 마음이다. 이러한 세계에는 성인의 내면적인 의식과 시대적인 상황에서 오는 영향 같은 것은 작용할 수 없을 뿐만 아니라, 또한 이러한 세계에서는 그와 같은 것들을 평가해낼 수도 없게 된다. 그가 동시를 선택하게 된 이유도 바로 여기에 있는 것이 아닐까. 그렇다면 이러한 동시의 세계는 허탈·좌절·공포에 사로잡혀 있던 당시의 尹東柱에게 유일한 안주처였을 것이고, 그의 피해의식으로부터의 탈출구였을 것이다.

이러한 동시의 시기를 거쳐 최초로 쓰여진 시작품으로 「黃昏이 바다가 되어」가 있다. 여기에서는 재기의 의지 같은 것이 나타나고 있다. 허탈·좌절·공포와 같은 격한 요소는 가신다. 이것은 동시의 세계를 거침으로써 마음의 여유를 회복할 수 있었던 까닭이리라. 그러나 시의 색조는 초기시에서 찾아볼 수 없을 정도로 우울한 편이다. 낙엽·해맑안·고

아·서름·황혼 등의 시적 언어의 색조가 그렇다. 그런가 하면 "이제 첫 航海하는 마음을 먹고/방바닥에 나뒹그오……뒹그오…"와 같은 표현에서 볼 수 있듯이 그의 재기의 의지도 초기시에서 볼 수 있었던 것과는 다르다. 그것은 고아의식과 同類의식이 융합된 재기의 의지라는 점에서이다. 이것은 개체 중심의 내면세계로부터 벗어나 사회와 시대 상황 속에서 자기를 발견하고, 그것을 통한 새로운 삶에 대한 각성이다. 이러한 그의 태도와 의식은 「寒暖計」에서 구체화되어 나타난다.

> 나는 아마도 眞實한 世紀의 季節을 따라—
> 하늘만 보이는 울타리 안을 뛰쳐,
> 歷史 같은 포지션을 지켜야 하나 봅니다.
>
> —「寒暖計」에서 1937. 7. 1

이 작품은 당시 그의 내면세계의 일면을 그대로 한난계를 통해 형상화하고 있는 듯하다. 이것은 1련의 "五尺六寸의 허리 가는 水銀柱"와 2련의 "血管이 單調로워 神經質的인 輿論動物"과 같은 표현을 통해서 짐작할 수 있다. 우리는 여기에서 확대되어진 그의 내면세계를 본다. 그것은 "眞實한 世紀의 季節"과 "歷史 같은 포지션"과 같은 표현에서 확인된다. 또한 이 무렵의 작품 「소낙비」(1937. 8. 9)의 '노아때 하늘을 한 모금 마시다'와 같은 표현도 그렇다. 이것은 그의 시적 의식의 발전적 변화이자 이후 중기시의 핵심적 요소의 하나가 되기도 한다.

> 호젓한 世紀의 달을 따라
> 알듯 모를듯한 데로 거닐고저!
>
> 아닌 밤중에 튀기듯이
> 잠자리를 뛰쳐
> 끝없는 曠野를 홀로 거니는
> 사람의 心思는 외루우려니

    아— 이 젊은이는
    피라밋처럼 슬프구나.

—「悲哀」1937. 8. 18

  이 작품에서 표현하고 있는 바는 상황이다. 끝없는 광야를 홀로 거닐
어야 하는 방황과 고독감, 또 거기에서 오는 슬픔, 이러한 것들은 그에게
다른 의식의 일면이 나타나고 있음을 보여준다. 그것은 갈등 요소라고
생각한다. 방황은 내적 갈등의 미해결 상태에서 나타나는 한 요소이기
때문이다. 이러한 갈등은 그의 당시의 상황에 대한 증언에서도 구체적으
로 나타나고 있다.

    "그의 悲運은 中學校 卒業班에서부터 비롯하였다고 생각합니다. 卒業을 한
  學期 앞둔 그는 進學할 科目을 選擇해야 했습니다. 그때 벌써 많은 童謠와 詩稿
  를 가지고 있던 그에게 文學 以外의 길이란 생각조차 할 수 없었습니다. ……아
  버지는 그에게 醫師가 되기를 권하셨습니다. 그러나 그는 굳이 듣지 않고 아버
  지의 退勤 前부터 山이고 江가이고 헤매다가 밤중에야 自己 房에 돌아오는 날
  이 계속되었읍니다. 한숨이 늘고 가슴을 뚜드리는 때도 있었읍니다."[10]

와 같은 증언에 따른다면, 그는 당시 상급학교 진학 문제로 또 하나의 시
련에 부딪친 것이다. 따라서 그는 또 다른 갈등 속에서 방황해야 했고,
고독해야 했고, 슬퍼해야 하지 않았나 생각한다.

    후어—ㄴ한 房에
    遺言은 소리없는 입놀림.

    —바다에 眞珠캐러 갔다는 아들
    海女와 사랑을 속삭인다는 맏아들
    이밤에사 돌아오나 내다봐라—

---

10) 尹東柱, 앞의 책, pp.226-270.

平生 외롭던 아버지의 殞命
감기우는 눈에 슬픔이 어린다.

외딴 집에 개가 짖고
휘양찬 달이 문살에 흐르는 밤.

-「遺言」 1937. 10. 24

이것은 이 시기의 다른 시작품과는 달리 상징적인 구조를 보이는 작품이다. 시 자체로서의 본래적 의미를 지니고 있을 뿐만이 아니라, 그 이면에 함축하고 있는 다른 의미영역이 작용하고 있음을 볼 수 있기 때문이다.[11] 바로 이점이 간과될 때, 이 작품의 의미는 표면적인 구조에서 나타나는 것처럼 그의 다른 작품과의 의미의 단절을 면할 수가 없게 될 것이다. 이 작품은 두 요소로 구성되어 있다. 2련의 1행과 4련 등 죽음과 무관한 공간설정이 그 하나이고 1련의 2행, 2련, 3련에서 볼 수 있는, 바다에 진주 캐러 갔다는 맏아들을 기다리며 평생토록 외롭게 살다 죽어가는 죽음이 다른 하나다. 이질적인 것처럼 보이는 이 두 요소는 고독감을 정점으로 통일된다. 죽음과 무관한 것처럼 설정되어 있는 공간은 외로운 운명을 조명케 하고, 또 외로운 운명은 이러한 공간 속에 투영됨으로써 운명과 공간이 하나로 통합된다. 이러한 공간과 운명이 융합되는 속에서 하나의 시린 고독감이 형성되고 있는 것이다.

이러한 시린 고독감 이외에도 이 작품에는 또 하나의 문제점이 남게된다. 그것은 아버지와 맏아들이라는 상징적 이미지이다. 그것은 통념으로 처리될 수도 있을 것이다. 그러나 그러기에는 이 작품이 표현하고 있는 시적 분위기가 너무나도 애련하고 숙연하다. 뿐만 아니라 통념으로

---

11) R. Wellek and A. Warren, *Theory of Literature*, p.173.
   "In literary theory, it seems desirable that the word should be used in this sense; as an object which refers to another object but which demands attention also in its own right, as a presentation."

처리되었을 경우 이 작품은 평범한 의미의 영역을 벗어나지 못할 것이다. 이것은 이 작품의 아버지와 맏아들이 다른 각도에서 분석되어야 한다는 점을 시사하고 있는 셈이다. 이 작품에서 대립된 채로 나타나는 아버지와 맏아들은 현재적인 시점이 아니라, 미래적인 시점에 투영되어 나타나는 아버지와 맏아들이다. 여기 유언도 그 시점에서의 유언이다. 그것은 2련의 아버지의 소망이자 마지막 유언의 내용이 맏아들을 기다리는 것으로 되어 있는 점과 3련에 표현되어 있는 임종하는 모습을 지켜보는 아들의 모습이 시적 현실로서는 서로 모순되어 있기 때문이다. 따라서, 이 표현은 상상적인 세계에서만 가능한 것이다. 그것도 미래적인 시점을 설정한 때이다. 尹東柱는 이와 같이 미래적인 시점에서 현실적인 갈등이 자기 단독의 의사대로만 해소되었을 사태를 상상함으로써 전개되는 인간적 고독감을 표현하고 있는 것이다. 이것은 "바다에 眞珠캐러 갔다는 아들/海女와 사랑을 속삭인다는 맏아들"의 표현에서 확인된다. 이 작품은 이러한 특정 상황하에서 이해되어야 하지 않을까. 그럴 때 이 작품이 가지는 고독의 의미도 일반적인 통념의 의미감을 벗어나지 않을까 생각한다.

尹東柱는 이 시기에 두 차례의 현실적인 상황에 의해서 내면적인 충격과 갈등을 겪게 된다. 이로 말미암아 그의 시에 나타난 정서와 의식은 허탈·좌절·공포와 갈등·고독 등으로 요약된다. 동시의 세계를 거침으로써 약간의 여유를 얻긴 했으나, 시의 색조 역시 우울함을 벗어나지 못하고 있다.

(3) 중기의 시

이 기간은 1938년 6월 10일 이후, 그의 마지막 작품이 쓰여진 1942년 6월 3일까지이다. 이 기간에는 그가 연희전문학교에 다니던 시절이 중심이 된다. 시작품 수는 연희전문학교 재학 시절에 쓴 30편과 일본 유학시에 쓴 7편, 도합 37편이다. 연희전문학교 재학시에 쓴 30편 가운데서 18편을 선정하고, 여기에 서시를 덧붙여 자선집 『하늘과 바람과 별과 詩』를 꾸며 출판하려고 했다 한다. 그러나 이것은 기도에 그치고 말았지만, 그의 연희전문학교 시절을 정리하고 있다는 점과 이 시기에 있어서 그의 시의 중추를 이루고 있다는 점에서 큰 의의를 갖는다.

이 시기의 그의 시는 초기시에 보였던 소년적인 관념의 세계와 변화기 시에서 보였던 절망의식과 우울에서 벗어나 하나의 인간으로서의 구체적인 삶의 체험을 형상화하고 있다. 이러한 그의 시의 시적 공간은 밤으로 상징되어 있고, 시간은 과거를 수용하는 미래지향으로 나타난다.

그의 중기시의 幕은 마치 경쾌한 행진곡 가사 같은 느낌의 시작품 「새로운 길」(1938. 5. 10)로부터 오른다. 이 시작품은 그가 연전에 유학하고서의 최초의 작품이다. 그래서인지는 모르나 이 작품은 그 제목이 제시하고 있는 것처럼 새로운 길에 대한 찬미를 표현하고 있다. 이어 시작품 「異蹟」(1938. 6. 15)에서 내 모든 것―연정·自惚·猜忌―을 여념없이 물결에 씻어 보낼 결심을 함으로써 자신을 정리한다. 그리고 시대 상황을 의식하면서 자신의 삶의 길을 재확인한다. 「사랑의 殿堂」(1938. 6. 19), 「슬픈 族屬」(1938. 9.), 「아우의 印象畵」(1938. 9. 15) 등은 이러한 면을 보여주는 시작품들이다.

산모퉁이를 돌아 논가외딴 우물을 홀로 찾아가선 가만히 들여다봅니다.

우물 속에는 달이 밝고 구름이 흐르고 하늘이 펼치고 파아란 바람이 불고 가을이 있읍니다.

그리고 한 사나이가 있읍니다.
어쩐지 그 사나이가 미워져 돌아갑니다.

돌아가다 생각하니 그 사나이가 가엾어집니다.
도로 가 들여다 보니 사나이는 그대로 있읍니다.

다시 그 사나이가 미워져 돌아갑니다.
돌아가다 생각하니 그 사나이가 그리워집니다.

우물 속에는 달이 밝고 구름이 흐르고 하늘이 펼치고 파아란 바람이 불고 가
을이 있고 追憶처럼 사나이가 있웁니다.

—「自畵像」 1939. 9.

尹東柱는 시대 상황을 의식하는 일면 자신의 당시의 모습에도 관심을
기울이어야 했다. 자신을 확인하려는 시도로서 쓰여진 작품이 바로 이「自
畵像」이다. 이 작품은 구성상으로 볼 때 퍽 단조로운 느낌을 준다. 그러
나 그의 내면의식의 상징이라는 점에서는 꼭 그렇지만도 않다. 이 작품
은 우물에 비치는 사나이의 모습과 그것에 대한 화자의 의식과 행위 등
으로 구성되어 있다. 1련은 우물과 화자의 행위에 대한 표현이고, 2련과
3련의 1행, 4련의 2행 그리고 6련은 모두 우물에 비치는 자연과 사나이에
다한 표현이다. 3련의 2행, 4련의 1행 그리고 5련은 미움, 가엾음, 그리움
등의 의식과 그것에 따르는 오고 가는 행위에 대한 표현이다. 산골 외딴
곳에 있는 우물은 심층의식의 이미지이다. 여기에 일차적으로 비친 것은
자연, 그 중에서도 달, 구름, 하늘, 바람과 가을이다. 이것들은 시대 상황
에 구속받지 않는 순수하고 불변하는 것의 상징물이다. 또 尹東柱가 즐
겨 찾았고 그리워 하던 염원의 이미지들이기도 하다. 이차적으로 비친
것이 화자의 현실적인 모습의 이미지인 사나이이다. 이 둘은 한 우물 속
에 있다는 점에서 비교의 대상들이 된다. 그 결과 사나이가 미워지는 것
이다. 이것은 두 요소가 조화되지 못하는 데서 나타나는 것이리라. 우리
는 여기에서 화자의 기도가 좌절되었음을 본다. 그러나 현실적으로는 그
렇다 해도 화자의 의식 속에서마저 그럴 수는 없는 것이다. 이 의식은 그
의 과거와 미래에 대한 염원이 포함되어 있는 것이기 때문이다. 그래서
현실이 아닌 의식 속에 있는 그 사나이는 가엾기도 하고 그리워지기도
하는 것이다. 사나이를 '追憶처럼'이라고 표현한 까닭도 여기에서 밝혀지

게 된다. 여기의 추억은 단순한 과거에의 회상만의 것이 아니라 현실의 慰籍요, 미래지향의 가능성을 함축하고 있는 성질의 것이다.

우리는 여기에서 당시 현실이라고 하는 상황하에서의 尹東柱의 순수지향에의 파탄을 보게 된다. 그러나 그것은 그의 과거와 미래에 대한 신념에 의해서 곧 복구된다. 이것은 그의 현재가 현실 그 자체만으로서가 아니라 과거와 미래 속에서 파악되고 있음을 의미한다. 이와 같은 그의 시적 사고는 중기시에 있어서의 한 주류를 이루는 요소가 되고 있다. 이처럼 현실적으로 파탄 내지는 갈등을 보이는 작품으로 「八福」(1940. 추정), 「病院」(1940. 12.), 「慰勞」(1940. 12. 3) 등이 있고, 「무서운 時間」(1941. 2. 7)에서는 극도의 위기의식마저 보이고 있다. 이 위기의식과 관련이 있는 것으로 보이는 작품으로 「새벽이 올 때까지」(1941. 5.)가 있다. 이 작품에는 내적 공간의 확대를 통해서 극한상황을 극복하려는 의지와 예견 같은 것이 보인다. 여기에서의 내적 공간의 확대란 곧 자기 자신에서 인류에게로 그 사고의 영역이 확대되어지고 있다는 의미이다. 「太初의 아침」(1941. 추정)과 「또 太初의 아침」(1941. 5. 31) 등에서 볼 수 있는 인간의 근원에 대한 탐구도 그러한 일면이라고 할 수 있다.

쫓아오던 햇빛인데
지금 敎會堂 꼭대기
十字架에 걸리었읍니다.

尖塔이 저렇게도 높은데
어떻게 올라갈 수 있을까요.

鐘소리도 들려오지 않는데
휘파람이나 불며 서성거리다가,

괴로왔던 사나이,
幸福한 예수 그리스도에게처럼

十字架가 許諾된다면

모가지를 드리우고
꽃처럼 피어나는 피를
어두워가는 하늘 밑에
조용히 흘리겠읍니다.

- 「十字架」 1941. 5. 31

　시대와 인간을 보다 넓고 깊게 파악함으로써, 그의 암담하고 처절하기
까지 한 현실적인 상황의 극복을 위한 길을 찾기 위해서 극한적인 태도
마저 보여주고 있는 작품이다. 그러나, 그러한 극한적인 태도도 4련에서
볼 수 있는 '十字架가 許諾된다면'이라는 조건 때문에 한낱의 의도적인
것으로 되고 만다. 1련에서 3련의 1행까지는 종소리마저 들려오지 않는
암담한 내적 현실의 괴로움을 표현하고 있다. 3련의 2행에서부터 5련까
지에서는 이 암담한 내적 현실의 괴로움을 극복할 수 있는 십자가가 마
련된다면 꽃처럼 피어나는 피를 조용히 흘리겠다고 절규한다. 그런가 하
면 그 이면에서는 이 십자가가 현실적으로 마련되어 있지 않기 때문에
피조차 흘릴 수 없다는 절망감이 흐르고 있음을 볼 수 있다. 尹東柱가 이
작품을 통해서 표현하고자 한 핵심은 바로 이러한 성질을 가지는 십자가
가 아닌가 한다. 金容稷이 이미 밝히고 있는 바와 같이, 이 십자가는 상
징적인 표현이다.[12] 그렇다면 이 십자가가 함축하고 있는 의미는 무엇일
까. 그것도 한마디로 단정할 수는 없지만, 그가 염원하는 세계로 통할 수
있는 삶에 대한 길 같은 성질의 것이 아닌가 생각한다.

故鄕에 돌아온 날 밤에
내 白骨이 따라와 한방에 누웠다.

---

12) 金容稷, 앞의 논문, pp.45-48.

어둔 房은 宇宙로 通하고
하늘에선가 소리처럼 바람이 불어온다.

어둠 속에서 곱게 風化作用하는
白骨을 들여다 보며
눈물짓는 것이 내가 우는 것이냐
白骨이 우는 것이냐
아름다운 魂이 우는 것이냐

志操 높은 개는
밤을 새워 어둠을 짓는다.

어둠을 짓는 개는
나를 쫓는 것일게다.

가자 가자—
쫓기우는 사람처럼 가자
白骨 몰래
아름다운 또 다른 故鄕에 가자.

—「또 다른 故鄕」 1941. 9.

이 작품은 지금까지 여러 사람에 의해서 논의되어 왔다. 그런데도 아직까지도 이 작품에 대한 문제는 남아 있다. 그것은 백골이 함축하고 있는 의미 때문이 아닌가 생각한다. 백골은 '나'를 제약하는 현실적인 것으로 파악되기가 쉽다. 그러나 이 작품에서의 백골은 '나'를 제약하는 현실적인 것이 아니다. 그 이유는 3련에서 찾아볼 수 있다. 즉 풍화작용하는 백골을 '곱게'라는 형용사로 수식하고 있는 점과 '나, 白骨, 아름다운 魂' 등으로 하여금 눈물짓게 하는 요인이 바로 백골의 풍화작용이라는 점과 또 '나, 白骨, 아름다운 魂'이 동격으로 다루어지고 있다는 점 등에서다.
  그렇다면 백골은 무엇일까. 그것은 아름다운 혼과 더불어 나의 분신의

하나로 보아야 하지 않을까. 아름다운 혼이 미래적인 분신이라면 백골은
과거적인 분신일 것이다. 1련에서는 고향에 돌아온 날 밤에 과거의 분신
인 백골(과거의 추억)과 함께 있음을 표현한다. 2련에서는 내적 공간의
확대를 통해서 하늘로부터 각성과 6련의 '아름다운 또 다른 故鄕'에 대한
암시일지도 모른다. 3련은 소멸되어가는 과거적인 분신에 대한 애도의
표현이다. 4련에 표현된 개가 지조높은 것은 나로서는 어찌할 수 없는 어
둠, 즉 나의 과거적인 것을 송두리째 앗아가는 어둠을 밤새워 짖기 때문
이다. 6련에서는 '白骨 몰래'라는 구절이 문제가 된다. 여기의 백골을 눈
물짓게 하는 요인을 포함하고 있는 것으로 보면, 그 의미가 조금은 분명
해지리라 생각한다. 아름다운 고향에는 눈물이 있을 수 없고, 눈물짓는
일을 없애려면 그 요인을 제거해야 할 것이다. 따라서 아름다운 고향에
가려면 '白骨 몰래' 갈 수밖에 없었을 것이다. 이러한 표현 이면에는 과거
적인 분신에 대한 불신과 함께 있을 수 없는 안타까움이 스며 있다고 보
아야 할 것이다. 그 이유는 '쫓기우는 사람처럼 가자'라는 구절에서 찾아
볼 수 있다. 이렇게 볼 때 아름다운 또 다른 고향은 과거의 분신을 배척하
는 고향이 아니라, 그것을 오히려 완전하게 수용하고자 하는 고향을 의미
하지 않나 생각한다. 이러한 고향에의 염원은 곧 그의 미래 지향의 일면
이다. 이것은 「十字架」에서 볼 수 있었던 절망의식에서 우러나오는 다른
표현의 하나라고 할 수 있다. 그러나 尹東柱는 절망하면서도 끝내 좌절이
나 체념으로 떨어지지 않는다. 그것은 그의 이러한 미래지향의 의식 때문
이었으리라 생각한다. 이러한 그의 의식은 「길」에서도 나타나고 있다.

풀 한 포기 없는 이 길을 걷는 것은
담 저 쪽에 내가 남아 있는 까닭이고,

내가 사는 것은, 다만
잃은 것을 찾는 까닭입니다.

— 「길」에서 1941. 9.

에서 인간 본연의 자아에로 복귀하고자 하는 강한 의욕을 볼 수 있다. 이
속에서도 그의 존재 이유도 알게 된다.

그의 지금(1941. 11. 5)까지의 모든 시적 요소가 포함되어 있는 것처럼
보이는 시작품으로 「별헤는 밤」이 있다. 이것은 그의 시작품들 가운데서
가장 긴 작품이기도 하다. 우선 형태상으로 볼 때 동시적 형태(4련)와 산
문시적 형태(5련)가 구사되어 있고, 시적 의식면에서도 여러 가지 요소가
포함되어 있다. 즉, 3련의 미래 지향의식, 4련과 5련의 과거 회귀의식, 또
과거적인 요소에 쉽게 접근할 수 없는 공간적인 거리감(6련과 7련) 같은
것 등이 그러하다. 이러한 것들보다도 이 작품에서 더 중요한 것은 시간
성의 관계가 아닌가 한다. 그것은 그의 시작품들 속에서 주류를 이루다
시피 표현되어 온 것으로서 그 유기적인 관계가 비교적 선명하게 나타나
있기 때문이다.

> 나는 무엇인지 그리워
> 이 많은 별빛이 내린 언덕 위에
> 내 이름자를 써 보고,
> 흙으로 덮어 버리었읍니다.
>
> 딴은 밤을 새워 우는 벌레는
> 부끄러운 이름을 슬퍼하는 까닭입니다.
>
> 그러나 겨울이 지나고 나의 별에도 봄이 오면
> 무덤 위에 파란 잔디가 피어나듯이
> 내 이름자 묻힌 언둑 우에도
> 자랑처럼 풀이 무성할게외다.
>
> ─「별헤는 밤」1941. 11. 5

에서 우리는 현재가 과거를 수용하면서 미래에 대한 신념으로 발돋음하
고 있음을 볼 수 있다. 尹東柱에 있어서의 과거와 현재와의 관계는 항시

'과거에서 현재'로가 아니라 '현재에서 과거로' 향하는 역관계로 되어 있다. 현재란 불안한 요소이다. 이것을 제거하기 위해서 그가 찾는 과거는 순수가치의 근원으로 파악된다. 따라서, 이 두 요소가 비교되었을 때 부조화라고 하는 또 하나의 비극이 발생될 수밖에 없다. 그는 이러한 위치에서 미래를 설정한다. 이 미래는 그의 비극적인 현실을 극복케 해주는 것으로서 도래하는 성질의 것이다. 그는 이것을 신념화해서 기다린다. 여기에는 그의 예지가 번득이고 있다. 尹東柱의 시가 많은 독자들에게 공감을 불러일으킬 수 있었던 것도 바로 이러한 점에서 비롯되는 것이 아닌가 한다.

> 죽는 날까지 하늘을 우러러
> 한 점 부끄럼이 없기를,
> 잎새에 이는 바람에도
> 나는 괴로워 했다.
> 별을 노래하는 마음으로
> 모든 죽어가는 것을 사랑해야지
> 그리고 나한테 주어진 길을
> 걸어가야겠다.
>
> 오늘밤에도 별이 바람에 스치운다.
>
> ─「序詩」1941. 11. 20

이 작품은 그의 연전 시절을 결산한다는 의도로 출판하려다가 뜻을 이루지 못한 시집 『하늘과 바람과 별과 詩』의 서시이다. 여기 미간의 시집에 수록되어 있는 작품들이 그의 중기시의 중추를 이룬다고 할 때, 이 작품의 의의 또한 크다고 아니 할 수 없다. 따라서 이 작품에서 표현되고 있는 삶에 대한 신념과 태도도 그만큼 중요한 의미를 갖는다. 그것은 지금까지의 그의 시작품에서 표현하고 있는 것들의 종합이라는 점에서이다. 1행과 2행은 일평생 동안 그가 순수하게 살겠다는 삶의 신념을 표현한 것이다. 3행과 4행에서는 그러한 신념들로 살지 못한데서 오는 괴로움을 표현하고 있다. 미래에의 삶의 태도를 표현하고 있는 4, 5, 6, 7행 중에서는 '죽어가는 것'이라는 표현이 문제되고 있다. 이것은 그 자체의 의미로서보다는 시대 상황과 결부시켜 이해해야 할 성질의 것이 아닌가 생각한다. 어느 한 시대가 암담하다고 할 때, 그것은 그 시대의 본연적인 가치 기준이 상대적인 요소에 의해서 흔들리거나 소멸되어 가고 있음을 의미한다고 할 수 있다. 이 경우 양심을 지닌 인간은 그 자체를 괴로워하지 않을 수 없을 것이다. 당시 尹東柱에게 있어서도 이런 사정은 마찬가지이다. 그렇다면 이 작품에서의 '죽어가는 것'이라는 어휘가 함축하는 의미도 소멸되어 가기만 하는 본연적인 가치 기준이 아닐까. 이렇게 볼 때, 이 작품이 표현하고 있는 의미도 선명해진다. 맨끝의 행이자 연인 "오늘 밤에도 별이 바람에 스치운다"의 표현은 독자들에게 이 시 전체의 의미를 다시 한번 음미하게 하면서 그 자체로서도 여운을 보이는 특이한 효과를 나타내고 있다. 우리는 이 작품을 통해서 尹東柱의 이때까지의 시적 의식을 종합적으로 짐작할 수 있게 된다.

시작품 「肝」(1941. 11. 29)과 「懺悔錄」(1942. 1. 24)을 쓴 후 그는 渡日하게 된다. 「肝」에서는 「十字架」에서 볼 수 있었던 것과 같은 내적 갈등 속에서의 자기희생을 표현하고 있다. 「懺悔錄」에서는 「序詩」에서의 '나한테 주어진 길'을 찾아 홀로 고독하게 걸어가는 자신을 역사의식과 결부시켜 표현하고 있음을 볼 수 있다.

> 밤이면 밤마다 나의 거울을
> 손바닥으로 발바닥으로 닦아보자.
>
> 그러면 어느 隕石 밑으로 홀로걸어가는
> 슬픈 사람의 뒷모양이
> 거울 속에 나타나온다.
>
> ─「懺悔錄」에서 1942. 1. 24

이러한 그의 역사의식은 그의 현존하는 마지막 작품인 「쉽게 씌여진 詩」에서 보다 극명하게 표현되고 있음을 본다. 그가 도일해서 부딪친 새로운 상황, 즉 '六疊房은 남의 나라'라는 표현이 그것이다. 이러한 속에서 자신에게 일어나고 있는 또 다른 면을 발견하게 된다. 그것은 "시인이란 슬픈 天命인 줄 알면서도", 또 "人生은 살기 어렵다는데/詩가 이렇게 쉽게 씌여지는 것은 부끄러운 일"이라고 느끼면서도 시를 써야 된다는 사실이다.

> 六疊房은 남의 나라
> 窓 밖에 밤비가 속살거리는데,
>
> 등불을 밝혀 어둠을 조금 내몰고,
> 時代처럼 올 아츰을 기다리는 最後의 나.
>
> 나는 나에게 작은 손을 내밀어
> 눈물과 慰安으로 잡는 最初의 握手.
>
> ─「쉽게 씌여진 詩」에서 1942. 6. 3

에서 그는 역사적 현실 속에서 "등불을 밝혀 어둠을 조금 내몰고,/時代처럼 올 아츰"을 신념하고 또 표현함으로써 시인으로서의 사명 같은 것을 의식하려고 하지 않았나 생각한다. 그것은 "눈물과 慰安으로 잡는 最初의 握手"라는 행의 표현에서 확인된다. 여기에서 우리는 尹東柱가 시대 상황 내지는 역사적 현실을 피부로 느낌으로써 지금까지의 시인으로서의 자신을 반성하고 또 그것의 실질적인 타개를 위해서 시인으로서 해야 할 일을 찾으려는 새로운 면을 보게 된다. 그런데 불행하게도 이 이후의 시작품을 얻어볼 수 없기 때문에 그의 노력이 어떻게 나타났는지는 알 길이 없다. 그저 안타까울 따름이다.

이와 같이 그의 중기시에 나타나는 시적 의식은 삶의 구체적인 체험을 통해서 얻어지는 의식이다. 시대적 상황과 인간으로서의 자신의 성찰, 인간 그 자체의 근원적인 모순 등을 파악하고 모색함으로써 근원적이고 순수한 삶에의 접근을 염원하고 있다. 현실적인 어려움 속에서도 그러한 염원에 대한 미래의 확신을 보여준다. 이와 같은 그의 시적 의식은 과거에의 회귀의식과 미래에의 지향의식과 더불어 표현되고 있다. 그리고 개인적인 삶에 대한 의식에서 민족의식으로 바뀌는 찰나에 그의 詩作은 끝나고 만다.(현존 작품 기준)

3. 맺는말

尹東柱의 시를 그 쓰여진 연대순으로 배열하고, 그것을 다시 시적 의식의 변화를 중심으로 3기로 나누어 고찰했다. 이와 같이 해서 나타나는 결과를 종합할 때 몇 가지의 특징을 찾을 수 있었다.

그의 시는 순수한 삶에 대한 추구였다. 하나의 소박한 인간으로서 인간답게 살아가고자 하는 몸부림의 표현이라는 의미이다. 이것은 이것만으로도 벅찬 많은 문제점을 가지기 마련이다. 그런데 그에게는 암담한 시대적 상황이라는 또 다른 문제점이 있었다. 이러한 속에서 그는 괴로워했고 나아가서는 허탈·공포·좌절 등을 의식하면서까지도 순수하고 근원적인 삶을 동경 내지는 추구했다. 오히려 암담한 당시의 시대적인 상황이 각박하면 할수록 그의 이러한 태도는 하나의 전율마저 느끼게 하는 고고한 것으로 승화된다. 그러나 그의 순수한 삶에 대한 결과는 그의 시에서는 나타나지 않는다. 다만 죽음을 통해서 획득되었으리라 생각한다.

그의 시에 나타나는 또 하나의 특징은 시간에 대한 의식이다. 그의 작품에는 대부분 과거에의 회귀의식과 미래에의 지향의식이 동시에 표현되어 있다. 과거에의 회귀의식은 고향, 즉 순수에로 회귀하고자 하는 의식이다. 그것은 진정한 삶에 대한 동경의 일환으로서도 가치를 지니고 있지만, 현실에 대한 慰籍的인 구실을 하고 있다는 점에서도 중요한 것이다. 미래의 지향의식은 하나의 신념으로 고정되어 있다. 이것은 표면적으로는 '오는 것', '기다리는 것'으로 되어 있지만, 이면에서는 과거에의 회귀의식을 통해서 암시적으로 표현되고 있다. 이 두 의식은 이러한 관계를 통해서 조화되고 있다. 이러한 시도는 한국시사에서는 최초의 것으로서 그의 시가 가지는 독특한 점이다.

그의 시적 표현 기교도 당시까지의 한국시단에서는 볼 수 없었던 새로운 면을 시도하고 있는 것으로 나타난다. 그것은 은유적인 단계를 벗어나 상징적인 수법을 보여주고 있는 점이다. 이것 역시 한국시사에 있어서의 그의 업적의 하나라고 할 수 있다.

이와 같은 시의 특징을 통해서 나타나는 尹東柱는

"시대가 가난하기 때문에 그 時代의 시인은 과도하게도 풍부하고, 너무나 풍부하기 때문에 시인은 때때로 지나가 버린 것을 회상하고 도래할 것을 기다리는데 지치기도 하며, 그리하여 외견상으로는 공허하게 잠들 수도 있다. 시인은 이와 같이 자기의 사명으로 하여 최고의 고독 가운데 저 혼자 머물러 있음으로써 그는 자기 민족을 대표하고, 따라서 진실로 자기 민족을 위하여 진리를 획득하는 것이다."[13]

처럼 요약될 수 있지 않을까. 그러나 그는 너무나 젊은 나이로 순절했기 때문에 민족을 대표하는 시인으로까지 성장하지 못한 점이 아쉬울 따름이다.

---

13) M. 하이데거, 蘇洸熙 역, 『詩와 哲學』, p.62.

찾아보기

외국저서와 논문

저자의 약력

전북 부안군 출생
전북대학교 학사, 석사, 박사.
현재전북대학교 교수 (현대문학: 현대시)
日本 쓰구바 대학 외국인 교수 (1983.9.1.－1986.3.31.)
한국언어문학회 회원
국어문학회 회장 역임

주요 논문
「韓國 모더니즘 詩 研究」
「李箱 시에 관한 연구」 외 다수

편저
『韓國 現代詩 菁華』
『韓國 現代詩 大系』

1930년대 한국 시문학 연구

채만묵 지음

2000년 2월 21일 인쇄
2000년 2월 29일 발행

발행인: 김진수
발행처: 한국문화사
 133-112 서울시 성동구 성수 1가 2동 13-156
 전화: 02-464-7708, 3409-4488
 팩스: 02-499-0846
 E-mail: munhwasa@hanmail.net, HK77@hitel.net
 등록번호 제2-1276호

값15,000원

ISBN 89-7735-716-0 93800